U0521761

本书由 2024 年度大连外国语大学出版基金资助

本书是大连外国语大学科研基金项目一般项目（专著 2017XJYB03）"当代加拿大英语小说中性别话语的语用文体研究"的成果

当代加拿大英语小说中
女性书写的语用研究

傅琼◎著

中国社会科学出版社

图书在版编目（CIP）数据

当代加拿大英语小说中女性书写的语用研究 / 傅琼著. -- 北京：中国社会科学出版社，2024.10.
ISBN 978-7-5227-4375-2

Ⅰ. I711.074

中国国家版本馆 CIP 数据核字第 20242W7514 号

出 版 人	赵剑英	
责任编辑	许　琳	
责任校对	苏　颖	
责任印制	郝美娜	

出　　版	中国社会科学出版社	
社　　址	北京鼓楼西大街甲 158 号	
邮　　编	100720	
网　　址	http://www.csspw.cn	
发 行 部	010-84083685	
门 市 部	010-84029450	
经　　销	新华书店及其他书店	

印　　刷	北京君升印刷有限公司	
装　　订	廊坊市广阳区广增装订厂	
版　　次	2024 年 10 月第 1 版	
印　　次	2024 年 10 月第 1 次印刷	

开　　本	710×1000　1/16	
印　　张	18.5	
字　　数	294 千字	
定　　价	108.00 元	

凡购买中国社会科学出版社图书，如有质量问题请与本社营销中心联系调换
电话：010-84083683

版权所有　　侵权必究

目　录

第一章　导论 ·· (1)
　第一节　女性书写 ·· (4)
　　一　女性书写的缘起 ··· (4)
　　二　女性书写的分类及定义 ·· (5)
　　三　女性书写的语言学研究 ·· (9)
　　四　当代加拿大英语小说中的女性书写 ······························ (12)
　第二节　研究视角 ··· (17)
　　一　文学批评视角 ··· (17)
　　二　元话语研究视角 ··· (19)
　　三　语用身份研究视角 ·· (22)
　第三节　研究意义 ··· (25)

第二章　当代加拿大英语小说中的女性书写 ···························· (28)
　第一节　当代加拿大英语小说概述 ······································ (28)
　　一　发展期 ·· (29)
　　二　繁荣期 ·· (32)
　　三　当代加拿大英语小说的特点 ······································· (33)
　第二节　女性书写在加拿大英语小说中的表现 ······················ (36)
　　一　加拿大女性书写崛起的背景 ·· (36)
　　二　辛克莱·罗斯笔下的女性人物 ····································· (38)

· 1 ·

三　女性作家的女性书写 …………………………………… (40)
　第三节　女性书写之女性作家 ……………………………………… (43)
　　　一　经典之声 ………………………………………………… (44)
　　　二　当代之光 ………………………………………………… (50)
　　　三　时代之镜：比较两代加拿大女性作家的文学表达 …… (58)
　第四节　女性书写之女性人物 ……………………………………… (59)
　　　一　平凡女性的多重身份 …………………………………… (60)
　　　二　越轨女性 ………………………………………………… (61)
　　　三　少数族裔移民女性 ……………………………………… (63)
　第五节　本章小结 …………………………………………………… (66)

第三章　当代加拿大英语语境中的元话语 ……………………… (67)
　第一节　元话语的界定 ……………………………………………… (67)
　　　一　元话语概念的缘起和发展 ……………………………… (68)
　　　二　元话语的界定 …………………………………………… (70)
　第二节　元话语的特点 ……………………………………………… (76)
　　　一　海兰德元话语三原则 …………………………………… (76)
　　　二　阿德尔元话语四原则 …………………………………… (77)
　　　三　陈新仁元话语特征 ……………………………………… (79)
　第三节　元话语的语用研究 ………………………………………… (81)
　　　一　言语行为 ………………………………………………… (81)
　　　二　顺应—关联路径 ………………………………………… (81)
　　　三　元话语人际模式 ………………………………………… (83)
　　　四　元语用模式 ……………………………………………… (87)
　第四节　当代加拿大英语文学语境中的元话语功能 …………… (90)
　　　一　元话语打破传统的自传书写方式 ……………………… (91)
　　　二　元话语深化读者对隐喻的理解 ………………………… (99)
　　　三　元话语促进读者理解故事情节 ………………………… (102)
　　　四　元话语塑造生动立体的人物形象 ……………………… (103)

第五节　本章小结 …………………………………………（111）

第四章　当代加拿大英语小说语篇中的语用身份 ……………（113）
　　第一节　语用身份研究的概述 ……………………………（113）
　　　一　语用身份的基本内涵 ………………………………（113）
　　　二　语用身份的界定 ……………………………………（117）
　　　三　语用身份研究的关键问题与主要路径 ……………（118）
　　第二节　语用身份研究的框架 ……………………………（120）
　　　一　语用身份构建的话语分析框架 ……………………（120）
　　　二　语用身份的动态选择 ………………………………（125）
　　第三节　当代加拿大英语小说语篇中的语用身份研究 …（130）
　　　一　当代加拿大英语小说语篇中的语用身份表现 ……（131）
　　　二　当代加拿大英语小说语篇中语用身份的动态性 …（134）
　　　三　作为解读当代加拿大英语小说语篇的语用身份 …（140）
　　第四节　本章小结 …………………………………………（148）

第五章　个案研究之一：艾丽丝·门罗的小说 ………………（150）
　　第一节　门罗小说中的女性书写特点 ……………………（151）
　　　一　门罗的生平述略 ……………………………………（151）
　　　二　女性生活的真实描绘和女性视角的探索 …………（154）
　　　三　现实主义实景描写与情感深挖的结合 ……………（159）
　　第二节　门罗小说中微观及宏观层面的元话语研究 ……（162）
　　　一　门罗小说中微观层面的元话语研究 ………………（162）
　　　二　门罗小说中宏观层面的元话语研究 ………………（168）
　　第三节　门罗小说女性人物的语用身份建构研究 ………（173）
　　　一　门罗小说中语用身份的三种情形 …………………（174）
　　　二　门罗小说中女性人物语用身份建构策略 …………（177）
　　第四节　门罗作为女性作家的语用身份建构研究 ………（183）
　　第五节　本章小结 …………………………………………（185）

第六章 个案研究之二：玛格丽特·劳伦斯的小说 (187)

第一节 劳伦斯作品中的女性书写特点 (188)
一 劳伦斯的生平述略 (188)
二 劳伦斯作品中的女性书写特点 (191)

第二节 劳伦斯自传体小说中的元话语研究 (197)
一 劳伦斯小说中微观层面的元话语研究 (197)
二 劳伦斯小说中宏观层面的元话语研究 (204)

第三节 劳伦斯自传体小说中的语用身份研究 (210)
一 劳伦斯自传体小说中语用身份选择的共时动态性 (210)
二 劳伦斯自传体小说中语用身份选择的历时动态性 (217)

第四节 本章小结 (225)

第七章 个案研究之三：玛格丽特·阿特伍德的小说 (226)

第一节 阿特伍德小说创作中的女性书写元素 (227)
一 阿特伍德的生平述略 (227)
二 复杂多变的女性人物 (230)
三 不可靠的叙述者 (233)
四 女性主义科幻小说 (236)
五 女性生存与创伤 (237)

第二节 阿特伍德小说后现代女性元话语研究 (238)
一 语用身份主体角度下的身份元话语类型 (239)
二 语用身份涉及维度的身份元话语类型 (245)

第三节 阿特伍德小说后现代女性的语用身份构建研究 (248)
一 解读人物形象的语用身份研究 (248)
二 解读小说主题的语用身份研究 (253)

第四节 本章小结 (262)

第八章 结论 (264)

第一节 研究总结 (264)

第二节 研究启示 …………………………………………（269）
　一 理论意义 ……………………………………………（269）
　二 实践启示 ……………………………………………（271）
第三节 研究不足与未来展望 ……………………………（273）

参考文献 ………………………………………………………（275）

后　记 …………………………………………………………（289）

第一章
导 论

在当代文学研究中,"女性书写"(Écriture Féminine/Feminine writing/Women's writing)作为一个重要的研究领域,吸引了广泛的关注与探讨。随着社会的不断变迁和性别意识的觉醒,女性文学的发展和表达逐渐成为学术界和文学界的热门话题。这种关注不仅仅是对文学本身的审美关怀,更是对社会文化的反思和性别平等的探索。

女性书写在当代文学中具有重要的历史意义和文化内涵。随着女性社会地位的提升和自我意识的觉醒,女性文学作品的数量和质量呈现出了蓬勃的发展态势。女性作家通过自己的视角和声音,探索和表达了与传统观念有别的女性经验、情感和思想,丰富了文学的多样性和深度。另外,女性书写承载了丰富的主题和内涵。女性作家通过文学作品探讨了家庭、婚姻、职业、自我认同、身体意识等与女性生活息息相关的议题。她们的作品不仅展现了女性在不同社会背景下的生存状态和心理状态,还探索了女性如何面对压力、挑战传统、塑造自我等问题,展现出了独特的艺术魅力和社会关怀。女性书写也在当代文学研究中引发了广泛的理论探讨。学者们通过对女性文学的研究,探讨了文学和性别、文学和权力、文学与社会变革等方面的关系。他们从女性主义、后殖民主义、身份政治等不同视角审视女性文学作品,揭示了其中蕴含的文化符号和社会意义,为文学研究提供了新的视角和方法。

女性书写的探索与表达不仅是对女性个体生命经验的记录和表达,更是对整个社会结构和文化观念的审视和挑战。通过文学作品,女性作家扮演社会变革的见证者和倡导者的角色,为性别平等和社会正义发出了独特的声音。

在加拿大英语小说的语境中,女性作家们以独特的视角和笔触,塑造了丰富多彩的女性形象,呈现了丰富多样的女性书写风貌。通过她们的作品,读者得以领略不同背景和经历的女性形象,感悟她们在社会、家庭和个人生活中的多种角色和经历。从另一个角度来看,加拿大女性作家以其独特的视角和生活经历为基础,塑造了各种各样的女性形象。例如,玛格丽特·阿特伍德(Margaret Atwood)以其丰富的想象力和深刻的洞察力,塑造了许多复杂而强大的女性角色,如《使女的故事》(*The Handmaid's Tale*)中的奥弗雷德(Offred)以及《别名格雷斯》(*Alisa Grace*)中的格雷斯·马克斯(Grace Marks)。这些角色展示了女性在不同社会背景下的生存状态和内心世界,引发了读者对性别、权力和自由的思考。此外,加拿大女性作家在她们的作品中呈现了多样化的女性书写风格。比如,艾丽丝·门罗(Alice Munro)以其细腻的笔触和深刻的情感描写,展现了女性在日常生活中微妙情感和复杂关系的各个方面。她的作品以其独特的叙事风格和情感深度,为读者展现了女性在家庭、友谊和爱情中的各种命运和选择。加拿大女性作家通过她们的作品探讨了女性在社会、政治和文化方面的权利和地位。玛格丽特·劳伦斯(Margaret Laurence)的作品,以其强烈的女性主义色彩和社会批判意识,探讨了女性在传统社会中的受限和奋斗。她们的作品为女性发声,呼吁社会对性别平等和女性权益的关注和重视,为加拿大女性文学的发展做出了重要贡献。

本书旨在通过对当代加拿大英语小说中女性书写的语用研究,探讨女性在文学创作中的表达方式、语言特点以及身份建构等复杂议题,通过对这些问题的探究,本书期望揭示女性书写所具备的独特魅力以及其在文化领域中的重要性和价值。

首先,本书将聚焦于女性在当代加拿大英语小说中的书写实践,涉及女性作家在文学作品中所选择的主题、情节和人物塑造,以及她们所使用的语言风格和叙事策略。通过分析这些方面,读者可以深入了解女性作家如何通过自己的作品表达对于生活、社会和自我认知的独特见解。其次,本书将关注女性书写中的语用特征,包括对于语言的运用方式、意象的选择以及修辞手法等方面的分析。通过研究女性作家在语言层面上的创新和实验，揭示女性书写所呈现的独特美学和审美趣味，以及其对于文学语言的丰富贡献。此外，本书将探讨女性书写中的身份建构问题，囊括对于女性角色在小说中的形象塑造、性别认同的表达，以及女性作家在文学创作中如何建构自己的文化身份等方面的分析。通过研究这些问题，读者可以理解女性作家如何通过自己的作品探索和建构个人和集体的身份认同，以及她们对于性别、文化和社会身份的认知和反思。本书旨在揭示女性书写的独特魅力和文化价值。通过对当代加拿大英语小说中女性书写的语言学探讨，读者可以认识到女性作家在文学领域中所展现的创造力、智慧和情感深度，以及她们对于文学传统的丰富贡献和创新意义。这不仅有助于更好地理解和欣赏女性书写的美学特点和文化意义，也为拓展文学研究的语言学视野和方法提供了有益的启示。

以下将对本书的结构和各章节内容进行介绍，以便读者更好地理解研究的全貌与意义。

第一章为导论部分，将引领读者进入本书的研究领域。首先介绍研究对象，即当代加拿大英语小说中的女性书写，以及研究视角，包括元话语及身份建构两个重要视角。随后，探讨研究的意义，揭示本研究对于文学、性别研究以及语用学领域的贡献与价值。最后，对本章内容进行小结，为读者提供章节内容概览。

第二章至第四章依次深入探讨当代加拿大英语小说中女性书写的不同方面以及本研究的理论框架。第二章聚焦于女性书写的整体表现，分析其在小说中的具体体现，包括女性人物和女性作家的角度。第三章则转向分析当代加拿大英语文学语境中的元话语，从定义、特点、语用研究以及功能等方面剖析其在小说中的运用。第四章则着眼于语篇中的语用身份，介绍语用身份研究的概述、框架以及在小说中的具体应用。

接下来的第五章至第七章将通过个案研究的方式深入分析具体作家的作品。每章以一位重要的女性作家为案例，探讨其作品中女性书写的特点、元话语的运用以及语用身份的建构等方面。具体而言，第五章将以艾丽丝·门罗的小说为例，第六章以玛格丽特·劳伦斯的作品为研究对象，第七章则关注玛格丽特·阿特伍德的小说。

最后一章为结论部分,总结全书的研究成果,探讨研究的启示和不足之处,并展望未来可能的研究方向。通过对每个章节的内容介绍,本书旨在为读者提供一个全面且深入的理解,从而促进对当代加拿大英语小说中女性书写语用研究的深入讨论与思考。

第一节 女性书写

一 女性书写的缘起

女性书写研究的缘起可以追溯到20世纪上半叶的女性主义运动,当时女性开始在文学领域中发声,反思并挑战传统文学中对于女性形象的刻板印象。这一运动的兴起促使学者们开始关注女性文学创作的独特性及其在文化和社会领域中的重要性。随着时间的推移,女性书写研究逐渐成为文学研究领域中的一个重要分支,涵盖了广泛的主题和方法。女性文学的发展经历了模仿男性书写、思考自身生存状况、书写自身经验三个阶段。女性书写相应地与人类历史、社会现实结合,形成了"独立的女性书写传统"[①]。古希腊和中世纪以诗歌为主要文学形式的创作,对女性的书写呈现多样性,既有"对女性的轻视",认为女性"无能"并且"身体始终存在缺陷",又有真诚赞美女性聪慧、坚贞的作品;文艺复兴时期的女权意识萌芽及启蒙时期的女性生存书写,无论是诗歌还是叙事,发出了时代的女性声音,为女性文学奠定了基础;18世纪至19世纪女性作家跨出诗歌的束缚,在小说与女性之间建立了密不可分的关联,关注并批判社会现实,深刻揭示了两性不平等的关系;20世纪以来的女性作家"发现了女性写作的新大陆",在塑造时代新女性形象、表达女性自我意识等方面改写了女性书写的地图[②]。

女性主义文学批评自20世纪60年代始,探究多重文化背景下的身份,

[①] 刘岩、马建军、张欣等编著:《女性书写与书写女性:20世纪英美女性文学研究》,上海外语教育出版社2012年版,第35页。
[②] 刘岩、马建军、张欣等编著:《女性书写与书写女性:20世纪英美女性文学研究》,上海外语教育出版社2012年版,第12—30页。

在经历了批评阶段、发掘阶段之后，进入现代、后现代阶段。女性书写研究涉及空间、语言、权力、女性主体、两性关系等问题。法国女性主义理论家埃莱娜·西苏（Hélène Cixous）指出"女性必须参加写作、必须写自己、必须写女性"，即女性书写的概念①。女性书写要坚决颠覆这种逻各斯中心主义二元对立，解构主流权威话语，呈示真实、独特而具体的女性存在。

在她的作品《美杜莎的笑声》（Le rire de la Méduse）中，西苏以激烈的言辞呼吁女性进行创新书写，探讨女性的多元、持续和弥散的特质，反对生物主义和本质主义的两性论，通过将性别与文本联结，用女性解构的笑声颠覆男权二元对立体系。她开宗明义地提出女性书写及其作用：

> 我要讲妇女写作，谈谈它的作用。妇女必须参加写作，必须写自己，必须写妇女。就如同被驱离她们自己的身体那样，妇女一直被暴虐地驱逐出写作领域，这是由于同样的原因，依据同样的法律，出于同样致命的目的。妇女必须把自己写进本文——就像通过自己的奋斗嵌入世界和历史一样。②

而在《齐来书写》（"Coming to Writing" and Other Essays）③中，她热情地呼吁女性用身体观察、用身体体验、用身体书写，将分离之物融合，将匮缺转化为丰盈，创造出一个作者与读者共在的书写空间，为每个人带来再生。

二 女性书写的分类及定义

西苏的"女性书写"理论概括为如下两点：其一，女性的身体并非"肉体"，它吸纳了重要的女性生理/心理/文化信息；其二，"用身体书写"并非是对语言符号的抛弃，用词语书写是妇女存在及自救的方式，是女性

---

① 张京媛主编：《当代女性主义文学批评》，北京大学出版社1992年版，第188页。
② [法] 西苏：《美杜莎的笑声》，黄晓红译，张京媛主编《当代女性主义文学批评》，北京大学出版社1992年版，第188页。
③ Gxons Hèlene, "Coming to Writing" and Other Essays, Cambridge: Harvard University Press, 1992.

互爱的表现。身体具有文化的意义，人的自然属性和社会属性皆被身体所呈现。"用身体书写"并非直接用一种身体语言或姿态去表达或诠释意义，而是指用一种"关于'身体的语言'"去表达女性的、整体的、对抗逻各斯中心主义的全部体验。妇女的解放问题是一个宽广的政治问题，其中当然也包括了"文本的解放"。是语言将自然与文化区分开来，构成了对妇女的一系列压抑。写作永远意味着以特定的方式获得拯救。女性身体与特质则是女性书写的基本对象，铭刻女性特质的语言成为抗拒男性中心主义的利器。由此可见"用身体书写"论是一种解放等级森严的男女二元对立的文化策略，是用语言文字表述流动而鲜活的妇女的全部体验，这种体验以对身体的系统体验为基础。① 正如刘岩所言，"女性书写应该以'给予'为特征，以'倾诉'为方式"②。西苏的理论对法国女性主义批评产生了深远的影响。例如，伊利格瑞明确提出女性需要一种自己的语言，需要在女性之间建立象征体系，以便女性之间进行互爱，并以女性身份说话。这种多元而非一的语言/象征体系湮没了男性话语的单一性和独占性。

　　刘岩看到西苏的女性书写学说面临的三种内在张力：其一，西苏描述的女性书写并非等同于女作家所做的书写，但她同时主张女性书写应该从女性力比多汲取营养，那么，男性作家如何能够获得女性身体的体验，这成为女性书写本身的性别困惑。西克苏提倡的女性书写描述的是文本的特质，而非作者的性别，作者的性别与文本的性别特质之间并非简单的对应关系。实际上，许多女作家并没有强烈的性别意识，她们宣称仅以作家身份创作，不自觉地运用父权文化的语言复制父权中心主义，继续维护男性秩序。在西苏看来，男性的创作也有可能具有女性书写的特质。其二，她认为父权文化根本上的二元对立思维导致女性和情感处于被动的一方，同女性相联系的一切也因此呈现负面、被动的文化意义。但她在倡导女性书写时又主张，女性的书写应同女性的力比多冲动相联系，应表达女性的无意识，这种对女性身体表达欲望的重视似乎依然在延续父权文化关于性别的生理决定论，延续父权文化对女性的刻板再现模式。女性书写的写作风格同女性气质相联系，松散而反逻辑，这似乎也在再生父权话语对女性气质的规约。其三，西苏的文章充

---

① 林树明：《身/心二元对立的诗意超越——埃莱娜·西苏"女性书写"论辨析》，《外国文学评论》2001年第2期。

② 刘岩：《女性书写》，《外国文学》2012年第6期。

满对西方文化的指涉，但是并没有把女性的经验同社会、历史、文化现实结合起来，这样，女性书写理论在其宗旨的政治性与文本的文学性之间、理论的指导性与创作的实践性之间构成了张力。①

"女性文学，指由女性作家创作的，以表现女性生活经验为主的文学作品。"② 在刘岩等人看来，并非所有女作家创作的作品都可以纳入女性文学的范畴，作者的性别并不等同于作品的性别，简单的归类会忽略作品承载的其他主题。应该看到，有些女作家的写作视角并不落在女性生活上，而是关注社会生活的其他问题，这些作家作品的性别意识并不突出。此外，并非所有由女性作家创作的，以表现女性生活经验为主的文学作品都是女性主义的，简单套用女性主义文学批评视角的做法过于机械，常常会忽视作品呈现的多重隐喻。

刘思谦对女性生活经验的独特性持保留态度，她强调人类社会的运作是男女两性共同参与和构建的。尽管历史和社会角色分配中存在性别刻板印象，但任何生活领域都非单一性别所能独占，女性面临的问题往往与男性紧密相连，反之亦然③。在探讨"女性文学"时，该学者对"女性文学"的界定虽然基于中国文学，但也一定程度上解释了女性文学的普适性和跨国性。她主张："女性文学是诞生于一定历史条件下的以'五四'新文化运动为开端的具有现代人文精神内涵的以女性为言说主体、经验主体、思维主体、审美主体的文学。"④ 她进一步阐明，性别是女性文学的一个重要前提，但并非唯一决定因素。即，并非所有女性作者的作品都自动归入女性文学范畴，关键在于作品是否真正体现了女性的主体性，包括作为言说、经验、思维和审美的主体。这一界定方法虽然把女性的言说主体、经验主体、思维主体、审美主体引入女性文学这个概念，将女性主体在场与否作为界定女性文学的标准，排除了那些虽为女性所写却自觉不自觉地失去了主体性把自己"他者化"和表现出男权中心意识的作品⑤，但

---

① 刘岩：《女性书写》，《外国文学》2012年第6期。
② 刘岩、马建军、张欣等编著：《女性书写与书写女性：20世纪英美女性文学研究》，上海外语教育出版社2012年版，第6页。
③ 刘思谦：《女性文学：女性·妇女·女性主义·女性文学批评》，《南方文坛》1998年第2期。
④ 刘思谦：《女性文学这个概念》，《南开学报》2005年第2期。
⑤ 刘思谦：《女性文学这个概念》，《南开学报》2005年第2期。

也排除了所有的男性作家及其作品。然而，这一界定也自然地排除了所有男性作家及其作品，因为其核心在于女性主体的在场与表达。王侃亦持相似观点，认为男性作家即便涉及女性题材，也不应直接等同于其参与了女性文学的构建①。在她看来，"女性文学"的核心在于女性作为创作主体的实践，这是界定女性文学不可或缺的标准。这种观点并不利于全面地理解女性书写的多样性和复杂性，同时也存在简单将作品局限于性别标签而忽视其他重要内容的问题。并且刘思谦一方面否定了女性生活与经验的独特性，但另一方面又强调女性主体性的重要性，呈现出前后矛盾之处。

综观西苏、刘思谦和刘岩等人对女性书写的理论观点，可以看到两种重要的理解方式。首先，西苏强调女性身体不仅仅是"肉体"，而是承载了丰富的生理、心理和文化信息。这一观点凸显了女性书写对于揭示女性经验和自我认同的重要性。其次，刘岩等人指出，女性文学并非简单地由女性作家创作，而是着重于表现女性生活经验为主题的文学作品。

基于以上观点，本书对女性书写的研究进行两种分类。一种是基于作家性别的分类，包括女性作家和男性作家的书写。在基于作家性别的分类中，值得注意的女性作家包括弗吉尼亚·伍尔夫（Virginia Woolf）和简·奥斯汀（Jane Austen）、玛格丽特·阿特伍德。而欧内斯特·海明威（Ernest Hemingway）则代表了重要的男性作家。例如，玛格丽特·阿特伍德的《猫眼》（Cat's Eye）揭示了女性童年经历和成长的复杂性，成为后现代女性书写的重要作品之一。而在男性作家的作品中，可能也会出现对女性主题的探讨，但观点和视角与女性作家有所不同，例如查尔斯·狄更斯（Charles Dickens）的《雾都孤儿》（Oliver Twist）中塑造的女性形象就反映了当时社会对女性的不同看法。另一种则是根据作品主题和风格的分类，涵盖了探讨女性经验的作品、女性主义文学以及女性奇幻文学等。在基于主题和风格的分类中，女性经验的作品常常聚焦于女性的内心世界、家庭生活和社会地位等议题。例如，玛格丽特·阿特伍德的《使女的故事》探讨了一个极权社会对女性的压迫与抗争，体现了女性主义文学的核心理念。而女性奇幻文学则将女性主题与奇幻元素相结合，如乔治·R. R. 马丁（George Raymond Richard Martin）的《冰与火之歌》（*A Song of Ice*

---

① 王侃：《"女性文学"的内涵和视野》，《文学评论》1998年第6期。

and Fire）系列中的女性角色展现了在虚构世界中的力量和抗争，这种混合了现实主义与奇幻的风格独具特色。上述多角度的分类方式有助于更全面地理解女性书写的多样性和复杂性，同时也能避免简单将作品局限于性别标签而忽视其他重要内容。

本书参考前人学者所提出的深刻见解，总结女性书写的定义为，涉及女性作家在文学创作中所展现的独特视角、语言风格和叙事方式，以及她们对于女性经验、身份认同和社会问题的探索。这种书写可以涵盖任何文学体裁，包括小说、诗歌、散文等，而且不受地域或文化背景的限制。鉴于男性作家数量及其涉女性书写作品有限且难以具有代表性，因此本书暂未将男性作家的女性书写纳入研究范围。

三 女性书写的语言学研究

17世纪开始，关于性别和语言的概念就已经存在，即男性和女性说话方式的差异。受到20世纪70年代早期的第二波女权主义的启发，语言学研究开始关注性别与语言使用之间的相关性，为对性别与语言差异的综合研究和讨论提供了多视角的观点。美国语言学家罗宾·莱考夫（Robin Lakoff）[1] 在1975年的《语言与女人的地位》（*Language and Woman's Place*）一书中指出，女性的言语与男性有所不同，这被视为开创了"女性语言"的语言学关注点。在莱考夫对性别与语言研究的贡献之后，研究继续探讨了有关性别在会话互动中的差异、性别间的言语风格以及性别与话语等方面[2]。

---

[1] Robin Lakoff, *Language and Woman's Place*: *Text and Commentaries*, Oxford: Oxford University Press, 1975.

[2] Deborah Cameron ed., *The Feminist Critique of Language*: *A Reader*, London: Routledge, 1990; Deborah Cameron, *Feminism and Linguistic Theory*, London: Routledge, 1985/1992; Deborah Cameron, "Gender, Language and Discourse: A Review Essay", *Signs*, Vol. 23, No. 4, 1998, pp. 945–973; Jennifer Coates, *Women, Men and Language*, London: Longman, 1986/1993; Jennifer Coates, "Competing Discourses of Femininity", in H. Kotthoff and R. Wodak eds., *Communicating Gender in Context*, Amsterdam: John Benja–mins, 1997; Elizabeth H. Stokoe, "Towards a Conversation Analytic Approach to Gender and Discourse", *Feminism and Psychology*, Vol. 10, No. 4, 2000, pp. 590–601; Deborah Tannen, *That's no What I Meant!*, New York: Ballantine Books, 1986; Deborah Tannen, *You Just Don't Understand! Women and Men in Conversation*, London: Virago, 1990; Deborah Tannen, ed., *Gender and Conversational Interaction*, Oxford: Oxford University Press, 1993.

在过去的三十年里,"男性和女性是否使用语言有差异"这个问题引起了广泛的性别与语言使用之间的关注。性别与语言研究的发展激发了学术界对三种理论框架的兴趣和辩论：缺陷、主导和差异。在缺陷模型中,莱考夫直接探讨了语言与性别之间的关系,认为女性倾向于与男性使用不同的语言。莱考夫声称,女性的言语模式通常以不确定性、劣势和弱势为特征,如标签疑问句、"空洞形容词",而"一个男人的言语则是清晰、直接、精确且切中要点……"。[1] 作为最早为性别与语言研究做出贡献的语言学家之一,莱考夫的发现对相关领域和语言与性别问题的研究产生了巨大影响。

然而,莱考夫的性别研究已被重新解释,对"女性语言"提出了相反的观点。第一个关注点是对莱考夫关于男女说话模式的差异以及女性相对低下地位的假设。然而,一些研究结果表明,在某些研究案例中,这种差异可能并不一致[2]。据批评性综述显示,大量研究并未发现显著差异。因此,得出"女性语言"导致女性社会地位低下的结论是不足的。值得进一步讨论的第二个案例是,诸如模糊语、附加疑问句等语言选择可能被解释为导致女性低社会地位的原因。一味地将"女性语言"归为女性对男性的服从,而不考虑可变的交际背景是片面的。学者们还强调了言语伙伴之间的不同关系以及沟通过程中的情境差异[3],并发现"女性语言"与性别之间的关联可能适用于社会中更积极的地位接受[4]。

第二个理论视角是差异或文化视角,它认为男女在社会经验上有着不同的文化起源。有关语言使用的性别差异的差异模型认为,社会语言文化差异导致了男女之间的言语差异。在交际行为中,男性倾向于自信和竞

---

[1] Robin Lakoff, *Language and Woman's Place: Text and Commentaries*, Oxford: Oxford University Press, 1975, p. 94.

[2] Deborah James and Janice Drakich, "Understanding gender differences in amount of talk: A critical review of research", in D. Tannen ed., *Gender and conversational interaction*, Oxford: Oxford University Press, 1993, pp. 281–312.

[3] Pamela M. Fishman, "Interaction: The work women do", *Feminist research methods*, Routledge, 2019, pp. 224–237; Shirley A. Staske, "Talking feelings: The collaborative construction of emotion in talk between close relational partners", *Symbolic Interaction*, Vol. 19, No. 2, 1996, pp. 111–135.

[4] Jennifer Coates and Deborah Cameron ed., *Women in their speech communities: New Perspectives on Language and Sex*, London and New York: Longman, 2014.

争,而女性则更倾向于合作和考虑周到。这些男女言语风格从童年到成年都在实践中,是从男女之间的社会语言和语言视角的亚文化差异中所产生的。

支配理论模型的主要论点是,语言中的性别差异在社会结构中创造了性别权力差异。该假设详细说明,男性在与女性互动时采用一种支配和强大的风格,而受到"女性语言"影响的女性在交谈中显得地位次要和无力。研究人员强调,男性通过频繁打断女性[1]并违反会话策略[2],限制和强化女性的次要地位[3]。

然而,支配框架认为,男性和女性在混合性别互动中采用了不同的语言策略。研究发现,当女性与女性交谈时,男性与男性交谈时,被观察到的支配程度较低,这表明在讨论性别和语言时应考虑更多样化的语境。齐默曼(Zimmerman)和韦斯特(West)澄清,男性向女性的打断释放了女性被社会压迫和支配的重要信息。其他研究人员在随后的研究中揭示,男性的打断不被认为在男性—男性交谈中同样显著,就像女性在女性—女性互动中的次要性不那么显著一样[4]。

过去关于语言和性别的研究发现并未激发当前社会科学研究的兴趣,反而引发了更多关于框架、方法和方法论的问题。尽管这三种理论模型已有充分的研究,但观点逐渐从分隔的文化转向语境变化和性别化的沟通风格。性别身份和社会语境建构得到特别强调,许多学者认为将性别和语言联系起来的沟通模型[5]更适用于进一步研究。研究人员提出的延伸主张包

---

[1] Zimmerman, D. H. and West, C., "Sex Roles, Interruptions and Silences in Conversation", in Thorne, B. And Henley, N. eds., *Language and Sex: Difference and Dominance*, Rowley, MA: Newbury House, 1975.

[2] Pamela M. Fishman, "Interaction: The work women do", *Feminist Research Methods*, Routledge, 2019, pp. 224-237.

[3] 左进:《二十世纪美国女剧作家自我书写的语用文体分析》,博士学位论文,上海外国语大学,2010年。

[4] Dale Spender, *Man Made Language*, London: Routledge and Kegan Paul, 1985; Deborah Cameron, *Feminism and Linguistic Theory*, London: Routledge, 1985/1992; Deborah Tannen, ed., *Gender and Conversational Interaction*, Oxford: Oxford University Press, 1993.

[5] Linda A. M. Perry, Lynn H. Turner, and Helen M. Sterk, eds., *Constructing and Reconstructing Gender: The Links Among Communication, Language, and Gender*, Albany: State University of New York Press, 1992.

括在沟通框架内研究性别和语言,以及通过探索详细的语境(例如虚构语境)来深入探讨。

尽管在女性主义理论中对女性写作的具体定义很难达成一致,因为其在复杂性上具有隐喻和诗意的愿景,但在一般社会科学语境中,涵盖了广泛的女性关注领域:女性的冲突、女性主义政治、女性心理状态、女性的声音。关注女性写作的评论家强调,女性文学文本背后的动机来自社会文化力量,女性写作是为了在与男性逻辑和语言的问题上产生女性的姿态[①]。

学者们也通过探索女性作家的选择进行了研究:主题构建、性别认同、虚构人物塑造以及戏剧中的自我书写等[②]。然而,从语言视角研究女性写作尚未得到广泛开展。从语用学的角度来看,左进在他的博士学位论文《20世纪美国女剧作家自我书写的语用文体分析》中,从语用文体学的角度研究了女性剧作家的戏剧文本,并发现女性的自我书写分别通过词汇、句法和话语层面的语言形式来实现。这项研究代表了从语言视角研究女性作家写作的少数研究之一,为本研究提供了假设:如果戏剧交际背景可以提供有效和可靠的证据,那么虚构叙述中的对话风格,例如小说,是否可以作为其中一个方面?这个问题正是本书意图回答的。本书将从语用文体学的角度研究当代加拿大英语小说中的女性书写。

四 当代加拿大英语小说中的女性书写

在女性书写这个范畴内,有许多作家和作品备受瞩目。例如,莎拉·沃特斯(Sarah Waters)的《轻添丝绒》(*Tipping the Velvet*)以其对女性独立和家庭关系的深刻刻画而著称,成为19世纪初期英国女性写作的代表之作。此外,爱丽丝·沃克(Alice Walker)的《紫色》(*The Color Purple*)和琼·妮·史密斯(Zadie Smith)的《白牙》(*White Teeth*)等作品也展现了对女性经验和种族议题的深入探讨。

---

① Beverly Rasporich, *Dance of the Sexes: Art and Gender in the Fiction of Alice Munro*, Edmonton: The University of Alberta Press, 1990.

② Barret, Michele ed, *Virginia Woolf: Women and Writing*, NewYork: Harcourt Brace Jovanovich, 1980; Elaine Showalter, *A Literature of Their Own*, Beijing: Foreign Language Teaching and Research Press, 2004.

第一章 导论

女性书写并不受限于特定的文学体裁，它可以涵盖小说、诗歌、散文等各种形式。例如，西尔维娅·普拉斯（Sylvia Plath）的诗歌作品，如《铁玫瑰》（*The Colossus*），以其对女性身体和情感的敏感描绘而闻名，展现了诗歌在女性书写中的重要地位。同时，维吉尼亚·伍尔夫的《一间自己的房间》（*A Room of One's Own*）则以其对女性自我意识和社会地位的探索而备受推崇，成为20世纪现代主义文学的重要代表之一。

女性书写的范围不受地域或文化背景的限制，它涵盖了世界各地不同文化和传统中的女性作家和作品。例如，尼加拉瓜诗人克拉丽斯·艾萨贝尔（Claribel Alegría）的诗集《鸟行者》（*Birds on the Kiswar Tree*）通过其对女性身份和自由的探索，展现了拉美女性文学的独特魅力。同样，日本作家川端康成（Yasunari Kawabata）的《伊豆的舞女》（*The Dancing Girl of Izu*）虽然是由男性撰写，但通过对女性命运的细腻描绘，也被视为女性书写的重要作品之一。

这些突出的作家和作品展示了女性书写在全球范围内的丰富多样性和重要性。在过去的研究中，已经有学者对英国和美国女性文学进行了广泛的探讨，但相比之下，对于加拿大女性作家的研究相对较少。加拿大作为一个多元文化的国家，其文学作品反映了不同文化背景下女性的生活经验和文化认同，因此对于拓展对女性文学的理解，深入研究加拿大女性作家的作品至关重要。

一方面，对于特定地域的文学发展和社会议题的探索，亟须更深入地关注特定时空背景下的女性书写。

在这个背景下，加拿大作为一个多元文化、多元语言的国家，其女性文学呈现了独特的发展轨迹和社会反映。通过研究当代加拿大英语小说中的女性书写，本书旨在更好地理解加拿大女性作家在当代社会中的地位、角色和文学贡献，以及她们如何塑造了加拿大文学的面貌和特色。在这个过程中，本书将关注她们的创作背景、文学风格以及作品所反映的社会、文化和性别议题，从而深入探索女性书写在加拿大的发展与当代社会的关系。这样的研究不仅有助于理解加拿大文学的多样性和丰富性，也能够提供更深入的洞察，探索女性在文学领域中的地位和影响力如何随着时代的变迁而演变。

值得一提的是，女性书写研究也重新审视了女性作家在文学史上的地位和影响。一些经典作品的重新阐释和评价使学界和读者重新认识了女性书写的意义和价值。例如，艾米莉·勃朗特（Emily Brontë）的《呼啸山庄》（Wuthering Heights）、简·奥斯汀的《傲慢与偏见》（Pride and Prejudice）、乔治·艾略特（George Eliot，本名玛丽·安·埃文斯）的《米德尔马契》（Middlemarch）被广泛研究，展现了女性作家在文学创作中的独特贡献。

但当代作品直接反映了当今社会的价值观和议题，能够更直接地与读者的生活和文化相联系。荣获北方文学奖的《我们都在一起》（We're All in This Together）被誉为杰出的女性主义小说，展示了艾米·琼斯（Amy Jones）出色的叙事才华，深受读者喜爱。故事以凯特·帕克在一场特技表演中的幸存为起点，揭示了帕克家族成员在此事件中的复杂关系。通过多视角叙事，小说深入剖析了每位女性角色在面对挑战和秘密时的内心挣扎，呈现了她们在家庭和社会中的权力动态。评论家称赞小说对女性角色的心理深度刻画，特别是在面对痴呆症时的探索，展现了女性在现实中的复杂性和坚韧性。

此外，选择加拿大作为研究对象，有助于探索一个特定地域的文化、历史和社会背景对女性文学创作的影响。加拿大文学在国际文坛上占据着重要地位，研究加拿大女性作家的作品可以提供不同于其他地区的独特视角。例如，加拿大作家 L. M. 蒙哥马利（L. M. Montgomery）所著的《绿山墙的安妮》（Anne of Green Gables）这部经典小说描述了女主角安妮的成长历程，她是一个纯真善良、热爱生活的女孩，自幼失去父母，11岁时被领养。她个性鲜明、富有幻想，凭借刻苦勤奋赢得了家人、老师和同学的喜爱与友谊。小说探讨了成长与梦想的主题，彰显了作者超越时代的生态女性主义意识，强调世界是一个多元化的共同体，展现了加拿大文学的独特魅力。成年读者通过安妮的成长历程，可以感受她的人格魅力，反思自身生活与价值。同时，选择英语作品进行研究使得本研究更具有国际性。英语是国际上通用的语言之一，研究此类作品可以更广泛地分享研究成果，并与其他学者进行交流和比较。此外，英语小说在全球范围内也具有较大的影响力。例如，加拿大作家玛格丽特·劳伦斯的玛纳瓦卡系列小说在加拿大文化发展史上占有举足轻重的地位。《石头天使》(*The Stone Angel*)为该系列第一部长篇，引发了全球读者的共鸣。作者运用独特的女性写作方式，刻画出一群执着探求存在意义及自我价值的女性形象，并以此来挑战以男性视角为中心的文学传统，凸现了劳伦斯为阐述女性在父权制的话语中"言说生命真相"而做出的抗争所采取的写作策略。聚焦于女性书写有助于揭示女性在文学创作中的独特贡献和经验。

女性作家往往关注不同于男性的主题和情感，通过她们的作品，可以深入探讨性别、身份、权力等议题。例如，阿特伍德在其代表作《使女的故事》中深刻地探讨了权力、自由和女性身份等议题，成为20世纪末以来最具影响力的文学作品之一。小说设定在一个极权统治下的未来社会，女性被剥夺了基本的权利，被强迫成为生育工具，被称为"使女"。通过主人公奥夫弗雷德的视角，阿特伍德揭示了社会压迫和女性自我解放的深刻内涵，引发了广泛的社会讨论和学术研究。这些因素共同促成了对当代加拿大英语小说中女性书写的研究。

另一方面，探索当代加拿大英语小说中女性书写这一议题本身便是一个值得深入研究的领域。威·约·基思（W. J. Keith）[①]指出，加拿大小说近来的一个最显著的特性是20世纪80年代以来涌现出众多颇有成就，享有盛誉的女作家。这使得加拿大英语小说中的女性书写具有丰富的特点和主题。首先，它反映了加拿大多元文化社会中不同女性群体的生活经验和文化认同。作家们通过叙事和人物塑造，探讨了移民女性、原住民女性、殖民地后裔女性等不同群体在加拿大社会中的地位和角色。其次，加拿大女性作家常常关注女性的身份认同和自我意识问题。她们通过描绘女性角色的成长、变化和挣扎，探索了女性在家庭、社会和职业生涯中的角色定位和自我实现。此外，加拿大女性作家还经常关注女性的社会地位和权力斗争问题。她们通过作品呼吁对性别歧视和不平等现象的关注，探讨女性在政治、经济和文化领域中的权利和地位。这些作家的作品呈现出多样性和丰富性，反映了加拿大女性文学的独特魅力。在宏观视角上，加拿大女

---

① ［加］威·约·基思：《加拿大英语文学史》，耿力平等译，北京大学出版社2009年版，第232页。

性作家的作品常常关注女性的身份认同、家庭关系和社会地位等主题,反映了女性在加拿大社会中的多样性和复杂性。而在微观层面上,这些作品通过生动的人物塑造、细腻的叙事和深刻的主题探索,展现了女性的内心世界和生活经历,引发了读者对于性别、权力和自我实现的思考与探讨。

在这一背景下,艾丽丝·门罗、玛格丽特·阿特伍德和玛格丽特·劳伦斯等著名作家的作品成了研究的焦点。她们不仅在加拿大文学界具有重要地位,而且在国际上也享有广泛的声誉。她们的作品涉及的主题不仅与当代加拿大社会息息相关,也与国际女性文学的发展趋势密切相关。因此,通过深入研究这些作家的作品,可以更好地理解加拿大女性文学的发展轨迹,探讨女性在文学中的地位和角色,以及她们所面临的挑战和机遇。此外,这些作家以其独特的文学风格和深刻的主题吸引了广泛的关注。艾丽丝·门罗以其精致的散文和对人性的深刻洞察力而闻名,她的作品探索了家庭、人际关系和生活中的微妙情感。玛格丽特·阿特伍德以其对权力、自由和女性自我意识的探索而著称,她的作品常常涉及女性的生存与自由之间的挣扎。玛格丽特·劳伦斯则以其对身份认同、文化冲突和个人解放的关注而备受推崇,她的作品常常探索加拿大多元文化社会中的复杂关系。

除了艾丽丝·门罗、玛格丽特·阿特伍德和玛格丽特·劳伦斯等著名作家外,加拿大还有许多其他值得关注的女性作家和作品。例如,艾米·麦凯(Ami McKay)在《出生的房子》(*The Birth House*)一书中通过讲述多拉瑞尔的故事,深入探讨了乡村妇女在20世纪初的人身解放和传统医学与现代医学的冲突。这部小说融合了历史背景、女性权益问题和医学进步的议题,以及主人公的个人成长故事,呈现了一个丰富而引人入胜的叙事。通过对传统与现代、个人与社会的冲突探讨,引发了对于文化演变和人性的深刻思考。卡罗尔·希尔兹(Carol Shields)则透过生活的表面揭示女性生存的本质和意义,以及女性之间的友谊。梅维斯·加兰特(Mavis Gallant)的艺术技巧则令人兴奋不已。虽然加兰特从没有让人注意到它,但是读者总是意识到她叙事背后的这种技巧。她知觉敏锐,风格从容简约;她的句子富有节奏且明白清晰,每个短语都有作用。有时候她会异常诙谐,如对《穆斯林妻子》(*The Moslem Wife*)故事中的艾丽丝·科迪埃所做的详细分析那样:"高大、招摇,冬日里则又苍白,她使内塔想起一只浅色的企鹅。她的声音有时像老鼠吱吱叫,有时又像牛哞哞叫。"她用一句话点出整个社会环境的能力让人感到惊讶,不过虽然她始终客观清醒地来描写笔下人物,但常常表露出深深的同情①。总的来说,加拿大英语小说中的女性书写呈现出多样性、包容性和前卫性的特点。通过对这些作品的深入研究,可以更好地理解加拿大女性文学的发展历程和主题特点,为女性文学研究提供新的视角和启示。

第二节　研究视角

一　文学批评视角

在女性书写研究的实践中,尤其是当代加拿大英语小说中的女性书写中,诸多学者通过深入分析女性作家的作品,揭示了女性书写的独特美学特点、语言特色以及对社会议题的关注。女性主义批评理论、后现代主义理论和后殖民主义理论等框架为其提供了丰富的视角和分析工具,帮助读者更好地理解女性作品中的意义和价值。

加拿大的独特地理环境以及文化历史对作家的文学主题和内容产生了深远影响。譬如,丁林棚撰写了国内加拿大地域文学研究的首部专著《加拿大地域主义文学研究》。作者从后现代多元文化视角入手,对地域文学的发展进行重新审查,探讨地域主义批评的发展、特征和理论,并以草原和海洋文学为例分别研究了罗斯和阿利斯泰尔·麦克劳德(Alistair Macleod)的短篇小说集,以文化地理学视角对罗斯的文本景观进行了全新解读,对麦克劳德的地域叙事中的时空、地方、地域、主体性等的相互关系进行了深入阐发,突显出个人和地方在叙事中的彼此构建②。

此外,加拿大文坛涌现出显著的生态女性主义倾向,阿特伍德作为其中的佼佼者,其身份跨越了文学家与生态思想家的界限。她的文学创作不

---

① [加]威·约·基思:《加拿大英语文学史》,耿力平等译,北京大学出版社2009年版,第233页。
② 丁林棚:《加拿大地域主义文学研究》,北京大学出版社2008年版。

仅触及传统意义上的社会议题,更深刻挖掘了人与自然之间错综复杂的关系,这一视角与当代生态批评的核心议题不谋而合,尤其是聚焦于生态危机及其深远影响。阿特伍德的作品以其独特的虚拟现实构建,直观地展现了生态失衡可能引发的连锁反应,同时深刻反思了人类在自然界中的位置及应持有的自然观。陈秋华①运用生态批评的框架,对阿特伍德的代表作《可以吃的女人》(The Edible Woman)、《浮现》(Surfacing)及《使女的故事》进行了细致入微的分析,这些作品成为探讨生态伦理与人类与自然关系的重要文本。阿特伍德作品中不仅有对生态问题的深刻洞察,还强烈呼吁社会摒弃"人类中心论"的狭隘观念,转而倡导一种更加和谐共生的生态意识。

加拿大文学以现实主义为主流,但同时也涌现出哥特主义的暗流。对于加拿大集体无意识中的"恐惧和焦虑",尤其是在"北方"与"后殖民"的身份界定中,为哥特主义传统提供了土壤。当代加拿大文学的代表性人物之一,门罗通过对加拿大小镇的自传性、现实性描述,常常将非现实主义的"暗恐"与现实交织在一起,但其核心依然是对文化遗产的继承关注。周怡②以门罗的短篇小说《乌特勒克停战协议》(The Peace of Utrecht)为例,深入剖析其中的"荒城""鬼屋""疯女人"与"继承人",探讨门罗作品中经典的哥特主义结构,进而探讨加拿大文学的"文学招魂"。作者文章指出,历史的负重和继承问题是加拿大哥特主义传统的关键所在。刘小梅③采用传统的哥特研究方法对门罗的故事文本进行系统分析,旨在挖掘门罗文学作品中的"南安大略哥特"的特点。

依托文学批评理论解读加拿大文学带来了许多有益的启示,其优点之一在于强调了对文学作品中女性形象和主题的关注,从而促进了对性别议题的深入探讨。女性主义文学批评可以更好地使读者理解作品中的性别角色、权力关系以及女性在文学中的地位和形象,为社会对性别平等的认识和实践提

---

① 陈秋华:《阿特伍德小说的生态主义解读:表现、原因和出路》,《外国文学研究》2004年第2期。

② 周怡:《荒城、鬼屋、疯女人和继承人们——从门罗的〈乌特勒克停战协议〉探加拿大文学的哥特主义暗流》,《外国文学》2019年第2期。

③ 刘小梅:《爱丽丝·门罗作品的南安大略哥特风格》,硕士学位论文,华中师范大学,2014年。

供了理论支持。文学批评理论扩大了对文学传统的理解、丰富了对文学多样性和创造力的认识，并且推动了社会对女性声音的尊重和重视。

然而，这类研究也存在一些局限性。例如，由于文学传统和文化偏见的影响，一些女性作家的作品可能长期被忽视或低估，导致研究的对象和范围受到限制。此外，由于女性书写涉及的主题和风格多样，研究者在理解和评价女性作品时可能面临着挑战和争议。这种局限性导致某些研究过于强调性别视角，而忽略了其他可能的解读维度。因此，许多学者开始转向语言学理论，以弥补文学理论的这一弊端，并为文学解读提供新的视角和空间。

二 元话语研究视角

在当代文学研究中，语言学理论被广泛运用来解释文学作品。被广泛运用的理论之一——文体学是一种重要的工具，用于分析文学作品中的文体特征和风格。例如，认知文体学通过对文学作品中语言结构和表达方式的认知分析，探讨作品背后的认知过程和意义构建方式。以心理学家约翰·狄利亚德斯基（John Diliadsky）的认知文体学理论为基础，研究者可以解读作品中角色的思维模式、情感表达以及意识流等文体特征，从而深入挖掘作品所传达的情感和思想。此外，语料库文体学作为一种基于大规模语言数据的研究方法，在文学研究中日益受到重视。目前已有许多学者发现语料库语言学与文学研究的契合之处[1]，利用语料库软件，提取并分析关于文学语料的数据，总结文学作品的语言特征和文学性，探讨文学与社会文化语境之间的联系[2]。

另外，社会语言学也为文学研究提供了重要的语言学视角。社会语言学强调语言使用与社会、文化背景的关系，通过分析作品中语言使用的社会语境和语言变异现象，揭示作品所反映的社会现实和文化价值观。例如，

---

[1] 张仁霞、戴桂玉：《语料库检索分析在文学批评领域中的应用——以海明威〈永别了，武器〉为例》，广东外语外贸大学学报2010年第2期；陈婵：《爱丽丝·门罗小说中的词簇特征及其功能分析——一项基于语料库的文体学研究》，解放军外国语学院学报2014年第3期；风群：《基于语料库的意识流小说〈达罗卫夫人〉文体学分析》，《山东外语教学》2014年第1期。

[2] 胡开宝、杨枫：《基于语料库的文学研究：内涵与意义》，《浙江大学学报》（人文社会科学版）2019年第5期。

社会语言学理论可以帮助读者理解作品中不同人物之间的语言交流方式,以及语言在构建社会身份和地位方面的作用,进而加深对作品的理解和解读。

语用学为文学作品的社会文化背景提供了新的解读视角。通过分析作品中的语言使用方式和语境效应,读者能够更好地理解作品所处的历史时代、文化背景和社会环境。例如,顺应论能够帮助揭示文学作品与其时代背景的互动关系。通过分析作品与当时政治、社会、经济背景的契合与冲突,读者能够更好地理解作品所处的历史意义和社会价值。乔治·奥威尔(George Orwell)的《1984》作为一部反乌托邦小说,深刻地反映了当时的政治压迫和思想控制,通过顺应论的视角,可以更深入地理解作品对当时社会现实的呼应和批判。综上所述,语用学在分析文学作品时具有独特的优势,能够帮助读者深入理解文本中的语言现象、情感表达和社会文化背景。通过具体的理论分析和案例研究,语用学为文学批评提供了新的视角和方法,丰富了对文学作品的解读和理解。

元话语理论是语用学领域引人瞩目的理论框架之一,为解释语言现象和社会交往提供了重要的理论依据。该理论深刻探讨了语言使用的本质、语言行为的目的以及语境对语言的影响。元话语不仅是语篇组织的手段,还反映了交际者的意识和与他人的互动方式,是语言交际中的重要组成部分。它的前沿性、丰富性和系统性使其成为当今语用学研究的重要支柱。

文学语篇作为重要的语篇类型,也涉及元话语的使用。例如阿罕格瑞(Ahangari)和卡塞米(Kazemi)将文学语篇看作一种体裁,借助海兰德(Ken Hyland)的元话语分类模式,考察了《爱丽丝梦游仙境》(Alice in Wonderland)中的互动式元话语和交际式元话语的分布及频率。阿尔拉维(Aljazrawi)也指明,短篇小说中元话语不仅被频繁使用,而且元话语的使用可以使小说故事更加流畅连贯,并且增强故事的说服力[1]。许慧敏[2]对文

---

[1] Ahangari S and Kazemi M, "A content analysis of 'Alice in Wonderland' regarding metadiscourse elements", *International Journal of Applied Linguistics and English Literature*, Vol. 3, No. 3, 2014, pp. 10 – 18; AlJazrawi D. A and AlJazrawi Z. A, "The use of meta – discourse an analysis of interactive and interactional markers in English short stories as a type of literary genre", *International Journal of Applied Linguistics and English Literature*, Vol. 8, No. 3, 2019, pp. 66 – 77.

[2] 许慧敏:《芥川龙之介的〈罗生门〉和元话语的关系研究》,《语文建设》2015 年第 18 期。

学作品中的元话语类型展开研究,指明了作者通过元话语向读者表明写作意图,发挥引导读者理解和评价命题内容的作用,是考察作品的主题和作者写作风格的有效渠道。另外,在文学作品这一体裁中,元话语还具有帮助作者构建书场语境的作用。李宏亮[①]通过对比莫言小说《天坛蒜薹之歌》两个版本中的元话语种类和数量,表明社会环境的变迁对作者元话语使用具有显著影响。

以上的研究表明,文学语篇作为一类体裁,含有大量充分的元话语,且元话语的使用对于读者理解小说和作者写作具有重要作用。但值得注意的是,元话语并非只局限于作者、读者和文学作品三者之间。刘风光和石文瑞[②]主张,小说可以从三个层面进行解读,即从叙述者—受述者、作者—读者、人物—人物三个层面解读。文学作品中的各色人物也会借助相应的元话语与其他角色进行互动交流。不同于学术语篇、广告、新闻、机构话语、文学语篇涉及日常话语,人际关系取向更加明确,元话语涉及交往的方方面面。例如,有学者就《简·爱》(*Jane Eyre*)中男女主人公使用的元话语资源是如何投射出不同的主体意识,如何构建和协商与他者之间的关系展开分析。在陈新仁[③]提出了基于元语用的元话语新拟后,有学者就其分类,对文学文本中人物使用的特定的元话语类型展开分析。如傅琼[④]聚焦于《红楼梦》中王熙凤使用的发话人元话语,揭示该人物在使用元话语时体现的有关"自我"的元话语意识及元话语对人物塑造的作用。肖伟、申亚琳[⑤]探究了薛宝钗使用受话人元话语时展现的受话人意识。

海兰德[⑥]提出的人际模式元话语分类适用于分析文学作品中读者与作者的有效互动。但是这一框架无法凸显文学人物作为话语参与者自身情感等元话语现象的不足。陈新仁的新框架不仅不受语篇类型的限制,同时可

---

① 李宏亮:《莫言小说〈天堂蒜薹之歌〉元话语运用分析》,《语文建设》2013年第35期。
② 刘风光、石文瑞:《小说语篇可读性建构与不礼貌策略研究》,《外语与外语教学》2019年第6期。
③ 陈新仁:《基于元语用的元话语分类新拟》,《外语与外语教学》2020年第4期。
④ 傅琼:《王熙凤的自我意识解读:基于元语用证据》,《外语与外语教学》2020年第4期。
⑤ 肖伟、申亚琳:《元语用视角下薛宝钗话语的受话人意识》,《黑河学院学报》2022年第10期。
⑥ Ken Hyland, *Metadiscourse*: *Exploring interaction in writing*, Cambridge: Cambridge University Press, 2008.

以突出交际者元语用意识的显性表达,适用于小说人物间对话分析。

三 语用身份研究视角

身份一直都是社会学、社会心理学、传播学和修辞学领域的热门研究话题。史塞克(Stryker)[①]在撰写《身份理论》(Identity Theory)时指出,身份是一个人在社会中扮演的角色。在一个日益全球化的社会中,不同文化、价值观和信仰的交流与碰撞促使个体拥有跨越传统界限的身份认同。个体的多样化经历,如家庭背景、教育经历、职业生涯和旅行经历,为其赋予了多重身份的可能性。社会的多元化和包容性,以及社会运动的兴起和政治变革的影响,也塑造了个体对身份的理解和认同。个体的选择和意识形态也在一定程度上塑造了身份交叉性,例如选择拥抱多元文化、性别平等和社会正义等价值观。个体经历、社会环境和文化影响的多重交织导致了身份交叉性的形成。

对于一个加拿大女性作家来说,身份交叉性更加复杂而多样化。首先,作为加拿大人,她可能在自己的文学作品中反映出加拿大的多元文化、历史传统和地域特色。她可能会探索加拿大社会的多样性,并在作品中反映出对加拿大身份的理解和认同。

作为女性,她可能会面临着性别角色的刻板印象和社会期待,同时也可能通过自己的文学作品挑战性别偏见和不平等。她的作品可能探索女性的内心世界、社会地位和性别政治,从而为女性经验和声音提供重要的平台。

作为作家,她可能会在文学创作中表达个人的思想、情感和审美追求。她的作家身份可能会与其他身份交织在一起,从而影响她的写作风格、主题选择和受众互动。作为加拿大女性作家,她可能会在自己的作品中探索加拿大社会、女性经验和文学创作的复杂关系,从而为文学界和社会带来新的启示和理解。

当代加拿大女性作家笔下的人物角色是多维的、丰富的,她们的故事

[①] Sheldon Stryker, "Identity theory: Developments and extensions" in K. Yardley & T. Hones ed. *Self and Identity: Psychosocial Perspectives*, New York: Wiley, 1987, pp. 89–103.

和经历不仅反映了个体层面的体验，也呈现了对更广泛社会议题的探索和反思。这些人物角色通常也具有丰富的内在世界和复杂的生活经历，反映了作者自身的身份交叉性，同时也代表着社会中不同群体的声音和经历。这些人物角色面对着各种挑战和冲突，如性别歧视、文化认同、家庭关系等，这些都反映了当代社会的现实和复杂性。

在这些作品中，人物往往不是简单的符号或代表，而是具有深度和复杂性的个体。她们可能面对着内心的矛盾和困惑，同时也展现出坚韧和勇气。通过这些人物角色，作家可以探索和传达各种社会议题，如权力关系、身份认同、社会正义等，从而引发读者对现实世界的思考和反思。

随着身份研究的话语转向（Discursive Turn），越来越多的学者开始从社会建构论视角（Social Constructionist Perspective）来研究身份与话语之间的动态关系，认为身份是在交际中动态的、在线构建和选择的[①]。社会学家特蕾西（Tracy）[②]指出，身份包括两个方面：一是人们在交际活动发生前就已经拥有的稳定的特征；二是可以通过话语建构的身份，随着交际语境的变化而变化。这一观点既关注了预先存在的身份对人们话语的影响与制约，又强调了交际中动态、临时的身份建构，为身份研究提供了更加全面的研究范式。

近年来，陈新仁等中国学者从语用学角度出发，采用社会建构主义视角，在现有身份研究的基础上，结合语用学理论与学科特点，探索并归纳形成"语用身份论"（Pragmatic Identity Theory）的全新架构。与传统的社会身份理论相比，依据语用身份论框架的语用身份研究更为强调身份的交际依赖性、动态选择性、资源商讨性以及话语建构性等属性。语用身份论的提出，可以看作是语言学界进行理论范式本土化的积极尝试。语用身份论立足于语用学理论传统，以身份建构观、修辞观等作为自身理论基础，融合了参与者视角与分析者视角，并且关注具体语境下交际者的身份选择与建构。语用身份论的基本内涵，可以从参与者及分析者两个角度解读。

---

① 陈新仁：《语用身份论：如何用身份话语做事》，北京师范大学出版集团2018年版，第1页。

② Karen Tracy and Jessica S. Robles, *Everyday Talk: Building and Reflecting Identities*, New York: Guilford Press, 2002.

从参与者的"局内人"角度看,语用身份是一种解读与施为的人际资源。从分析者的"局外人"角度看,语用身份还是一种阐释与评价的人际资源。从整体上看,语用身份论可以被概括为"语用身份资源观",具有动态性、顺应性与融合性特点,贯通了解读、施为、阐释、评价等人际资源的多种研究路径。语用身份论认为,语言身份是交际者在言语交际过程中话语建构、动态选择的结果。同时,语用身份也是达到行事或满足人际需要的资源,能够影响话语解读的方式与结果。其不但可以解释特定话语内容与方式的形成动因,还可以评价特定情境下的话语运作方式与脉络。基于语用和身份两者之间的内在关联,语用身份论的研究重点从传统的本质主义转向社会建构主义。因此,语用身份论视角下的身份研究,也从一开始观照单一的社会属性发展至当下兼容社会属性与心理属性,从而更充分地阐述了身份建构的动态本质。

身份理论,尤其是语用身份论,提供了一种深入理解当代加拿大女性作家及其笔下女性人物的框架。

语用身份论强调语言使用与身份认同之间的紧密关联。当代加拿大女性作家通过语言的选择、表达方式和叙事风格,塑造了多样化且深刻的女性人物。她们可能运用特定的语言符号、口语特征或者文化隐喻来展现人物的身份认同,从而使读者更深入地理解和感受到人物的内心世界和复杂性。

语用身份论关注语言使用与权力关系、社会地位以及文化认同之间的相互作用。当代加拿大女性作家所描绘的女性人物往往处于不同的社会地位和权力关系中,她们的语言使用反映了她们所处的社会背景、文化认同以及对自身身份的认知和反思。通过对语言的运用,这些作家可以探索女性在社会中的地位、权力关系的变化以及文化认同的复杂性,从而为读者呈现出更为生动和立体的人物形象。

语用身份论还关注语境对语言使用的影响。当代加拿大女性作家在创作过程中可能会考虑到不同的语境,如文化背景、历史传统、社会议题等,以及这些语境对人物身份认同的塑造和表达方式。通过对语境的敏感和理解,她们可以创造出更加贴近现实、具有代表性和共鸣力的女性人物形象,从而引发读者对身份、权力和文化认同等议题的思考和讨论。

语用身份论为理解当代加拿大女性作家及其笔下女性人物提供了一个丰富而深入的分析视角，帮助读者更好地理解和解读她们作品中所呈现的身份认同、权力关系和文化语境等方面的内涵。

　　尽管已有学者从语用学视角研究了元话语，然而孙莉[①]对语用学视角下的元话语研究进行梳理后发现，元话语与语用学的密切联系尚未得到足够的重视和凸显，特别是在元话语与身份建构的关系问题上。基于这一发现，她进一步探讨了本族语作者在学术英语写作中的元话语使用及其身份建构特征[②]。她不仅从身份建构视角重新审视了元话语的功能和类别，还通过对元话语资源的分析揭示了学术写作中作者身份的动态多样性和话语建构性特点。这项研究启示了元话语理论和语用身份结合的必要性和可能性。然而，关于哪些元话语参与了身份的建构以及建构了怎样的身份等问题仍值得进一步探讨，特别是在文学文本中，尤其是女性作家的文本中，各种动态身份是如何借助元话语进行构建的问题。本研究认为，相比学术论文，文学文本是一个更大、更宽广的元话语与语用身份理论测试场域。文学文本不仅提供了丰富的人物语用身份类型，同时也能够揭示作者的语用身份。语用身份的构建方式可在宏观层面和微观层面提供语言学证据，从而揭示各种动态身份和交叉身份。此外，文学文本中的元话语资源更为详尽，不仅适用于分析作者的写作文体特征，还可用于分析人物间的对话，从而对作者及其笔下人物的身份进行指导。这项研究期待进一步厘清元话语与身份建构的关系，对元话语功能做出语用层面的阐释，从而丰富语用学视角下的元话语研究、身份建构研究以及文学研究。

第三节　研究意义

　　本研究的主要内容是将语用学理论成果用于分析检验当代加拿大英语小说中的女性书写主题。本研究在人物间对话、叙述者与读者交流以及作

[①] 孙莉：《语用学视角下的元话语研究述论》，《江淮论坛》2017年第6期。
[②] 孙莉：《语用身份论视角下的元话语使用研究——以应用语言学国际期刊论文为例》，《解放军外国语学院学报》2021年第1期。

者与读者交流三个层面，对语用学与交际结构进行整合，形成三个层面的语用文体学分析框架。本书的研究目标是将元话语及语用身份理论贯穿于每个层面的分析中，以揭示当代加拿大英语小说中体现的女性书写主题。在此框架下，试图通过小说中三个不同层面的交际分别展开。分析结果将在女性人物、女性探寻以及作者的女性书写等三方面进行展示。

  本研究的研究意义在于：

  第一，融合小说交际特点及语用文体学理论研究成果，在已有的戏剧会话分析基础上尝试将其用于小说交际语篇。将语用学理论研究成果与文学交际的文体结构相结合，形成适用性强的小说分析框架。基于交际的本质，以往的研究多以单一的语用学理论如会话含义或言语行为理论对戏剧文本中的对话进行分析，而本研究将交际与文学语篇相融合，建立适用于小说分析的框架。

  第二，小说语篇的语用文体分析为文学研究提供了新的方向，首次在小说中进行女性书写的语言学特征论证。以往对文学语篇对话的语用文体分析多采用诸如合作原则、关联理论或礼貌原则等语用学理论，没有研究尝试将语用学理论与文学语篇的三个层面进行结合。作者曾对艾丽丝·门罗短篇小说进行研究，从语言学特征视角，展现其作品中的女性书写特点。

  第三，本书在每一层面语言特征分析的基础上进行女性书写主题的语言特征分析，为突出文学主题的语言特征提供了分析范例。使用模式—范例—应用模式进行文学语篇分析较之在非文学语篇中运用理论—范例模式更加行之有效，更具适用性。

  此外，作者此前的博士学位论文对虚构文本进行了语用文体分析研究。该研究基于先前在相关方面的研究，利用语言学方法拓宽了文学研究的范围，提供了新的视角和新的分析模式。在文学批评中，通过语言揭示在虚构研究中探讨了对女性写作的新理解。

  本书内容是基于作者的博士学位论文，又突破了此前研究的局限性并在此基础上进一步探索。

  第一，本书进一步改进了关于虚构作品的实用风格研究的分析框架，对其进行修改和丰富，使框架更科学、更可行。例如，进一步考虑到人际语用学的相关理论，证实了元话语理论和语用身份结合的必要性和可能性。

第二，本书增加研究短篇小说文本的数量，以增加分析的可信度。除包括作者已经检验艾丽丝·门罗完整创作生涯的 14 部作品集中的 9 部外，本书将视角放宽到当代加拿大英语小说中的所有女性书写文本。增加更多样研究文本，可以更充分且更具说服力地展示分析结果。

第三，作者此前在博士论文中对单一作家作品的案例研究所使用的分析框架不能代表所有短篇小说。因此，本书对同一文学文本体裁内的更多案例进行研究，希望对之前研究结果做出全面和自信的验证。

第二章
当代加拿大英语小说中的女性书写

第一节　当代加拿大英语小说概述

  莎士比亚、拉辛、歌德、托尔斯泰当然属于全世界，但从实质意义上讲，他们仍然分别属于英国、法国、德国和俄罗斯。要想最深刻地理解这些文学巨匠的作品，还得从其本国文学的背景出发①。同样，加拿大文学作为后起之秀，也值得大家的关注。要想深入了解加拿大优秀作品的内涵和意义，必须从加拿大本国的具体历史文化以及独特的地理面貌出发。

  加拿大的独特历史文化和地理面貌深刻地影响着其小说文学的发展与特色。作为一个移民国家，加拿大的文学作品常常反映了来自不同文化背景的移民的生活经历和心路历程。这种多元文化的融合使得加拿大文学充满了多样性，作品涵盖了各种民族、种族、宗教和语言的声音。加拿大广袤的地理环境也为作家们提供了丰富的创作素材和背景。从辽阔的森林到冰雪覆盖的北部地区，从繁华的城市到荒凉的乡村，加拿大的地理多样性为文学创作提供了广阔的想象空间，使作品呈现出独特的地域特色和情感表达。因此，加拿大文学常常探索身份认同、自然环境和社会问题等重要

---

①　[加]威·约·基思：《加拿大英语文学史》，耿力平等译，北京大学出版社2009年版，第8页。

主题。这些特点使得加拿大文学在世界文学舞台上独具魅力，吸引着全球读者的关注和认可。

加拿大的小说发展可以追溯到 19 世纪。在此期间，随着加拿大社会的逐渐形成和发展，文学创作也逐渐兴盛起来。最早的加拿大小说作品通常反映了殖民地时期的生活和情感，探讨了殖民主题以及加拿大人的身份认同等议题。随着时间的推移，20 世纪后，加拿大的小说文学逐渐丰富多样，呈现出了更加独特和丰富的风貌。本书将研究焦点集中在 20 世纪以后的当代加拿大文学上，将其历史划分为发展期和繁荣期两大阶段。20 世纪以后是加拿大文学迎来许多重要的社会变革和文学发展的时期。在这个时期，加拿大社会经历了多元文化的兴起、女性权益的重视以及对环境、政治等议题的深入探讨，这些都为文学创作提供了丰富的素材和背景。

在发展期（1901—1959），草原小说、地域小说和都市小说得到了长足的发展。草原小说通过描绘广阔的自然景观和勤劳朴实的农民生活，展现了加拿大西部的独特魅力。地域小说则深入挖掘加拿大各个地区的文化、历史和社会特点，呈现了丰富多彩的地方色彩。而都市小说则聚焦于城市生活的现实与挑战，反映了现代都市人的心理状态和生活状态。这些文学类型不仅丰富了加拿大的文学版图，也与现实主义文学相辅相成，共同奠定了加拿大文学的基石。

而进入繁荣期（1960 年至今），随着女性作家群体的扩大和杰出女性小说家的涌现，加拿大文学呈现出更多元化和包容性。女性作家们通过她们独特的视角和敏锐的观察，探索了家庭、性别、身份等议题，丰富了加拿大文学的主题和内涵。同时，写作题材也逐渐扩展，写作技法更是在创新与突破中不断进步，使文学作品呈现出更加丰富和深邃的内涵。

一　发展期

20 世纪初至 30 年代，加拿大的发展受到铁路、移民政策和美国经济的影响。国家政策先重视铁路建设和移民政策，后发展经济。自由宅地政策和移民激励了西部草原地区的发展，使加拿大成为世界上最重要的谷仓之一。大规模移民促进了加拿大多元文化的形成。草原地区的开发推动了加拿大的工业化和制造业迅速发展，尤其是在安大略和魁北克两省。20 世纪初，加拿大的工业化和城市化快速发展，多伦多和蒙特利尔成为现代大都市，而西部大开发带动了温哥华等城市的兴起。草原移民和西部大开发改变了加拿大人与自然的关系，促使现实主义文学传统兴起[①]。

西部草原的描写最早可以追溯到殖民地早期，但那时草原尚未被开发，因此描写多为传说故事或冒险传奇。直到联邦时期，人们的注意力开始转向西部，铁路的修建和国家政策的推行促进了西部的发展，但大规模的草原移民尚未开始。拉尔夫·康纳（Ralph Connor）笔下的西部环境虽然描述了文明使者如牧师、医生和教师，但主要还是蛮荒的环境，而不是草原移民的生活。最早描写草原移民及农庄生活的是尼莉·麦克朗（Nellei McClung），她的作品《启迪丹尼》（Sowing Seeds in Danny）已经开始向现实主义过渡，真正的现实主义草原小说兴起于20世纪20年代，由弗雷德里克·菲利普·格罗夫（Fredreick Philip Grove）、罗伯特·斯蒂德（Robert J. C. Stead）和马莎·奥斯腾索（Martha Ostenso）三位作家作为代表。他们超越了传统的浪漫传奇模式，真实地描写了草原移民的新生活，推出了众多长篇佳作，确立了现实主义草原小说的地位。这些作品不仅关注草原的自然环境和移民的拓荒奋斗，更关注土地对人的异化、发家致富的负面影响以及由此形成的人际关系和普遍人性。因此，草原小说成为20世纪上半叶文学的重要部分，具有开宗立派的重大发展史意义。

现实主义草原小说的现实主义风格不是传统意义上的写实主义，它关注的不仅仅是草原的自然环境和移民的拓荒奋斗，更关注的是土地对人的异化、发家致富对人的负面影响，以及由此而形成的人际关系和反映在这些关系中的普遍人性。

在草原小说异军突起之前，从联邦时期就开始兴起的区域小说也有了新的发展。草原小说也是区域小说，因先于其他区域小说进入现实主义传承，便率先另立门户。其他区域小说尚没有过渡到现实主义，但在新的环境中有了新的发展。最突出的发展有两点：一是区域范围扩大，从东部到西部都有涉及，形成了东海岸、安大略、西海岸三个中心区域；二是出现了露西·莫德·蒙哥马利这位区域小说的代表性作家及代表作《绿山墙的

[①] 逄珍：《加拿大英语文学发展史》，上海外语教育出版社2010年版，第110—113页。

第二章　当代加拿大英语小说中的女性书写

安妮》。

　　《绿山墙的安妮》是一部写青少年成长的儿童文学作品，写一个孤女通过良好的行为和高尚感人的精神受人喜爱，从"丑小鸭"变成"美天鹅"的故事，出版后获得巨大成功，成为经典作品。小说的背景在东海岸风景秀丽的爱德华王子岛，鲜明的地域特色继承了联邦时期区域小说的传统，爱德华王子岛也是因《绿山墙的安妮》而广为人知的。和康纳的区域小说不同的是，蒙哥马利摆脱了早期小说的道德说教模式，转向人物的艺术塑造和心理描写，这就是区域小说的新发展。安妮的形象具有人类自我完善的重大主题意义，展示了理想的成长模式，这是《绿山墙的安妮》广为流传的主要原因，其地域色彩倒在其次。

　　蒙哥马利写出《绿山墙的安妮》后一发不可收，又写出了七部安妮系列，还有一套具有自传色彩的"艾米莉三部曲"。这些作品都是区域小说的新发展之作，尤其是"艾米莉三部曲"，其中的乡村景色和成长主题都很突出。心理描写和叙事技巧的多样性也是区域小说的特点。但《绿山墙的安妮》成就巨大，长期以来一书独尊，使蒙哥马利的其他小说几乎湮没无闻。

　　不过该书足以代表区域小说的新发展，也足以代表在现实主义草原小说之前，即20世纪前20年中加拿大英语小说的最高成就。

　　发展期的文学呈现出多样性和变革性，整个时期都处于过渡状态。与联邦时期相比，小说有了突飞猛进的发展，区域小说多样化，草原小说走向现实主义。本土意识和国家意识不断加强，创造加拿大文学的意识从自主向自觉发展。第三次移民潮改变了环境发生学的重点，环境因素由自然中心转向人和社会为中心，向都市环境发展。文学传承显示了向多样性、变化性过渡的特点，草原小说受到美国现实主义小说风格和自然主义的影响，区域小说在地域多样性和人物塑造上有新的发展[1]。20世纪30年代前的文学发展主要反映在多样性上，30年代开始则反映在现实主义和现代性传承的统一性上。这一时期由环境变化而产生的文学流派进一步发展，都市环境成形催生了都市小说。不论是草原小说、都市小说，还是区域小

---

[1] 逢珍：《加拿大英语文学发展史》，上海外语教育出版社2010年版，第113—117页。

说，都呈现出由现实主义传承向现代风格发展的趋势。

到发展期结束进入繁荣期时，文学传承完成由繁到简、由多样到统一的变化，现代文学传承定型，加拿大文学繁荣期的基本模式——现代现实主义也基本定型①。

二 繁荣期

加拿大是一个移民国家，民族多样性是其基本特征之一。从一开始的多部落、多方言的土著社会，到后来法兰西人和不列颠人成为主流，再到19世纪末来自欧洲大陆的移民涌入改变了人口结构。20世纪初，随着非英、非法的移民增加，法兰西和不列颠人口对其他民族比例减小。五六十年代又迎来一次移民高潮，1967年的新移民法深刻改变了移民情况，到60年代末，加拿大的民族已达100余个，多民族社会基本形成。1969年实行官方双语制，不久后宣布了多元文化政策，反映了国家根据民族构成变化调整国策。多元文化政策重在扶持土著族裔和少数族裔保护文化，对需要帮助的"弱小民族"实施帮助。多元文化政策确立后，七八十年代取得了很大成就。加拿大以英语、法语为官方语言，英语已确立国家标志与文化标志地位，多元文化政策是在主流文化基础上提出，离开主流社会便不存在。加拿大少数族裔不可能代替英、法成为主流，加拿大也不会改变英语国家标识。多元文化政策是对美国多民族统一于"大熔炉"的概念提出的比喻，强调"存异"。这一时期，土著族裔和少数族裔英语文学得以发展，通过用英语写本族故事，在主流文化中保存自己文化特色，为主流文化增添多样性。

纵观繁荣期的国家环境，是一个稳定发展、不断完善的过程。整体环境没有出现大的变化，文学环境发生学的因素不再活跃，也就是说繁荣期基本上不发生新的文学类型或新的有发生学意义的流派文学统一在现代环境和现代风格的格局中发展，现代性是最大的标识。

文学的本质并非仅仅描绘和谐美好的景象，其核心使命在于揭示问题、映射冲突。当社会与自然环境的整体状况相对平稳时，文学的焦点往

---

① 逄珍：《加拿大英语文学发展史》，上海外语教育出版社2010年版，第153—157页。

往自然转向人性深处,聚焦于人的成长轨迹、心理状态、自我认知及理想与现实的碰撞,这些构成了作品的主要叙事脉络。在此背景下,人与人的交互,尤其是内心世界的自我斗争,成为繁荣期文学冲突的主要表现形式。

提及文学繁荣期的标志,不得不提到20世纪60年代崭露头角的三大女性小说家:玛格丽特·劳伦斯、艾丽丝·门罗与玛格丽特·阿特伍德。她们作为现代文学界的后起之秀,不仅引领了加拿大文坛的风向,更以其卓越的创作成就定义了这一时代的繁荣。尤为显著的是,这三位领军人物均为女性,凸显了繁荣期文学界女性力量的崛起与壮大。随后,女性作家群体如雨后春笋般涌现,特别是在年轻一代的诗人与小说家群体中,女性占比持续攀升,真正实现了文学界性别力量的平衡与重塑。若将三大家的辉煌成就纳入女性作家阵营,则女性在文学领域的贡献可谓占据了举足轻重的地位。

繁荣期文学最大的变化之一是现代风格试验蔚然成风,遍及各个方面,可以说20世纪后半叶是一个试验文学的时代。三大家之外的重要小说家无一不是试验小说家,其中罗伯特·克罗耶奇(Robert Kroetsch)起步最早。神话暗引是普遍试验的风格,其他试验风格有超现实主义、魔幻现实主义、后现代主义、后殖民主义等,戏剧中有象征主义和表现主义。小说家多以试验某种风格而自成一家,如克罗耶奇的神话暗引、鲁迪·威伯(Rudy Wiebe)的虚构编年史、伦纳德·科恩(Leonard Cohen)的后现代、迈克尔·翁达杰(Michael Ondaatje)的后殖民、杰克·霍金斯(Jack Hawlzins)的魔幻现实主义等,女小说家中有新浪潮小说、妇科学小说、新类型小说等。小说中的神话暗引、虚构编年史、后现代主义、后殖民主义、魔幻现实主义等成就更为突出,科恩和翁达杰成为后现代主义和后殖民主义的代表性作家。维贝的小说既是草原背景,又是土著题材,还有现代审视下重构历史的编年史风格,主题鲜明,蕴涵深厚,富有加拿大特色,是草原小说和土著题材小说的新发展。

三 当代加拿大英语小说的特点

加拿大国别文学的传统就是现代现实主义,它从文学自觉发展期的草原小说、都市小说、区域小说始见端倪,随繁荣期小说三大家的崛起而形成。它的特点是以现实主义为基础，适当引入现代技巧与风格。这个传统从一开始就显示出加拿大文学的传承特点，即寻找并构建适应加拿大文学发生与发展环境的主导风格。对不适合加拿大环境的风格或流派，加拿大文学只借鉴，不传承。比如对英国批判现实主义小说，就没有传承为加拿大小说的主导模式。20世纪加拿大文学传承转向美国文学，但20世纪美国文学中出现的几大流派，如"迷惘的一代""垮掉的一代""黑色幽默"等也没有在加拿大文学中形成相应的流派。草原小说20年代借鉴自然主义，40年代借鉴象征主义，但并没有产生出自然主义或象征主义的代表性作品。繁荣期以三大家为代表，不但标志着加拿大文学现代现实主义传统的确立，而且表现出加拿大文学传统很强的自主创新意识和能力。英、美文学的即时影响几乎完全淡去，加拿大特色的题材、主题和现代现实主义风格形成鲜明的加拿大国别文学特征。

因为独特的历史文化和地理因素，国际题材是加拿大小说家普遍选取的题材，许多小说家都有国际题材的作品，甚至有专门以写国际题材著称的作家和作品。基本上全写国际题材的小说家有珍妮特纳·霍斯皮特尔（Janette Turner Hospital），故事背景涉及美、加、日、澳多国多地。国际题材中最具代表性的作品是翁达杰的《英国病人》（*The English Patènt*），它也是加拿大文学中产生的后殖民经典小说，标志着加拿大小说在国际题材和后殖民主题方面有了在世界文学中领先的水平和能力。这无疑是加拿大文学成为强势文学的又一标志，意义重大。后殖民国际题材历来是英国文学的强项，经典名作中有约瑟夫·康拉德（Joseph Conrad）的《黑暗的心》（*Heart of Darkness*）和安德华·摩根·福斯特（E. M. Forster）的《印度之行》（*A Passage to India*），后世鲜有出其右者。英国是殖民主义的中心，凡与殖民主义和后殖民主义相关的文学都出自这个中心，质疑并颠覆这个中心似乎也要由中心内部颠覆，中心之外只能用后殖民的理论来批判中心或分析、发现中心文学中的后殖民主题与风格，而不能像中心那样写出后殖民作品来。几十年后这个格局由中心之外的《英国病人》打破，虽不能说一定超过了康拉德和福斯特，但至少表明这类题材的经典作品也有可能出自殖民主义中心之外的文学。

劳伦斯、门罗与阿特伍德三位杰出小说家的崛起，无疑成为加拿大文学繁荣时期最具标志性的里程碑。威·约·基思①亦指出,自20世纪80年代以来,加拿大文坛一个引人注目的趋势是众多杰出女性作家的涌现,她们各自以其独特的文学贡献闪耀光芒。劳伦斯构建了玛纳瓦卡草原小镇这一加拿大传统的象征,门罗则将加拿大短篇小说推向了国际舞台的前沿,而阿特伍德则通过一系列风格迥异的小说作品,展现了加拿大文学的无限创新能力。她们的成就不仅巩固了个人在文学界的地位,更标志着加拿大文学的全面成熟与崛起。

这三位大家的创作虽各具特色,却共同展现了现代现实主义的基本风貌与女性成长的核心主题。她们在小说中融入了实验性的叙事技巧与风格,但这些尝试始终服务于深化主题的目的,而非单纯的风格炫技。她们坚守现实主义的基本原则,同时又在叙事手法上展现出现代性的探索,与那些专注于风格实验而忽视主题表达的作品截然不同。

在女性成长的叙事中,三大家笔下的女性角色各具特色,劳伦斯笔下的人物传统色彩浓厚,门罗则赋予角色深刻的哲理思考,阿特伍德则展现了强烈的现代性与主动性。这些女性形象超越了传统女权主义的框架,她们在探索男性世界、社会结构的同时,也深入传统与文化的根源,更重要的是,她们在不懈地追寻自我认知的过程中成长。这一成长主题,不仅关乎个体的心理、精神与哲理层面的成熟,也映射了国家与时代的变迁,具有普遍的人类意义。

劳伦斯、门罗与阿特伍德之所以能成为加拿大文学的三大家,关键在于她们对现实主义的坚守与对现代人成长主题的深刻关注。这两点不仅成就了她们个人的辉煌,更为加拿大文学的发展树立了新的标杆。

三大家中劳伦斯率先崛起引领文坛近20年。阿特伍德后来居上,以小说、诗歌、批评三方面的极高成就雄踞文坛主帅之位至今。阿特伍德的崛起意义更大,她是国别文学崛起的历史需要和必然结果,从她开始,加拿大文学像强势文学一样有了自己的旗帜。

由于三大家都是女性,所以繁荣期女作家群体就显得更为突出。女作

---

① [加]威·约·基思:《加拿大英语文学史》,耿力平等译,北京大学出版社2009年版,第232页。

家在小说、诗歌、戏剧等各个方面都可以说是群星灿烂，有些方面甚至是女作家独挑大梁。女小说家在女性题材试验小说方面探索很广，出现了一些名噪一时的前卫名家。华裔文学的代表是写《残月楼》的女小说家李斯嘉。战后出生的新一代女作家更胜前辈一筹，在许多方面成为杰出代表。比如珍妮·厄克特（Jane Urquhart）代表着小说试验风格向现实主义回归的趋势。这一度使男性一统天下的学术殿堂正在发生着深刻变化①。

第二节 女性书写在加拿大英语小说中的表现

一 加拿大女性书写崛起的背景

加拿大的女性主义文学与女性主义社会、政治和文学理论运动息息相关；"反转"的交叉图景在这种对话式的互动中应运而生，创造力与理论相互交织，相互启发，强调合作交流而不是等级制度。20世纪上半叶，除了在1920年获得所有加拿大省份的选举权之外，女性在家庭、社会和政治生活中受到了严格的限制；1966年，魁北克女性联合会和加拿大妇女平等委员会成立，旨在改善这一状况。随后，皮尔逊政府于1967年成立了关于妇女地位的皇家委员会，该委员会于1970年提交报告，提出了167项建议，涵盖了诸如控制生育、养老金、家庭法和印第安法等多种问题。其中许多建议已经付诸实施，但也有一些更为激进的提案未能实现，例如全国托儿计划、单亲家庭负责人的保证收入或者普遍可负担的堕胎权利。创意艺术家和作家在探索妇女权利方面发挥了关键作用，提供了与政府认可的观点和意识形态不同的替代视角和理念②。

近期对批评理解的转变不仅导致了对加拿大现代主义的重新评估，还增强了对加拿大现代主义跨越了相当长的时间段这一认识。目前存在讨论较为激烈的关于加拿大现代主义的两种历史叙事。第一种主要是男性主导的，始于第一次世界大战诗人和高度现代主义美学与形象主义以及其他国

---

① 逢珍：《加拿大英语文学发展史》，上海外语教育出版社2010年版，第390—397页。
② Richard J. Lane, *The Routledge concise history of Canadian literature*, London; New York: Routledge, 2012, p.125.

第二章　当代加拿大英语小说中的女性书写

际运动的参与；而第二种，较为近期的叙事则主要是女性主义的，恢复了被边缘化的声音和女性作家，如路易丝·莫里·鲍曼（Louise Morey Bowman）、凯瑟琳·哈尔（Katherine Hale）、阿梅利亚·比尔斯·瓦诺克·加文（Amelia Beers Warnock Garvin）、多萝西·莱维赛（Dol'Othy Livesay）和P. K.佩奇（P. K. Page），这些作家在第一种叙事中有时会被淡化、排除或简单地被忽视。女性主义学者群体不断壮大，以及加拿大女性现代主义作家对文学史的不同叙述加之现代主义运动中的关键评论家和编辑导致了对加拿大文学经典的重新评估[①]。

加拿大的女性文学在国内外都受到认可，尤其是早期的小说家和短篇小说作家，已经成为主流文学的一部分。女性主义作家在文学创作中采用了对话式的理论与创造性方法。在魁北克的诗人中尤为突出，他们将激进诗学与结构主义和后结构主义文学理论相结合，发展了一种"女性化的写作"风格。此外，全球意识与后殖民主题在加拿大女性主义文学中占据重要地位。从玛格丽特·劳伦斯开始，后殖民理论的兴起以及对全球压迫的意识对女性主义作家至关重要。近年来，关于种族、种族和性别的研究不断发展，进一步丰富了女性主义写作的这一关键领域。城市空间与社会性别也是加拿大女性主义文学中的重要议题。尽管早期的女性主义写作源自"小镇"加拿大，但更多当代的另类作家将目光投向城市空间和城市加拿大。例如，女同性恋戏剧探索了同性恋者的情感和生活经历，引发了对性取向、身份认同和社会接受的深刻思考。而黑人和亚洲诗学通过独特的文化视角，探索了种族、移民和身份认同等议题。城市空间的可塑性在社会和性别层面上发挥着重要作用。

然而，尽管这些作品在文学界引起了广泛的关注，我们仍然不可忽视小说这一传统体裁的重要性。小说作为一种叙事形式，具有无限的想象力和表现力，能够深入挖掘人物内心世界、社会现实和历史背景。在加拿大女性文学中，小说常常被视为一个深入探索女性生活经验和社会议题的重要载体。通过小说，作家们可以借助虚构的故事情节和丰富的

[①] Richard J. Lane, *The Routledge concise history of Canadian literature*, London; New York: Routledge, 2012, p. 94.

人物塑造，向读者展示女性在家庭、职场、政治和文化领域中的挣扎、成长和探索。

在当代加拿大女性小说中，我们可以发现丰富多彩的题材和故事情节，涉及了从家庭关系到社会问题的各个层面。一些作家通过描述女性的个人成长和奋斗经历，探讨了自我认知、自我价值和自由选择的主题；而另一些作家则通过叙述家庭、婚姻和亲情关系，揭示了女性在传统社会结构中的角色和挣扎。此外，一些作家还将目光投向了当代社会问题，如性别歧视、种族偏见、环境问题等，通过小说形式呈现了她们对这些议题的独特见解和观点。

因此，尽管加拿大女性文学呈现出了多样化的发展趋势，我们仍然相信小说作为一种传统而又富有活力的文学形式，将继续在女性文学创作中扮演重要角色。通过小说，作家们可以以更为深入和全面的方式探讨女性的生活、情感和社会地位，为读者呈现出丰富多彩的文学世界。

二 辛克莱·罗斯笔下的女性人物

辛克莱·罗斯（Sinclair Ross）不仅是一位有成就的小说作家，还是一位十分擅长描绘女性人物的男作家。他的上佳作品都收在《正午之灯》（*The Lamp at Noon*）里。其中大多数作品创作于《至于我和我的房子》（*As for Me and My House*）之前。小说中关于失意女人的描写彼此相像。这些故事使人想到内斯特（Knister）的作品，只不过情节和语调更传统些。与内斯特的作品一样，罗斯的讲述者通常年轻、敏感、富有想象力。他们的个性与其所生活中的无情的环境形成令人痛切的对照。

辛克莱·罗斯的《至于我和我的房子》在很大程度上领先于后来的加拿大小说，因为它既是第一人称叙述，又是对女性意识的探索。这部小说本身早于后现代主义理论及其在文学中的应用。然而，今天很难尝试对这部小说进行批评性阅读而不涉及后现代主义关注的中心问题，即真实性和代表性。后现代主义学派内的一种主导观点认为，有必要由被压迫者撰写被压迫者的历史。它认为，从特权立场撰写的关于弱势群体的历史总是扭曲的。在这种背景下，罗斯的作品——一个男性作者对女性意识的代表性描绘——变得重要起来①。

　　Liu 等认为作者的性别并不损害作品的"真实性"。次级地位的人并不总是需要②用自己的声音来表达才能是真实的。性别、种族或阶级形式的压迫是社会生活的可知方面。换句话说，对这些事实的认知不能依赖于出生于某个特定阶级、种族或性别的偶然性。

　　这并不意味着菲利普没有为本特利夫人在他的生活中找到位置："以他疏远的方式，他一定有点在乎他那个不修边幅的妻子。"③ 只是他对她的感情的性质和强度非常不同。像他的妻子一样，菲利普也是一个"失败者"。他曾经想成为一位艺术家——一位画家，但与她不同的是，这是一个他不允许自己忘记的失败。在他自己的房间里，对他的绘画热情仍然有一片空间，这个房间对他的妻子关闭着。正如本特利夫人观察到的那样，尽管一切，他仍然保持着自我的完整性："他自己的世界被打碎了，空荡荡的，但这还是比一个女人的世界要好。他留在了这个世界中。"④

　　小说的重点在于男人和女人的需求之间的差异。选择日记形式，可以记录最个人的感受和反应，变得非常重要。然而，洛林·麦克马伦（Lorraine McMullen）对此观点持有异议：因为她正在写关于她自己和她自己的经历和态度，关于她丈夫和她试图接近他的尝试，她的叙述是非常主观的；她没有试图退后一步客观地看待自己的处境或自己。因此，本特利夫人并不是一个可靠的叙述者。但这部小说的女性主义政治正是基于叙述的这种主观性。罗斯的作品引起了对本特利夫人个人问题背后政治的关注。与麦克马伦的意见相反，本特利夫人确实退后一步客观地审视自己的处境。她将自己与丈夫的狗艾尔·格雷克（El Greco）相比较，这是她毫不保留的证据。同样，即使她对朱迪丝，她丈夫的情人，充满了强烈的嫉妒，她仍然能够客观地理解"另一个女人"的需求："……我无法相信她

---

① Majumdar Nivedita, "Can the Woman Speak? —Areading of Ross Kroetschand Atwood", *The Indian Reciew of World Literature in English*, Vol. 5, No. 2, 2009, p. 1.

② Liu, Ke-dong and Huan-huan Hu. "Feminist Analysis of As for Me and My House", *Journal of Literature and Art Studies*, 2012, pp. 520–525.

③ Ross Soinclair, As For Me and My House, Toronto：McCelland and Steward Inc., 1991, p. 14.

④ Ross Sinclair, As For Me and My Housr, Toronto：McCelland and Steward Inc., 1991, p. 85.

（朱迪丝）有什么背叛行为。""如果她是妻子，我可能会做得更糟。"她压抑着自己内心的艺术精神，以顽强的诚实看待自己处境的悲惨，选择了保持作为丈夫情人孩子的母亲的羞辱。这就是她与丈夫的关系的本质。在经典著作《第二性》(Le Deuxième Sexe) 中，西蒙娜·德·波伏娃 (Simone de Beauvoir) 观察到，一个女人对一个男人的单纯热情需要在一个不平等的社会体系中加以考虑，这个体系不像对男人那样为女人提供实现自我的途径。因此，女人通过唯一可行的方式：以与男人的关系来满足她的实现需求。本特利夫人分享了女性固有的这一常见困境。

在小说《金色笔记本》(The Golden Notebook) 的介绍中，多丽丝·莱辛 (Doris Lessing) 坚持认为我们这个时代需要肯定和捍卫女性的私人感情。她指出，"愿意为她们真实的想法、感受、经历与她们所爱的男人站出来的女性数量仍然很少"①。辛克莱·罗斯的作品正是在这个方向上的一次尝试。公开一个女人的个人感情的行为本身就是将其政治化的一步。②

三 女性作家的女性书写

尽管男性小说家也能够描绘女性的生活经历、独特的女性视角以及细腻的情感体验，但类似辛克莱·罗斯这样的男性作家实在是凤毛麟角。这导致了男性作家笔下的女性角色显得不够丰满、多样和真实。相比之下，女性作家则在这方面有着独特的优势。她们不仅可以亲身体验女性的生活，而且对于探索这些题材有着极大的热情。因此，女性作家所创作的女性人物更加多样化，而她们涉及的题材也更加广泛。她们有动力去突破女性写作主题和技法的界限，这是许多男性作家无法做到的。

玛格丽特·吉布森 (Margaret Gibson) 自己患有精神病，小说便以精神病为题材。她十年级时因病辍学，从此一直受着精神疾病的折磨。1976年出版第一部短篇小说集《蝴蝶病房》(The Butterfly Ward)，1978年出版第二部短篇小说集《考虑到她的状况》(Considering Her Condition)。1993年又推出一部短篇小说集《甜蜜的毒药》(Sweet Poison)，由七个自白故事

---

① Lessing Dorris, *The Golden Notebook*, London: Paladin, 1962, p. 9.
② Majumdar Nivedita, "Can the Woman Speak? —Areading of Ross Kroetsch and Atwodd", *The Indian Reciew of World Literature in English*, Vol. 5, No. 2, 2009, pp. 1 – 10.

构成，写受伤害的女性用各种方式逃避现实的故事，其中包括发疯。1996年出版的短篇小说集《恐怖屋》(*The Fear Room*)，从一个两岁半的孩子角度叙述，其他故事仍是她的传统题材，包括女性的发疯。她的长篇小说《鸦片梦》(*Opium Dreams*)写的也是精神病女性，故事通过女主人公玛琪为失去记忆的父亲梳理一生经历展开，穿插着玛琪自己受精神疾病折磨的痛苦。吉布森根据自己的生活经历，将精神病问题作为她小说的主题，在加拿大文学中开创了一种新的探索。发疯是女性逃避现实的一种方式，有时发疯状态要比清醒更美妙。但女性毕竟要面对现实，吉布森的小说也着力表现女性在与病魔做斗争中的勇气和毅力。

简·鲁尔（Jane Rule）以写女性同性恋题材而引人注目，头两部小说就是这种题材的代表性作品。第一部《心的沙漠》(*Desert of Heart*)是美国背景，写两个女性排除偏见，一起生活的故事。第二部《这并非为你》(*This Is not for you*)以一封未发出的长信为形式，写一位女性迫于传统观念的压力而放弃对另一位女性的爱。当然鲁尔的小说并不是专写同性恋的，而是通过同性关系反映社会的现实。如《大孩带小孩》(*The Young in One Another's Arms*)背景就在女作家居住的加利亚诺岛上，一位年过半百、精力充沛的独臂老太太管理着一个家庭旅店，养着六个儿女和一个儿媳。因房子要拆引发一系列的矛盾，最后儿媳和外来的几个人合伙开饭馆，组成了一个新的大家庭，为当地做些好事。故事中也有同性恋的情节，但主要是在人与人之间的理解、同情、支持、帮助上。鲁尔还因一本《女性同性恋文学形象》的评论著作而著称，该书论述了很多作家笔下的女性同性恋人物，在序言中还考察了几个世纪以来对女性同性恋的看法，抨击了在这方面由来已久的偏见，可见她自己注重写作女性同性恋小说原是有思想和理论基础的[①]。

1992年加拿大"总督文学奖"提名者刘绮芬（Evelyn Lau），一位温哥华出生的作家，其早年因文学创作遭父母反对而离家，这段经历在1989年以《逃跑——一个出走少女的日记》(*Runaway：Diary of Street Kid*)的形式震撼问世，迅速成为当年加国最畅销的小说，并让她在次年荣获"最

[①] 逢珍：《加拿大英语文学发展史》，上海外语教育出版社2010年版，第303页。

具潜力女作家"称号。刘绮芬的作品以独特视角关注那些身份模糊、边缘化的女性,其"去族裔化"的写作手法在亚裔文学界引发了广泛讨论。她摒弃了传统中用于界定作品道德立场或政治视角的族裔标签,以及常用于解析亚裔文本的种族符号,使得作品呈现出一种超越族裔界限的普世性。与众多华裔新生代作家不同,刘绮芬在创作中刻意淡化主角的族裔背景,转而深入挖掘作品的美学价值及跨文化的适应力。1993年推出的短篇故事集《新女郎》,是她这一创作理念的重要实践,标志着她在文学领域对人性共性的深入探索,跨越了族裔界限,展现了更为广阔的人文关怀[①]。

奥德丽·托马斯(Audrey Thomas)的代表作《流血太太》(Mrs. Blood)有"妇科学小说"之称。她1967年开始写作,出版了十部长篇小说和五部短篇小说集,重要的有《流血太太》、《女士和陪同》(Ladies and Escorts)、《真正的母亲》(Real Mothers)、《雕像》(Graven Images)等。

托马斯笔下的女性形象多为作家或艺术家,有自己的事业追求,也有强烈的感情需要,但她们又遭遇各种不幸和痛苦。《流血太太》中的女主人公没有姓名,故事由她怀孕和大出血引起,躺在非洲加纳的一家医院,桩桩往事碎片式地进入她的回忆,没有连贯的故事。这里面有和女作家相似的一些经历,比如年轻时在疯人院打工,旅居欧洲,到温哥华独立生活等。她现在是流血太太,一辈子是个无足轻重、为琐事忙碌的"事务太太"。小说对女性身体、生理和妇科病痛做了直白的描写,所谓"妇科学小说"就是从这部小说而来的。

托马斯笔下还有一种男女关系"倒置"的主题,颇为独特,就是将女性放在第一位,男性处于从属地位。这种主题集中地反映在短篇小说集《女士与陪同》中。其中一个故事《宝瓶星座》中讲述了一个不成功的作家崇拜完美而有活力的妻子的故事,一反以往男性对女性的激情性欲充满恐惧的传统心理,这位作家对妻子的激情性欲充满崇拜。还有一个故事《花园中的绿柱》,讲一个年长的女人精心设计勾引一个比她年轻的男人。这类故事可以理解为女性对男权领地的一种侵犯,是女权主义的一种新的

---

① 蒋瑛:《〈新女郎〉中的"去族裔化"书写与加拿大华裔文学新面向》,《外国语文研究》2024年第1期。

表现，也是托马斯力图揭示的真实人性的一个方面。

桑德拉·伯索尔（Sandra Birdsell）以写女性痛苦与受害著称。其父亲是梅蒂斯人，母亲是俄国移民，繁杂的家庭和大草原的自然环境都成了她的写作素材。伯索尔没有上过大学，自学成才。1982年出版了她的第一部短篇小说集《夜行者》（*Night Travelers*），以虚构的草原小镇阿干希兹为背景，写的是乡镇风情和女性人物成长的故事，类似于玛格丽特·劳伦斯和艾丽丝·门罗，但伯索尔笔下的乡镇生活气氛更为沉闷。1989年出版长篇小说《丢失的孩子》（*The Missing Child*），故事背景仍在阿干希兹镇，由地下冰河融化引发洪水为引子，写了几个孩子失踪的故事，尤以女性遭强暴、遭谋杀的痛苦状况引人注目。后来的小说添了一些喜剧成分，如2001年出版长篇小说《俄国移民》（*The Russlander*），由住在温尼伯的老太太凯瑟琳·伏格特回忆她家1910年移居加拿大的故事。故事集中叙述了第一次世界大战前夜俄国富家农庄上的管理混乱状况和阶级矛盾与冲突，凯瑟琳力挽狂澜、支撑家庭的故事甚为感人。2005年又有新作问世，《今日的孩子》（*Children of the Day*）写了另一位伏格特家的女性故事，由一天发生的事情构成。萨拉·伏格特的婚姻遇到危机，却又难以抛舍孩子，最后以喜剧结束①。

第三节 女性书写之女性作家

当代加拿大文学家中涌现出许多杰出的女性小说家，她们的作品丰富多彩，引领着文学潮流。接下来我们将介绍当代加拿大的一些重要女性作家，并深入分析玛格丽特·阿特伍德、艾丽丝·门罗、玛格丽特·劳伦斯这三位重要作家。她们作为当代加拿大文学中最具代表性的三位女性作家，其作品在国际文坛上获得了广泛的赞誉，并赢得了多个重要奖项。这三位作家以各自独特的风格和主题探索了加拿大社会的方方面面，为加拿大文学的发展注入了丰富的内涵和多样性。她们的作品不仅对加拿大文化

---

① 逄珍：《加拿大英语文学发展史》，上海外语教育出版社2010年版，第303—306页。

产生了深远影响，也为世界文学带来了许多经典之作。她们的文学成就和独特风格将成为本书的亮点。

然而，在本章中，我们打算将目光聚焦于另一批加拿大作家，她们虽然不及前述三位在国际文坛上名声显赫，却同样值得深入探究。这些作家包括梅维斯·加兰特、卡罗尔·希尔兹、埃塞尔·威尔逊（Ethel Wilson）。她们的作品在加拿大文学史上留下了浓墨重彩的一笔，具有深刻的社会观察和独特的文学风格。同时，我们还将聚焦于当代先锋作家，如、伊丽莎白·斯玛特（Elizabeth Smart）、阿丽莎·范·赫克（Aritha Van Herk）、乔伊·小川（Joy Nozomi Kogawa）等人。她们以新颖的视角和创新的叙事方式，为加拿大文学注入了新的活力和多样性。

通过对这些作家的分析与比较，本书希望能够揭示出不同作家之间的共性与差异，以及他们在加拿大文学史上的地位与价值，这有助于我们更全面地理解当代加拿大文学的发展脉络，以及女性作家在其中的重要贡献。

一 经典之声

梅维斯·加兰特、埃塞尔·威尔逊、卡罗尔·希尔兹等作家多数属于加拿大文学的传统流派。加兰特生长在加拿大，成年后长期旅居欧洲，却仍然写加拿大背景的小说，是最具国际化背景的作家之一。她的创作以短篇小说为主，主题和手法都具有很强的现代性，可以说是短篇小说向现代过渡的代表作家。希尔兹70年代步入文坛，90年代因代表作《斯通家史札记》（The Stone Diaries）声名大振。希尔兹小说的最大特点是家庭题材、平凡、人物。普通人性，日常琐事，平淡真切。其主题善于开发人性中积极美好的一面，女性并不片面强调个性自由与独立，责任与理解是希尔兹小说的主旋律。在此基础上，希尔兹笔下的女性能妥善解决矛盾与冲突，于平凡中达到精神升华。婚姻并不轻易破裂，家庭也不随便解体，是希尔兹小说独特的精华之处。

（一）梅维斯·加兰特

梅维斯·加兰特也许是当代女性作家中最出类拔萃的一位，但加拿大直到最近才确认她的卓越。这其中的原因是多种多样的，部分原因是她一般都在国外居住，另一部分原因是她所喜爱的形式是短篇小说或中篇小说而不是大部头的长篇小说。但是最主要的是她的作品质量只是逐渐显现的；她没有达到劳伦斯、门罗和阿特伍德那样受人欢迎的程度，但是她的作品的艺术效果日益给人留下深刻的印象。

相对于情节，加兰特对情调和氛围更感兴趣。她的作品不明显地显示主题，然而我们会渐渐意识到她一直关心的是遭受变故，尤其是遭受内心挣扎的人们。她因而成了20世纪中叶一位出色的精神分析家。虽然她的作品与国际事件无关，但正确无误地总结了特定（政治）时期和特定地方的状况。例如，在《来自第十五区》(From the Fifteenth District)中，故事没有着笔于战争的威胁（如《四季》中）或其产生的后果，但是作品中的许多人物在战后都过着潦倒的生活，感伤地怀念着战前的日子。同样，在整部《佩格尼治枢纽》(The Pegnitx Junction)中我们可以看到战争的创伤，这部短篇小说集里的故事集中描写了欧洲人如何面对战后令人沮丧的现实生活。其中所有的人物都一致意识到"一个共有的过去成了烧焦的石头堆在他们的身边"。在这个和其他故事中，人物大多数是移居他国的人，是最广义上的被迫背井离乡的人，即使战争对此并不承担直接责任。加兰特作品中的人际关系一般都不令人满意。儿童与父母分离，父母自身也互相分离；一些人被迫孤独地生活，真正的孤身一人或精神上的孤独；有些人，如她的小说《绿水绿天》(Green Water, Green Sky)中的弗洛那样，最终发疯而孤独地度过余生。这样的情调带来的常常是郁郁寡欢——人们没有想到生活会压垮这么多人。

与此相对照，其艺术技巧则令人兴奋不已。虽然加兰特从没有让人注意到它，但是读者总是意识到她叙事背后的这种技巧。她知觉敏锐，风格从容简约；她的句子富有节奏且明白清晰，每个短语都有作用。有时候她会异常诙谐，如对《穆斯林妻子》故事中的艾丽丝·科迪埃所做的详细分析那样："高大、招摇，冬日里则又苍白，她使内塔想起一只浅色的企鹅。她的声音有时像老鼠吱吱叫，有时又像牛哞哞叫。"她用一句话点出整个社会环境的能力真是让人感到惊讶，不过虽然她始终客观清醒地来描写笔下人物，但常常表露出深深的同情。

加兰特讲故事直截了当，其中没有任何矫饰造作，她也不走任何捷径。她既会采用全知的叙述者来讲述故事,也会用第一人称来进行叙述,但那些讲述自己故事的人物必定与作者一样具有观察细节的敏锐目光和对词语结构的敏感性。因而《它的镜中形象》(Its Image onthe Mitror),收录在《我的心碎了》(My Heart Is Broken)中的琼·普拉斯具有记录意象细节的天赋,这和我们在《家中实情》(Home Truth)中的林内特·米尔故事中发现的天赋一样,而这些故事显然是作者的自传体作品。我们在加兰特的所有作品里都能发现这种情况。作者通过让意象反复出现和与各个故事相联系,悄无声息地将一种包容结构置于她笔下人物常常变动不定的生活经历之上。

  作为作家,加兰特存在于比加拿大文学更广阔的传统。虽然威·赫·纽(W. H. New)可能有理由将萨拉·珍尼特·邓肯(Sara Jeanette Duncan)和埃塞尔·威尔逊看作她的前辈,但是她的作品中关于伊迪丝·沃登(Edith Wharton)和凯瑟琳·曼斯菲尔德(Katherine Mansfield)的内容将她置于一种更大、更适当的文化环境之中。她曾在一次采访中坚称:"我是一个用英语写作的作家。"然而在她的作家态度中有着清晰可辨的加拿大的超然态度。另外她作为移居国外者独有的洞察力也许可以追溯到其加拿大的根基。因此《青春就是快乐》(Youth Is Pleasure)包含了林内特·米尔的观察评论:"我一点也不感到自己是英国人,但我也不是美国人。"这番话可以同时适用于加兰特和她的作品。她将一种非同一般的完美和高超带入故国的文学,同时又把一种独立的加拿大视角引入欧洲和美洲的文学世界①。

(二) 埃塞尔·威尔逊

  埃塞尔·威尔逊是 20 世纪加拿大文学最为著名的小说家之一,1888年1月20日生于南非伊丽莎白港,是一位卫斯理公会牧师的女儿。母亲去世后,她于1890年前往威尔士彭布罗克,父亲在她九岁时离世。十岁时,她搬到温哥华与外祖母同住。14—18岁,她在英格兰南港三一大厅的卫理公会牧师女校学习。她回忆这一时期为"严酷的,几乎是斯巴达的,健全

---

① [加]威·约·基思:《加拿大英语文学史》,耿力平等译,北京大学出版社 2009 年版,第 232—234 页。

第二章　当代加拿大英语小说中的女性书写

的，而且往往非常有趣"。她的女校长曾记她是"学校美女"。1907年，威尔逊获得温哥华师范学校教师证书，并在温哥华小学任教，直到1920年。1921年，她与华莱士·威尔逊博士结婚，找到了持久的安全与幸福。华莱士是一位备受尊敬的非文学人物，曾任加拿大医学协会主席、伦理委员会主席及UBC医学伦理学教授。

威尔逊写作技巧纯熟，可以不费力地取得自己想要的文学效果。《海蒂·多弗尔》是唯一一部用第一人称写的足本小说（实际上仅是一部中篇小说），描述了一个年轻女孩从英国来到温哥华，100岁生日时仍是一位相对快乐的老处女。尽管威尔逊似乎在成年后突然转向小说创作，但《无辜的旅行者》的部分内容可以追溯到她出版前的20年。它的吸引人之处在于通过天真单纯的弗兰克·伯纳比（Frankie Burnaby）的眼睛来描述海蒂复杂经历的神秘性能会令人想起亨利·詹姆斯在《梅茜所知道的事》（*What Maisie Knows*）中表现出的绝技。在《天真无邪的旅行者》中，开篇宴请马修·阿诺德（Matthew Arnold）场景的精彩描述出自三岁的托普兹（Topaz）之口。她溜到桌子底下，在齐靴高的地方对包括阿诺德在内的各位宾客进行了一番描述。但是威尔逊让自己充当无所不知的叙述者，给自己全方位的叙述角度。她可以随心所欲地从有限的视角转到半神半人的全能视角。她甚至准备在叙述中采用饱经非议的维多利亚时期小说家的叙述方法，只不过她在使用这种方法时没有萨克雷（Thackeray）的冷嘲热讽而是带着类似乔治·艾略特（George Eliot）那种充满激情的智慧。

威尔逊的写作充满令人妒羡的多样性，她的写作题材也是多种多样。虽然她的主要人物多属于中产阶级。1952年出版的《爱情方程式》（*The Egwuations of Love*）达到了她笔下的社会角色的极腿，其中推出的人物有寞特、迈特和女招待莉莉。但她作品的表达语调却富有变化：从《天真无邪的旅行者》中难以自控的托普兹阿姨逗人的社会喜剧语调到《沼泽天使》（*Swamp Angel*）中深深的同情和伤感，再到她的最后一部小说《爱和盐水》（*Love and Salt Water*）中变得明显的更为阴沉的气氛。此外，尽管我们可以在她的所有作品中看到端庄和崇高的准则，但绝不是说她对生活中复杂而充满道德缺失的现实视而不见。她的人物频繁地打破道德传统：在《爱的方程式》第二个故事中，莉莉为抚养她的私生女而撒谎和欺骗；

在《沼泽天使》中，麦琪（Maggie）抛弃了自己的丈夫，而内尔·塞弗伦斯（Nell Severance）甚至没有举行过婚礼。这些人的行为被人们所默认，甚至是公开接受。的确，威尔逊似乎对道德特例，也就是那些特殊情况很感兴趣。在特殊情况下，个人的正直和尊严可以超越传统的社会习俗。这种习俗一般情况下是有道理的，但也绝不是总是如此。威尔逊所以是一位特别敏感和敏锐的道德小说家①。

她的成名小说《沼泽天使》是加拿大大学文学类课程中讲授得最多的作品之一。这部小说早在 1954 年就分别在伦敦（麦克米伦出版社）、纽约（哈珀兄弟出版社）和多伦多（麦克米伦出版社加拿大分社）同时出版，当时她所探讨的现代女性的自然属性这一女性主义话题，20 世纪 60 年代后风靡欧美文学领域。回顾这部作品对不同女性人物的刻画，不仅可以领略作者当时的超前思维，更可以感受威尔逊通过她的小说艺术提出的，带有哲理性的女性自然属性这一命题。这个命题对于当前的妇女研究仍然有指导性意义②。

《沼泽天使》以它的绝妙的掌控和宁静的智慧从威尔逊的一系列作品中脱颖而出。《沼泽天使》描述了麦琪·瓦尔多从温哥华不愉快的婚姻中逃到不列颠哥伦比亚省偏远内陆湖开始新生活。她遇到了退休的马戏团杂耍家和其他独特的非城市化女性。玛吉·瓦尔多学会了独立，但在小说接近结尾时被告知：“我们都在一起。没有人是一个孤岛，我是人类的一分子，我们不应忽视这一事实。”

这部思想深邃的小说是关于婚姻、时间、过去与现在的关系、自私和无私的界限以及对生命的神秘不可知的神圣感觉。但这些主题是在由麦琪·劳埃德和内尔·塞弗伦斯的生活所代表的对立两极之间进行探索的。他们虽然互相对立，但奇怪的是两人又是互为补充的。麦琪的生活总是与室外相关；而内尔·塞弗伦斯却自我封闭，借香烟的迷雾掩饰自己。麦琪总是在自然界找到生活的意义，而内尔则总是站在技艺和策略这一边。

---

① ［加］威·约·基思：《加拿大英语文学史》，耿力平等译，北京大学出版社 2009 年版，第 215—217 页。

② 耿力平：《从〈沼泽天使〉看女性的自然属性——埃塞尔·威尔逊小说中的女性主义命题研究》，《解放军艺术学院学报》2010 年第 2 期。

第二章 当代加拿大英语小说中的女性书写

《沼泽天使》中她杂耍表演使用的左轮手枪即是这些技艺和策略的象征。麦琪忙于行动;内尔·塞弗伦斯却总是在讲理论。麦琪年轻,有着光明的未来;内尔·塞弗伦斯却只有回忆或者是俗丽而又奇异的过去。故事在这一基本结构中一步步展开,似乎是顺理成章的了。但是作品的字里行间却透出更加深刻的含义。麦琪穿越命名恰当的希望小镇的旅程包括在西米尔克敏河边静静休息的三天。在这三天中,她的心"在寂寞和祈祷"中升华。

自信、坦率、深刻、对语调的精妙调控、对人的深刻洞察,最主要的是怜悯和同情(怜悯和同情完善了她笔下许多因充满人性而不够完美的人物性格,这一切都体现在威尔逊小说精美的字里行间。这些特点也清楚地出现在她的短篇小说里[她大部分的短篇小说收录在《格莱特黎夫人及其他故事》(Mrs. Golightly and Other Stories)]。此外,威尔逊最了不起的艺术特色之一是从不重复自己。她的书就像一个大家庭的成员,有着相似之处,但各有特色,绝不雷同。威尔逊作品乍看之下相当简单,有时甚至显得缺乏艺术性,但都反映出华兹华斯(Wordsworth)那种人性悲歌之感,并给人一种敏感和自信的印象,这种敏感和自信使我们联想到包括简·奥斯汀和 E. M. 福斯特等大家的英国文学传统,而这在加拿大小说中却是很少见到的①。

除马尔科姆·劳里(Malcolm Lowry)外,威尔逊是第一位将作品作为全程批判性研究主题的不列颠哥伦比亚小说家。1985 年,为纪念她的成就,不列颠哥伦比亚设立了埃塞尔·威尔逊小说奖。她与新生作家玛格丽特·劳伦斯之间的文学友谊非常深厚。在阅读劳伦斯关于非洲的故事后,威尔逊写信给出版社大加表扬,随后两人建立了长久的友谊和通信。

在《爱与盐水》中,威尔逊写道:"地理的强大力量决定了一个民族的性格和表现。"② 这句话被她的传记作者之一大卫·斯托克用作与迈勒·威尔金森共同编辑的不列颠哥伦比亚大学非小说选集的标题。

---

① [加]威·约·基思:《加拿大英语文学史》,耿力平等译,北京大学出版社 2009 年版,第 215—217 页。
② Wilson Ethel, *Love and Salt Water*, Macmillan Company of Canada, 1956.

（三）卡罗尔·希尔兹

后现代自传/传记和女性主义的身体理论在卡罗尔·希尔兹的小说中交汇，包括她的小说《小小仪式》（*Small Ceremonies*）、《斯旺》（*Swann: A Mystery*）、《斯通家史札记》（*The Stone Diaries*）等。希尔兹生于美国，1957年移民加拿大，在渥太华大学学习。作为一位诗人、戏剧家和评论家，希尔兹以其深刻的自我反思小说而闻名。在《小小仪式》中，传记作家朱迪斯·吉尔（Judith Gill）在重建苏珊娜·穆迪（Susanna Moodie）的生活与对房东未发表的手稿的痴迷之间挣扎，这些手稿充满了她认为传记应该省略的私密淫秽细节。在《斯旺》中，一位被谋杀并肢解的女人的生活被一群学者痴迷地重建；这位缺席的主角与"作者之死"无意中串通一气，已经被暴力从写作现场中移除，现在成为问题重建和虚构的对象。在《斯通家史札记》中，读者确实能够看到一个生动的主角——黛西·古德威尔·霍德·弗莱特（Daisy Goodwill Hoad Flett）的虚构自传/传记。但是，平凡的生活似乎被家庭照片和其他档案数据所照亮、分散或去中心化，例如食谱、购物清单、信件、家谱，甚至"她厨房墙上的一块刺绣亚麻布"，上面写着宗教文字。读者越接近黛西，她内心的秘密就越神秘：小说中使用的照片是"假的"（也就是说，读者要求它们的真实性，尽管这是一部虚构的文本），小说中第一人称和第三人称叙述者之间的快速转换似乎给了文本多个讲述者，而事实上希尔兹曾表示所有这些声音"都是通过黛西过滤的，她总是在想其他人对她的看法"，读者实际上从未得知黛西的死亡日期，在小说中给出的是"1905—199—"。这种传记上的不确定性可能很难捉摸，但它赋予了黛西一种活力和兴趣，揭示了人们真实生活的平凡之处，并且身体领域的出生、疾病和死亡创造了一个持久的形象。正如布雷甘蒂（Briganti）所说："在主体的去中心化之外，在这部自传中真正后现代的是对母体的重新索取以及在一个传统上将身体从表现中驱逐的体裁中对其与语言的关系进行阐述"。希尔兹在最后一部小说《除非》（*Unless*）中重新评估她对无反思的家庭生活的哲学。

二 当代之光

在加拿大文学的发展历程中，多部具有显著先锋性的小说作品扮演了关键角色。沃森（Sheila Watson）的《双钩》（*The Double Hook*）作为"加拿大现代主义文学的先驱"，引领了文学形式的革新；科恩的《大大方方的输家》（*Beautiful Losers*）则以独特的"历史编撰元小说"风格，展现了文学与历史的深度融合；而门罗的短篇小说《办公室》（*The Office*）则蕴含了"加拿大特色的女权主义先锋思想"，进一步拓宽了文学表达的社会维度。先锋理论家波焦利（Renato Poggioli）的观点揭示了这些作品的本质：它们不仅挑战传统艺术形式，还敏锐捕捉并反映了最前沿的社会思潮，持续推动着文学审美与表达方式的边界拓展。这些非传统的文学实践，为加拿大英语小说注入了新的活力，促进了其与欧美先锋文学运动的交流互鉴，加速了加拿大文学在国际舞台上的崛起。近年来，加拿大先锋文学这一曾经较为边缘的领域，正逐渐获得欧美评论界的广泛关注与认可，这一趋势不仅丰富了对加拿大文学整体发展的理解，也为全球文学版图的多样性贡献了重要视角①。

（一）伊丽莎白·斯马特

伊丽莎白·斯马特的作品《我在大中央车站坐下哭泣》（*By Grand Central Station I Sat Down and Wept*）在加拿大先锋小说中独树一帜，其独特性尤为显著。值得注意的是，尽管20世纪上半叶欧美文学界正经历着意识流、象征主义、未来主义等现代主义思潮的热烈洗礼，但加拿大文学界展现出相对保守的创作态势，对这些新潮文学运动并未给予广泛接纳或热烈响应。

当时，加拿大文坛的主流依然由一批坚守传统现实主义手法的作家所主导，他们或是以格罗夫（Frederick Philip Grove）、罗斯为代表的草原风情描绘者，聚焦于乡村与草原的广阔景致；或是如卡拉汉（Morley Callaghan）、麦克兰南（Hugh MacLennan）般的都市故事叙述者，细腻刻画城市生活的点滴；更有蒙哥马利、戴维斯（Roberson Davies）、威尔逊等区域小说家，通过作品展现特定地域的文化风貌。这些作家普遍采用平铺直叙的现实主义手法，较少在文学创作上做出风格上的大胆突破，与同时期欧

---

① 黄川、王岚：《〈我在大中央车站坐下哭泣〉——一部被忽略的加拿大先锋小说》，《外语与外语教学》2022年第3期。

美文坛的先锋实验形成鲜明对比。

这部最早出现于1945年的作品与其说是小说，不如说是散文诗和热情洋溢的自传。它坦率地记录了恋爱中的绝望和狂喜。作者给我们讲了一个简单的故事：她爱上了一个有妇之夫，他们曾一起穿越北美旅行，后来她有了身孕，之后两人关系破裂，最终她凄凉又美丽地离去。故事情节（如果还称得上情节的话）毫无掩饰，但仍然使人有不确定之感，因为读者不知道哪些内容是真实的，哪些又是主人公的想象甚至是幻觉。小说所用的语言一会儿写实，一会儿充满形象比喻。

这本书以相互矛盾的方式为其本身做出了界定。它从久远时期的古典神话（从弗吉尔·奥维德开始）传统中汲取营养，提到20世纪英国的象征主义脉搏，以超现实主义的口吻讲述了一个永久的故事。这是一部充满极端的小说，它描写极端的幸福和彻骨的失望、乡村的美丽和大城市的肮脏、平庸的习俗和完全的自由。在风格上，它几乎是独一无二的，或许只和《圣经》（詹姆斯国王钦定本）中的雅歌相似。当然，它与加拿大文学毫无关系，而加拿大的文学倒时常借鉴其故事的某些方面。如果它有时使我们想起希拉·沃森（Sheila Watson）在14年后出版的《双钩》（*The Double Hook*），这是因为虽然两者的散文风格代表了相对的两极，但是都向世人宣告了他们在描写人类基本经历方面表达了他人无法仿效的创作变化。这是一部精巧的但又赤裸地直接描述的作品，是一部怪异的杰作，是无法比较的和无法重复的①。

《我在大中央车站坐下哭泣》的另一先锋特质在于其诗意盎然的语言，通过婚外情这一经典而争议的主题，以非道德评判的视角深入女主人公的内心世界，展现其情感的强烈与体验的独特。斯马特颠覆了传统，将女性情感置于核心，淡化背景与人物，勾勒出女性对纯粹爱情的热烈追求，这在当时的加拿大文坛实属罕见。此前，女性角色多被塑造为坚韧克制，如特雷尔（Catharine Parr Traill）和穆迪（Susanna Moody）笔下的拓荒女，或蒙哥马利《绿山墙的安妮》中的安妮，均强调勤劳与质朴。斯马特则赋

---

① [加]威·约·基思：《加拿大英语文学史》，耿力平等译，北京大学出版社2009年版，第212—213页。

予女性角色前所未有的自由与深度,让她们勇于追求内心所爱,挑战社会伦理界限。

这种对女性主体地位的强调及情感表达的实验性,与后续加拿大女性文学的发展相呼应,如劳伦斯、阿特伍德、翁达杰等作家作品中女性形象的觉醒与自我探索。斯马特的作品不仅是对传统男性叙事的反叛,也为加拿大文坛注入了新的活力,其在女性形象与心理描绘上的创新值得深入探讨。

斯马特个人风格的特立独行与当时加拿大社会的保守氛围形成鲜明对比,小说出版初期遭遇重重阻碍,包括家庭内部的反对及政府的进口禁令。然而,其形式与内容的先锋性源于作者的个人经历与文学环境,融合了古典与现代元素,以超现实手法探讨爱情,推动了加拿大文学向现代及后现代主义的转型[①]。

(二) 阿丽莎·范·赫克

阿丽莎·范·赫克是一位文化评论家,也是一位屡获殊荣的加拿大小说家,其作品在北美和欧洲广受好评。她在英国、美国、新加坡、澳大利亚、西班牙、德国、比利时、荷兰、奥地利、波罗的海和斯堪的纳维亚半岛举办了关于文化和社区、文学和生活的阅读、讲座和研讨会。她的流行、创造性和批判性作品已广泛出版,她的作品已被翻译成十种语言。

随着《朱迪思》(*Judith*)的出版,她首次在国际文学上声名,《朱迪思》获得了印章第一小说奖,并在北美、英国和欧洲出版。在阿丽莎·范·赫克的《朱迪思》中,主人公回到加拿大农村开始自己的养猪场:她逃离了父亲的实用知识的记忆,通过自己做一切事情、按照自己的方向前进。虽然她最终找到了一个情人,但这段关系是在她的条件下发展的,而不是他的(与她在城市留下的情人,一个专横的办公室老板的关系不同)。朱迪斯的性别表现扰乱了当地的农业社区,因为她用自己的法则取代了父亲的法则,并且占据了传统上属于男性的角色。更直接地说,朱迪斯的肉体存在是令人震惊的:男女移民在加拿大开辟可居住的土地的先驱叙事突出了异性恋家庭的肉体存在,而朱迪斯是女性、单身,而且坚定地独立。

[①] 黄川、王岚:《〈我在大中央车站坐下哭泣〉——一部被忽略的加拿大先锋小说》,《外语与外语教学》2022年第3期。

她承担了当地社区认为对女性身体来说太具挑战性的任务（比如对猪的高度象征性的阉割），然而正如小说所展示的，她完成了许多这样的任务，速度和精度都非常高。

她的其他小说包括《帐篷桩》(The Tent Peg)、《四处漂流》(No Fixed Address: An Amorous Journey)、《远离埃尔斯米尔之地——一部地理小说》(Places Far From Ellesmere: A Geografictione) 和《彷徨不安》(Restlessness)。在《隐形墨水》(In Visible Ink) 和《冻舌》(A Frozen Tongue) 中收集了她的散文和小说批评。《勇敢而坚定——独特的艾伯塔肖历史》(Audacious and Adamant: A Maverick History of Alberta) 提供了该省过去的非正统叙事。小牛队激发了卡尔加里格伦鲍博物馆的灵感，以至于他们创建了一个永久性的艾伯塔画廊，并以这本书命名了画廊。阿丽莎·范·赫克回到了她的艾伯塔省故事，创作了展览的配套书《勇敢而坚定——独特的艾伯塔肖历史》。

在《女性作家与草原：漠不关心的景象中的间谍》(Women Writers and the Prairie: Spies in an indifferent landscape) 一文中，阿丽莎·范·赫克坦率说道："承认吧。西部是男性的，男性化的，男子气概的。它并不是没有选择，草原无辜地躺在那里，被自己的野牛豆和无尽的广袤包围着。它并不需要被定义，因为它已经足够了，总是足够了。它摆出了、仍然摆出了漠不关心的姿态，对艺术、对虚构的痴迷相机。它的漠不关心使其身体力量神话化，但也导致了它在加拿大文学世界中的扭曲；定义了它的艺术是男性化的，而且似乎已经将自己的艺术定义为男性化的艺术。列举西部的小说家格罗夫、米切尔（W. O. Mitchell）、罗斯、威伯、克罗耶奇都是男性，而劳伦斯并不是一个附带现象，而是一个异常现象"[①]。不满足于让男性定义西部小说，范·赫克的女性主角通过模拟的过程重新占领了加拿大，重新定义和重新编码了男性主导的空间，从《帐篷桩》中 J. L. 在北部矿场工作的性别转变，到《四处漂流》中阿拉克尼·曼蒂娅（Arachne Manteia）的流浪探索，再到《远离埃尔斯米尔之地——一部地理小说》

[①] Aritha Van Herk, "Women writers and the prairie: Spies in an indifferent landscape", *Kunapipi*, Vol. 6, No. 2, 1984, p. 4.

《隐形墨水》和《冻舌》等模糊了流派界限、跨越了边界的文章。在《彷徨不安》中，主角多尔卡（Dorca）作为国际女权主义者，感到如此失落，以至于她唯一能够设想的未来是与刺客的自杀性邂逅；然而，即使在这种相遇中，运动也战胜了静止。总体而言，在重新占领加拿大西部并拒绝被固定的过程中，范·赫克的女性主角还修订和重新编码了西部类型小说的流派，在这些小说中，女性在家庭农场之外很少扮演积极的角色[1]。

阿丽莎·范·赫克的小说允许女权主义和后现代主义重叠。在她的多层次文本中，范·赫克质疑统一意识、普遍真理和过去客观构建的人文主义概念。她的武器是叙事策略、互文性和女性回收的神话。通过这些技术，范·赫克设法产生并同时解构了作为人文主义话语核心的理性意识。范·赫克的颠覆既是文学的，也是社会性的。她在既定的文学形式中工作，同时改变和颠覆这些形式的主题和形式主义惯例。此外，她质疑生成文本的权力结构。她特别批评性别的社会建构和前中心主义者的边缘化。美学和政治不可分割地融入了阿丽莎·范·赫克的文本中。她的文本实践是政治性的，她的政治是由她的文本实践产生的。她的文本总是在社会中，范赫克总是意识到她的历史特殊性。范·赫克的所有作品，从她的短篇小说和散文到她的三部小说都揭示了她的女权主义后现代诗学。在她的所有小说中，她的叙事实验在不同程度上是显而易见的。此外，她的小说与其他文本建立了互文性。他们质疑过去和现在神话的构建。范·赫克的所有文本都突出了对女性及其在20世纪社会中地位的关注。在阿丽莎·范·赫克的文本中，各种文学习俗和社会规范对妇女的处理总是将她们列为前中心主义者。随着她戏剧化女权主义和社会之间的冲突，她的文本变得更加具有革命性。她作品的元虚构层总是提醒读者加拿大文学和社会社区中女权主义后现代主义的困境[2]。

（三）乔伊·小川

乔伊·小川作为当代加拿大文学中杰出的日裔女诗人与小说家，其创

---

[1] Richard J. Lane, *The Routledge concise history of Canadian literature*, London, New York: Routledge, 2012, p.139.

[2] Jacqueline O'Rourke, "Private acts of revolution": feminism and postmodernism in the fictions of Aritha van Herk, Ph.D. dissertation, Memorial University of Newfoundland, 1989.

作深受日本文学传统影响,尤其体现在诗集《碎月》(The Splintered Moon)中,该作品以其精练的诗行、紧凑的结构及深刻的情感表达,彰显了诗人直抒胸臆的才情,并透露出俳句艺术的韵味。随后出版的《梦的选择》(A Choice of Dreams)则进一步融合东西方文化视角,展现了独特的审美风格。

在文学领域,小川凭借长篇小说《姨娘》(Obasan)赢得了广泛赞誉。《姨娘》深刻描绘了二战期间加拿大日裔被迫内迁的历史悲剧,其情节紧密围绕作者个人经历构建,真实反映了日裔移民家庭在动荡时代中的命运沉浮。小说通过女主人公娜奥米(Naoni)的视角,回溯了三代日本移民在加拿大的生活历程,特别是珍珠港事件后他们面临的身份危机与不公待遇。娜奥米在失去母亲、父亲病重的情况下,由姨娘一家抚养长大,并经历了被迫迁徙的苦难。多年后,随着姨父的去世,娜奥米重返故乡,记忆之门被重新打开,家族历史与个人情感交织成一幅幅生动的画面。《姨娘》不仅是一部虚构作品,更是一部融合了书信、研究文章、新闻报道及政府文件等多种史料的历史叙事,增强了作品的历史厚重感与真实性。小川以客观冷静的笔触,揭示了日裔加拿大人所遭受的不公与苦难,同时传递出一种克制的愤怒,促使读者对这一段被遗忘或误解的历史进行深刻反思。因此,《姨娘》不仅是一部文学作品,更成为加拿大社会自我审视与反省的重要载体[①]。

评论家对《姨娘》到底是一部引导人产生宣泄性结局和潜在补偿("解决性"阅读)的小说,还是一部引发更具政治活动主义意识的文本("革命性"阅读),存在不同看法。娜奥美的唯物史学主张,在第二次世界大战期间宣布的"紧急状态"对身体,特别是女性身体产生了影响;笹木鲁米(Smaro Kamboureli)采用了这种唯物主义的方法,并拒绝消除或综合小说中仍然未解决和创伤的部分,"在《姨娘》中,也不在它的续篇《某一天》(Itsuka)中,娜奥美似乎都没有克服她所体现的历史"。因此,娜奥美是一个表达沃尔特·本雅明(Walter Benjamin)"历史作为蒙太奇"的概念的角色:内外、笑声与恐惧、言语与沉默的辩证法构成了娜奥美主体性的相关因素。值得注意的是,她并没有与这些二元构建中的任何一方

---

① 逢珍:《加拿大英语文学发展史》,上海外语教育出版社2010年版,第387页。

对齐，而是将自己定位在它们之间的空间。正如小说中"加拿大和日本并没有为读者提供对称的话语"一样，因此在沉默的娜奥美和多话的叙述者娜奥美之间也没有令人满意的平衡。缺席、流离失所、羞辱、推迟、欲望以及母体的变形——无论是文字上的还是象征性的——都是她故事的核心。这些条件决定了她的沉默，但也表明沉默是矛盾的，既维持又使她受创伤。娜奥美的童年回忆帮助我们理解了这种沉默与言语的不对称关系是如何产生的，以及它与加拿大社区历史的关系。

《姨娘》中的自传/传记元素及其家人经历了许多叙述的困苦对于对小说进行女性主义阅读是重要的。事实上，自传/传记是现代加拿大女性作家广泛使用的一种体裁。在许多方面，当代的自传/传记理论阐明了后现代和性别化的主体性观念，而不是抹除实体性，发展了加拿大女性写作的传统模式[①]。

（四）玛丽安·恩格尔（Marian Engel）

玛丽安·恩格尔，加拿大小说家。1933 年 5 月 24 日出生于安大略省多伦多，1985 年 2 月 16 日死于安大略省多伦多。她被广泛认为是加拿大重要的现代作家之一，尤其以反映强烈的女权主义方法的作品而闻名。玛丽安·恩格尔在安大略省的加尔特、萨尼亚和汉密尔顿长大。1955 年，她在安大略省汉密尔顿的麦克马斯特大学获得语言研究学士学位，1957 年在魁北克省蒙特利尔的麦吉尔大学获得加拿大文学硕士学位，从 1960 年到 1961 年，她在法国普罗旺斯地区艾克斯的艾克斯—马赛大学获得扶轮基金会奖学金学习法国文学。她在美国（蒙大拿—米苏拉大学）、加拿大（麦吉尔大学）和塞浦路斯（圣尼科西亚的约翰学校）。她与 CBC 广播员和成功的神秘小说作家霍华德·恩格尔（Howard Engel）结婚（并最终离婚）离婚。在她的小说和故事中，恩格尔以机智和优雅地描述了当代人的日常生活，特别是女性。她的七部小说包括《甜蜜的假日》（*The Honeyman Festival*）、《熊》（*Bear*）、《疯狂的别墅》（*Lunatic Villas*）等。

恩格尔的杰作《熊》刻画了一段档案管理员卢（Lou）与熊之间非同

---

① Richard J. Lane, *The Routledge concise history of Canadian literature*, London; New York: Routledge, 2012, p. 137.

寻常的爱情故事，这部小说在国内尚未引发学术界的深入探讨，而在国际上也主要是围绕卢与熊之间的人兽恋主题进行零散的评论。部分评论家如科拉尔·安·豪厄尔斯将其视为乡村情色题材的探索；斯科特·西蒙斯则更为尖锐，将这种人兽恋解读为纯粹的性欲展现。然而，这些解读忽略了《熊》更为深层的内涵——其作为女性主义思想的载体。

恩格尔在《熊》中深刻揭示了父权社会对女性的压迫机制，传统上，女性被限定在温柔、谦卑、顺从的角色框架内，遭受着无形的束缚与压迫。但卢这一角色，却以非凡的勇气，挑战了这一既定秩序，她不仅拒绝沉默，更以实际行动反抗男权社会的桎梏，展现了女性力量的觉醒。

恩格尔通过细腻的笔触和独特的叙事策略，批判了父权制下的性别不公，同时表达了对女性生存状态的深切关怀。她对女性角色的塑造，超越了单一的性别刻板印象，赋予了她们复杂的内心世界和坚韧的生命力量。此外，小说中动物意象的巧妙运用，不仅增添了文本的神秘色彩，也进一步强化了女性主义的主题表达。

尤为值得注意的是，《熊》中卢与自然世界及自身性取向的觉醒，是她对传统束缚的一次勇敢挣脱。她与熊之间那既强烈又奇异的情感联系，成为小说中最具争议也最引人入胜的部分。这种前所未有的描绘方式，使得《熊》在加拿大文学史上独树一帜，引发了广泛的讨论与关注。

近年来，随着社交媒体上关于《熊》的片段分享获得热烈反响，这部小说再次进入公众视野，激发了人们对其深层意义的好奇与探索。这也证明了，《熊》作为一部蕴含深刻女性主义思想的作品，其魅力与价值跨越了时间与空间的界限，持续影响着当代读者的心灵。

三 时代之镜：比较两代加拿大女性作家的文学表达

尽管加拿大女性作家的共同点都是关注女性生活，是女性书写的实践者，塑造了富有生命力的女性角色，但加兰特等人更加注重现实主义和社会批判，她们的作品通常反映当时的社会、文化和政治背景。人物塑造更加注重性格深度和心理描写，以及人物与社会环境的互动关系。而伊丽莎白·斯马特这一代作家更多地受到后现代主义、实验性写作和多元文化主义的影响，她们的作品更加注重叙事技巧、文学实验和跨文化体验。人物塑造更加注重多样性和复杂性，以及人物在多元文化和跨文化背景下的成长和变化。

就写作题材而言，前者更倾向于保守、单一的主题，而后者则更敢于大胆尝试多样化的题材。前者可能更侧重于传统的家庭、个人成长和爱情等题材，而后者则可能涉及更广泛的议题，包括历史、族裔、移民经验等，展现了更加丰富和多元的生活体验。

其次，在社会和文化背景方面，尽管两者都可能受到移民或多元文化的影响，但前者更多地受到欧洲和英美文化的历史传统的影响，而后者可能更多地关注自己的血脉和移民历史。梅维斯·加兰特通常涉及对移民经验和文化冲突的探索，以及对人类孤独和心理状态的深入剖析。埃塞尔·威尔逊的作品主要关注南非的种族问题、民族认同和殖民历史，展现了南非社会的复杂性和多元性。相比之下，刘绮芬及李斯嘉等人更倾向于探索个人和家庭历史、情感困境以及身份认同等更加个人化和情感化的主题。

最后，在写作方式方面，前者可能更倾向于现实主义叙事风格，注重真实性和细腻的人物描写。加兰特和希尔兹很早就回归现实主义主题和风格，特别是希尔兹，注重凡人俗事，从平凡中发掘不凡，形成她的独特风格。而后者则可能更倾向于后殖民文学、魔幻现实主义等风格，通过象征性和隐喻来探索文化认同和历史记忆。她们中的许多都是以试验小说成名的，这导致一时各种女性试验小说争奇斗艳，给加拿大小说增添了新奇的多样性。

第四节 女性书写之女性人物

在文学创作中，人物是故事的灵魂和核心。特别是在女性作家的作品中，人物往往承载着作者对生活、社会和文化的观察和思考。因此，本节将人物塑造作为一个独立内容进行深入分析，为提供深入了解女性作家创作风格和文学意义的重要视角。通过深入探讨女性作家所创造的人物形象，我们不仅可以窥见她们对人性和社会的洞察，还能更好地理解她们在文学上的独特贡献和创新之处。通过比较两代女性作家在人物塑造方面的策略和技巧，我们可以发现不同时代背景下的文学风貌和女性形象的演变，进一步丰富了我们对加拿大文学及其在社会和文化发展中的作用的认识。

一 平凡女性的多重身份

《斯通家史札记》是希尔兹的代表作，讲述的是一位平凡女性的平凡一生，她的童年，以及她作女儿、人妻、寡妇、人母等人生经历，并对此颇有感悟，最后决定将自己的一生写出来。这位平凡女性就是女主人公黛西·古德威尔（Daisy Goodwill）。

《斯通家史札记》中，希尔兹采用自传的形式，以细致入微的笔触描写了黛西的生命历程。个体的生命历程是社会力量和社会结构的产物。通过黛西个人生命历程的研究可以获得多种信息，比如她所处的时代、拥有的社会关系及社会身份的体现。同时，作为一部虚构的自传，全书通过"我"的口吻，讲述了一个自古以来的难题——"我是谁？"任何试图回答或解释这个问题的过程也是人们在生命历程中认识自身、构建自身身份、探索生命意义的过程。对于身份的焦虑和渴求伴随着我们的生命，人生就是一个不断寻找叙述者的故事，在讲述自身故事的同时，就是在叙述自己的身份。也正因为牢牢把握住了黛西所代表的广大女性生活中的点点滴滴，希尔兹才创作出真实的作品、真实的人生，也让我们看到了加拿大当代女性的真实的生存状态以及男权社会下女性构建身份的种种困难。

希尔兹将《斯通家史札记》誉为她创作生涯中最令人哀伤的作品，她认为，最深的悲伤源自情感世界的孤寂与心灵深处的空虚。在这部小说中，黛西的命运被一层浓厚的孤独感所笼罩，几乎贯穿了她的一生。自幼年起，黛西便经历了母爱的骤然缺失，母亲的产后惊厥离世给她幼小的心灵留下了难以磨灭的伤痕。随后，她随父亲远赴美国，性格中的敏感使她内心时常感到孤独，但她以超乎年龄的平静接受了这一连串的不幸。黛西的父亲沉浸在丧妻之痛中，却未能给予她应有的关爱与温暖，使得她更加孤立无援。而后，收养她的克莱恩廷（Clarentine）姨妈的意外去世，更是让她陷入了无家可归的境地，孤独感愈发沉重。成年后的婚姻生活也未能成为她的避风港，先是嫁给了纨绔子弟哈罗德，却很快便因对方的意外离世而成为寡妇，随后长达九年的寡居生活让她倍感孤寂。再次步入婚姻殿堂，与年长自己许多的巴克（Barker）结合，虽然带来了短暂的安宁，但黛西内心深处对贤妻良母角色的困惑始终未解。而老夫少妻的婚姻模式，也预示着她将再次面临失去伴侣的痛苦。五十岁那年，她接连失去了丈夫和父亲，双重打击之下，孤独感达到了顶点。步入晚年，黛西依旧未能摆脱孤独的束缚。子女各自忙碌，与她相隔甚远，无法给予她精神上的慰藉，使得她在病重之时只能独自承受病痛的折磨与内心的恐慌。然而，在这段孤独而艰难的旅程中，黛西找到了写作这一寄托，重新燃起了对生活的热情，展现了自我价值的同时，也体验到了悲伤与宁静交织的复杂情感。最终，她在平静中结束了自己的一生，留下了一段关于孤独、坚韧与自我救赎的深刻故事。

就叙述的内容而言，《斯通家史札记》并无扣人心弦之处。就主题而言，展示的西方妇女孤独、迷惘的心境也是当今极为普遍的事情①。但通过复杂的叙事策略，如交错穿插的第一、第二、第三人称的叙述主体，顺叙、倒叙、插叙、预叙交互使用的叙述时间，不断变化的多视角叙述视点，突破陈规俗套的外在叙述方式等，使这个平常的主题有了新意，加强了表现女性心境的层次，更突出地反映了现代女性对自身价值不断探索的追求精神。由于综合运用叙事艺术，小说构建出一个独特的叙事世界，使得文本更加开阔、客观，加深了主题的真实性和深刻性。

二 越轨女性

恩格尔在《熊》中，深刻剖析了父权文化下女性的苦难，以此批判该文化的根深蒂固的问题。她通过细腻刻画女性角色的反抗行动，传递了对弱势女性群体的深切同情与积极关注。值得注意的是，女主人公卢的形象构建，深深植根于恩格尔的个人经历之中，卢的命运轨迹在某种程度上，可视作恩格尔自我经历的艺术再现。

恩格尔在作品中独具匠心地运用了"熊"这一意象，它不仅承载了丰

---

① 时贵仁、付筱娜：《从后结构主义解读〈斯通家史札记〉中女性身份的变化与建构》，《复旦外国语言文学论丛》2017年第2期。

富的象征意义，还深刻反映了作者对于女性挣脱父权枷锁、追求自由解放的深切期盼。在父权社会结构中，女性和动物往往共同遭受着男性权威的压制与剥削，它们都被置于社会的边缘地带，失去了真实的自我与话语权。这种对女性和动物的双重压迫，其根源在于根深蒂固的人类中心主义与男性中心主义观念。

生态女性主义者对此有着深刻洞察，他们认为女性和动物所遭受的压迫在本质上是相通的，都是对生命多样性的蔑视与剥夺。卡伦·沃伦等学者进一步指出，女性常被贬低为"低等动物"，而自然界本身也沦为被人类（尤其是男性）无度掠夺与控制的对象。在父权文化的阴影下，女性和非人类动物，包括熊在内，都面临着相似的不公命运。

然而，恩格尔在《熊》中构思了卢与熊之间非凡的爱情故事这一情节不仅构建了卢与熊之间的"反抗同盟"，共同挑战父权文化的桎梏，也深刻体现了恩格尔对男权社会体制的抗议。卢在遇见熊之前，与数位男性的关系均显得疏离且缺乏深度，这些男性角色往往以父权社会的规范自居，对卢施以无形的压迫。而熊的出现，为卢开启了一扇通往自由与真实的新大门，它不具备人类的虚伪与权力欲望，以其纯粹的本性吸引了卢。

在与熊接触和相恋的过程中，卢抛开所有束缚。很大程度上是因为熊不像她过去所遇到的那些男性一般，"他（熊）没有中产阶级的虚伪与做作，没有立场去维护，甚至保护不了他自己"，这是熊吸引卢的地方之所在。与熊相恋，卢体会到一种无私欲的爱，"熊似乎允许她自由表达情欲。他不压制她。而她抚育他，给他自由。在脱离人类关系的权利争夺之外，她可以体验到在双方的爱处于相互和平等的状态下异性之爱带给她的感受。最重要的是，她自己拥有表达这种完美爱的能力"。在与熊的相知相爱中，卢感受到了前所未有的情感自由与平等，这种爱超越了传统的束缚与界限，让她体验到了一种纯粹而深刻的情感交流。熊的接纳与尊重，让卢意识到自己在男性关系中所缺失的，正是这种基于相互理解与尊重的爱。这一转变，不仅是卢个人情感的重生，也是她对父权文化下爱情观的深刻反思与超越。

尽管，最后被他的爪子所伤，但正如帕特里夏·蒙克（Patricia Munch）所认为的那样，"爪印（他的爪子留下的伤疤）永远提醒着卢从熊身上学到的东西，那就是与男性建立平等的关系"。人与人相恋结合繁衍后代，动物与动物交配产生后代，这是社会亘古不变的法则。人兽恋这一惊世骇俗的行为打破禁忌，为社会所不容。恩格尔这一大胆的想象实则是对父权社会男性压迫女性的一种抗议。恩格尔通过卢与熊的惊世之恋，挑战了社会常规与禁忌，以一种近乎寓言的方式，揭示了女性对自由、平等与真实情感的渴望。卢最终被熊爪所伤，这一情节不仅象征着她为追求真爱所付出的代价，也寓意着她在挣脱父权枷锁过程中的成长与蜕变。伤痕成为她勇敢反抗的印记，提醒她不忘初心，继续前行。

此外，卢在受伤后感受到的"干净"，是她内心真实与纯粹的体现，也是对父权社会虚伪与腐朽的一种批判。恩格尔通过这一情节，表达了对女性内在力量的肯定，以及对女性追求真实自我、勇于反抗压迫的赞美。卢与熊的爱情，不仅是对人性本真的颂扬，也是对女性主义思想的有力宣扬①。

三　少数族裔移民女性

《残月楼》（*Disappearing Moon Café*）由李斯嘉（Sky Lee）精心编织，其核心主题凝练为："跨越百年的移民史诗，四代人女性命运的交织画卷。"小说横跨近一个世纪，自1892年王氏族长王贵昌受"华人慈善协会"使命远赴加拿大西部寻觅同胞遗骸起，至1987年止，细腻描绘了王氏家族的兴衰起伏。

李斯嘉运用回忆录的手法，将王氏家族的历史长河缓缓铺展，每一滴水珠都映射出华人社区在异国他乡的坚韧与成长，以及华人在加拿大土地上不懈奋斗的足迹。她巧妙地将宏大的历史背景与家族及个人亲身经历相融合，不仅让历史变得生动可感，更深刻地揭示了时代背景下女性命运的波折与抗争。这部作品不仅是对王氏家族过往的缅怀，更是对那个特定时代华人群体生存状态与精神风貌的深刻再现，展现了他们在逆境中求生存、在挑战中谋发展的不屈精神。李斯嘉以其独特的文学笔触，让历史与

---

① 房雪磊、姜礼福：《压迫与反抗——玛丽安·恩格尔〈熊〉的女性主义解读》，《江苏第二师范学院学报》2017年第1期。

家族记忆交织成一幅幅动人心魄的画面，让读者在字里行间感受到那份跨越时空的共鸣与感动。

王贵昌远赴加拿大西部的寻骨之旅，是《残月楼》故事的开篇，它缓缓揭开了19世纪下半叶华人移民艰辛历程的一角。作为这一重任的肩负者，王贵昌历经艰辛，最终在华人幸存者陈国发及其印第安家庭的帮助下，成功将同胞遗骨带回故土。这段历程中，他与克罗拉之间萌生了深厚的情感，并共同孕育了新生命。然而，家族的压力迫使他回国，接受了一场无爱的包办婚姻，与李美兰结为连理。王贵昌与李美兰的婚姻，是旧时代封建礼教束缚下的产物，缺乏情感基础的两人，生活并不如意。王贵昌再次踏上加拿大的土地，却得知克罗拉已逝，只留下他们的儿子丁安。出于责任与父爱，王贵昌收养了丁安，但碍于社会舆论与家族压力，他无法公开承认这份亲情。与此同时，加拿大政府为限制华人移民，开始实施严苛的人头税政策，税额逐年攀升，使得许多华人家庭长期分隔两地。李美兰直至1920年才得以前往加拿大与丈夫团聚，但现实却远非她想象中的美好。长期的分离与缺乏情感基础，让这对夫妻形同陌路，李美兰在异国他乡倍感孤独与无助。作为第一代华人移民妇女，李美兰深受中国封建礼教的束缚，她的婚姻生活充满了痛苦与无奈。她既无勇气也无能力去反抗现状，只能通过吵闹与欺压儿媳来寻求心理上的平衡。然而，这样的生活方式并未能改变她的命运，她的未来依旧充满了悲伤与不幸。

第二代女性中的佼佼者——王家媳妇常芳梅，展现出了比前辈更为强烈的反抗精神。面对丈夫不育的困境和婆婆李美兰的嘲讽，她没有选择沉默或顺从，而是以一种近乎决绝的方式——与丁安产生情感纠葛并育有子女，来挑战家族传统与不公。这八年间，他们的秘密关系不仅为王家增添了子嗣，也让芳梅在家族中的地位显著提升。凭借自身的智慧与努力，芳梅逐渐涉足家族生意的管理，其成就远超第一代移民妇女的局限。然而，随着金钱与地位的积累，她发现自己陷入了新的困境：如何在个人情感与家族责任之间找到平衡。最终，为了维护"王家媳妇"的身份与尊严，芳梅做出了妥协，与深爱的丁安分手。这一选择，虽体现了她作为女性的觉醒与自强，却也透露出一种无奈与悲哀——她的独立与自由，似乎总是要以牺牲真爱为代价。芳梅这一代女性，无疑是觉醒与反抗的象征，她们敢于挑战旧有的束缚与偏见。但同时,她们也背负着时代的矛盾与重压,在追求自我价值与家庭责任之间徘徊不定。芳梅的故事,是对那个时代女性复杂心境与生存状态的深刻描绘。

第二次世界大战后,加拿大华人社群的力量显著增强,尤其是本土出生的新一代,他们积极倡导改革移民政策,争取公民权、选举权等合法权益。芳梅的子女作为第三代华人,自幼在双语环境中成长,深受东西方文化的双重熏陶,较前辈更易融入主流社会,其生活境遇亦大幅改善。然而,每一代人都有其独特的挑战与困境。尽管第一、二代华人面临的种族歧视与文化冲突逐渐淡化,但家庭内部的封建礼教和旧伦理观念仍是沉重负担。而第三、四代华裔,则面临着更为复杂的社会与文化冲突。他们在加拿大接受现代教育,对中国传统文化的认知多源自家庭,却往往与校园、社会中的多元视角产生碰撞。加之亲身经历的种族歧视,使他们对中国文化的态度趋于审视与批判,渴望融入主流社会却面临重重障碍。作为华裔后代,他们因肤色和种族特征而难以像欧洲移民那样轻易融入,即便历经多代,仍被视为"外来者"。经济不景气时,华人往往首当其冲成为裁员对象,加深了社会对华人的偏见与排斥。这种身份认同的困惑与边缘化的感受,让许多华人后裔对自身文化传统产生抵触情绪,尤其是在感受到二等公民待遇后,这种抵触更为强烈。尽管如此,时代的变迁和社会的进步为女性带来了前所未有的自由与机遇。然而,移民妇女在探索自我命运的过程中,仍需面对诸多新挑战与新困扰。她们在更广阔的社会背景下,不断寻求平衡与成长,其道路依旧漫长且充满挑战。

《残月楼》巧妙地将叙事植根于特定历史事件之中,赋予读者深刻的历史共鸣。其叙述手法不拘一格,通过时空的交错与跳跃,于纷乱表象下勾勒出清晰的华人移民历史轨迹。作者以精湛的笔触,在有限的时空框架内,融合了中国韵味,细腻捕捉并展现了角色的情感起伏,深刻剖析了人物性格、时代风貌及历史烙印下的心灵阴影。尤为值得称道的是,该书通过塑造跨越时代的妇女群像,不仅揭示了她们作为社会苦难见证者的宏大历史,更细腻地编织了一幅人性弱点与内心挣扎交织的小历史画卷。这一独特视角,不仅是女性文学深度探索的体现,也彰显了华裔女作家笔下这部作品的非凡意义,它超越了单一性别的局限,成为一部透视社会变迁与人性复杂性的力作①。

第五节　本章小结

在当代加拿大英语小说中，女性作家的作品以其独特的叙事视角和丰富的情感表达深受人们喜爱。从发展期到繁荣期再到当代，加拿大女性作家们逐渐成为文学界的焦点，她们的作品探索了许多令人动容的主题，引发了读者们对生活、家庭和社会的深思。

梅维斯·加兰特、埃塞尔·威尔逊和卡罗尔·希尔兹等作家通过其作品建立了加拿大小说的传统。她们的文字洞察深刻，情感细腻，为读者呈现了一个个鲜活的人物形象和丰富的情感世界。伊丽莎白·斯马特、阿丽莎·范·赫克、乔伊·小川和玛丽安·恩格尔等作家在前人的实验和成就基础上，创造了一个想象的奇妙世界。她们探索了女性的多样性和复杂性，以自己独特的视角审视家庭、情感和个人命运，呈现了当代女性在不同生活境遇下的生存状态和情感体验。

在这些作品中，女性作家们展现了多重身份的平凡女性、越轨女性以及少数族裔移民女性等丰富形象。作家们通过塑造各种各样的女性人物，展现了她们的坚韧、智慧和勇气，同时也反映了加拿大社会的多元性和包容性。这些女性形象不仅是文学作品中的角色，更是社会现实中的缩影，她们的经历和故事触动着读者内心的共鸣和思考。她们的作品不仅仅是文学创作，更是对社会、文化和人性的深刻探索，为当代文学注入了丰富的内涵和生命力。加拿大女性作家们用她们的文字述说着女性的故事，让世界更加了解和尊重女性的存在和价值。

---

① 逢珍：《加拿大英语文学发展史》，上海外语教育出版社2010年版，第388—390页。

第三章

当代加拿大英语语境中的元话语

在语言学研究中，元话语作为一个重要的研究领域逐渐受到学者的关注。它不仅关乎语言的表面现象，更深入言语背后的逻辑、意图和语境。作为一种反映语言使用和社会互动复杂性的现象，元话语涉及多重理论和实践，对于我们理解语言交际的机制和规律具有重要意义。本章将系统地探讨元话语的定义、特点、语用研究以及在文学创作中的实际应用，探讨元话语在当代加拿大英语文学语境中的功能，包括打破传统的自传书写方式、深化读者对隐喻的理解、促进读者理解故事情节与作者产生情感共鸣，以及塑造生动立体的人物形象。通过本章的研究，我们将为读者提供一个全面而深入的视角，以便更好地理解和解读这一复杂而富有挑战性的语言现象，同时理解元话语在当代加拿大英语语境中的重要性和作用。

第一节 元话语的界定

元话语的定义涉及多个复杂因素，其理论框架丰富多样。从基于命题的定义，强调言语中的概念、观点和逻辑结构，到基于语用的理解，注重言语行为和交际意图，再到基于反身性和元语用的角度，关注言语自身的特性和语言使用的元层面。这些理论视角相辅相成，共同揭示了元话语作为一种语言现象的复杂性和多样性。在这一多元的理论框架下，我们将更全面地理解和分析元话语在不同语境中的运用及其对语言交际的影响。

一 元话语概念的缘起和发展

元话语最早由美国学者哈里斯（Harris）于 1959 年提出，他将其定义为关于话语的话语（Discourse about Discourse），主要指用于组织话语、表达作者对话语的观点、涉及读者反应的一种方法。它在语篇中发挥着组织语篇、引导主题内容、提示命题等功能①。

之后，元话语的研究主要集中在口语方面，并得到心理语言学、社会语言学等领域专家的关注。梅尔（Meyer）② 提出一种类似于元话语的概念，即"信号"或标示手段（Signaling），用来指连接语篇结构和传递语篇信息的非内容的系统；劳特迈提（Lautamatti）③ 将元话语视为对理解语篇有辅助作用的非话题材料。另外，她在研究书面语篇的话题展开时，发现书面语篇有两个层次：话题内容和非话题内容。非话题内容即元话语用以对话题内容提供框架。凯勒（Keller）④ 将元话语视为一种心理策略，是语篇中传递基本话语信息的"开场白"（Gambits）并且指出，说话者使用开场白来呈现话题组织交谈中的话轮替换，表明对信息、意见、情感或行为的意识状态；社会语言学家 Schiffrin⑤ 将元话语视为组织或评价正在进行的会话的话语，称其为"元交谈"（Metatalk）。威廉姆斯（Williams）⑥ 是第一个正式使用 Metadiscourse 一词的学者。他从写作教学的角度，将它定义为"关于话语的话语，包括所有不涉及话题内容的东西"。从此"元话语"一词便被人们普遍接受和使用了。这一时期对元话语概念的理解更类似于元语篇（Metatext），指的是组织语篇的一些特性，反映的只有语篇自反性，但狭义的元话语忽视了语篇的社会性和元话语在作者读者互动过程

---

① 唐建萍：《元话语研究述评》，《山东外语教学》2010 年第 1 期。
② Meyer B., *The Organization of Prose and Its Effects on Memory*, Amsterdam：North – Holland, 1975.
③ Lautamatti, L., "Observations on the development of the topic in simplified discourse" in V. Kohonen & N. Enkvist eds. *Text Linguistics, Cognitive Learning and Language Teaching*, Turku：University of Turku. 1978.
④ Keller, E., "Gambits：Conversational strategy signals", *Journal of Pragmatics*, 1979.
⑤ Schiffrin, D., "Metatalk：Organizational and evaluative brackets in discourse", *Sociological Inquiry：Language and Social Interaction*, 1980.
⑥ Williams, J. *Style：Ten Lessons in Clarity and Grace*, Boston：Scott Foresman, 1981.

中的重要作用①。

随着对元话语这一概念研究的深入，研究者们开始关注将元话语与人际者和读者三个要素结合起来，不再仅仅关注元话语在语篇中的组织功能。较为宽泛的元话语定义为，元话语的自反性并不局限在作者如何指称自己、读者和语篇，同时也能反映作者或说话人对于命题信息的情感或认识性评价。万德·科普（Vande Kopple）②、克里斯特（Cristmore）③等人是持这类观点的典型代表。但这种定义严格的区分了元话语和命题内容，一定程度上抹杀了元话语在语言意义建构中的作用，并将元话语置于次要地位。目前对元话语的研究反映了对语言的反思和交互使用日益增长的认识。例如，Hyland④主张，元话语是一整套人际资源，可以用来组织篇章或作者关于语篇内容或读者的立场。它涉及各种语篇特征与话语资源，可以帮助读者连接、组织语篇材料，并以作者所期待的方式理解语篇，体现出作者/说话人想要与读者/听话人建立联系的努力。虽然海兰德等人将元话语看作是一整套人际资源，但是其关注还是集中于篇章组织自反性表征话语和读者取向的互动表征话语，缺乏对交际维度与人际资源更广泛的研究，如元话语对身份的构建，对人际关系管理的影响等问题⑤。当下的元话语研究深深植根于元语用。陈新仁认为，元话语是实施元语用目的的语言手段，本质上是元语用表征形式。而所谓元语用，就是指交际者使用语言反映自己关于与他人进行互动和交际各种方式的意识⑥。他指出，在元语用的理论框架内探究元话语的本质与类别，可以更好地将元话语的形式与功能在具体的自然交际语境中加以更加动态的匹配，而非仅仅对元话语进行整体性的功能分类与形式描写。

---

① 王强、成晓光：《元话语理论研究范式述评》，《外语与外语教学》2016年第2期。
② Vande-Kopple, W., "Some exploratory discourse on metadiscourse", *College Composition and Communication*, Vol. 36, No. 1, 1985, pp. 82–93.
③ Cristmore, A. R., Markkanen & M. Steffensen, "Metadiscourse in persuasive writing: A study of texts written by American and Finnish university students", *Written Communication*, Vol. 10, No. 1, 1993, pp. 39–71.
④ Hyland, K., *Metadiscourse*, London: Continuum, 2005.
⑤ 陈新仁：《基于元语用的元话语分类新拟》，《外语与外语教学》2020年第4期。
⑥ Culpeper J., Haugh M., *Pragmatics and the English language*, London: Bloomsbury Publishing, 2014. 陈新仁：《基于元语用的元话语分类新拟》，《外语与外语教学》2020年第4期。

二 元话语的界定

元话语由来已久，但根据学者的侧重点不同，学界目前并未对元话语的定义达成一致。海兰德①也指出元话语是个模糊而难以定义的概念。元话语的定义可以根据研究人员所从事的领域或松散或严格。符号学家、言语交际理论家和修辞学家松散地定义元话语，而语言学家对其严格定义。符号学家将元话语定义为代表某个对象的符号，包括对文本的语言或非语言解释。根据皮尔斯（Peirce）②的说法，如果"人"是一个符号，那么人类的任何行为都可以用元话语来解释。贝特森（Bateson）③ 将 Metacomminication 定义为涉及说话者与听话者关系的沟通层面。在修辞学领域，元话语被定义为"评论"（Commentary）④。修辞学家将元话语视为一种修辞策略，用于说服观众并实现有效交流⑤。这些领域的学者所提出的元话语定义为语言学者提供了研究基础。

语言学家对元话语的定义可以大体分为四类，分别是基于命题、基于语用、基于反身性及基于元语用。

（一）基于命题的元话语

早在1959年哈里斯（Harris）首次提出元话语这一概念时，他就指出元话语是用来描述评论文本主要信息的文本元素，但这些元素本身只包含不重要的信息。因此元话语实际上并不表达文章的主题，只传达次要信息。许多关于元话语的定义都基于这一区别，大多数对元话语的定义都表明其不给主题增加新内容，并将其描述为涵盖文本中非命题性或

---

① Hyland, K., *Metadiscourse*, London: Continuum, 2005; Hyland K., "Metadiscourse: What is it and where is it going?", *Journal of Pragmatics*, 2017, Vol. 113, pp. 16–29.

② Charles Peirce, *Collected Papers of Charles Sanders Peirce*, Cambridge: Harvard University Press, 1966.

③ Gregory Bateson, *Steps to an Ecology of Mind*, Chicago: The University of Chicago Press, 1972.

④ Charles Rabin, "The Discourse Status of Commentary" in Charles Cooper and Sidney Greenbaum eds. *Studying Writing: Linguistic Approaches*, Beverly Hills, CA: Sage, 1986, pp. 215–225.

⑤ Jiang Hui, "Conceptualizing metaptragmatics" in CHEN X ed. *Metapragmatics and the Chinese Language*, Cambridge: Cambridge Scholars Publishing, 2022, p. 60.

非主题性元素的概念①。例如威廉姆斯将元话语定义为一种文体变量，称其为描述作者风格结构的重要层次。他指出定义元话语为"有关话语的话语，与主题无关"；万德·科普（Vande Kopple）②采用了模糊的元话语定义，将其视为"关于话语或关于交流的交流"同样，克里斯特、马尔卡宁（Markkanen）和斯蒂芬森（Steffensen）③指出，或书面或口头，元话语都指只是"文本中的语言材料"，并不增加命题内容，但能表明作者存在，同时帮助读者组织、解释或评价已知信息的语言成分。上述定义都明确区分了命题内容和元话语。因此，可以在不改变命题的情况下省略元话语④。

但是基于命题的定义受到了一些学者的批评，例如，卢卡（Luukka）⑤认为，如果我们采取更全面的视角，将文本视为一种交际行为，那么那些基于非命题性的定义似乎存在问题。毛（Mao）⑥认为，元话语和命题话语都可能或真实或虚假地描述现实状态⑦。伊万提多（Ifantidou）⑧也对此发表不同意见，认为元话语在语义层面上增加话语的命题内容，在语用层面上对于学术语篇的理解是必要的。不考虑元话语的语义和语用意义是对

---

① Jiang Hui, "Conceptualizing metaptragmatics" in CHEN X ed. *Metapragmatics and the Chinese Language*, Cambridge: Cambridge Scholars Publishing, 2022, p. 61；黄勤、刘晓玉：《元话语研究：回顾与思考》，《江苏大学学报》（社会科学版）2013 年第 15 卷第 2 期。

② Vande-Kopple, W., "Some exploratory discourse on metadiscourse", *College Composition and Communication*, Vol. 36, No. 1, 1985, p. 83.

③ Cristmore, A. R. Markkanen & M. Steffensen, "Metadiscourse in persuasive writing: A study of texts written by American and Finnish university students", *Written Communication*, Vol. 10, No. 1, 1993, p. 40.

④ Jiang Hui, "Conceptualizing metaptragmatics" in CHEN X (ed.). *Metapragmatics and the Chinese Language*, Cambridge: Cambridge Scholars Publishing, 2022, pp. 61-62. 唐建萍：《元话语研究述评》，《山东外语教学》2010 年第 1 期；黄勤、刘晓玉：《元话语研究：回顾与思考》，《江苏大学学报》（社会科学版）2013 年第 15 卷第 2 期。

⑤ Miina-Riita Luukka, "Metadiscourse in Academic Texts" in Britt-Louise Gunnarsson, Per Linell, and Bengt Nordberg (eds.), *Text and Talk in Professional Contexts*, August Uppsala: ASLA, The Swedish Association of Applied Linguistics, 1994.

⑥ Luming Robert Mao, "'I Conclude Not': Toward a Pragmatic Account of. Metadiscourse", *Rhetoric Review*, Vol. 11, No. 2, 1993, pp. 265-289.

⑦ Jiang Hui, "Conceptualizing metaptragmatics" in CHEN X ed. *Metapragmatics and the Chinese Language*, Cambridge: Cambridge Scholars Publishing, 2022, p. 61.

⑧ Ifantidou E, "The semantics and pragmatics of metadiscourse", *Journal of Pragmatics*, Vol. 37, No. 9, 2005, pp. 1325-1353.

它的曲解。为了说明这一点，他借助大量的例句表明不同种类的元话语表达不同的意义和功能，如表达"证言"的副词 allegedly、reportedly、admittedly 等这些词都是跟话语的真值有关，也就是说这些词是表命题的。海兰德[1]也不同意将元话语视为独立分开的意义层。他指出，"语篇是交际行为，而不是命题的罗列。语篇的意义依赖于命题成分和元话语成分的融合"。对此争议，成晓光与姜晖[2]进行了这样的评论：元话语虽不提供主要的命题信息，但它和命题信息共处同一语篇环境下，构成了语篇的修辞环境。它所关注的是作者的写作过程和读者的阐释过程。它的存在虽不增加命题内容，但对意义的构建却是必不可少的。因此我们说它是语用构件、修辞行为。

总而言之，虽然某一陈述内容可以用于表达命题含义，或评论，表达含义，但事实上很难明确区分命题性含义和非命题性含义。尽管元话语不影响命题内容的真实条件，但它并不独立于或分离于其他话语之外。作为话语的一个元素，它必然与文本产生和解释的动态过程相关。也就是说，元话语在生成意义方面发挥着重要作用，它不应被视为话语的次级层次。

（二）基于语用的元话语

克里斯特认为元话语是一种社会和修辞工具，可以从语用角度引导和指导读者，标示作者的存在，并引起对言语行为本身的注意。她将元话语看作是"作者在话语中明示和隐示的存在，目的是引导而不是告知读者"[3]。在她之后，元话语的定义逐渐转向语用或修辞角度，暗示着元话语的选择与修辞语境和作者的交际意图密切相关。

奥斯汀（Austin）提出言语行为理论，将言语交际视为一种行为，包括言内行为、言外行为和言后行为三个层次。塞尔（Searl）认为言外行为表达言外之意，传递交际者的交际意图，是一种言外之力。元话语在语篇中能够表达作者的交际意图，作为一种言外之力来实现交际的有效进行。

---

[1] Hyland, K. *Metadiscourse*, London: Continuum, 2005, p. 23.

[2] 成晓光、姜晖:《Metadiscourse：亚言语、元话语，还是元语篇?》,《外语与外语教学》2008年第5期。

[3] Avon Crismore, *Talking with Readers: Metadiscourse as Rhetorical Act*, New York: Peter Lang, 1989, p. 80.

博韦（Beauvais）①和毛拉宁（Mauranen）②都将元话语视为一种承载言外之力的语言成分，虽不表达命题意义，但能够传递作者的交际意图。通过言外元话语标记的使用，我们可以很清楚地向读者表明在篇章中的某一阶段我们要行使什么样的语篇行为③。尽管博韦关于元话语的言事行为模型在描述上存在不足，但它的确表明，在言语行为理论的框架下，我们可以将元话语看作是言语行为的一个独立类别④。言语行为理论能够将元话语与交际意图相互联系起来，对于探究元话语的功能与特征具有积极意义。

海兰德⑤也认为元话语是一种语用构建。根据他的观点，成功的学术文章需要巧妙地将言语行为与言后效果紧密联系。他认为，元话语清晰地展示了作者在呈现命题意义时的交际意图。从语用学的角度来看，元话语是作者对读者可能解读的回应标记语，突显了作者在呈现命题意义时的交际意图。同时，他指出元话语在为读者提供解读的语境方面发挥重要作用。这有助于读者更好地处理文本，梳理思想之间的关系，并以潜在受众易接受和信服的方式组织篇章⑥。

（三）基于反身性的元话语

元话语作为一种元语言现象，已被许多学者定义为一种反身性表达（Reflectivity）⑦。毛拉宁在她的研究中将元话语定义为"文本反身性"现象。"文本反身性"包括文本中那些不直接涉及传达文本主题的表达，而是组织文本并对其进行评论。她对文本反身性的研究仅关注于文本自身的

---

① Paul Jude Beauvais, "A Speech Act Theory of Metadiscourse", *Written Communication*, Vol. 6, No. 1, 1989, pp. 11–30.

② Anna Mauranen, *Cultural Differences in Academic Rhetoric: A Text-linguistic Study*, Frankfurtam Mein: Peter Lang, 1993.

③ 唐建萍：《元话语研究述评》，《山东外语教学》2010年第1期。

④ Jiang Hui, "Conceptualizing metaptragmatics" in CHEN X ed. *Metapragmatics and the Chinese Language*, Cambridge: Cambridge Scholars Publishing, 2022, p. 64.

⑤ Hyland K, "Persuasion and context: The pragmatics of academic metadiscourse", *Journal of pragmatics*, Vol. 30, No. 4, 1998, pp. 437–455.

⑥ Jiang Hui, "Conceptualizing metaptragmatics" in CHEN X ed. *Metapragmatics and the Chinese Language*, Cambridge: Cambridge Scholars Publishing, 2022, p. 64.

⑦ Annelie Ädel, *Metadiscourse in L1 and L2*, Amsterdam: John Benjamins Publishing Company, 2006; Hyland, K, *Metadiscourse*, London: Continuum, 2005, p. 23; Anna Mauranen, *Cultural Differences in Academic Rhetoric: A Text-linguistic Study*, Frankfurtam Mein: Peter Lang, 1993.

演变，而没有考虑文本的人际维度。根据她的观点，反身性表达还具有它们自己的命题意义，但内容与文本外部世界无关，只与文本本身有关。因此，它们可以被视为文本中那些在与文本的命题内容相关的元话语功能方面的部分。后来，毛拉宁①使用"话语反思"来研究书面和口头表达中的元话语。

海兰德在元话语的反身角度提供了比之前研究更广泛的定义，融入了其他语言使用观点，认为不管篇章元话语还是人际元话语都具有评价、态度和参与等人际意义②。他从功能角度认为元话语应该被视为一种社会行为。通过实施这种行为，人们可以建构他们具有特殊修辞目的的个人话语。他将元话语定义为，"用于体现语篇中互动意义的反身表达。它既帮助作者体现自己的观点，又将语篇与特殊共同体的成员联系起来"③。这种定义强调元话语在语篇的产生与应用中的重要作用，有助于表现作者对读者的意识，强调社交成员的交际，是分析作者写作方式的重要参数，同时也可以应用于比较不同话语共同体的写作策略④。

尽管海兰德的定义与元话语早期研究有关，但在几个方面与其他研究存在差异。首先，他批评了一些强调文本本身的定义，如"关于话语的话语"或"关于写作的写作"，指出这种定义未涉及与读者或听众的其他沟通方面。他修改后的定义强调元话语是一个包含一组开放性语言项目的系统。其次，他首次增加了元话语反身特征，用于指代文本本身以及作者与读者之间的人际关系。然而，海兰德仅将元话语定义为自我反思的表达，未进一步从元语言功能的角度讨论元话语的动机和机制。

瑞典学者阿德尔（Ädel）⑤同样从反身角度定义了元话语。她将其视

---

① Anna Mauranen, "Talking Academic: A Corpus Approach to Academic Speech" in Ken Aijmer ed. *Dialogue Analysis VIII: Understanding and Misunderstanding in Dialogue*, Tübingen: Max Niemeyer, 2004, pp. 201 – 217.

② Jiang Hui, "Conceptualizing metaptragmatics" in CHEN X ed. *Metapragmatics and the Chinese Language*, Cambridge: Cambridge Scholars Publishing, 2022, p. 65. 唐建萍：《元话语研究述评》，《山东外语教学》2010 年第 1 期。

③ Hyland, K, *Metadiscourse*, London: Continuum, 2005, p. 25.

④ 宫军：《元话语研究：反思与批判》，《外语学刊》2010 年第 5 期。

⑤ Annelie Ädel, *Metadiscourse in L1 and L2*, Amsterdam: John Benjamins Publishing Company, 2006.

为一种自反语言现象，是语言功能的一部分。阿德尔从"语篇世界"的视角把元话语区分为两种主要的形式：元语篇和作者—读者互动。元语篇的作用在于引导读者及对语篇中的语言进行评价；作者—读者互动则是建立和维持与读者的关系①。她指出，在交流时，我们不仅谈论世界和自己，还使用语言谈论言谈。人类不仅可以明确将自己指代为经历者，还可以将自己视为交际者，不仅评论讨论的主题，还可以评论交流的情境②。

（四）基于元语用的元话语

目前学界对元话语的定义无论是基于命题，语用还是反身性，对元话语作为元语用表征的实质都缺乏充分的认识，这导致对元话语的界定更多局限于语篇自反性表征或是与读者的互动表征，而忽视了其他交际方式和维度（如会话组织与互动、身份建构）的元语用表征。这种缺陷的产生在一定程度上是由于长期以来元话语研究都是独立于元语用研究而进行的，而这又与元语用研究长期滞后有关③。

陈新仁结合前人对元语用的研究，首先，将其定义为一种语用现象，具体讲是一种关于语言使用本身的语用现象；其次，作为一种元层面上的语用行为，元语用反映了我们作为交际者对语言使用本身的自反意识；再次，元语用背后的这种自反意识不仅涉及自己，也涉及他人；最后，元语用选择如同语用层面上的话语选择，同样可以反映一个人的语用能力。元语用意识是元话语的产生理据④。元话语的使用是说话人（作者）在交际意图驱使下所做出的策略性语言选择，体现出较强的元语用意识。陈新仁认为，言语交际中的元语用意识有不同的类型，而不同类型的元语用意识是由不同类型的元话语在语用层面上体现⑤。在将元话语视为实现元语用目的的资源的基础上，他试图拓宽元话语这一概念，将其界定为元语用的话语表征，即元语用话语。元话语或元语用话语是元语用的产物，一如语篇是语言使用的产物，一般体现为口头或书面语篇中独立于但同时又关联

---

① 唐建萍：《元话语研究述评》，《山东外语教学》2010 年第 1 期。
② Jiang Hui, "Conceptualizing metaptragmatics" in CHEN X ed. *Metapragmatics and the Chinese Language*, Cambridge: Cambridge Scholars Publishing, 2022, p.65.
③ 陈新仁：《基于元语用的元话语分类新拟》，《外语与外语教学》2020 年第 4 期。
④ 成晓光：《语言哲学视域中主体性和主体间性的建构》，《外语学刊》2009 年第 1 期。
⑤ 姜晖：《TED 演讲中受众元话语的元语用分析》，《外语与外语教学》2020 年第 4 期。

于命题内容或信息的话语成分，可以是单个词、短语，也可以是小句、句子，元语用则是对这些话语成分的运用，目的在于标示交际者一方、双方或多方所做出的语篇组织、信息评价和关系处理等方面的语篇管理。另一方面，元语用不一定都体现为具有结构独立性的话语成分，也可能体现在语句内部，如特定指称方式，语用标记语（Pragmatic Markers）、转述性语言使用（Reported Language Use）、元语用评论（Metapragmatic Commentary）、社交话语（Social Discourses）。

将元话语视为元语用的话语表征能够更好地体现出交际者的元话语意识，并且将其他交集方式与维度纳入考虑，使得元话语研究范围进一步扩大。

第二节 元话语的特点

学者们从元话语在文本中所执行的各种话语功能对其进行了定义和分类，虽然不同的定义导致了进一步探讨的困难，但对该术语的所有解释都同意元话语的主要功能不是呈现命题意义，而是被视为一个涵盖各种特征或成分的总称术语，用于帮助作者创建连贯且读者友好的文本，并使读者有效地解释话语或文本的指称意义，协助他们以作者偏好的方式连接、组织和解释材料[①]。

一 海兰德元话语三原则

海兰德[②]提出元话语的三条基本原则：一、元话语与话语的其他命题范畴不同；二、元话语体现语篇中蕴含着的作者与读者互动；三、元话语仅指话语内部的关系。这三条原则简明扼要地概括了元话语的本质特质。具体来说，元话语与其他命题成分之间的区别在于，它不仅可以用来支持命题内容，还可以使命题内容在拥有共同体背景知识的读者看来连贯、明晰和有说服力。正如马林诺夫斯基（Malino Wski）提出的语言的寒暄功能

---

① Jiang Hui, "Conceptualizing metaptragmatics" in CHEN X ed. *Metapragmatics and the Chinese Language*, Cambridge: Cambridge Scholars Publishing, 2022, pp. 53–67.

② Hyland, K. *Metadiscourse*, London: Continuum, 2005, p. 38.

（Phatic Function）一样，语言存在的意义不仅仅是描述外在物理世界，反映人的内心世界，也可以满足其他交际需要，包括利用它表达社会关系和与其他人建立联系。这一点在20世纪80年代得到辛克莱尔（Sinclair）的肯定。元话语体现语篇中蕴含着的作者与读者互动成功的交际必须蕴含互动。很多理论都将语言的表意功能与人际功能区别开，强调二者在语言使用中的不同作用与目的。但是，元话语理论在强调二者不同的同时，更注重它们的共时性。也就是说，元话语的研究更强调语言功能之间不可分离、不分先后。它们是一个同时运行的整体，分割必然导致系统失效。正如弗雷格（Frege）所说，从人体上切割下来的一只手就不再是手，因为它失去了与整体共同工作的能力。而且元话语作为一个开放系统，在实际使用中与体现其他概念功能的话语并没有明显区分标志，因此必须要仔细辨别。元话语仅指话语内部的关系，这是区分元话语的一个重要特征。内部关系是指用于连接事件，属于纯交际行为。在这种情况下，元话语仅仅用于构建语篇的逻辑关系，以达到逐步展开论述的目的①。

二　阿德尔元话语四原则

尽管元话语非命题性的观点已受到挑战，海兰德提出的人际性模式中"语篇内部"的界定亦存在争议。部分学者强调，元话语的核心特性在于其反身性本质，这一观点与毛②从修辞与语用视角的阐述相呼应，指出元话语研究应紧密结合其所在的修辞语境。冉志晗与冉永平③进一步细化，认为此修辞语境特指正在分析的具体语篇，即元话语应严格限定为那些直接关联并指涉当前分析对象的语篇内部元素。

然而，海兰德的"语篇内部"原则在应用上显得较为宽泛，它不仅涵盖了直接针对当前语篇的表述，还纳入了对其他语篇的引用或提及，如言据标记语（Evidentials）的使用，这些虽具有元话语功能，但在严格意义

---

① 宫军：《元话语研究：反思与批判》，《外语学刊》2010年第5期。
② Luming Robert Mao, "'I Conclude Not': Toward a Pragmatic Account of Metadiscourse", *Rhetoric Review*, Vol. 11, No. 2, 1993, p. 270.
③ 冉志晗、冉永平：《语篇分析视域下的元话语研究：问题与突破》，《外语与外语教学》2015年第2期。

上并不完全符合元话语作为当前语篇内部自我指涉（Self - mention）的定义。此外，海兰德将人称代词如 I、we 视为自我指涉元话语，而将 you 视为介入类元话语的分类方式，也面临复杂语境下的适用性问题。实际上，这些代词在具体语篇中的实际指涉可能超越当前作者、参与者或受众的范畴，使得"语篇内部"的界定显得模糊且难以统一应用于所有情况。

阿德尔在语言功能理论的坚实基础上，对元话语领域进行了深入探索，提出了新的视角与分类框架。该模式中，元话语被定义为"语篇中具有反身性的语言表达，指涉当前语篇本身或语言形式、当前语篇作者以及当前语篇受众"①。其核心观点在于，元话语被重新界定为那些具备自我指涉特性的语言成分，它们不仅关联到文本内部的自我审视（如语篇结构、语言风格），还触及文本的创作者与接收者之间的动态关系。这一界定超越了传统"非命题性"的单一识别标准，转而聚焦于元话语的"反身性"特质。元话语的反身性体现在三个关键维度：首先，是对"当前语篇"的直接或间接提及，这彰显了元话语对于具体语境的高度依赖性，即其存在与功能均受限于特定的语篇环境；其次，元话语亦能指向"当前语篇的作者"，这一特点揭示了作者如何通过元话语手段构建自我形象、表达立场或态度；最后，对"当前语篇受众"的指涉则体现了元话语在促进交流、构建作者与读者间互动关系方面的重要作用，凸显了其人际沟通的功能。

阿德尔提出的元话语四大原则，为元话语的识别与分类提供了清晰的框架，这些原则深刻揭示了元话语的独特性质。

首先，语篇世界原则重申了元话语与语篇世界的紧密联系，强调它指向的是构建中的语篇世界，而非外部现实世界。这一原则区分了元话语与直接描述现实的语言，与人际性模式中的"语篇内部"视角相呼应，共同强调了元话语在语篇构造中的内部指向性。

其次，当前语篇原则明确了元话语的即时性和针对性，指出它仅指涉当前正在构建或讨论的语篇，而非其他任何语篇。在口语环境中，阿德尔

---

① Annelie Ädel, "Just to give you a map of where we are going: A taxonomy of metadiscourse in spoken and written academic English", *Nordic Journal of English Studies*, Vol. 9, No. 2, 2010, p. 75.

进一步阐释了"当前语篇"的灵活性，如将同一课程或系列讲座视为一个连续的言语事件，允许元话语跨越时间界限，指涉前后内容，类似于书面语篇中的章节引用。

再次，明晰性或自我意识原则要求元话语不仅是对当前语篇的描述，更是作者有意识、清晰的评价或反思。这一原则凸显了元话语的自觉性，它不仅仅是文本的附加部分，更是作者语篇构建意识的直接体现，同时也隐含了对读者理解能力的考虑。

最后，作者作为当前语篇作者和读者作为当前语篇读者原则进一步细化了元话语的人际互动功能。它指出，元话语中的人称代词应严格限定于当前语篇的语境中，即指涉作为语篇创造者的作者和作为语篇接受者的读者，而非他们在现实世界中的其他身份。这一原则强调了元话语在构建作者—读者关系中的独特作用。

此外，在识别口语元话语时，反身性模式还审慎地排除了因语言不流利而产生的非意图性话语片段，如错误开头、重复和自我打断等，以确保元话语标记语的准确性和代表性，避免数据偏差[①]。

三 陈新仁元话语特征

陈新仁[②]也总结了目前学界对元话语的定义，认为无论是狭义地将元话语视为指称组织语篇组织的一些特性，还是涉及包括作者如何指称他们自己、读者和语篇还涉及作者/说话人对于命题信息的情感或认识性的评价的"自反性"，元话语，抑或最为宽泛的看法将元话语看作是"一整套人际资源，用来组织语篇或作者关于语篇内容或读者的立场"，元话语呈现出的整体特点为：它涉及各种各样的语篇特征和资源，这些特征和资源不仅帮助读者连接、组织语篇材料，而且帮助他们按照作者的期望以及特定话语社区的理解和价值去解读"语篇"[③]，体现写作者/说话人尝试与读

[①] 冉志晗、冉永平：《语篇分析视域下的元话语研究：问题与突破》，《外语与外语教学》2015年第2期。

[②] 陈新仁：《基于元语用的元话语分类新拟》，《外语与外语教学》2020年第4期。

[③] Hyland, K., *Metadiscourse*, London: Continuum, 2005; Hyland K, "Metadiscourse: What is it and where is it going?", *Journal of Pragmatics*, 2017, Vol. 113, p. 20.

者/听话人建立联系的努力。他提到,关于元话语,学者们虽然达成了一些共识,但也存在一些问题。这些共识侧面反映出了元话语的基本特征。共识主要包括以下方面。第一,元话语在一定程度上反映了交际的"交互实质";第二,元话语是"面向读者的内容"(Reader-oriented Material),与话语的"命题内容"(Propositional Material)密切关联;第三,元话语"依赖语境"(Context Dependent),在不同体裁和语言中会有差异。一个表达除非发挥元话语功能,否则就不是元话语。例如,用来回答 What is your profession? 的话语 I'm a teacher 中的 I 就不是元话语,原因是它只是常规的指称用法,而非用来凸显说话人的存在。

虽然目前学界都认同元话语具有交际特性,是面向读者的语言资源,与命题内容密切相关,且高度依赖语境。遗憾的是,元话语存在已久,且研究成果斐然,但过往的元话语研究脱离元语用进行,缺乏对语境,交际目标,交际参与者等语用因素的关注[1]。陈新仁基于元语用提出的元话语定义进一步强调了对语用因素的关注,使得元话语呈现出新的特点。

元话语或元语用话语是元语用的产物,一如语篇是语言使用的产物,一般体现为口头或书面语篇中独立于但同时又关联于命题内容或信息的话语成分。这些话语表征方式并不是高度规约化、程式化的语言形式,因而具有开放性,其标记程度也有所差异。例如,元话语既可以是书面语也可以是口语形式,既可以独立于命题内容,也可以嵌入在命题内容中,其话语单位既可以是单词,也可以是句子。大多数语用标记语、自我指称用语、显性互文链接语、社交话语,元语用评价都属于元话语的范畴内。一定的元话语会反映出交际参与者的元语用意识或自反意识。话语参与者使用某些元话语是为了标示交际者一方,双方或多方所做出的语篇组织、信息评价和关系处理等方面的语篇管理。并且,元话语一定实施某种功能才得以成为元话语,否则就不是元话语,而是用来表达某些命题的单纯的单层话语。

---

[1] 陈新仁:《基于元语用的元话语分类新拟》,《外语与外语教学》2020 年第 4 期。

第三节　元话语的语用研究

元话语，这一术语虽由哈里斯首创，但其概念早已渗透于话语分析、语用学等多个学术领域，成为探讨的焦点。简而言之，元话语是语言中那些指导读者如何解读文本、激发其反应及评价的部分。它不仅仅是文字的直接表达，更是作者与读者间交流策略的一部分，旨在优化信息传递与接收的效果。以下将从言语行为、顺应—关联、人际模式、元语用等角度对元话语的语用研究进行概述。

一　言语行为

博韦[1]和毛拉宁[2]都将元话语视为一种承载言外之力的语言成分，虽不表达命题意义，但能够传递作者的交际意图。通过言外元话语标记的使用，我们可以很清楚地向读者表明在篇章中的某一阶段我们要行使什么样的语篇行为。冉永平[3]通过实例表明施为动词可将其施为用意直接体现出来，恰当的元交际能力是保证交际成功的一个基本条件，也体现了说话人等交际主体的策略能力。这些例子说明，直接表明所在话语的语用行为用意的结构或词语都是以说话人为出发点，向听话人表明该行为用意的目的在于从功能上减少或消除所在话语的语用含糊或不确定性，直接展现了说话人的语用意识。

二　顺应—关联路径

比利时语用学家维什伦（Verschueren）[4]提出语言顺应论，认为语言的使用过程是语言使用者依据自然语言的变异性、商讨性和顺应性而对语

---

[1] Paul Jude Beauvais, "A Speech Act Theory of Metadiscourse", *Written Communication*, Vol. 6, No. 1, 1989, pp. 11–30.

[2] Anna Mauranen, *Cultural Differences in Academic Rhetoric: A Text-linguistic Study*, Frankfurtam Mein: Peter Lang, 1993.

[3] 冉永平:《论语用元语言现象及其语用指向》，《外语学刊》2005年第6期。

[4] Verschueren, J., *Understanding Pragmatics*, London: Edward Arnold, 1999.

言形式和使用策略进行选择的过程。变异性决定了语言的可选择性和使用范围，而商讨性和顺应性决定了人类以机动、灵活、动态的方式进行语言选择。而且，顺应论更重视语言形式的选择，即在默认一定命题内容后对语言结构的选择，也包括对同一命题内部不同信息结构的选择。因此，王强及成晓光[①]认为这更利于建立元话语与顺应论之间的联系，因为元话语不承载命题意义，而是对命题内容进行连接的语言成分。言语行为的执行均蕴含明确目的，旨在围绕核心主题展开。为实现这些目的，语言使用者需精心挑选语言元素，全面考量达成目标的多种策略。这一过程深受作者元语用意识及具体交际目标的影响。换言之，元语用意识的强弱及交际目的的不同，会引导作者以不同程度关注信息传递的精髓、表达形式的选取、语篇结构的布局、个人意图的传达以及读者期待的满足。这种元语用意识的展现，实则是多维度因素交织的结果，包括但不限于社会规范、文化背景、社群特性以及个体心理等复杂因素的综合作用。

在顺应论视角下，学者深入剖析了《哈扎尔辞典》中作者如何通过灵活调整元话语，动态适应文本的交际环境与语言结构，以此与读者互动，并巧妙传达个人立场与视角。同时，另一项研究在拓展顺应—关联理论框架内，探索了学术讲座中元话语的角色与功能，揭示讲座者如何在追求信息关联性的同时，灵活顺应以精选元话语[②]。研究表明，讲座元话语的选择深受多重因素影响，如语言实际运用情况、社会规范以及听众心理需求等，体现了高度的语境敏感性。此外，元话语的关联探寻过程可借由语境效果与认知能力、显性与隐性表达、程序与概念意义等维度来衡量，展现了其复杂而精细的运作机制。在顺应—关联理论的整合视角下，元话语的选择不仅是寻找最佳关联的过程，也是顺应多重语境要素的结果，两者相辅相成，共同塑造了讲座者所采用的交际策略。这种策略旨在高效传递学术信息，促进讲座者与听众之间的顺畅交流，进一步证实了元话语在学术沟通中的价值。也有学者敏锐地注意到文学文本中如《欲望号街车》中存

[①] 王强、成晓光：《元话语理论研究范式述评》，《外语与外语教学》2016年第2期。

[②] Bu Jiemin, "Towards a Pragmatic Analysis of Metadiscourse in Academic Lectures: From Relevance to Adaptation", *Discourse Studies*, Vol. 16, No. 4, 2014, pp. 449–472.

在的大量元话语，尤其是该戏剧中的模糊限制语，如宋杰和郭纯洁[1]，宋杰[2]从顺应论角度解释模糊限制语的使用是为了顺应物理、社会。心理世界的顺应，丰富了作品的解读角度。邢晓宇和段满福[3]探究了语用模糊语在《欲望号街车》中的话语层面、语篇层面表征，并从语境的角度对语用模糊的实现条件进行分析。分析表明，戏剧人物使用的语用模糊语是作者为刻画人物性格，推动情节发展的重要渠道。宋杰[4]从关联理论入手，对《欲望号街车》中的语用模糊语进行分类。认为意图与意义的不对称是语用模糊出现的根本原因。

三 元话语人际模式

海兰德[5]基于学术语篇，指明了元话语在建立和保持作者与读者、作者与命题内容之间的联系所起的作用，元话语用于在文本中明确组织话语、引导读者并表达作者态度。作者运用元话语来引导读者，展现适当的专业形象，这在说服性写作中至关重要。因此，元话语在建立和维持作者与读者、作者与信息之间联系的过程中发挥关键作用，引导我们关注作家如何将自己融入作品中，以传达其交际意图，成为核心的语用概念。他根据元话语的功能对其进行分类，指明了元话语反映了语境和意义之间的关系。海兰德[6]所提出的元话语人际模式基于汤普森（Thompson）和赛特拉（Thetela）的互动理论将元话语分文体现交际性质（Interactive Metadiscourse）的语篇组织成分，如过渡语、框架标记语、内指标记语，言据标记、语码释义和体现互动性质（Interpersonal Metadiscourse）的评价成分如

---

[1] 宋杰、郭纯洁：《〈欲望号街车〉中模糊限制语的顺应性研究》，《合肥工业大学学报》（社会科学版）2017年第6期。

[2] 宋杰：《〈欲望号街车〉中模糊限制语的顺应性研究》，博士学位论文，南京航空航天大学，2018年。

[3] 邢晓宇、段满福：《从模糊语言学角度看〈欲望号街车〉中的人物对话》，《内蒙古民族大学学报》（社会科学版）2008年第4期。

[4] 宋杰：《关联理论视角下〈欲望号街车〉中的语用模糊研究》，《鸡西大学学报》2016年第10期。

[5] Hyland K., "Persuasion and Context: The Pragmatics of Academic Metadiscourse", *Journal of pragmatics*, Vol. 30, No. 4, 1998, p. 437.

[6] Hyland, K., *Metadiscourse*, London: Continuum, 2005.

模糊限制语、强化语、态度标记语、介入标记语，自我提及。

（一）学术语篇

人际分类模式不仅更能体现韩礼德（Halliday）语篇三大元功能的整体性，并且能够突出元话语的人际性特征，便于人们深入和全面理解语篇中作者与读者之间互动方式的多样性，对于有效构建和解读语篇有着非常重要的作用，使得该模式为大多数研究者所接受。过往的元话语研究对象主要是学术语篇，并且近年来，国际学界对学术语篇中的元话语研究仍然方兴未艾[①]。例如有学者借助海兰德的元话语分类模型作为研究工具对学术论文的引言部分中标记语步的元话语进行调查，并统计互动元话语与交际元话语的频率、分布等内容。哈桑（Hasan）和奥瑟（Alsout）[②]也利用海兰德的模型作为研究工具，对应用语言学领域研究论文摘要中元话语标记的使用进行分析。文章聚焦于识别和标记最常用的元话语标记，并指出，利比亚作者更常使用互动标记而非交际标记。对元话语的定量和定性分析都表明，过渡、内指标记和框架标记成为主导的互动类别。相反，交际元话语主要由态度标记、避让语和增强语表示。随着元话语在学术书面语中研究的深入，学术交流、学术会议与学术讲座研究也引起了更多学者的关注。

（二）其他语篇类型

近年来，已有学者将注意力转移到其他语篇类型中和元话语的其他功能，如文学语篇作为重要的语篇类型，也涉及元话语的使用。例如阿罕格瑞和卡塞米[③]将文学语篇看作一种体裁，借助海兰德的元话语分类模式，考察了《爱丽丝梦游仙境》中的互动式元话语和交际式元话语的分布及频率。阿尔拉维[④]也指明，短篇小说中元话语不仅被频繁使用，而且元话语

[①] 付晓丽、徐赳赳：《国际元话语研究新进展》，《当代语言学》2012年第3期。

[②] Hasan, Eatidal, and Alsout Ergaya, "A Pragmatic Approach to the Rhetorical Analysis and the Metadiscourse Markers of Research Article Abstracts in the Field of Applied Linguistics", *Discourse and Interaction*, Vol. 16, No. 2, 2023, pp. 51–74.

[③] Ahangari S and Kazemi M, "A Content Analysis of 'Alice in Wonderland' Regarding Metadiscourse Elements", *International Journal of Applied Linguistics and English Literature*, Vol. 3, No. 3, 2014, pp. 10–18.

[④] AlJazrawi D A and AlJazrawi Z A, "The Use of Meta–discourse an Analysis of Interactive and Interactional Markers in English Short Stories as a Type of Literary Genre", *International Journal of Applied Linguistics and English Literature*, Vol. 8, No. 3, 2019, pp. 66–77.

的使用可以使小说故事更加流畅连贯，并且增强故事的说服力。以上的研究表明了，文学语篇作为一类体裁，含有大量充分的元话语，且元话语的使用对于读者理解小说和作者写作具有重要作用。遗憾的是，海兰德提出的人际模式元话语分类适用于分析文学作品中读者与作者的有效互动。但是这一框架无法凸显文学人物作为话语参与者自身情感等元话语现象的不足。

虽然国际学界对学术语篇中的元话语研究热忱依旧，但同时元话语的研究对象逐渐向媒体、新闻篇章，商务语篇，政治演讲等机构话语篇章拓展。甚至更加边缘的日常话语，如 vlog 中的元话语也得到学者关注①。

鞠玉梅②聚焦二语报纸专栏评论写作的互动元话语，探讨母语为汉语的中国作者撰写的英语二语专栏评论语篇中的互动元话语使用特点。作者通过对比分析互动元话语在两组语料中的使用情况，探讨其使用过程中所呈现的异同点以及产生异同的可能原因。研究发现两者之间既有共性也有差异性。共性表现在两者均较频繁使用互动元话语以加强评论的作者—读者互动性，两者在互动元话语整体使用上不存在显著差异，在立场互动元话语的使用上也不存在显著差异；不同之处在于两者在介入互动元话语的使用上存在显著差异，中国作者比英语本族语作者用得少。达夫兹·米尔内（Dafouz - Milne）③探讨了元话语标记在论述建构和说服达成中所起的作用。作者从跨语言的角度出发，选择了英国 *The Times* 和西班牙 *El País* 这两家具有地位和在各自国家文化中具有政治和修辞影响力的主流报纸，通过对 40 篇专栏文章（其中 20 篇英文，20 篇西文）的篇章和人际元话语进行分析，旨在确定在这类报纸论述中哪些元话语类别占主导地位，以及它们如何根据跨文化或跨语言的偏好分布。此外，该研究利用一组被试，试图探讨元话语在文本中作为一种说服机制的运作方式。

---

① Chen X., *Metapragmatics and the Chinese Language*, Cambridge: Cambridge Scholars Publishing, 2022.
② 鞠玉梅：《二语报纸专栏评论写作互动元话语使用考察》，《外语研究》2018 年第 4 期。
③ Emma Dafouz - Milne, "The Pragmatic Role of Textual and Interpersonal Metadiscourse Markers in the Construction and Attainment of Persuasion: A Cross - linguistic Study of Newspaper Discourse", *Journal of Pragmatics*, Vol. 40, No. 1, 2008, pp. 95 - 113.

王雪玉①聚焦于英语广告语篇，综合定性与定量分析方法，借助阿德比（Adbi）等提出的合作原则下的元话语分类框架，深入探讨了广告商如何通过元话语策略构建特定身份，以强化说服效果。研究发现，广告商巧妙运用反映质量准则的元话语元素（如证据标记、模糊语及强化词），展现出诚信可靠的品牌形象；同时，利用体现互动准则的元话语手段（如态度标识、自称语及介入语），构建与消费者的亲密互动关系。这两种策略相辅相成，共同促进了广告劝说目标的实现。该研究凸显了元话语作为关键话语资源，在广告商身份构建及说服过程中的不可或缺作用。

海兰德②呼吁拓宽元话语研究的体裁，并指出商务体裁（如公司年报）中的元话语特征尤其值得关注。虽然他③对不同行业的公司年报总裁信和董事报告中的元话语特征进行了对比分析，但没有专门考虑特定行业的公司年报总裁信中的元话语标记语的特征。黄莹④顺应海兰德的呼吁，对中西银行英文年报总裁信中元话语标记语的分布特征和聚类模式进行基于语料库的对比分析。通过对比分析中国和西方银行年报总裁信中的元话语特征，她发现，西方银行年报总裁信中使用较多人际互动型元话语特征，尤其使用较多表示与读者直接互动的 I—you 框合结构，而中国的银行年报总裁信中使用较多文本交互型元话语特征。

（三）元话语与语用身份

已有研究指出了交际者可通过运用元话语显性体现语用身份，即交际者为实现特定交际目标可使用话语动态选择和建构身份⑤。徐昉⑥指出，由于学术写作中作者身份建构的复杂性和多样性，因此仍然需要进一步细化学术写作中体现身份意识的语用交际方式。目前许多学者致力于将海兰德

---

① 王雪玉：《广告劝说中的元话语资源和身份建构》，《天津外国语大学学报》2012 年第 3 期。

② Hyland, K., *Metadiscourse*, London: Continuum, 2005.

③ Hyland, K., "Persuasion and Context: The Pragmatics of Academic Metadiscourse", *Journal of Pragmatics*, Vol. 30, No. 4, 1998, p. 437.

④ 黄莹：《元话语标记语的分布特征及聚类模式对比分析——以银行英文年报总裁信为例》，《外国语文》2012 年第 4 期。

⑤ 陈新仁：《身份元话语：语用身份意识的元话语表征》，《语言学研究》2021 年第 1 期；孙莉：《语用身份论视角下的元话语使用研究——以应用语言学国际期刊论文为例》，《解放军外国语学院学报》2021 年第 1 期。

⑥ 徐昉：《中国学生英语学术写作中身份语块的语料库研究》，《外语研究》2011 年第 3 期。

的元话语分类模式和陈新仁的语用身份理论结合，探索元话语在身份构建过程中起到的独特作用，例如，孙莉①以英语母语学者在应用语言学领域国际权威期刊发表的论文为例，探讨本族语作者在学术英语写作中的元话语使用及其身份建构特征，不仅从身份建构视角重新审视元话语的功能和类别，而且通过元话语资源的分析揭示学术写作中作者身份的动态多样性和话语建构性特点。王佳琦②从元话语视角出发，考察外交部发言人语用身份建构中的元话语使用情况。该研究指出，元话语作为一种重要语用资源，广泛存在于话语交际之中，为交际者语用身份建构做出了重要贡献。不同的语用身份具有不同的元话语选择倾向，主要受到交际者的元语用意识调控。语用身份的相关研究成果主要聚焦于学术话语、外交话语分析等，但对政务发布主体通过元话语彰显的语用身份意识展开探讨的研究并不多见。因此，黄菁菁③以中外城市政府门户网站发布的各35篇英文报道为语料，基于语用身份论，结合元话语类型统计结果和对话语实例的分析，探讨中外政务发布主体在信息传播、人际互动和表达评价方面使用元话语的类别、特征与异同，分析其如何动态建构传播者、邀请者和评价者的语用身份，以及各类语用身份出现的频次和差异，以厘清政务新媒体外宣中元话语与语用身份建构的关系，为政务机构运用话语正面宣传城市形象提供启示。

四 元语用模式

海兰德提出的元话语分类框架虽然经典，但并未涉及交际的方方面面，忽视了元话语在关系层面等的理解。近年来，越来越多的学者认同元话语是语用范畴而非仅是语篇一个固定的、形式的成分④。鉴于此，陈

---

① 孙莉：《语用身份论视角下的元话语使用研究——以应用语言学国际期刊论文为例》，《解放军外国语学院学报》2021年第1期。
② 王佳琦：《元话语视角下的外交部发言人语用身份建构研究》，硕士学位论文，河北大学，2022年。
③ 黄菁菁：《中外城市政务外宣中的元话语使用和语用身份建构》，《沈阳建筑大学学报》（社会科学版）2022年第3期。
④ Culpeper J. and Haugh M., *Pragmatics and the English Language*, London: Bloomsbury Publishing, 2014; Hyland, K., *Metadiscourse*, London: Continuum, 2005; Hyland, K., *Metadiscourse*, London: Continuum, 2005; Hyland K., "Metadiscourse: What is it and Where is it Going?", *Journal of Pragmatics*, 2017, Vol. 113, p. 17.

新仁①提出了基于元语用的元话语分类模式,有助于我们重新审视一些为原有分类所忽视的元话语语言表征,进而探究使用者的多维元语用意识(Metapragmatic Awareness)。陈新仁根据雅各布逊划分语言功能时所依照的交际维度提出的 7 种元语用意识对元话语进行分类,分为语境元话语、发话人元话语、受话人元话语、关系元话语、信息元话语、语篇元话语、语码元话语。

(一) 特定元话语类型

在陈新仁新拟了元话语分类后,学者开始关注特定的元话语类型并展开分析与讨论,如关注说话人、受话人元话语等。

陈新仁的分类框架不受语篇类型的限制,因此有诸多研究都是基于口语语篇,例如王晓婧②借鉴顺应论中关于顺应物理世界的思想并基于新的元话语分类,以天津卫视情感类调解节目《爱情保卫战》中主持人的语境元话语为语料,分析了主持人使用语境元话语对交际语境中的物理世界做出顺应的情况。研究发现,主持人使用指称时间、其他参与者在场、场景等语境元话语,一方面将其作为一种交际资源推进交际目标的实现,另一方面将其作为引导其他方参与者理解、接受发话人交际意图并做出顺应的解读框架。姜晖③基于元语用理论,以 TED 演讲为语料,研究演讲者使用的受众元话语类别和语用功能,旨在从元语用视角揭示受众元话语所体现的元语用意识,她指出,TED 演讲者通过使用信息引导语、意图提示语、受众知识状态提及语、受众立场态度预测语、介入参与提示语标识其对受众存在的感知,体现其管理演讲受众对信息的理解进程、引导受众理解其语用行为意图、激活受众背景知识和共知建构、满足受众对演讲内容的认知期待、建立与受众互动和情感认同的元语用意识,意在实现知识和思想传递的交际意图,构建与受众之间的和谐结盟关系。该分类框架也适用于机构话语。有学者基于一家民航公司投诉中心回应英语投诉的 41 条电话录音,聚焦接线员在解决投诉问题中使用的元语用话语所体现的协商意

---

① 陈新仁:《基于元语用的元话语分类新拟》,《外语与外语教学》2020 年第 4 期。
② 王晓婧:《电视调解节目主持人语境元话语的顺应性分析》,《外语与外语教学》2020 年第 4 期。
③ 姜晖:《TED 演讲中受众元话语的元语用分析》,《外语与外语教学》2020 年第 4 期。

识。他们从自我和他人两个维度考察接线员使用的元语用话语发现，受制于机构的权利与义务、交际者的英语水平以及多元语言文化背景等多重因素，接线员选择的元语用话语表明在信息内容的有效传递、机构权益的维护以及人际关系的调控三个维度对交际过程和效果进行积极协商的意识①。也有对文学文本中人物使用的特定的元话语类型展开分析，如，傅琼②聚焦于《红楼梦》中王熙凤使用的发话人元话语，揭示该人物在使用元话语时体现的有关"自我"的元话语意识及元话语对人物塑造的作用。肖伟、申亚琳③探究了薛宝钗使用受话人元话语时展现的受话人意识。陈新仁的新框架不仅不受语篇类型的限制，同时可以突出交际者元语用意识的显性表达。

（二）身份元话语

除了关注特定类型的元话语，学者也考察了语用身份意识的元话语表征，即身份元话语。不同于将海兰德的元话语模式与语用身份理论简单结合，陈新仁④整合发话人元话语、受话人元话语和交际者关系元话语三个概念中的身份维度，尝试提出"身份元话语"的概念，探析其主要类型，并以中国驻美国大使崔天凯的访谈为应用示例，探讨了其使用身份元话语的可能动因，旨在说明其关于身份的元语用意识。有研究以学术场景中专家使用的发话人元话语为研究对象，研究了发话人元话语的形象管理功能，并结合对报告人通过发话人元话语管理自我形象的动因做出阐释。该研究通过自然语料对发话人元话语的关注丰富了对发话人元话语的功能研究，并说明交际者的形象管理意识作为元语用意识的一部分，体现了交际者在交际中对于自我特征或属性呈现的关注，从而从元语用视角丰富了形象研究⑤。

---

① 刘平、冉永平：《投诉回应：元语用话语与协商意识》，《外语与外语教学》2020年第4期。
② 傅琼：《王熙凤的自我意识解读：基于元语用证据》，《外语与外语教学》2020年第4期。
③ 肖伟、申亚琳：《元语用视角下薛宝钗话语的受话人意识》，《黑河学院学报》2022年第10期。
④ 陈新仁：《身份元话语：语用身份意识的元话语表征》，《语言学研究》2021年第1期。
⑤ 金颖哲：《发话人元话语的形象管理功能——学术场景中专家自我表述的元语用分析》，《语言学研究》2021年第1期。

第四节　当代加拿大英语文学语境中的元话语功能

语言在大多数口头交流中被视为传递信息的工具。在虚构的文学作品中，作者、角色和读者之间产生和接收信息的交流评估通常有助于解释作品。在这样的文学结构中，交际话语涉及不同层次，通常为作者—角色—读者之间的关系。传统和现代的文学研究大部分都侧重于文学文本的分析，而非文学交流的过程。当然，也有许多研究涉及文学的心理、社会，特别是历史背景。文学文本不仅对结构重要，还对于生产、加工和接收等功能也很重要。在文学交流中，我们不仅有文本，还有对文本的生产和解释作为社会行为的过程。

虚构作品，例如小说，涉及信息在发出者和接收者之间产生和传递的语境。人物之间的对话在最明确的层面上有助于理解作者的主题特征和风格。人物在虚构语境中是重要的参与者，他们在作者和读者之间扮演着重要角色，以各种方式构建语言形式，为各种目的传达信息。因此，人物的语言对于虚构作品至关重要。

作者通过人物之间的语言与读者进行交流。因此，作者和读者之间的交流通常是通过人物之间的对话来完成的。就像常规对话一样，小说中的人物通过对话和其他言语行为在各种情境中进行交流和沟通。根据互动的标准，人物产生交互式交流或非交互式交流，取决于具体的方式。当人物进行自发的言语时，他们正在创建交互式交流。当人物依赖于诸如独白或书信呈现等间接手段时，他们正在实施没有直接互动的隐含交流。尽管人物交流的方式各异，但作者的意图得到了很好的阐明，作者的风格也得到了牢固的建立。

在小说的话语情境中，除了角色之外，叙述者经常受到关注。在各种层次的叙述中，叙述者—读者的对话经常在向读者传达信息的过程中被讨论和区分。作为信息接收者，读者有时可以直接通过叙述者的陈述与之对话，而在其他情境下，叙述者可能会以角色的形式出现，通过角色对话来表达他们的声音和思想。

虚构世界中角色之间的对话构成了基本的交流结构。角色之间的交流为读者提供了直接的语言背景，使他们能够理解作者传达的信息。同样，叙述者—读者的对话通过叙述者的陈述或"作者的评论"提供了意图，为读者产生的含蓄证据。角色—角色的互动和叙述者—读者的对话共同完成了作者与读者之间的交流过程。因此，观察和审视作者与读者之间的话语情境对评估文学效果具有重要意义。

本书不仅侧重文本分析，也考虑到了文学交流的三层次，即角色—角色，叙述者—读者，作者—读者。而纵观元话语理论体系，本书作者发现，海兰德的分析模式更适合于从宏观层面分析作者—读者，叙述者—读者的互动。而陈新仁的元话语新拟则更加适合角色—角色之间的互动交流，因此，本书将综合运用以上两种元话语的分析模式对文学文本及文学交流的过程进行详尽阐述。

一 元话语打破传统的自传书写方式

从本质上来说，元话语指的就是出于为读者或听者考虑，作者或者说话者如何使用语言，以便于能最好地帮助读者/听者处理和理解他们所说的话。元话语是一种为信息接收者而设计的过滤器，通过提供对信息流畅的评论，进而帮助阐明我们希望信息如何被理解。这一点非常重要，因为以这种方式引起对文本的关注揭示了作者对读者的认识，以及读者对详细阐述、澄清、指导和互动的需求程度和类型[①]。这种作者与读者的互动并不仅仅局限于说理性十分强烈的学术话语，劝诱性明显的政治性演讲等体裁或语域。文学作品，尤其是叙事性的文学作品，很大程度上就是作者使用元话语来构建出多种多样的叙述声音，进而推动情节的发展和人物的塑造。而读者对小说情节的理解和人物的掌握也受到元话语的极大影响。

在文学作品中，尤其是叙事性强的小说体裁，作者通过元话语如自我提及（Self-mentions）、参与标记（Engagement Markers）等语言手段，与读者建立起密切的沟通和理解。这些元话语元素不仅仅是语言工具，更是

---

① Hyland, K., *Metadiscourse*, London: Continuum, 2005; Hyland K., "Metadiscourse: What is it and Where is it Going?", *Journal of Pragmatics*, 2017, Vol. 113, p. 17.

作者与读者之间的桥梁，有助于传达故事情节、塑造人物形象、探索主题等内容。通过对元话语的运用，作者能够引导读者的注意力，解释故事背后的深层含义，营造出丰富而引人入胜的阅读体验。本书探讨元话语在文学作品中的重要性，并通过分析经典作品中的运用来加深理解。

表3-1　　　　　　　　　　海兰德元话语分类

元话语种类	功能	例子
文本交互型元话语（interactive metadiscourse）	引导读者对语篇的理解	
过渡标记（transitions）	表达句与句之间的连接	and then/so, but, however, because, so…
框架标记（frame markers）	标示语篇的结构	first…, second…, third…
内指标记（endophoric markers）	标示语篇中的某一成分和本篇其他部分之间的关联照应	… is the following…
证源标记（evidentials）	标记其他渊源的观点	in terms of, state, say…
解释标记（code glosses）	重述、解释和详述已有的信息	in other words, for example…
人际互动型元话语（interactional metadiscourse）	显示作者和读者的互动关系	
模糊限制语（hedges）	表示不确定性	might, perhaps, possible…
强调词语（boosters）	强调肯定性	in fact, definitely, actually…
态度标记（attitude markers）	表达作者对命题的态度、观点	surprisingly, important…
自我提及（self-mentions）	指作者自身	I, …
参与标记（engagement markers）	建立与读者的联系	you, we…

资料来源：引自 Hyland, K., *Motadiscourse*, London: Continuum, 2005, p.49.

加拿大女性作家在自传文学领域成就斐然，玛格丽特·劳伦斯和卡罗尔·希尔兹的作品尤为突出。劳伦斯以其杰作《占卜者》（*The Diviners*）为例，深刻描绘了女主人公莫拉格（Morag）历经四十七年风雨的人生轨迹，这部续篇作品沿袭了马纳瓦卡系列对女性独立、坚韧及教育价值的颂扬，讲述了个性独立、性格刚毅、受过良好教育的女子，如何在男性占优势的世界里发现自我、发挥自己的才能、探索人生意义的故事。莫拉格的一生是从逃离马纳瓦卡和克里斯蒂到回归马纳瓦卡和克里斯蒂,再到在与马纳瓦卡有着许多相似之处的麦康纳尔农场找到归属的旅程,映射了她从自我探索到自我接纳,最终实现超越的心路历程。劳伦斯以温情而有力的笔触,不仅展现了对自然界的崇高敬意,也深刻触及了人类命运的普遍议题,触动了读者的心弦。

而卡罗尔·希尔兹则以《斯通家史札记》赢得了普利策小说奖,展现了她对女性生活经验和内心世界的深刻理解。在她的自传文学中,读者可以感受到她对生活细节的关注以及对人物心理的细腻描写,这使得她塑造的人物具有丰富而真实的内心世界,让人感同身受。

这些作家通过自传文学向世人展示了加拿大女性在文学创作中的独特魅力。她们善于捕捉生活中的点滴细节,通过文字表达内心情感和思想,创造出引人入胜的自传作品。这种对个人经历和情感的真实表达,赋予了加拿大女性的自传文学独特的地位和影响力,激励着更多的女性作家勇敢地分享自己的故事和见解。

拉尔夫·科恩(Ralph Cohen)认为:"类别的划分依据的是经验,而非逻辑。它们是作家、读者和批评家为了阐释和审美的需要而共同参与建构的一种历史假设。"乔纳森·卡勒(Jonathan Culler)干脆将文类视为习俗。他说:"人们可能说,文类是一种语言习俗约成功能,一种联系世界的特定关系,这种关系起到了引导读者在与文本的接触过程中的规范或期待作用。""由于文类是作者与读者间的契约,所以文类带来的习俗和期待会影响到作者和读者。作者创作时选择了某一文类,他就要顾及此文类所带有的习俗以及读者在阅读此文类时滋生的期待,而读者在知道此文本属于哪一文类时,就会依据此文类的习俗而做出自己的期待。"[1]

自传文学作为一个单独的文类,具有独特的语言特点。首先,它常常采用第一人称视角,通过作者亲身经历的叙述,将读者直接引入故事中。其次,自传文学强调真实性和客观性,作者力求以客观的方式呈现

---

[1] 卢红芳、胡全生:《〈斯通家史札记〉的文类属性和叙述策略》,《解放军外国语学院学报》2011年第4期。

生活经历，确保读者感受到真实情感和体验。然而，自传文学的语言风格也十分个人化。每个人的生活观、价值观和情感体验都不同，因此作者的语言风格反映了其独特性。此外，情感表达在自传文学中扮演着重要角色。作品常常包含丰富的情感表达，包括对人生起伏、挑战和成长的深刻感悟，以及对重要人物和事件的真挚回忆。最后，自传文学往往以时间线或回忆的形式展现作者的生活经历。通过回顾过去，作者对自己的成长和变化进行深入思考，使读者更深入地了解故事背后的意义和作者的情感历程。

卡罗尔·希尔兹的《斯通家史札记》是一部围绕黛西通过想象构建的母亲及家族女性命运的叙事长卷。小说跨越数代，每章标题虽标示黛西生命的不同阶段，实则以母亲默西·斯通·古德威尔的虚构形象为轴心，辐射至家族中其他女性角色，包括养母克莱恩廷·弗莱特（Clarentine Flett）、婆母亚瑟·霍德（Mrs. Arthur Hoad）及后母玛丽亚·法科西（Maria Faraci）。这些故事虽源自黛西的想象，却深刻影响了她的自我认知与人生轨迹。黛西构想中的母亲默西，是一个体形丰满、对生育懵懂无知的形象，其早逝成为黛西内心永恒的遗憾。养母克莱恩廷则以坚韧不拔的性格和对自然的深刻洞察，间接塑造了黛西的职业兴趣。婆母亚瑟的严苛与挑剔，在黛西年轻时的爱情生活中投下了阴影，却也因丈夫的早逝而意外促成了她的解脱。后母玛丽亚的浪漫与牺牲，则激发了黛西对婚姻与爱情的复杂情感。随着年岁增长，黛西将这些女性形象融入自己的想象传记中，同时也将自己的故事传递给下一代。她的孩子们艾丽丝、沃伦和琼，则基于有限的了解，将黛西构想为一位平凡而充满遗憾的母亲。这一层层的想象与重构，不仅展现了黛西内心世界的丰富与复杂，也揭示了女性身份与命运在家族传承中的微妙变化。

卡罗尔·希尔兹在回答记者亨利·艾普罗（Henry April）的采访时解释她的《斯通家史札记》时表示："我写这部小说是写黛西的生活，黛西对生活的认识和看法。她必须以第一人称出现，但大多数情况下，她是以第三人称旁观者的身份来评论她的生活。然而，真正令人迷惑不解的部分是她在想象自己的生活。然而在她的自传里，她却是一个无所不在的故事叙述者。"① 希尔兹用母亲的故事作为这篇小说的结构，以自传体第一人称的叙述形式开始，以多种叙述者为主要手段来弥补第一人称叙事的不足，达到传记文学的效果。在黛西·古德威尔想象母亲们的生活故事和让她的孩子们来想象她的生活中，母亲的生活通过想象这一纽带被拼凑到一起，弥补了黛西·古德威尔自传中的一些空白②。

在呈现自传文学时，希尔兹也遵守契约，使用第一人称来代指转主自己，这也就是元话语中的自我指称，"自我提及"是指作者通过运用第一人称代词和所有格形容词，来表达他们对论点、社区和读者的态度③。通过这种方式，作者能够在文本中建立说服力，进而塑造自身的信誉。在这个意义上，说服力源自作者的可信度，因此读者会信任作者的判断和善意，从而被所表达的观点所说服。短篇小说的作者可能会作为叙述者亲自讲述故事，或通过故事中的一个角色（通常是主角）来讲述。因此，作者通过直接担任讲述者或通过角色的视角间接表达对某人或某事的态度。

在《斯通家史札记》中第一章的开头部分，作者明显地使用了第一人称的所有格形式来点明讲述故事的人，即叙述者为自己。

  <u>M</u>y mother's name was Mercy Stone Goodwill. She was only thirty years old when she took sick, a boiling hot day, standing there inher back kitchen, making a Malvern pudding for her husband's supper.④

但是这种叙事的统一性在之后的章节中被频频打破。可以看出，作者在有意地避免使用自我指称元话语。本是传主的黛西，忽然被用全名指称，导致了叙述视角从第一人称视角转变到第三人称视角。

  You should know that the raspberries are from the Fletts' own garden,

---

 ① 卢红芳、胡全生：《〈斯通家史札记〉的文类属性和叙述策略》，《解放军外国语学院学报》2011 年第 4 期。
 ② 陈晶 孔英：《〈斯通家史札记〉——一部非写实性的自传文学》，《学术交流》2008 年第 7 期。
 ③ Hyland, K., *Metadiscourse*, London：Continuum, 2005.
 ④ Carol Shields, *The Stone Diaries*, London：Pengune Books, 2008.

picked only an hour ago by the children of the family. One of these three children, Warren, seven years old, got raspberrystains all over the front of his cotton shirt, and he has just beensent upstairs by his mother to change into something clean. "Lickety–split," she tells him, "your father'll be home in half awink." The two girls, Alice, nine, and Joan, five, have been encouraged to pick a small bouquet for the table, using an old cracked creamjug as a vase.

Mrs. Flett, the children's mother, has only spoken sharply to Alice once; there are days when Alice feels her mother likes her and days when she's sure she doesn't.①

通过避免使用自我指称的元话语,作者丰富了叙事手法,特别强调了声音在小说中的重要性,使其具有独特和引人入胜的特点。希尔兹运用了一系列复杂而迷人的叙事装置,来讲述故事,从超然而抽离的作者叙述声音到各个角色的声音,采用信件、清单和实时通讯条目等方式进行叙述。这种大胆的技巧在这部小说中获得了完全成功。叙事形式的多次转换像小小的惊喜一样,保持着读者的兴趣。有时候,黛西被允许说话;更多的时候,是其他人在谈论她,或者读者仿佛站在她的创作者肩膀上以超然的态度看待她。

另一方面,作者非常规化地使用自我指称元话语,使得"小说无论是主体框架的结构还是主题内容的表述都开创了自传体小说的先河"。《斯通家史札记》中的黛西只是小说家希尔兹虚构的人物,不是真实的自传,而应该是多瑞特·科恩(Dorrit Cohn)所说的"虚构的自传"(Fictional Autobiography)。科恩认为:"所谓虚构的自传,是指在一部小说中,虚构的叙述者回顾性地讲述叙述者。"可见,从作者的一端来说,有技巧的使用自我指称元话语使得《斯通家史札记》打破传统的自传书写方式②。

这种元话语使用方式在无时无刻挑战着读者的期待。

---

① Carol Shields, *The Stone Diaries*, London: Pengune Books, 2008.
② 卢红芳、胡全生:《〈斯通家史札记〉的文类属性和叙述策略》,《解放军外国语学院学报》2011年第4期。

第三章 当代加拿大英语语境中的元话语

作者在书中也使用"参与标记语"诸如（你、我们、我们的、记得等）代词、问句和指令等，目的在于通过使用这些语言资源明确地与读者交流，从而让读者参与到文本中来。例如：

第二章使用了带有包容性的复数第一人称，这表明作者想把读者（即"我们"）纳入她自己理解、组合和体验生活片断的过程中。

<u>We</u> say a war is ended by a surrender, an armistice, a treaty. But, really, it just wears itself out, is no longer its own recompense, seems suddenly ignoble, part of the vast discourtesy of the world.

<u>We</u> do irrational things, outrageous things. Or else something will come along and intervene, an unimaginable foe. ①

甚至一句话中出现了多种人称并置的情况。黛西患麻疹独自躺在床上心事重重：

Well, <u>you</u> might say, it was doubtless the fever that disoriented <u>me</u>, and it is true that <u>I</u> suffered strange delusions in that dark place, and that <u>my</u> swollen eyes in the twilight room invited frightening visions. The long days of isolation, of silence, the torment of boredom—all these pressed down on <u>me</u>, on young Daisy Goodwill and emptied <u>her</u> out. ②

另一例子则是黛西作为叙述者和作为角色讲述她对婚姻的看法：

But how <u>we</u> do love to brush these injustices aside. <u>Our</u> wont is to put up with things, with the notion that men behave in one manner, and women in another. <u>You</u> <u>might</u> say it's a little sideshow we put on for ourselves, a way of squinting at human behavior, a form of complicity. Only think of how <u>we</u> go

---

① Carol Shields, *The Stone Diaries*, London: Pengune Books, 2008.
② Carol Shields, *The Stone Diaries*, London: Pengune Books, 2008.

around grinning and winking and nodding resignedly or shrugging with frank wonderment! Oh well, <u>we</u> say with a knowing lilt in our voice, that's a man for <u>you</u>. Or, that's just the way women are. <u>We</u> accept, as a cosmic joke, the separate ways of men and women, their different levels of foolishness. At least <u>we</u> did back in the year 1936, the summer <u>I</u> turned thirty-one. ①

所谓态度，其实是作者针对语篇主题或命题内容所表达的立场，反映作者对语篇外部世界的态度；这时，作为态度标记语的人称代词是真实世界中具有某种情感和态度的体验者，而不是当前语篇的作者。然而，当作者作为当前语篇的作者在语篇世界内表达观点时，就属于元话语。最典型的就是具有辩论引导功能的元话语标记语，如 argue for、claim、support 等②。通过使用态度标记，作者表达惊讶、重要性、同意、义务等情感，而不是关心信息是否可靠、真实或相关。他们可以通过使用这些标记来影响读者的情绪，从而说服他们，通过情感上的吸引力（感染力）来影响读者。这些标记通过态度动词（例如 prefer）、句子副词（例如 unfortunately）和形容词等来实现。而且，一连串的问句形式作为参与标记元话语也能够加深读者在文本中的参与感。

<u>Her autobiography</u>, if such a thing were imaginable, <u>would be</u>, if such a thing were ever to be written, an assemblage of <u>dark</u> voids and <u>unbridgeable</u> gaps. ③

"她的自传（如果写自传并非不可想象的话）将会是（如果真的有人来写的话）灰暗的虚无和不可填补的豁口"。

<u>Biography</u>, even autobiography, <u>is full of</u> systemic error, of holes that

---

① Carol Shields, *The Stone Diaries*, London: Pengune Books, 2008.
② 冉志晗、冉永平：《语篇分析视域下的元话语研究：问题与突破》，《外语与外语教学》2015 年第 2 期。
③ Carol Shields, *The Stone Diaries*, London: Pengune Books, 2008.

connect like a tangle of underground streams.①

"传记、甚至自传，总是充满了系统性的谬误，充满了种种漏洞，若将这些漏洞连接起来，那便像一条弯弯曲曲、走势复杂的地下河流。"

Words are more and more required. And the question arises: what is the storyof a life? A chronicle of fact or a skillfully wrought impression? The bringing together of what she fears? Or the adding up of whathas been off-handedly revealed, those tiny allotted increments of knowledge?②

"'什么是传记故事'（The Story of a Life）这一问题，是事实的编年史，抑或一系列巧妙编制的印象？"

在文中，叙述者借助元话语对自传或传记这一文类还不断地做出评判：听着这样的评判，读者禁不住要问《斯通家史札记》是否是传统意义上的自传。或许可以像英国学者温迪·罗伊（Wendy Roy）那样，认为《斯通家史札记》"不是对自传这一文类简单的模仿，而是通过部分地颠覆它的习俗，对自传文类进行评判"，因此"可以把它称为元自传或者评论自传这种文类的文学作品"。或者用哈切恩的话说，《斯通家史札记》是一部"元小说式的自传"，通过极强的自我指涉性对个人生平或个人历史进行一种自觉的、自我观照的虚构③。

二 元话语深化读者对隐喻的理解

《占卜者》采用的是复线式并行线索：一条线索是以现在时态低调平静地叙述自己、女儿以及邻居们的生活；一条线索是以回忆的方式动感而激烈地揭示自己的过去。这样的结构设置显然有其深意——强调女主人公内心视境的差异，通过现在与过去的对比和参照，揭示莫拉格·甘现今这种云淡风轻、类似旁观者的心态，是一个成熟女子经历过坎坷人生的凄风

---

① Carol Shields, *The Stone Diaries*, London: Pengune Books, 2008.
② Carol Shields, *The Stone Diaries*, London: Pengune Books, 2008.
③ 卢红芳、胡全生：《〈斯通家史札记〉的文类属性和叙述策略》，《解放军外国语学院学报》2011年第4期。

苦雨之后与生活达成妥协的结果①。而这种旁观者的心态正是通过参与标记语来实现的,借助不断以第二人称来明确地与读者交流,展现出主人公莫拉格目前的冷静与评价自己人生时的抽离之感。如:

  Well, you had to give the girl some marks for style of writing. Slightly derivative, perhaps, but let it pass. Oh jesus, it was not funny.②

  在小说的开篇部分,莫拉格看到厨房桌子上留的纸条后得知女儿离家出走的消息,还有心情与读者评论女儿的写作风格。
  此外,莫拉格也多次使用 you 来引导读者和她一起回忆过往的生活,以及感受她过去的所思所想。

  If you put the piano stool up as high as it will go, and start off quickly enough, it twirls all the way down again with you twirling on it.
  The pump brings the water to the sink, but you have to chonk – chonk – chonk it, and she is not big enough to get it going.
  That is what you have to do.
  She has learned you can't argue when you are a kid. You can only wait not to be a kid any more.③

  《占卜者》全书由五个部分组成,共十一章。第一部分与第五部分篇幅都只有短短十页左右,中间三个部分篇幅长度相当,都有一百多页,因而小说的结构显得相当对称而且优雅。在小说的开头与结尾,作者巧妙地采用相似的意象隐喻作品的主题:人的生活不仅仅是他当下的生活事件,过去的生活(包括祖先)也是现在他之为他的不可或缺的部分④。读者能够准确地理解这种意象很大程度依靠作者有意地使用解释标记语(Code

---

 ① [加]玛格丽特·劳伦斯:《占卜者》,邱艺鸿译,译林出版社 2004 年版,第 4 页。
 ② Laurence Margaret, *The Diviners*, Toronto: McCelland & Stewart, 2007.
 ③ Laurence Margaret, *The Diviners*, Toronto: McCelland & Stewart, 2007.
 ④ [加]玛格丽特·劳伦斯:《占卜者》,邱艺鸿译,译林出版社 2004 年版,第 4 页。

Gloss)。它们的功能是通过解释、详细说明和重新表述提供额外信息,使读者理解作者的预期含义。此外,通过它们的使用,作者通过理性吸引力(逻辑)说服读者,使读者通过追随和接受论点而相信某种观点。

在小说的开篇,莫拉格眺望着窗外熟悉的景致:

The river flowed both ways. The current moved from north to south, but the wind usually came from the south, rippling the bronze – green water in the opposite direction. This apparently impossible contradiction, made apparent and possible, still fascinated Morag, even after the years of river-watching.①

河水双向流淌。水的流向是自北向南,而风却通常打南面吹来,风过处,青铜色的水面朝北漾起层层的涟漪。这种矛盾现象看似绝无可能,此时却清晰地展现眼前。这条河莫拉格已经守望了多年,然而,此种景致依然叫她着迷。

小说的结尾,这个诗一般的意境再度出现,呼应着开篇的氛围:

Morag walked out across the grass and looked at the river. The sun, now low, was catching the waves, sending out once more the flotilla of little lights skimming along the green – bronze surface. The waters flowed from north to south, and the current was visible, but now a south wind was blowing, ruffling the water in the opposite direction, so that the river, as so often here, seemed to be flowing both ways.②

莫拉格走出房子,穿过草地,到河边看风景。夕阳,已经坠得很低,照射着水波,青铜色的水面再度点燃一排排小小的灯火。河水从北向南流淌,水流清清楚楚,就在这时,刮来一阵南风,将水一层层地向北吹去,霎时间水面呈现常见的景象,河水似乎双向流淌着。

---

① Laurence Margaret, *The Diviners*, Toronto: McCelland & Stewart, 2007.
② Laurence Margaret, *The Diviners*, Toronto: McCelland & Stewart, 2007.

作者在小说结尾有意地使用内指标记（Endophoric Markers）"the river"及"the waters"等，其功能是指向文本的先前或随后部分，旨在支持读者理解文本，再次暗示人的过去在现时以及未来的人生之河中占据着不可磨灭的重要地位。

三　元话语促进读者理解故事情节

在文学中，虚构文本和非虚构文本之间有一个区别。虚构文本尤其是科幻类文本不应该包含关于现实世界的信息。然而，它们为读者提供了可以应用于现实世界的信息。读者在阅读科幻文学的过程中存在困难。元话语表征作者与读者的情感交流和意义协商过程，可以大幅提升读者对文本的理解效果。阿特伍德是一位具有后现代特征的作家，她以书写科幻题材，尤其是反乌托邦小说见长。她的科幻小说代表作有《羚羊与秧鸡》(*Oryx and Crake*)、《使女的故事》、《疯亚当》(*Madd Addam*)、《洪水之年》(*The Year of Flood*)等。请看以下《羚羊与秧鸡》中某一片段元话语的使用情况及其效果。可以发现互动式元话语和引导式元话语在该小说中都有体现。

He couldn't help boasting a little, <u>because</u> this seemed to be – <u>from any indications he'd had so far</u> – the one field of endeavour in which he had the edge over Crake. At Helth Wyzer, Crake hadn't been what you'd call sexually active. Girls had found him intimidating. <u>True</u>, he'd attracted a couple of obsessives who'd thought he could walk on water, and who'd followed him around and sent him slushy, fervent e–mails and threatened to slit their wrists on his behalf. <u>Perhaps</u> he'd even slept with them onoccasion; <u>but</u> he'd never gone out of his way. Falling in love, although it resulted in altered body chemistry and was <u>therefore</u> real, was a hormonally induced delusional state, <u>according to him</u> – <u>In addition</u> it was humiliating, <u>because</u> it put you at a disadvantage, it gave the love object too much power. <u>As for</u> sex per se, it lacked both challenge and novelty, and was <u>on the whole</u> a deeply imperfect solution to the problem of intergenerational genetic transfer.①

"他不由得有点自夸,因为从迄今为止的任何迹象来看,这似乎是他在与 Crake 竞争中的唯一优势领域。在 Helth Wyzer,Crake 并不是你所说的那种'性活跃'的人。女孩们觉得他很吓人。的确,他吸引了几个痴迷者,他们认为他是无所不能的,跟着他到处转,给他寄去感情融融的电子邮件,并威胁要为他自杀。也许他偶尔甚至和她们发生了关系;但他从未刻意去追求。对他来说,爱情虽然导致了体内化学物质的改变,因此是真实的,但却是一种荷尔蒙诱导的妄想状态。此外,它是令人羞辱的,因为它使你处于劣势,给了爱情对象太多的权力。至于性本身,它既缺乏挑战性又缺乏新奇感,总的来说,它是对代际遗传转移问题的一个极不完美的解决方案。"

because、therefore 等过渡标记语用来明晰前后句的因果逻辑关系,帮助读者理清作者思路。通过过渡标记语,读者能毫不费力地感知故事叙述者的存在及其故事情节内在的逻辑推理过程。

证源标记 from any indications he'd had so far 与 according to him 元话语能够向读者表明,叙述者对秧鸡的评价是有迹可循、客观的。

As for 作为框架标记语用来转换话题到"性"这一话题上。on the whole 则帮助读者理解秧鸡对性的总体看法:它是对代际遗传转移问题的一个极不完美的解决方案。

态度标记语通常通过一些形容词或者副词使作者的态度明显展现出来,体现了作者作为参与者的主体意识。true 突显了秧鸡的吸引力,而 perhaps 则表现了有人与秧鸡发生性关系,但秧鸡对此的不屑。作者对秧鸡的看法和个人情感跃然纸上。另一方面,读者通过作者个人情感的流露,亦能与其心有灵犀和情感共鸣。

四 元话语塑造生动立体的人物形象

元话语(Metadiscourse)作为一种语言资源,主要用于帮助交际者表

---

① Atwood Margaret, *Oryx and Crake*, London: Vintage, 2004.

达交际意图，促进交际双方的充分理解，海兰德在对元话语功能的阐释方面采用了广义的理解，拓宽了元话语的语篇特征及资源特征的应用范畴，认为元话语的功能包括"交际的交互实质""关联读者及命题内容""语境依赖"等①。

表3-2　　　　　　　　　　　陈新仁的元话语分类

元话语类型	特性	具体特性	示例
语境元话语	提示关于语境的元语用意识	指称环境	(Let's go out.) It's noisy here.
		指称时间	(Be quick.) It's getting late.
		指称情境	(Be quick.) We're in class.
发话人元话语	提示关于自身的元语用意识	凸显自我	for my part, as far as I'm concerned, on behalf of, I think, I hope, to my disappointment
受话人元话语	提示关于对方或他人的元语用意识	预测对方期盼	As might be expected
		猜想对方知识、情感、立场等状态	As you may know, Pardon me
		凸显对方	in your case
关系元话语	提示关于交际双方或多方关系的元语用意识	提示（不）礼貌	Frankly, To tell you the truth, It's nice of you to say so, but...
		提示身份关系	Dear readers, as your friend
信息元话语	提示关于信息的元语用意识	对相关命题内容或信息、时间或行为表达或传达态度	unfortunately, surprisingly, hopefully, (most) importantly
		（要求）对信息或表达进行释义	that is, in other words, I mean, Do you mean…?, I beg your pardon
		提示或咨询信息解读框架	Theoretically, in general, specifically, in principle, Are you serious?

---

① Hyland, K., *Metadiscourse*, London: Continuum, 2005; Hyland, K., "Metadiscourse: What is it and Where is it Going?", *Journal of Pragmatics*, 2017, Vol. 113, pp. 17-20.

续表

元话语类型	特性	具体特性	示例
信息元话语	提示关于信息的元语用意识	对信息进行模糊化、强化、佐证等	probably?, I suppose, in a case, according to…
语篇元话语	提示关于会话参与或语篇组织的元语用意识	提示话题选择、转换话题或走题	My topic/focus today is…, Maybe I'm a bit off the topic, by the way
		标示语篇阶段或框架	First and foremost, Finally, in this chapter, in Section 2
		预告后文信息	In the following chapter
		凸显语篇连接	therefore, however, by contrast
		表达参与，提请或组织对方参与	Let me say a few words, Note that…, Listen, Hold on, It's your turn, Shut up
语码元话语	提示关于语码、语体等的元语用意识	凸显所用语言、方言、非语言语码、语体、语汇	To put it in English, In my dialect, Am I too formal?, What does the word mean?

资料来源：引自陈新仁《基于元语用的元话语分类新拟》，《外语与外语教学》2020 年第 4 期。

与海兰德面向学术语篇中的元话语，从交际资源及互动资源两大内容进行分类的模式不同，陈新仁基于元语用意识的多维度分析，从交际事件涉及的不同维度出发，对元话语进行了新分类，以此解决现有分类没有包含口头语篇或没有凸显说话人自身情感等元话语现象的不足。新分类拓展了元话语的范围，着眼于突出交际者元语用意识的显性表达，既适用书面语篇分析，又适合进行口头语篇分析，尤其是会话语篇的元话语分析。根据陈新仁[1]拓展后的定义，元话语可以是开放性的表达，相当于卡尔佩珀（Culpeper）和霍（Haugh）[2] 使用的元语甲话语（Metapragmatic Utter-

---

[1] 陈新仁：《基于元语用的元话语分类新拟》，《外语与外语教学》2020 年第 4 期。
[2] Culpeper J. and Haugh M., *Pragmatics and the English Language*, London: Bloomsbury Publishing, 2014.

ances），也可以是程式性的、规约化的语用标记语或话语标记语。在文学文本中，元话语是构建故事情节的重要组成部分。多种元话语的综合使用可以用来引导读者进入故事的世界，传达情感、建立氛围，提供关键信息以推动情节发展。在门罗的短篇小说集《快乐影子之舞》（*Dance of Happy Shades*）中的《沃克兄弟的放牛娃》（*Walker Brothers Cowboy*）中，作者通过巧妙综合使用信息元话语、受话人元话语、关系元话语、语境元话语等描绘出旧情人多年后相见时的尴尬和惊喜情景。

My father takes his time getting out of the car. "I don't think so," he says. "I'm the Walker Brothers man."

"George Golley is our Walker Brothers man," the woman says, "and he was out here no more than a week ago. Oh, my Lord God," she says harshly, "it's you."

"It was, the last time I looked in the mirror," my father says. The woman gathers all the towels in front of her and holds on to them tightly, pushing them against her stomach as if it hurt. "Of all the people I never thought to see. And telling me you were the Walker Brothers man."

"I'm sorry if you were looking forward to George Golley," my father says humbly.

"And look at me, I was prepared to clean the hen‐house. You'll think that's just an excuse but it's true. I don't go round looking like this every day." She is wearing a farmer's straw hat, through which pricks of sunlight penetrate and float on her face, a loose, dirty print smock and running shoes. "Who are those in the car, Ben? They're not yours?"

"Well I hope and believe they are," my father says, and tells our names and ages. "Come on, you can get out. This is Nora, Miss Cronin. Nora, you better tell me, is it still Miss, or have you got a husband hiding in the woodshed?"

"If I had a husband that's not where I'd keep him, Ben," she says, and they both laugh, her laugh abrupt and somewhat angry. "You'll think I got no manners, as well as being dressed like a tramp," she says. "Come on in out of the sun. It's cool in the house ."①

  以上内容描绘的是"我"的父亲在工作的过程中偶遇了当年的旧情人 Nora 这一故事情节。在这一情景中,作者使用了多种类型的元话语,在再次确认"父亲"的身份时,Nora 使用了 and telling me 这一信息元话语来佐证和加强她的猜想,可以展现出 Nora 重新遇到父亲时的惊喜。而当 Nora 解释自己正在忙碌的事情时,她借助 you'll think 这一受话人元话语预测"父亲"对她的期盼与印象和 that's just an excuse but it's true 这一信息元语证实相关信息,可见她内心的焦虑与对自我形象的在意。当"父亲"向"我们"介绍 Nora 时,他装作自然地问到 Nora 的婚姻状态,使用了 miss 这一表示女性婚姻状态的关系元话语以及信息元话语 you better tell me 要求对方对信息进行阐释与佐证,体现出了父亲对 Nora 的好奇和关心。Nora 在回答父亲问题时,再次使用了 you'll think 的受话人元话语,目的是不让父亲误会自己和保护自己在父亲心里的美好形象。而 It's cool in the house 并不只是用来形容房间里的温度状态,而是 Nora 借助这一语境元话语指称环境,进而体现出她的体贴。

  陈新仁②认为,交际者有时会使用一些话语方式刻意突出自我,如"我想""我希望""我建议"或其他涉及"我"的自我陈述,反映了发话人的元语用意识。这些话语方式就是发话人元话语,类似于 Hyland 的"自我提及"(Selfmention)。但是,也有一些发话人元话语未必出现"我",如"难怪""怪道""果然""谁知",这些表达也同样提示了发话人关于自身思考、猜想的自反意识。作为小说语篇中的交际者,文学人物通过"自我提及"来表达思想和观点,凸显自我身份、文化修养、经历和个性,此种策略与学术语篇中作者通过使用自我提及的策略达到与读者实现充分的交际非常相似。因此,分析文学作品中人物的发话人元话语可以管窥作者试图建构的发话人人物性格特征③。乔伊·小川的代表作小说

---

① Munro Alice, *Dance of the Happy Shades*, New York: Vintage Books, 1998.
② 陈新仁:《基于元语用的元话语分类新拟》,《外语与外语教学》2020 年第 4 期。
③ 傅琼:《王熙凤的自我意识解读:基于元语用证据》,《外语与外语教学》2020 年第 4 期。

《姨娘》中，作者也使用了许多元话语来构建人物娜奥米的形象。请看以下例子：

Sigmund's hand is up, as it usually is.
"Yes, Sigmund."
"<u>Miss Nah Canny</u>," he says.
"<u>Not Nah Canny</u>," I tell him, printing my name on the blackboard: NAKANE. "<u>The a's are short as in 'among'</u>——Na Ka Neh——<u>and not as in 'apron' or 'hat'.</u>"
Some of the children say "Nah Cane".
"Naomi Nah Cane is a pain," I heard one of the girls say once.
"Have you ever been in love, <u>Miss Nakane</u>?" Sigmund asks.
"In love? Why <u>do you suppose</u> we use <u>the preposition 'in'</u> when we talk about love?" I ask evasively. "<u>What does it mean</u> to be 'in' something?"①

在课堂上，学生 Sigmund 多次给她带来麻烦。当学生发言时，他虽然使用了表示尊称的 Miss，但却读错了娜奥米老师的名字。接着，娜奥米开始纠正他的发音。娜奥米坚持于纠正学生的发音并非单纯表达学生应该通过正确拼读老师的名字来彰显对老师这一身份的重视与尊重，而是作为典型的发话人元话语突出了她对自己作为日裔加拿大人这一身份的意识。而当 Sigmund 又提到老师是否曾陷入过爱河之中时，他用 Miss Nakane 这一关系元话语称呼老师可以看出他具有明显的关系元语用意识，清楚知道他们是师生关系，他们能够公开在课堂中讨论的问题是有明显限制的，但他依旧在全班同学面前提及老师的私人生活，这便显示出学生对老师的不尊重与挑衅。而娜奥米作为老师，一方面通过使用一连串的问句形式和重复学生的提问内容来回应，一方面又通过使用 why do you suppose 这一受话人元话语来猜想对方的知识状态，语码元话语 the preposition 以及信息元话语

---

① Joy Kogana, *Obasan*, Toronto: Lester & Orpen Dennys Ltd., 1981.

what does it mean 等多种元话语来回避正面回答学生不适当的问题并掌握对课堂的控制权,从而建立老师的威严形象。但她并没有成功实现这种意图。学生接着问道:

"Are you going to get married?" Sigmund asks.

The impertinence of children. As soon as they learn I'm no disciplinarian, I lose control over classroom discussions.

"Why do you ask?" I answer irritably and without dignity.

"My mother says you don't look old enough to be a teacher."

That's odd. It must be my size: 5'1, 105 pounds. When I first started teaching sixteen years ago, there were such surprised looks when parents came to the classroom door. Was it my youthfulness or my oriental face? I never learned which.

"My friend wants to ask you for a date," Sigmund adds. He's aware of the stir he's creating in the class. A few of the girls gasp and put their hands up to their mouths. An appropriate response, I think wryly. Typically Cecil. Miss Nakane dating a friend of Sigmund's? What a laugh!

I turn my back to the class and stare out the window. Every year the question is asked at least once.

"Are you going to get married, Miss Nakane?"①

在这一段对话中,学生不仅又一次将话题转移到老师的婚姻状态这一私人话题上,同时还有意地转述母亲对老师的评价。这里 my mother says 并不是单纯指代信息的来源,对信息"您看起来不像老师"的佐证,而是借助这一信息元话语和关系元话语指明,不仅对于学生来说,娜奥米不像个老师,从一个更有生活经验的成年人的角度来看,娜奥米也并不符合传统老师的形象,或许是因为她略显幼态的脸,或许是因为她东方人的长相。而学生的下一句话更加地冒犯娜奥米。而这种冒犯正是通过学生有意

---

① Joy Kogana, *Obasan*, Toronto: Lester & Orpen Dennys Ltd., 1981.

的使用关系元话语 my friend 实现。师生恋爱是道德和职业禁忌,这是每个人都明白和应该遵守的文化及道德要求,但是 Sigmund 刻意使用"朋友"一词,想要和娜奥米约会,这导致娜奥米的处境十分被动,同时也达到了学生想要捉弄老师的目的。

  With everyone in town watching everything that happens, what chance for romance is there here? Once a widower father of one of the boys in my class came to see me after school and took me to dinner at the local hotel. I felt nervous walking into the Cecil Inn with him.

  "Where do you come from?" he asked as we sat down at a small table in a corner. That's the one surefire question I always get from strangers. People assume when they meet me that I'm a foreigner.

  "How do you mean?"

  "How long have you been in this country?"

  "I was born here."

  "Oh," he said, and grinned. "And your parents?"

  "My mother's a Nisei."

  "A what?"

  "NISEI," I spelled, printing the word on the napkin. "Pronounced 'knee – say.' It means second generation'." Sometimes I think I've been teaching school too long. I explained that my grandparents, born in Japan, were Issei, or first generation, while the children of the Nisei were called Sansei, or third generation.①

  在娜奥米和班上同学的父亲去约会时,对方问自己从哪里来,娜奥米的反应打破了对方的期待,她回答"How do you mean?",你是什么意思? 娜奥米并非不知道对方在问什么,也并非不知道这个问题的答案,但是她使用了信息元话语要求对方对信息进行进一步阐释,实则是对表达对对方

---

  ① Joy Kogana, *Obasan*, Toronto: Lester & Orpen Dennys Ltd., 1981.

的不满（因为有太多人问她此类问题），所以不愿意直接回答他的问题。当对方转换了措辞"你在这个国家待了多久了"，又一次问到娜奥米的出身时，娜奥米回答"我在这里出生"，这不仅是对男人问题的回答，也能反应出娜奥米的发话人意识，突出了她是加拿大本地人这一身份。接着，对方又问起娜奥米父母的情况，娜奥米有意使用了语码转换（Code-switching），她的回答中夹杂着英语和日语。她说："我的母亲是二世。"她本可以使用 second-generation 这一更易于对方理解的英语表达，相反，她使用的"Nisei"既作为语码元话语也作为发话人元话语，彰显了她及其家人日裔的身份意识。

第五节 本章小结

本章深入探讨了元话语的研究，包括从概念界定到功能的实际应用。在探索元话语的概念、特点以及语用研究时涉及了多种理论框架和方法。元话语可以被理解为一种元语言现象，它涉及语言使用中的元层面和元认知过程。

元话语的概念起源于语言学和社会语言学的研究，尤其是关于语用学和话语分析的领域。它主要探讨的是语言使用的元层面，即言语背后的意图、目的和语境。元话语的发展也受到语言哲学、社会学和心理学等领域的影响，逐渐形成了多重理论框架和方法论。

元话语可以根据不同的观点和研究重点进行多重界定。基于命题的元话语关注言语中的逻辑结构和命题特征。基于语用的元话语侧重于言语行为背后的意图和目的。基于反身性的元话语强调言语自身对话语的反思和反馈。基于元语用的元话语关注言语使用中的元层面和语用认知过程。

元话语不仅是语言学理论研究的重要议题，也是作家创作和读者阅读实践中的重要资源和策略。通过深入探讨元话语的概念、特点和功能，我们能更好地理解语言的复杂性和文学作品的丰富内涵。在当代加拿大英语语境中，元话语的研究呈现出丰富多彩的特征。在讨论元话语的功能时，我们发现元话语在当代加拿大英语文学中发挥着重要作用。首先，元话语打破了传统的自传书写方式，为作品赋予了更多的创新和个性化。其次，元话语帮助读者深化对隐喻的理解，为作品的内涵赋予更丰富的意义。此外，元话语促进了读者对故事情节的理解，使他们与作者产生情感共鸣，增强了作品的感染力和影响力。最后，元话语还在塑造生动立体的人物形象方面发挥着重要作用，使作品中的角色更加具有鲜明的个性和深刻的内涵。元话语在当代加拿大英语文学中具有多重功能，为作品的创作和阅读提供了丰富的语言资源和思想启示。

第四章

当代加拿大英语小说语篇中的语用身份

本章将聚焦于探讨语用身份在当代加拿大英语小说中的体现及其动态性，并分析其对文本解读的重要性。语用身份作为一种语言使用者在交际过程中构建和表达自我认同的方式，对于理解文本中人物角色的行为、言论以及情感状态至关重要。对语用身份研究的关键问题和主要研究路径，包括话语分析框架和语用身份的动态选择概括将为本研究提供分析框架。通过分析语言使用者在不同情境下的身份认同和言语行为，可以揭示出文本中人物之间的关系、情感变化以及故事情节的发展。本书将重点关注当代加拿大英语小说中语用身份的具体表现，探讨不同人物角色如何通过语言和行为来构建自己的身份认同，并讨论这些身份在小说情节中的动态性，探讨如何通过对语用身份的解读来理解和解释当代加拿大英语小说的语篇。解读人物形象的语用身份、小说主题的语用身份以及作者身份的语用身份，有助于读者更全面地理解当代加拿大英语小说的内涵和意义。另一方面，语用身份理论在分析文学文本时为语言学学科，尤其是语用学领域，提供了丰富的研究视角和方法，有助于深入理解文学作品中的语言使用现象，并为理论探讨和学科发展提供新的启示和思考。

第一节 语用身份研究的概述

一 语用身份的基本内涵

身份一直都是社会学、社会心理学、传播学和修辞学领域的热门研究话题。史塞克①在撰写《身份理论》时指出,身份是一个人在社会中扮演的角色。从历时的角度纵观身份理论的发展,可以发现身份观经历了从本质观(Essentialism)向社会建构主义观(Social Constructionism)的转向。

传统的身份观认为身份是先设的、本质的、固有的,是交际活动展开前预先存在于人的各种社会属性,包括一个人的年龄、性别、出生以及社会地位等。这些观点被统称为身份的本质观。该观点关注人们的说话方式如何受到预先存在的身份的影响与塑造,认为人们不能选择或改变自己的身份。这一观点否定了人们在选择和构建身份时的主观能动性,话语反映的未必是真实的身份,也可能是谈话人虚构的身份。

随着身份研究的话语转向(Discursive Turn),越来越多的学者开始从社会建构论视角(Social Constructionist Perspective)来研究身份与话语之间的动态关系,认为身份是在交际中动态的、在线构建和选择的②。社会学家特蕾西③指出,身份包括两个方面:一是人们在交际活动发生前就已经拥有的稳定的特征;二是可以通过话语建构的身份,随着交际语境的变化而变化。这一观点既关注了预先存在的身份对人们话语的影响与制约,又强调了交际中动态、临时的身份建构,为身份研究提供了更加全面的研究范式。

近年来,陈新仁等中国学者从语用学角度出发,采用社会建构主义视角,在现有身份研究的基础上,结合语用学理论与学科特点,探索并归纳形成"语用身份论"(Pragmatic Identity Theory)的全新架构。与传统的社会身份理论相比,依据语用身份论框架的语用身份研究更为强调身份的交际依赖性、动态选择性、资源商讨性以及话语建构性等属性。语用身份论的提出,可以看作语言学界理论范式本土化的积极尝试。

语用身份论立足于语用学理论传统,以身份建构观、修辞观等作为自身理论基础,融合了参与者视角与分析者视角,并且关注具体语境下交际

---

① Sheldon Stryker, "Identity Theory: Developments and Extensions" in K. Yardley and T. Hones ed. *Self and Identity: Psychosocial Perspectives*, New York: Wiley, 1987, pp. 89–103.

② 陈新仁:《语用身份论:如何用身份话语做事》,北京师范大学出版集团2018年版,第1页。

③ Karen Tracy and Jessica S. Robles, *Everyday Talk: Building and Reflecting Identities*, New York: Guilford Press, 2002.

者的身份选择与建构。语用身份论的基本内涵,可以从参与者及分析者两个角度解读。从参与者的"局内人"角度看,语用身份是一种解读与施为的人际资源。从分析者的"局外人"角度看,语用身份还是一种阐释与评价的人际资源。从整体上看,语用身份论可以被概括为"语用身份资源观",具有动态性、顺应性与融合性特点,贯通了解读、施为、阐释、评价等人际资源的多种研究路径。语用身份论认为,语言身份是交际者在言语交际过程中话语建构、动态选择的结果。同时,语用身份也是为了达到行事或满足人际需要的资源,能够影响话语解读的方式与结果。其不但可以解释特定话语内容与方式的形成动因,还可以评价特定情境下的话语运作方式与脉络。基于语用和身份两者之间的内在关联,语用身份论的研究重点从传统的本质主义转向社会建构主义。因此,语用身份论视角下的身份研究,也从一开始观照单一的社会属性发展至当下兼容社会属性与心理属性,从而更充分地阐述了身份建构的动态本质。

语用身份论强调身份的选择性与建构性,说话人需要选择合适、得体、正当的话语,通过具有策略性与目的性的话语表达来达成交际预期。因此,可以基于"语用身份准则",围绕适切性、得体性、正当性、公平性以及真实性,对具体语用身份进行"正偏离或负偏离"评价。语用身份论主要有三个取向,具体如下:

第一,语用身份论彰显身份研究的视角具化。在研究视角上,语用身份论更趋精微细致。基于汉语文化底色,语用身份论以具体语用身份建构案例为抓手,表现出一定的"去西方化"和"后现代性"特征。比如,"身份"并非个人层面的单一概念,而是一种关联特定社会、文化以及道德的群体概念。语用身份论将身份作为交际当中的一种人际资源,这就预设了其研究视角具化于带有社会规约性的话语理解与解释框架之中。身份本身具有的后现代主义型社会性、情感性、消解中心性与建构性等特征,自然而然地就被纳入其分析框架之内,并在其所秉持的方法论体系中得以呈现。

第二,语用身份论推动身份研究的辖域转型。语用身份论关注身份的反思性、多样性与批判性,顺应了语言学领域对于身份研究的"批判性转向"。这也标志着身份研究迎来了自身的辖域转型。通过强调身份从"个体所有"转变为"个体所做",人际交往中身份的动态化、去中心化与再概念化,在语言使用层面得以充分彰显。随着身份研究的辖域转型,个体身份的"一体两面性"被放大并不断语境化,这就导致语用和身份研究表现出"微变化"与"宏交叉"的双重特点,最终实现身份研究边界的纵深拓展。

  第三,语用身份论助推身份研究的方法融合。语用身份论在方法维度不断谋求纵深拓展,并且力求兼顾多个模态渠道,从而丰富了研究方法跨度与效度。语用身份论紧跟身份话语研究范式从"内部主体"到"外部话语"的转型趋势,通过身份"行为化"来消解静态身份概念,进而回应了身份研究的"话语转向"。就研究方法而言,语用身份论不仅体现出主体范式所倡导的路径,而且体现出侧重话语本体作为身份建构的方式,并兼顾身份本身的显性与隐性特征,摆脱了将身份予以扁平化处理的藩篱,从而能够更加立足于个体的对话本质,尝试巧妙地捕捉到身份内部矛盾性与独特性的话语表征轨迹。

  从整体看,语用身份论对于话语交际过程进行了全面的解释,其中可以找到语言顺应论和关联理论等宏观理论的影子。从局部看,语用身份论对于话语交际过程当中的某些方面进行了说明,诸如面子理论以及会话含义理论都起到了重要的指导作用。作为系统阐述语用身份的本土化理论,语用身份论为语用身份的界定、分析与评价等提供了重要参考,也为语用学研究的本土化打开了一扇窗。一方面,语用身份论丰富了现有语用学身份理论体系,增强了本土化语用学理论的解释力,为国际语用学研究提供了具有东方特色的理论视角。另一方面,语用身份论为具体人际话语实践带来了一定的启示,增强了相关理论分析的可操作性,成为国际语用学界"解放语用学"中的一支重要力量。

  此外,语用身份论对于语用身份在现实场景中的具体实践操作提供了重要启示。比如,在语言教学过程中,教师可根据事务性目标选择具体的语用身份,从而更好地"以言行事",在与学生交流的过程中晓之以理、动之以情、明之以德。在翻译实践当中,译者对于身份的选择更是直接影响对于原文的解读,因此在语用身份论的充分观照下选择合适的译者身份可以更好地传递翻译作品中的文化背景及意蕴。在跨文化交际当中,交际者可以站在他国文化的视角，转换身份来理解并包容文化差异，从而更好地实现跨文化交际。总体而言，语用身份论可以更好地指导语用身份实践，增强语言使用者的"身份意识"。从这个意义上讲，语用身份论不但是对人际交往原点的回归，同时也具有重要的语言服务价值。

二 语用身份的界定

陈新仁[①]强调，在语用学视角下研究身份建构时，应明确区分该视角与其他学科视角，以形成语用学科独特的身份研究目的和特色。他认为，语用身份特指社会身份在具体语言交际中的体现，即说话人在话语实践中所展现的身份以及与之交互的对方身份。语用学视角的身份研究，凸显了交际者在话语交际过程中如何根据动态语境做出选择，以促进交际目标的实现。

与话语心理学、社会学、社会心理学、传播学等学科不同，语用学研究身份与话语关系的宗旨并非聚焦于身份或其建构本身，而是深入探讨交际者如何在特定交际时刻，基于特定语境，通过选择、建构特定身份来传达特定的说话人意义，实施特定的行事目标，维持、调节或巩固人际关系，并获取特定的交际效果。因此，语用学视角下的身份研究更侧重于身份的交际属性，而非其社会属性或心理属性[②]。

概括而言，与社会身份相比，语用身份具有以下四大特性。一、交际依赖性与临时性：只有交际发生了，只有交际者发出话语了，语用身份才会产生，才可以谈语用身份的选择与建构；而一旦交际结束了，语用身份也戛然而止；二、动态性和可变性：随着交际的推进，交际者可能会随交际目的、需求、情境的变化而调整语用身份；三、资源性：身份是交际者为达到语用平衡、满足交际需要可供调配的重要语用资源；四、主观性和目的性：交际者在特定的交际阶段选择、建构什么样的语用身份是一个主观性的决定。这种主观性甚至体现在交际者选择、建构一个未必与其社会

---

① 陈新仁：《语用身份：动态选择与话语建构》，《外语研究》2013 年第 4 期；陈新仁：《语用学视角下的身份与交际研究》，高等教育出版社 2013 年版。
② 陈新仁：《语用学视角下的身份研究：关键问题与主要路径》，《现代外语》2014 年第 5 期。

身份相符的语用身份。语用身份的主观性与其目的性有关：交际者选择、建构特定的语用身份，是为了更好地实现其交际目标。

三 语用身份研究的关键问题与主要路径

在语用学视角下，研究交际者身份的选择与建构只是一种手段，而非目标或归属。陈新仁①认为，从语用学角度开展身份研究，需要探讨以下五个方面的问题：

一、特定身份的建构如何影响到语境中语言的意义生成和理解？

二、特定身份的建构如何影响到交际需求的满足？

三、特定身份的建构如何影响到人际意义的表达与理解？

四、特定身份的建构如何影响到特定语言方式的选择？

五、特定身份的建构如何影响到特定语言使用的得体性和合适性？

在语用学框架内，探讨交际者身份的选择与构建被视为一种策略性途径，其核心价值不在于终点，而在于过程本身。陈新仁的理论指出，从语用视角审视身份研究，应聚焦于五个核心维度：

身份构建对语境下语言意义生成的效应：分析特定身份如何塑造并影响语言在特定语境中的意义产生与接收过程，这是探讨身份语用价值的关键。

身份资源属性与交际需求的满足：研究身份如何作为一种资源，促进或阻碍交际双方需求的达成，体现身份在交际中的功能性角色。

身份认同与人际意义交流：考察身份构建如何强化或改变交际双方的身份认同，进而影响人际信息的传达与接收，这是话语分析中身份认同视角的应用。

身份驱动的语言选择机制：分析特定身份的构建如何引导交际者选择特定的语言模式和表达策略，探讨身份与语言形式之间的内在联系。

身份得体性与交际效果：评估身份选择在不同语境中的适宜性，以及不当身份选择可能导致的交际负面效应，这是对身份话语进行批评性语用分析的重要方面。

---

① 陈新仁：《语用学视角下的身份研究：关键问题与主要路径》，《现代外语》2014年第5期。

第四章　当代加拿大英语小说语篇中的语用身份

语用学视角下的身份研究采纳了多元观点：

语用意义视角下的身份观强调身份不仅是话语意义的构成部分，还深刻影响话语的解读。

交际效用视角下的身份观视身份为交际中的有效资源，合理构建身份有助于实现交际目标。

认同作用视角下的身份观主张身份具有社会认同功能，通过特定身份的构建可以强化或区分群体归属。

动态选择视角下的身份观认为身份构建是交际者根据具体情境灵活选择的结果，受语境因素制约。

交际得体视角下的身份观强调特定语境下身份选择的规范性和恰当性，不当选择可能导致交际障碍。

陈新仁基于五大核心问题，提出语用学视角下的身份研究可遵循五条主要路径：

路径一，视交际者选择构建的身份为解读资源，用以从身份维度解析话语含义。如格拉汉姆（Graham）[1] 所示，研究虚拟空间交流中的异议表达如何传达一致意见，凸显了相关身份期待在解读特定话语行为意图中的重要性。

路径二，将交际者选择构建的身份视为施为资源或行事资源，探究交际者如何通过特定身份构建实现具体交际目标。例如，袁周敏、陈新仁[2]借助语言顺应论框架，分析医药咨询会话，从语用身份建构的可变性和商讨性探讨其动态顺应性，具体研究了医疗咨询顾问如何根据咨询阶段需求调整语用身份，顺应语境以实现交际目的。

路径三，将交际者选择构建的身份视为体现认同取向的人际资源，研究交际者如何选择建构特定身份以拉近或疏远与交际对方的关系。埃斯本森（Esbensen）[3] 通过语料库研究发现，英美人在日常交际中常用 fuck 作

---

[1] Graham, S., "Disagreeing to Agree: Conflict, (im) Politeness and Identity in a Computer-Mediated Community", *Journal of Pragmatics*, Vol. 39, No. 4, 2007, pp. 742–759.

[2] 袁周敏、陈新仁:《语言顺应论视角下的语用身份建构研究》,《外语教学与研究》2013年第4期。

[3] Esbensen, J., "The Use of Fuck as a Rapport Management Strategy in British and American English", *Griffith Working Papers in Pragmatics and Intercultural Communication*, Vol. 2, No. 2, 2009, pp. 104–119.

为构建和谐关系的策略,尤其在美国人中更为显著。

路径四,将交际者选择构建的(语用)身份视为阐释资源,用以解释特定话语特征的形成原因。陈倩、冉永平①的研究揭示了有意不礼貌与身份构建之间的紧密联系。

路径五,将交际者选择构建的(语用)身份视为评价资源,考察特定交际情境中的话语是否适切、得体、正当。例如,陈新仁②通过分析新闻发言人在新闻发布会上的话语,从语用身份视角剖析该公共人物的身份选择,解读了话语引发社会反响背后的语用失调现象。

需指出,同一研究可能同时考虑两条或多条路径,同一交际片段也可能从多个路径进行分析。交际双方构建的身份在取得人际效果的同时,也可能作为施为资源,实现特定行事目的。

第二节 语用身份研究的框架

一 语用身份构建的话语分析框架

身份与话语之间紧密相连。语用身份,作为动态语境中被激活的社会身份,其交际依赖性和话语建构性两大属性,凸显了身份建构在话语实践层面上的起点、发展过程和核心要点。动态选择性则意味着,在交际过程中,随着语境化的交际情境、目的和对象的改变,交际主体所构建的语用身份也会相应地进行动态调整。语用身份的交际资源性旨在阐明,在具体的话语实践中,身份作为一种社会符号,能够激活其内在的社会资源,以满足交际主体当前的交际需求。基于特蕾西③话语实践类型

---

① 陈倩、冉永平:《有意不礼貌环境下身份构建的和谐-挑战语用取向》,《外语与外语教学》2013年第6期;陈倩、冉永平:《网络语境下冒犯的语用研究:现状与趋势》,《语言学研究》2018年第1期;陈倩、冉永平:《网络冒犯的人际不礼貌及其负面语用取效》,《外语与外语教学》2019年第6期。

② 陈新仁:《语用学视角下的身份与交际研究》,高等教育出版社2013年版。

③ Tracy, K., *Everyday Talk: Building and Reflecting Identities*, New York: Guilford Press, 2002, p.22.

和维什伦①对语言选择发生层次的划分，陈新仁②提出了与身份建构相关的话语实践类型，指出语用身份的构建方式可以在宏观层面和微观层面加以分析。需要指出的是，语用身份的话语构建具有变异性：一方面，说话人可以用不同的方式构建相同的身份，另一方面，选择不同语用身份的说话人会使用不同的话语方式。不仅如此，建构一种语用身份往往涉及多个层面的选择。

表 4-1　　　　　　　与身份建构相关的话语实践类型

类别	话语实践
宏观层面	语码选择
	语体选择
	语篇特征
	话语内容
	话语方式
微观层面	言语行为
	称呼语
	语法选择
	词汇选择
	语音特征
	副语言特征

资料来源：引自陈新仁《语用身份论：如何用身份话语做事》，北京师范大学出版集团2018年版，第38页。

宏观层面主要涉及语码、语体、语篇特征、话语内容和话语方式：

语码：提示自己或对方身份的语言（如英语、汉语）、方言（如普通话、东北话）、特定语码、黑话等。在绝大多数时候，选择语言或方

---

① Verschueren, J., *Pragmatics as a Theory of Linguistic Adaptation*, Antwerp: International Pragmatics Association, 1987; Verschueren, J., *Understanding Pragmatics*, London: Arnold, 1999; Verschueren, J., "Context and structure in a theory of pragmatics", *Studies in Pragmatics*, Vol. 10, No. 1983, 2008, pp. 14-24.

② 陈新仁：《语用身份论：如何用身份话语做事》，北京师范大学出版集团2018年版，第38—39页。

言并不是很有意识的事，也不是说话人赖以提示特定身份的手段。值得关注的是会两种或多种语言的交际者。他们经常在交际中发生语码转换。另一种语码转换的情形也同样值得关注：从普通话转向方言或从方言转向普通话。需要说明的是，不是所有的语码转换都与语用身份的构建有着显著的联系，例如，在外语教学中，教师经常会进行两种语言之间的转换。

语体：提示自己或对方身份关系的语体（如正式语体、随意语体等）。交际者使用什么样的语体会受到很多因素的影响。第一，交际话题，越是谈严肃的话题，使用的语体就会越正式，反之，谈轻松的话题则往往会选择非正式语体；第二，交际场合，越是正式的场合，谈话的语体会越正式；第三，交际双方的关系，越是彼此亲密的人之间，谈话就越不正式。三者之间会有交互影响，关系亲密的人在非严肃的场合谈轻松的话题时，语体应该是最不正式的。第三种情况与身份密切相关。一方面，交际者在互动过程中一旦选择某种身份，会在语体上有所反映；另一方面，我们可以从交际者选择的语体部分了解双方身份关系，如果结合话题和场合就更加能做出准确的判断。

语篇特征：提示自己或对方身份关系的语篇或会话组织特征（如话轮转换行为），例如庭审话语和电视采访的开场白。需要指出的是，不同身份的人在交际中体现出的会话组织方式有时会存在差异。比如，上级对下级讲话的打断会出现得更为频繁；下级在与上级交谈时往往会比上级在与下级交谈时使用更多的最小反馈语；等等。这些语篇特征都有助于建构或识别交际双方的当前身份。

话语内容：提示自己或对方身份的话语内容（如话题、信息、观点、预设）。

话语方式：提示彼此身份关系的说话方式（表达思想的直接或间接程度、投入程度、肯定或自信程度、试探程度、精确程度、夸张程度、含蓄程度等）。

微观层面包括言语行为、称呼语、语法、词汇或短语、语音特征和副语言特征；

言语行为：提示自己或对方身份的言语行为（如批评、表扬、建议、宣告)。

称呼语：提示自己、对方或他人身份的称呼语

语法：提示自己、对方或他人身份的语法特征（如人称代词、附加疑问句、感叹句）。在各种语法范畴中，最能典型地指示交际者身份的范畴是人称代词。交际者通过特定人称代词的选择可以建构彼此的身份关系。然而，不是所有的代词使用都具有这样的身份提示功能，只有能体现彼此社会关系的人称代词的用法以及一些已经固化了社会关系的社交指示语（Social Deixis）才能指示交际者的身份。

词汇：提示自己身份或双方身份关系的词汇（如敬辞、行话、缩略词、语气词）。

语音特征：提示自己身份的语音方式（音高、语速、音质、口音、标准音）。例如，语言人类学家发现，某一社区的成员在与来自同一社区的其他成员交际时使用的音位系统不同于他们与非本社区成员交际时所使用的音位系统。换言之，他们通过音位系统的选择来表明身份以及社会认同。另外，交际者有时会通过使用非常规的重音凸显自己的身份。

副语言特征：提示身份的手势、距离、眼神等手段。副语言特征很少单独地用来传递身份信息。在一定的语境下，一些副语言特征比较明确地与特定身份相关。例如，两人附耳讲话表明二者关系密切；怒目相向表明彼此反目；双臂交叉往往提示观点相左。在分析话语时，适当结合这些副语言特征，可以更准确地把握说话人建构的语用身份。

概括而言，作为语用身份论的一个部分，话语建构观主要包括：

语用身份不是事先给定的，而是在交际过程中建构的。

语用身份选择会体现为语言的选择。语言系统包括语言结构和话语结构层面，为语用身份的建构提供了条件。

非语言因素（如手势、眼神等）一般也会参与到语用身份的建构中。

语用身份的建构体现了交际者对特定语境因素的顺应，目的是实现特定的交际意图，达到特定的交际效果。

近年来，有不少学者基于陈新仁提出的语用身份建构的话语分析框架，结合具体语境，探讨某一类话语主体语用身份类型、身份建构动因以

及影响身份建构的因素。杨仙菊①基于特雷西、陈新仁提出的身份建构话语实践类型,结合家庭话语的特点,提出父母身份建构的话语实践类型。

研究发现,受不同交际意图和谈话语境影响,父母通过话语内容、话语方式、言语行为、称呼语以及语气等多个层面的话语实践建构了学业引导者、陪伴者、调停者和控制者四种语用身份。高考生家长通过身份变化,或建立亲子间的和谐关系,或化解家庭冲突,或控制子女的行为,进而实现监督子女学习,帮助子女备战高考的目的。

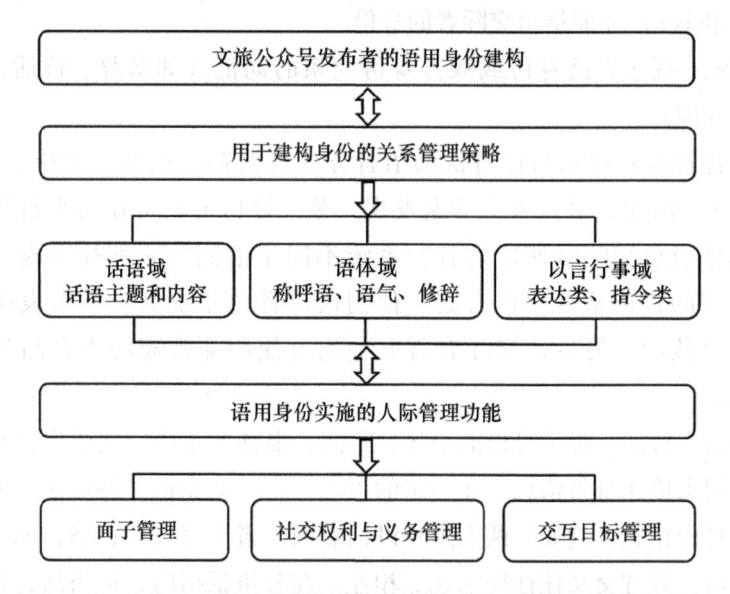

```
┌─────────────────────────────┐
│   文旅公众号发布者的语用身份建构   │
└─────────────┬───────────────┘
              ↕
┌─────────────────────────────┐
│     用于建构身份的关系管理策略     │
└─────────────┬───────────────┘
              ↕
┌──────────┬──────────┬──────────┐
│  话语域   │  语体域   │ 以言行事域 │
│话语主题和内容│称呼语、语气、修辞│表达类、指令类│
└──────────┴─────┬────┴──────────┘
              ↕
┌─────────────────────────────┐
│     语用身份实施的人际管理功能     │
└─────────────┬───────────────┘
              ↕
┌──────────┬──────────────┬──────────┐
│  面子管理   │ 社交权利与义务管理 │ 交互目标管理│
└──────────┴──────────────┴──────────┘
```

图 4-1　文旅公众号宣传话语中语用身份建构与关系管理分析框架

资料来源:引自黄菁菁、李可胜《文旅新媒体宣传中身份建构的人际语用研究》,《现代外语》2023 年第 3 期。

身份与关系管理紧密相连。黄菁菁、李可胜②基于语用身份论和斯宾塞·欧娣(Spencer-Oatey)③提出的关系管理理论,以旅游厅公众号推文

---

① 杨仙菊:《家庭教育话语中父母话语实践与语用身份建构研究》,《外语研究》2021 年第 2 期。
② 黄菁菁、李可胜:《文旅新媒体宣传中身份建构的人际语用研究》,《现代外语》2023 年第 3 期。
③ Spencer-Oatey, H., *Culturally Speaking: Culture Communication and Politeness Theory*, London: Continuum, 2008.

第四章　当代加拿大英语小说语篇中的语用身份

为语料，根据话语域、语体域和以言行事域三个维度的关系管理策略，搭建了文旅公众号发布者身份建构分析框架。研究发现，公众号发布者运用关系管理策略建构了美景展示者、美食分享者、产品推广者、朋友、历史文化宣传者和信息提供者的语用身份，以实施相应的人际管理功能。

二　语用身份的动态选择

进入社会互动情境中的交际者往往拥有多种社会身份，是各种社会身份的集合体。然而，对于任何特定时刻的互动，尤其是发出或理解某个特定的话语而言，说话人往往只能选择一种身份（偶尔不止一种）与当前的交际目标发生关联。这时，其他的社会身份依然存在，但处于"屏蔽"状态，只有被选中的那个身份才会转化为语用身份。概括而言，语用身份的选择具有以下特点：一、对于说话人来说，无论愿意与否，喜欢不喜欢，只要在当前语境下说话，就必然要做出语用身份的选择；二、特定语境下说话人做出的语用身份选择是一个意识程度或高或低的过程。语用身份的选择可以是一个具有高度意识性的过程，也可能是一个几乎毫无意识的过程。即使在后一种情况下，我们仍然认为交际者进行了选择；三、说话人的语用身份选择是由其当前语境下的交际需求驱动的。陈新仁[①]指出，互动情境中的交际者具有至少下列交际需求：行事需求、人际需求、美学需求、生理需求。其中，行事需求和人际需求对语用身份选择的影响最为明显。四、说话人的语用身份选择具有动态性。在言语交际过程中，语用身份的选择主体可以是说话人，也可以是听话人，甚至可以是旁观者。不同语用身份的选择对于话语的意义表达或理解会产生不同的影响。交际中的语用身份选择体现了交际者对特定语境因素的顺应，目的是实现特定的交际意图，达到特定的交际效果；五、当前语境下说话人的语用身份选择会体现为各种相应的话语选择。语言使用者对于语用身份的选择会通过各种语言和（或）非语言手段反映出来；六、当前语境下说话人选择不同的语用身份会产生不同的交际价值，进而会带来不同的交际效果；七、说话人

[①] 陈新仁：《语用学视角下的身份与交际研究》，高等教育出版社2013年版，第29页。

所选择的语用身份是否得体、是否可靠、是否有效、是否礼貌等，取决于当前话语发生的语境，包括环境因素、场合类型、是否有第三方在场、交际双方的社会关系、彼此交往历史、对方的价值观念。下图对言语交际者具体语境下语用身份选择的动态过程进行了概括：

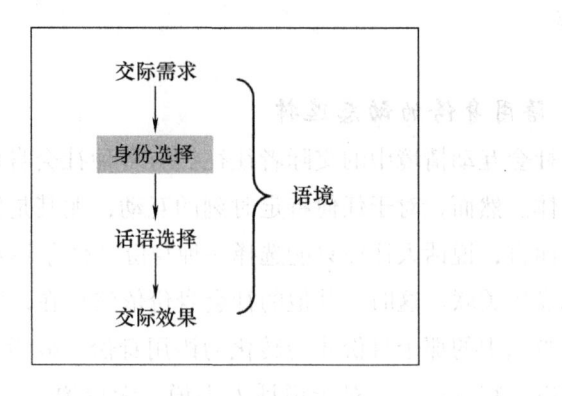

图 4-2　语用身份的动态选择机制

资料来源：引自陈新仁《语用身份论：如何用身份话语做事》，北京师范大学出版集团2018年版，第92页。

语用身份专指语境化的、动态的交际者身份，主要分为三类：说话人的身份、听话人的身份以及谈及的第三方的身份。

陈新仁[①]提出了作为语用身份的选择机制的身份准则：采用与当前交际情境相适应的语用身份进行交际。对于交际者在特定交际情境或活动类型下基于身份准则而择用的语用身份，称为默认身份（Default Identity），例如，教师在课堂上授课的默认身份是老师，在主持学术会议小组讨论时的默认身份是主持人。与默认（语用）身份相对应的就是非默认身份，或变异身份（Deviational Identity），例如，如果一名教师在课堂上摆出与学生做朋友的身份，则是变异身份，此时往往会出现与相关的话语方式和话语标记语。而当说话人故意、公开地没有按照当前交际双方常规社会关系指定的默认身份进行交际而违背身份准则时一定有其特别的用意，往往会实施不寻常的语用功能（如建立平等关系、亲近关系或敌对关系等），会对

---

① 陈新仁：《语用身份论：如何用身份话语做事》，北京师范大学出版集团2018年版。

交际双方的社会关系产生积极或消极的影响。

表4-2　　　　　　　　　默认身份与非默认身份

身份类型	情境	是否有语用方式	功能类型	性质
默认身份	常规情境	无标记语用方式	一般功能	稳定性
非默认身份	非常规情境	有标记语用方式	特别功能	临时性

资料来源：引自陈新仁《语用身份论：如何用身份话语做事》，北京师范大学出版集团 2018 年版，第 78 页。

例如，陈新仁[①]分析了美国前总统奥巴马在韦克菲尔德高中的一次演讲。研究发现，奥巴马在此次校园演讲时所采用的基本上当下语境下的默认身份：美国总统，但也时不时采纳了一些变异身份，如熟友身份、学生身份、长者身份等与学生进行交流，例如使用非正式的寒暄方式、提示身份的同位语等。

表4-3　　　　　　　强势身份、突显身份与情感身份

身份类型	特征
强势身份	社会文化赋予个人相对稳定的、预先存在的且居于优势地位的身份属性
突显身份	以实现个体收益的最大化为目的，在人际交往中，不管交际双方的权力地位是否平等，交际主体都会尽可能选择有利于自己的身份属性，集中凸显对自己带来收益的身份属别
情感身份	在一定的交际活动中，交际主体根据情感体验，通过语言有意来拉近或疏远某种人际关系时所体现出来的身份特征

随着人际语用学的不断发展，有不少学者[②]认为身份与（不）礼貌、面子等之间存在密切关联：基于社会建构论的身份建构理论（Identity Theory）一方面为交际中的不礼貌言语形成的动因提供解释，另一方面交际中

---

① 陈新仁：《语用身份论：如何用身份话语做事》，北京师范大学出版集团 2018 年版，第 81 页。
② 王琼、周凌：《国外不礼貌研究的流变与展望》，《外国语文研究》（辑刊）2018 年第 2 期。

交际者的身份特征也影响着其对不礼貌话语的评价与解读。例如，陈倩、冉永平①从语用学的角度阐释有意不礼貌作为语用策略的特征和言语表现方式，重点探讨动态交际语境下有意不礼貌与身份构建的辩证关系，以及身份构建的和谐－挑战（Rapport Challenge）语用取向。有意不礼貌作为策略性言语手段，主要表现形式就是话语，说话人通过此类言语传递交际意图，而身份是影响礼貌与否的重要因素。研究发现，交际者通过使用有意不礼貌策略共构建了三类语用身份：强势身份（Powerful Identity）、凸显身份（Salient Identity）和情感身份（Affective Identity）。

强势身份是指社会文化赋予个人相对稳定的、预先存在的且居于优势地位的身份属性。在交际活动中说话人会构建自己处于优势地位的身份特征，希望听话人能够屈从于他们的实际需求。马修阿斯（Methias）②认为，交际主体之间存在权力不对等的情况时，更容易发生不礼貌的现象，其中主要是由较高权力的一方引发。处于强势身份的交际主体正是通过不礼貌言语来有意凸显自我的强势身份，以实现一定的交际意图。在汉语语境中，交际主体构建强势语用身份的情况多出现在上级和下级、长辈和晚辈的人际互动中。在特定语境中，上级对下级、长辈对晚辈的命令、批评、责问、斥骂都可凸显说话人作为上级或长辈的强势身份，期望通过不礼貌言语的使用达到训诫或教育下级、晚辈的目的。

一般来说，交际者总会选择显著身份，但在有的社会语境中，选择显著身份并不能给交际者带来收益，因此交际者会依据具体语境选择给自己带来更多收益的突显身份。突显身份以实现个体收益的最大化为目的，在人际交往中，不管交际双方的权力地位是否平等，交际主体都会尽可能选择有利于自己的身份属性，集中凸显对自己带来收益的身份属别。所以，个体在定义自我时总会选择相对具有优势的更有力的身份角色③。

---

① 陈倩、冉永平：《有意不礼貌环境下身份构建的和谐－挑战语用取向》，《外语与外语教学》2013年第6期。

② Methias, N., "Impoliteness or Underpoliteness: An Analysis of a Christmas Dinner Scene from Dickens's Great Expectations" *Journal of King Saud University—Languages and Translation*, Vol. 23, No. 1, 2011, pp. 11–18.

③ 夏丹、廖美珍：《民事审判话语中人称指示语的变异与身份建构》，《华中师范大学学报》（人文社会科学版）2012年第2期。

第四章　当代加拿大英语小说语篇中的语用身份

社会身份论学家史塞克①认为，情感既是影响人际关系的因素也是人际交往引起的结果，许多不礼貌行为是由于情感因素引发的，所以情感和不礼貌之间有着密切关系。由此可见，交际主体会依据自己的情感体验，通过语言来拉近或疏远某种人际关系。情感身份指在一定的交际活动中，交际主体根据情感体验，通过语言有意来拉近或疏远某种人际关系时所体现出来的身份特征②。主体对客观世界的体验会通过言语反映出来，通过言语成为话语产品，因此话语在一定程度上能够折射出说话主体的主观意识和身份特征。可见，交际主体的情感体验可以反映在他们的语言使用中，情感身份反映亲疏程度不同的人际关系。在具体交际活动中，交际主体采用有意不礼貌的言语行为，通过疏远或拉近与受话人及第三方的距离，来实现自己的语用意图。在交际中，交际主体有意构建的不一定是某种单一身份，有可能是强势身份、突显身份、情感身份的多重动态互构。陈湘凝③分析了小说《紫色》中主人公茜莉的（不）礼貌策略使用及语用身份构建，研究发现，通过（不）礼貌策略的使用，茜莉与不同的交际对象在不同语境中的对话体现了她不同的身份意识，包括强势身份、弱势身份、突显身份和情感身份。其身份建构过程体现了身份意识的转变：从丧失身份意识的被压迫者形象，成长为找寻自我价值的反抗者形象，最终成为实现经济和人格双重独立的解放者形象。

基于身份的情境性特征，越来越多的研究者④开始关注虚拟身份建构。何荷、陈新仁⑤考察了淘宝店主在商品描述中通过称呼语建构的关系身份。结果显示，店主选择利于自己的称呼语指称自己及客户，并借此建构了默认、复合和变异三种关系身份。

---

① Sheldon Stryker, "Identity Theory: Developments and Extensions" in K. Yardley and T. Hones ed. *Self and Identity: Psychosocial Perspectives*, New York: Wiley, 1987, pp. 89–103.

② 陈倩、冉永平：《有意不礼貌环境下身份构建的和谐－挑战语用取向》，《外语与外语教学》2013年第6期。

③ 陈湘凝：《（不）礼貌理论视阈下小说〈紫色〉中主人公茜莉的身份建构研究》，硕士学位论文，云南师范大学，2021年。

④ Benwell, B. and E. Stokoe, *Discourse and Identity*, Edinburgh: Edinburgh University Press, 2006; McKinlay, A. and C. McVitte, *Identities in Context: Individuals and Discourse in Action*, New Jersey: Wiley–Blackwell, 2011.

⑤ 何荷、陈新仁：《网店店主关系身份建构的语用研究》，《现代外语》2015年第3期。

第三节　当代加拿大英语小说语篇中的语用身份研究

　　研究者选择文学文本作为证实或证伪语用学理论是一个正确的选择。文学作品是一种丰富的语言实践形式，具有独特的语用特征，是语言运用的生动展示，其丰富的情境和多样的语言形式提供了理想的研究材料，有助于理解语言使用和交际现象。

　　文学作品是语言使用的生动展示。小说、诗歌和戏剧中的对话和叙述展示了人物之间的交流方式、隐含的意义和语言习惯，有助于研究者分析语言使用的复杂性和多样性。文学作品提供了丰富的语境和情境。通过文学作品，研究者可以深入研究特定时期、社会背景或文化环境中的语言使用模式和社会互动，从而更好地理解语言与社会之间的关系。文学作品呈现了多样化的语言风格和语用策略。作家们通过虚构的故事和人物形象展示了不同的语言表达方式和交际技巧，为语用学研究提供了丰富的案例和素材。文学作品还可以帮助研究者理解语言背后的文化、心理和社会因素。通过分析文学作品中的语言使用，研究者可以探索作者的意图、读者的反应以及作品所反映的社会观念和价值观，从而深入了解语言与文化之间的关系。

　　在语言学研究领域，已有学者对身份作为谈话中的语境元素的观点以及作为语境的身份的概念进行了深入探讨。一些学者认为，应当在具体的语境中研究情境性身份，也就是说，身份是根据特定情境而变化的。而另一些学者则指出，身份是个人固有的、通过交谈展现的特征，但会随着不同场合而变化，这种动态性和情景性使得身份成为一种复杂的现象。基于这些理论，语用身份论认为身份是交际者可以调用的语用资源，说话者会根据语境调整自己的语言使用，以构建合适的身份，从而增加交际目标的实现机会[①]。具体而言，语用身份涵盖两个层面的意思：首先，它是交际

[①] 袁周敏、陈新仁：《语言顺应论视角下的语用身份建构研究》，《外语教学与研究》2013年第4期。

者社会身份的语用化,被其他交际者视为语用资源和潜在的语境因素之一;其次,由于在任何特定交际进程中,交际者不会同时构建多种身份,因此当前交际中使用的动态在线身份才构成语用身份。

在小说文本中,这种身份动态性和情景性得以生动地展现。小说以其活泼生动的语言、真实的对话和丰富的情节,可以真实地反映交际者的人际交往过程。通过分析小说中人物的语言使用和行为,我们能够深入理解他们在不同情境下如何调整和展现自己的语用身份。

一 当代加拿大英语小说语篇中的语用身份表现

一般来说,交际者总会选择显著身份。突显身份以实现个体收益的最大化为目的,在人际交往中,不管交际双方的权力地位是否平等,交际主体都会尽可能选择有利于自己的身份属性,集中凸显对自己带来收益的身份属别。所以,个体在定义自我时总会选择相对具有优势的更有力的身份角色。玛格丽特·阿特伍德的小说《浮现》的故事背景设置在魁北克城以北的乡村地区。魁北克省以法语为主要语言,是加拿大唯一将法语定为唯一官方语言的省份。在这个省,绝大多数居民(约78%)以法语为母语,而英语使用者则较少。而作为魁北克的居民,许多人具有双语能力,可以流利地使用英语和法语。

下例中的女售货员和"我"都出于不同的原因选择了不同的凸显身份。

The woman looks at me, inquisitive but not smiling, and the two men still in Elvis Presley haircuts, duck's ass at the back and greased pompadours curving out over their foreheads, stop talking and look at me too; they keep their elbows on the counter. I <u>hesitate</u>: maybe the tradition has changed, maybe they no longer speak English.

"Avez-vous du viande hâché?" I ask her, blushing because of my <u>accent</u>.

She grins then and the two men grin also, not at me but at each other. I see I've made a mistake, I should have pretended to be an <u>American</u>.

"Amburger, oh yes we have lots. How much?" she asks, adding the final H carelessly to show she can if she feels like it. This is border country.

(Surfacing: Chapter 3)

　　二者的默认身份都是魁北克居民，都可以使用英语和法语交流。但是由于"我"早早离开魁北克，因此法语说得并不好。为了融入和尊重当地的文化传统，"我"犹豫再三后依旧选择了自己并不擅长的法语。"我"通过灵活选择语码，操着带着英语口音的法语 Avez-vous du viande hâché?，凸显了"想要融入当地的回乡者"身份。但是而"我"充满英语口音的法语立马暴露了"我"外来者的身份，并被售货员嘲笑。售货员作为当地服务业从业者，流利地操着两种语言，并可以自然切换。她通过随时转换语码的方式 Amburger, oh yes we have lots. How much 凸显了"自豪的当地人"语用身份。作者也通过话语内容选择 adding the final H carelessly to show she can if she feels like it，借"我"之口用独白侧面评价女售货员英语水平，并表达她的这种地方性的自豪感和对外来者的轻微嘲笑。

　　交际者呈现的身份可以是真实身份，也可以是非真实身份。例如在《浮现》中，"我"拜访父亲的朋友保罗一家时，预先想好了关于离异原因、孩子去向等问题的解释。在"我"遇到父亲的朋友 Paul 之前，"我"的身份是离了婚、没有抚养孩子的女人，但在与保罗一家交往的过程中，"我"构建出了新的身份。"我"的身份在与父亲老友交往的语境中被塑造，被变更，而"我"之所以改变了"我"的身份，更多是因为"我"考虑到了我的交际对象，即，保罗一家。综合以上因素，在此处，"我"主动地构建了虚假的语用身份，依旧是保罗一家人印象中那个"已婚的妻子"，"一个男孩的母亲"，"朋友的女儿"。

"I look, sure," Paul says, "I tell the police from down-the-road, they look around, nobody find nothing. Your husband here too?" he asks irrelevantly. "Yes, he's here," I say, skipping over the lie even in my own mind. What he means is that a man should be handling this; Joe will do as a stand-in. My status is a problem, they obviously think I'm married.

第四章　当代加拿大英语小说语篇中的语用身份

　　But I'm safe, I'm wearing my <u>ring</u>, I never threw it out, it's useful for landladies. I sent my parents a postcard after the wedding, they must have mentioned it to Paul; <u>that, but not the divorce. It isn't part of the vocabulary here, there's no reason to upset them.</u>

　　I'm waiting for Madame to ask about the <u>baby</u>, I'm prepared, alerted, <u>I'll tell her I left him in the city</u>; that would be perfectly true, only it was a different city, he's better off with <u>my husband, former husband.</u>

（Surfacing：Chapter 2）

　　在保罗使用称呼语 your husband 询问"这儿这个人是你的丈夫？"时，我并没有否定，回答说"是的，他是。"同时我的虚假语用身份"已婚女性"也借由提示身份和婚姻状态的婚戒得到证明。至于"我"的儿子，我也意图营造"一个男孩的母亲"，只是我有意识地使用"模糊语" in the city 来掩饰儿子其实已经不由"我"抚养，而由前夫抚养的事实。

　　在这一故事情节中，"我"在建构自己的虚假语用身份时使用了移情（Empathy）话语等策略。移情话语策略作为一种必要的交际手段，关注说话人在特定的语境中根据交际的需要而做出特定的语言选择。何自然指出语用学上的移情指"言语交际双方情感相通，能设想和理解对方用意，是通过身份的刻意'错位'选择和建构加以实现的"。在这个交际情景中，"我"设身处地想他人之想或跨越自身知他人之所知①。在建构"我"家庭美满的身份，女主人公知道如果保罗和他的夫人若是知道了"我"离婚且失去孩子这些事实后，一定会大失所望。为了不让父亲旧时的朋友失望，"我"策略性地提前想好了关于自己婚姻状态和孩子去向的说辞，成功构建出"拥有完整家庭的邻家女孩"身份。

　　"我"有意构建的虚假语用身份的原因很大程度上是"我"考虑到了我的交际对象，保罗一家，父亲的朋友。而"我"的语用身份建构的语用动机可归结为顺应动态语境的动机，具体可以从维什伦②交际语境的社交

---

① 参见陈新仁《语用身份论：如何用身份话语做事》，北京师范大学出版集团2018年版，第159—160页。

② Verschueren, J., *Understanding Pragmatics*, London：Arnold, 1999.

和心理世界语境两个方面来进行详细的解读。

"我"的身份建构体现了对社交世界语境的顺应。社交世界语境指的是交际过程中语言使用者顺应的各种社会因素，例如社交场合、社会距离、权势关系、文化因素、关系亲疏等。在上文中，"我"构建虚假的语用身份顺应了社交距离和文化因素、关系亲疏等社会因素。从社会距离和关系亲疏来看，"我"作为父亲的女儿，虽然曾经居住在此，但在很小的年纪就选择离开家乡魁北克，多年后又回到这个生"我"养"我"的土地上，对此地的人、事、物都十分陌生。对方虽然是父亲过去相识的朋友，尤其对方还是寻找父亲的关键人物，但是从保罗一家没有见过"我"的丈夫，只从父亲那里得知"我"结婚了的事情说明我们之间的关系十分疏远。从文化因素来看《浮现》中的故事背景设定在加拿大的魁北克省。魁北克省以其独特的法语文化和传统而闻名，是加拿大最具有历史和文化意义的省份之一，但同时也是加拿大较为传统和保守的地区。这个地区的文化和社会观念对于女性的行为和角色有着严格的规定。女主人公正是因为在这样的环境中感到了束缚，才选择离开。因此，"我"断定，离婚这种事情在这里是不被接受的，所以选择构建虚假的语用身份。

心理世界语境主要包括交际双方的个性、情感、面子需求、信念、动机和意图等心理因素。说话人选择语言的过程正是对自己和听话人心理世界的动态顺应过程。心理因素制约下的动态顺应在这个片段中主要体现为对情感和面子需求的顺应。鉴于"我"能否找到失踪的父亲需要依赖保罗，"我"建构的"已婚女性"和"孩子母亲"的身份顺应了"我"对保罗一家的感情，表现出想要维护两家人的人际关系的人际目标，又顺应了自己维护自己积极面子的需求。

二 当代加拿大英语小说语篇中语用身份的动态性

从《浮现》的故事情节来看，小说中主人公被设定为一位职场不顺、婚姻失败、父母子女亲情淡漠的女性。女主人公的默认身份是刚流产的母亲和寻找父亲的女儿。但在小说的开篇之处，作者通过独白和对话的方式为读者先后构建出了女主人公"外来探寻者"和"回归者"的矛盾身份。

第四章 当代加拿大英语小说语篇中的语用身份

I can't believe I'm <u>on this road again</u>, twisting along past the lake where the white birches are dying, the disease is spreading up from the south, and I notice they now have sea – planes for hire.

…

I've driven in the same car with them before <u>but on this road it doesn't seem right, either the three of them are in the wrong place or I am.</u>

…

"That's where the rockets <u>are</u>," I say. <u>Were</u>. I don't correct it.

…

I lean forward and say to David, "<u>The bottle house is around this next curve and to the left</u>," and he nods and slows the car. <u>I told them about it earlier</u>, I guessed it was the kind of object that would interest them.

…

Now we're on my <u>home ground</u>, <u>foreign territory</u>.

…

Anna says "Oh wow, what a great fountain."

"<u>The company built the whole thing</u>," I say, and David says "Rotten capitalist bastards" and begins to whistle again.

<u>I tell him to turn right and he does. The road ought to be here, but instead there's a battered chequerboard, the way is blocked.</u>

"Now what," says David.

<u>We didn't bring a map because I knew we</u> <u>wouldn't</u> <u>need one</u>. "I'll have to ask," I say, so he backs the car out and we drive along the main street till we come to a corner store, magazines and candy.

"You <u>must</u> mean the old road," the woman says with only a trace of an accent. "It's been closed for years, what you need is the new one."

(Surfacing: Chapter 1)

小说的女主人公，也是故事的叙述者，通过主动选择话语内容，I'm on this road again 和后续对路边景色的细致描绘来表示"我"对这个地方的

· 135 ·

熟悉，进而建构回归者的身份。但随着"我们"一行人逐渐深入荒野之中，作者又一次通过对话语内容的选择"这条路有点不对劲，要么是他们三个走错了地方，要么就是我走错了地方"修正了自己的身份，建构了外来探寻者的身份。当女主人公一行人继续向前进时，看到了许多她童年记忆里的景观，通过解释言语行为 That's where the rockets are, The bottle house is around this next curve and to the left, The company built the whole thing 和指令言语行为 I tell him to turn right and he does，作者再次构建出"我"作为外来者的身份。多次的迷路和对景观的熟悉让此时的"我"内心十分矛盾，而这种冲突的身份焦虑也通过词汇选择反映出来，Now we're on my home ground, foreign territory, home 和 foreign 作为语义截然相反的词汇却被作者同时用来描述"我"目前所处的地方。当同行的 David 按照"我"的指令开着车，作者借助话语选择 The road ought to be here, but instead there's a battered chequerboard, the way is blocked 点明了"我们"又一次走错路了，又一次建构出"我"外来人的身份。同时，"我"的内心独白中所使用的情态动词 wouldn't 作为语气强化词进一步建构了这一身份。此外，作者用语气强化词 must 和提示对方身份的词汇 a trace of an accen 对路人进行描写，也间接地建构我"外来者"的身份。

《浮现》中女主人公建构的外来探索者和回归者的矛盾语用身份是当前交际情境下同一交际者随着交际的展开而对自己或对方重建语用身份，揭示了语用身份选择的共时动态性。此外，相同的交互主体在不同时段与相同的交际客体互动时选择的语用身份可能会发生变化。交际主题的身份变换有时甚至跨越更长的时间。语用身份选择的历时动态性在成长小说和自传文学等文学题材上表现得更加明显。如门罗的短篇小说《半个葡萄柚》(*Half a Grapefruit*) 中，罗斯（Rose）的语用身份在整个小说中发生了多次变化。

Rose <u>could have been</u> the girl who lost the Kotex. That was <u>probably</u> a country girl, carrying the Kotex in her pocket or in the back of her notebook, for use later in the day. Anybody who lived at a distance <u>might have done</u> that. Rose herself had done it.

第四章　当代加拿大英语小说语篇中的语用身份

<u>Every girl</u> in the school was denying knowledge of it. Theories abounded. Rose was afraid that she <u>might be</u> a leading candidate for ownership, so was relieved when responsibility was fixed on a big sullen country girl named Muriel Mason, who wore slub rayon housedresses to school, and had B. O.

面对同龄人这个交际客体时，门罗借着话语内容选择 Anybody who lived at a distance might have done that. Rose herself had done it 引出提示角色身份的话语内容卫生巾归属事件向读者说明罗斯的默认身份是一个来自农村的女孩。农村女孩会因为离家距离远而随身携带卫生巾以便后续使用。作者借卫生巾的归属问题不仅说明了罗斯的真实身份，也构建出罗斯作为"父权制受害者"的语用身份。在构建这一身份时，作者大量使用了虚拟语气和语气强化/弱化词，如 could have been, probably, might have done, every girl, might be 等这些弱势地位的人习惯使用的句法结构和词语。

　　Rose had stuck herself on to the back of a town row. West Hanratty was not represented, except by her. She was wanting badly to align herself with towners, against her place of origin, to attach herself to those waffle‑eating coffee‑drinking aloof and knowledgeable possessors of breakfast nooks.
　　"Half a grapefruit," she said boldly. Nobody else had thought of it.

但是在课堂上，当老师让学生讨论早饭吃了什么的时候，作为唯一一个从 West Hanratty 小学班级进入高中的人，罗斯出于心理上对自己农村身份的不认同和羞耻，借助"半个葡萄柚"调整了自己的语用身份，将自己视为镇上人的一员，与乡村居民的身份和出生地对立起来。

　　Rose met people who said...And people who said, "I saw your picture in a magazine, what was the name of that magazine, I have it at home."

当罗斯最终通过自己的努力获得更多更好的教育资源后，作者又构建出罗斯作为"自主掌权的"女性身份。而她这种处于强势权势地位的语用形象则通过言据性标记语（Evidential Marker）策略 I saw your picture in a magazine 来增强话语的可信度和权威性。

"I mean, your Dad goin down to the hospital. They'll fix him up, though. They got all the equipment down there. They got the good doctors."

"I doubt it," Rose said. She hated that too, the way people hinted at things and then withdrew, that slyness. Death and sex were what they did that about.

"They'll fix him and get him back by spring."

"Not if he has lung cancer," Rose said firmly. She had never said that before and certainly Flo had not said it.

Billy Pope looked as miserable and ashamed for her as if she had said something very dirty.

"Now that isn't no way for you to talk. You don't talk that way. He's going to be coming downstairs and he could of heard you."

（Half a Grapefruit）

罗斯在身份认同这件事情上由挣扎到自洽的过程也体现在她与父母的关系中。在她的父亲住院期间，她和继母的表亲谈论了父亲的病情。在这场对话中，罗斯临时构建出非常规的"淡漠的陌生人"这一语用身份。她的话语多为否定句，且话语方式选择十分直接，丝毫没有显示出对死亡的避讳和回避。而继母表亲的话语内容也提示了罗斯的说话方式并不符合她作为"女儿"和"晚辈"的默认身份。当说话人故意、公开地没有按照当前交际双方常规社会关系指定的默认身份进行交际而违背身份准则时一定有其特别的用意，往往会实施不寻常的语用功能。此处这一非默认身份虽然对交际双方的社会关系产生消极的影响，但是无意却提升了罗斯的主体性，表达了她的独立欲望。

除此之外，语用身份建构和变化也具有丰富人物形象的作用。下文结合具体情节分析小说中当"我们"在荒野中休息时，作者对"我"的职业

第四章　当代加拿大英语小说语篇中的语用身份

的插叙内容,揭示了语用身份不仅能够凸显加拿大民族性构建和美国文化殖民主义的冲突与"伟大的加拿大牺牲情结"——加拿大对世界的心态是一种常见的女性心态这些主题,同时也丰富了小说的人物形象。请看以下例子:

> I have a <u>title</u> though, a <u>classification</u>, and that helps: I'm what they call a <u>commercial artist</u>, or, when the job is more pretentious, <u>an illustrator</u>. I do <u>posters, covers, a little advertising and magazine work and the occasional commissioned book</u> like this one. For a while I was going to be <u>a real artist</u>; he thought that was cute but misguided, he said I should study something I'd be able to use because there have never been <u>any important woman artists</u>. That was before we were married and I still listened to what he said, so I went into Design and did fabric patterns. But he was right, there never have been any.
>
> ……
>
> We had an argument about that: he said one of my drawings was too frightening and I said children liked being frightened. "It isn't the children who buy the books," he said, "it's their parents." So I compromised; now I compromise before I take the work in, it saves time. I've learned the sort of thing he wants: elegant and stylized, decoratively coloured, like patisserie cakes. I can do that, I can imitate anything: fake Walt Disney, Victorian etchings in sepia, Bavarian cookies, ersatz Eskimo for the home market. Though what they like best is something they hope will interest the English and American publishers too.
>
> (*Surfacing*: Chapter 2)

在《浮现》中,作者用提示自己或对方身份关系的话语内容如 title, classification, commercial artist, illustrator, posters, covers, a little advertising and magazine work and the occasional commissioned book 等设定"我"的社会身份为一个画家。在评价自己的职业这个过程中,作者先后建构了

· 139 ·

"自命不凡的艺术家"、"婚姻中的弱者"和"工作中的妥协者"这几个复杂的语用身份。"我"曾认为是一个真正的艺术家,拥有自己的艺术创作理念和艺术追求。但"我"的丈夫觉得我这种看法不切实际,因此"我"顺从了丈夫并听取他的建议,接受了实用的艺术训练。这展示了"我"在婚姻中被丈夫支配和影响。"我"的老板认为"我"的插画太吓人,"我"反驳说孩子喜欢被惊呆的感觉。老板说不是孩子花钱买童书,而是他们的父母。当"我"发现自己建构的"艺术家身份"并没有得到老板的认可反而被老板反驳不懂得商业规律时,"我"及时通过妥协,窥探老板的需求等言语行为来建构"善于妥协的下属"身份。这一过程展现了主人公在工作中的变化和适应能力,以及她在不同社会关系中扮演的不同角色。

三 作为解读当代加拿大英语小说语篇的语用身份

语用身份是交际者在言语互动中选择、建构起来的。它们不是话语本身,而是会对话语的理解产生影响。陈新仁系统地关注语用身份的选择和建构如何影响话语中的词汇意义解读、话语的施为用意解读、话语的人际意义解读等,旨在论证语用身份作为解读资源(Interpretive Resources)的交际特性。需要指出的是,影响话语产出和理解的其实是交际双方在当前交际情境下的语用身份,而非实际生活中由各种社会身份组合成的人。一方面,生活中的人往往具有多重身份,在不同情境中可能扮演不同的角色。另一方面,人们在说话人身份与听话人身份之间不停地转换,甚至从听话人角度估摸或监控自己即将讲出的特定话语的效果①。而当我们把阅读过程看作是作者借着小说文本与读者进行交际时,作者就是说话人的身份,而读者是听话人的身份。作者常常会预设读者的存在,因而有意识地监控自己的文本内容和主题表达等。

从语用身份角度看,语言选择经常因说话人或听话人的"质"(即身份)的不同而有所变化。以说话人为例,日常交际经验告诉我们,说话人的人数(如独白、对话)、说话人的类别(说话人是信息的唯一来源;说

---

① 陈新仁:《语用身份论:如何用身份话语做事》,北京师范大学出版集团2018年版,第94—96页。

话人是信息的来源之一；说话人不是信息的来源）等都会影响话语的表达和理解。所以，当作者预设了读者的存在时，他们在创作过程中所使用的语言以及用这些语言塑造的人物形象、故事情节等内容，都会因为读者作为听话人的存在而有所变化。

正如陈新仁在《语用身份论：如何用身份话语做事》中所言，不仅说话人可以选择语用身份，听话人也可以选择语用身份，而不同身份的听话人对说话人的话语内容和方式的选择具有重要的影响。维什伦使用了比"听话人"更细致的概念，即话语解释者（Interpreter）。他提出了一组概念用来区别不同"质"的在场者（Presence）。在他看来，尽管所有在场者都会对交际产生不同程度的影响，但并非所有的在场者都会是话语的解释者。一般说来，话语的直接受话人（Addressees）会是话语的目标解释者，邻近参与者（Side Participants）也会对话语进行解释，此外，那些尽管在场但不属于交际参与者（Non-participants）的旁观者（Bystanders）可能也会对话语做出一定程度的解释。不仅如此，可能还存在说话人不能确定是否成为话语解释者的一些人，他们虽不参与交际却也在场，可能属于旁听者（Overhearers）范畴，在场者的构成情况对于话语的产出和解释都会造成影响。

正是因为身份与话语的内在联系，我们才有了各种身份话语，家庭角色话语，如母亲话语、父亲话语、女儿话语等；职业性话语，如教师话语，教师话语又可以区分为幼儿园教师话语、大学教授话语等、律师话语、军人话语、服务员话语等；岗位话语，如领导话语、下属话语等；性别话语，如男性话语、女性话语；年龄话语，如儿童话语、青年话语、老人话语；等等，不一而足。而作者在创作过程中，为了塑造真实可信，生动活泼的人物形象时，必须要考虑如何用语言构建他们的形象，用语言展示他们的身份。

将语用身份视为解读资源的一个理论假定是将身份看作一种语境。读者在阅读过程中，对人物语用身份的理解需要结合故事情节的发展、作者的创作背景、小说的主题思想等语境因素。因此，作者与读者的交流疏远语用身份作为资源解读的第一种情形，即将交际者选择、构建的身份视为一种解读资源（Interpretive Resource），从身份角度解读话语特别是其中涉及身份指示词的意义以及话语的施为用意。具体来说，读者从作者有意选择和构建出的人物身份来解读小说的主题，理解人物情感等内容。

（一）解读人物形象的语用身份

一般而言，语用能力正常的人都具有足够强烈的身份意识，即根据具体交际语境选择合适的身份进行交际的意识。可以认为，在特定的语境下选择合适的身份交际是具有正常语用能力的交际者的理性的体现。正因为如此，相对于特定交际情境下的交际行为而言，语用身份的选择往往具有默认性。从言语交际的得体性，特别是语用身份与交际情境匹配的默认性出发，陈新仁参照格赖斯（Grice）和利奇（Leech）的做法，提出下列身份准则[①]。

身份准则：采用与当前交际情境相适应的语用身份进行交际。

我们不妨以一位名叫张强的教师为例。他在课堂授课时，人们对他此时讲话的语用身份定位或期盼就是一位教师；当他回到家里与他的孩子交流时，人们对他此时讲话的语用身份期盼就变成了父亲；当他在家里与他的妻子讲话时，人们对他的语用身份期盼则又变成了丈夫；当他在办公室与同事交流时，人们对他发出话语时的语用身份定位则为同事；当他与他的领导讲话时，人们对他的语用身份期盼则为下属，当他参加学术会议主持一个分组发言时，人们对他讲话的语用身份定位则是主持人。如果张强在上述各个场合讲话时所采用的语用身份与人们的期盼或定位一致，则说明他遵循了身份准则。相反，如果他在某个交际情境下没有按照人们对他的语用身份的期盼进行交流，比如，他在上课时将自己看作同学们的朋友，或者在与领导讲话时将自己完全看作对方的同事，他就违背了身份准则。这样的违背可能是故意的，也可能是无意的；其引发的交际效果可能是积极的，也可能是消极的。

身份准则的运行至少预设了下列因素的存在：

其一，身份图式，即与特定交际情境中特定行为的实施相匹配的身份或身份关系，表现为与特定身份相联系的行为规范的一系列假想、期盼、信仰等。例如，在博士生学位论文开题报告会上，人们期盼专家会对博士生的论文提出各种专业性的建议，作为知识权威的象征，专家与博士生的

---

① 陈新仁：《语用身份论：如何用身份话语做事》，北京师范大学出版集团2018年版，第64—74页。

身份关系是不平等关系、不对称关系;作为学术界这一实践社区的成员,专家会遵循各种学术规范、规章制度;专家会将其掌握的对博士生论文有帮助的信息告诉博士生,等等。

其二,身份话语,与特定身份或身份关系相匹配的实施特定行为的对于交际者在特定的交际情景或活动类型下基于身份准则而择用的语用身份,我们可以借鉴理查兹的做法,称之为默认身份(Default Identity)。回到上面的例子,张强在课堂上授课的默认身份是教师,在办公室与其他教师会话时默认身份是同事,在与单位领导讲话时的默认身份则为下属,在主持学术会议小组讨论时的默认身份则是主持人。

与默认(语用)身份相对的是非默认身份,或曰变异身份(Deviational Identity)了。就上面提及的张强老师而言,如果他在课堂上摆出与学生做朋友的身份,则是变异身份,往往使用与教师身份不一致的话语方式以及突出自己以朋友身份相处的标记(如"作为你们的朋友")。

通过分析角色的语言选择、语气、口头禅等语言特征,研究者可以深入了解人物的性格、社会地位、文化背景以及个人经历。这种分析有助于读者更全面地把握人物形象,并在情感上与之产生共鸣。通过研究不同角色之间的语言互动和对话,读者能够更清晰地理解角色关系、权力动态和情感交流,从而更深入地理解故事情节的发展和人物之间的变化。

在文学文本中,当人物做出与其默认身份背道而驰的事情时,便会自动建立变异身份。而变异身份不仅有助于丰富人物形象,同时也为读者理解人物提供新的视角。如在玛格丽特·劳伦斯的代表作《石头天使》一书中,女主人公海格(Hagar)和他的哥哥马特(Matt)都构建了变异语用身份。以下片段描述的是海格的哥哥丹快要死亡前,海格和她的另一个胞兄马特的对话。

> When I got back home, Dan was worse, and Matt, corning downstairs to hear what I had to say, looked terrified, furtively so, as though he were trying to figure out some way of leaving the situation to someone else.
> "I'll go to the store for Father," I said.
> Matt's face changed.

"No, you won't," he said with sudden clarity. "It's not Father he wants."

"What do you mean?"

Matt looked away. "Mother died when Dan was four. I guess he's never forgotten her."

It seemed to me then that Matt was almost apologetic, as though he felt he ought to tell me he didn't blame me for her dying, when in his heart he really did. Maybe he didn't feel that way at all—how can a person tell?

"Do you know what he's got in his dresser, Hagar?" Matt went on. "An old plaid shawl—it was hers. He used to go to sleep holding it, as a kid, I remember. I thought it had got thrown out years ago. But it's still there."

He turned to me then, and held both my hands in his, the only time I ever recall my brother Matt doing such a thing.

"Hagar—put it on and hold him for a while."

I stiffened and drew away my hands. "I can't. Oh Matt, I'm sorry, but I can't, I can't. I'm not a bit like her."

"He wouldn't know," Matt said angrily. "He's out of his head." But all I could think of was that meek woman I'd never seen, the woman Dan was said to resemble so much and from whom he'd inherited a frailty I could not help but detest, however much a part of me wanted to sympathize. To play at being her—it was beyond me.

"I can't, Matt." I was crying, shaken by torments he never even suspected, wanting above all else to do the thing he asked, but unable to do it, unable to bend enough.

"All right," he said. "Don't then."

When I had pulled myself together, I went to Dan's room. Matt was sitting on the bed. He had draped the shawl across one shoulder and down onto his lap, and he was cradling Dan's head with its sweat-lank hair and chalk face as though Dan were a child and not a man of eighteen. Whether Dan

第四章 当代加拿大英语小说语篇中的语用身份

thought he was where he wanted to be or not, or whether he was thinking anything at all, I don't know. But Matt sat there like that for several hours, not moving, and when he came down to the kitchen where I had finally gone, I knew Dan was dead.

(*The Stone Angel*: Chapter 1)

从身份图示来看，在家庭中，人们期待女性是温柔、柔弱和抚慰人心的形象。而男性则是刚毅、粗犷的坚强形象。海格作为家里唯一的女性，她的语用身份理所当然地被期待和定位为情感丰富、爱护家人的体贴女儿身份。但从话语内容选择 I'll go to the store for Father, "No, you won't," he said with sudden clarity. It's not Father he wants 来看，她并不是一个对家人有足够了解和观察力敏锐的人，她不知道倔强、粗犷的父亲根本无法安慰快要死去的丹，反而是作为男性的马特更加明白丹的需求。在马特提出要海格换上自己母亲的衣服，装扮成她的样子时，她并没有因为对丹的同情而答应这个要求。她作为家里最小的孩子，使用了许多否定句的句法形式，颠覆了她在家里无权无势、无话语权的默认身份，也偏离了具有同情心的女性身份。而马特作为一名男性，他甘愿为了自己的兄弟扮成过世的母亲，他不仅在外表上像一个女性，他的身体动作也体现出女性所具有的安慰人心的力量。作者用一系列提示女性身份的副语言 Matt was sitting on the bed. He had draped the shawl across one shoulder and down onto his lap, and he was cradling Dan's head with its sweat – lank hair and chalk face as though Dan were a child and not a man of eighteen 描绘了马特是如何抱着濒临死亡的丹，建构出他情感丰沛的男性身份。海格继承了父亲粗犷、倔强的性格。

正是借助临时的语用身份，作者为读者理解海格那种"不眨眼地直视任何人的目光"，有一颗像玛纳瓦卡墓地的石头天使铁石般的心肠形象。这些语用身份既深入刻画海格的性格又揭示她的困境。同时为她从受到父亲惩罚也不哭出来的固执女孩成长为勇敢地面对婚后孤独困境的坚强女性做出必要的铺垫。复杂的语用身份导致读者对她有谴责，也有钦佩和哀婉。

(二) 解读小说主题的语用身份

分析语用身份的构建与变化有助于揭示作家探索的主题和议题。例如,通过分析人物的语言使用,可以探讨种族、性别、文化认同等主题在小说中的体现和探讨,从而拓展对文本主题的理解。语用身份的研究还可以揭示小说中的社会现实和文化背景,以及作家对这些现实和背景的态度和观点。这有助于读者更加深入地理解作品所反映的社会和文化议题。

《浮现》是阿特伍德在20世纪70年代创作的一部长篇小说,其故事情节起初围绕主人公返回故乡探寻父亲失踪真相的线索展开,随后逐渐深入主人公寻求真我之心的内心旅程。文明与蛮荒之间的张力、冲突和对立,是阿特伍德文学作品中频繁出现的主题。主人公从繁华喧嚣、充满诱惑的都市生活,回到童年记忆中的偏远魁北克小岛——一个真实、自然且纯朴的世界,势必要经历一番内心的挣扎与外在的斗争,方能实现返璞归真,回归生命的本源。

在故事的开头,作者就构建出了"回归者"和"外来者"这两个既互相联系又互相矛盾的语用身份。女主人公的表现诚如陈新仁[①]所言,随着交际的推进,交际者可能会随着交际目的、需求、情景的变化而调整语用身份。而在小说语篇中,作者也会随着情节的展开会调整为了揭示作品主题等目的而调整人物的语用身份。女主人公的表现以及其他人物的言谈举止,展现了外来探索者和回归者的矛盾状态,象征着加拿大人寻求和确认自身身份时所面临的内心挣扎[②]。而作为作者,阿特伍德通过小说中的人物形象和主题的呈现,将自己的加拿大人身份融入其中,表达了对文化和土地的复杂情感。这种文化异化和身份困惑的描绘,以及对加拿大土地矛盾认同的探索,进一步凸显了阿特伍德作为加拿大作家的独特身份和对加拿大文化的深刻理解。

《浮现》中主人公的家乡是一个复杂多维的概念,首先在地理位置上,它位于北方,且根据路边的标识,这一地区被赋予了多重文化身份——魁北克。在主人公回乡途中,当她踏入这片北方领地时,注意到标界木板上的"欢迎"字样同时有法语和英语两种版本,这体现了法语文化和英语文化在此地的共存现象。阿特伍德通过丰富的景物描写,凸显了该地区加

[①] 陈新仁:《语用身份:动态选择与话语建构》,《外语研究》2013年第4期。
[②] 丁林棚:《玛格丽特·阿特伍德的〈浮现〉中的本土性构建》,《淮阴师范学院学报》(哲学社会科学版)2020年第3期。

大土著居民的生存环境：荒野、原始且人迹罕至。然而，主人公又提到小镇上有两家店铺，一家使用法语，另一家使用英语。在与当地售货员交流不畅的过程中，主人公所体验到的文化焦虑，也反映了作者所隐含表达的彼时加拿大地区法裔文化与后殖民主义时期遗留的英国文化之间的多元文化混杂性特征。而作为具有个体身份的主人公，她与周围的环境、文化产生了广泛的联系，置身一种特定的"文化居间"状态。

《浮现》不仅是小说主人公探寻真相的旅程，也标志着阿特伍德开始探索民族的真我。小说中，女性在两性关系中的被支配和被控制地位，隐喻了加拿大在与美国的关系中长期处于弱势地位，而美国则如同男性形象，在这段双边关系中占据主导地位。这一点在小说中尤为明显，当女主人公探讨自己的职业时，她所构建的"婚姻中的弱者"身份，深刻体现了她在两性关系中的弱势地位。这种深层次、弥漫性的企图控制他人思想和行为的现象，折射出加美关系中美国对加拿大的全方位桎梏和控制。在这种背景下，加拿大已经沦为美国的资源掠夺地和殖民地，失去了自我身份。

（三）解读作者身份的语用身份

语用身份的研究不仅能够加深对人物、情节和主题的理解，作家通过塑造角色的语言行为来传递自己的价值观、观点和文化身份。通过分析作家构建语用身份的策略和偏好，读者可以更深入地理解作家的个人风格、文学立场以及对文化身份的认同。作家的语言选择、叙述风格和角色塑造方式也可以反映其在文学领域的地位和影响力。通过分析作家的语用身份，读者可以对作品的创作背景和意图有更深入的认识。

尽管加拿大因其复杂的历史背景而具有双语、多族裔、区域对峙的内在异质性，但共同的"文化安全"诉求促使加拿大作家们形成了一种统一而多元的文化妥协态度，即"居于间性"。这种心态在加拿大作家的文化身份中得以体现，并影响了她们对艺术的选择和取向。

玛格丽特·劳伦斯不仅局限于对个人女性情感的探索，她还将自己深厚的情感融入了那个干旱而坚韧的加拿大草原小镇——玛纳瓦卡，无论这个地方带给人的是束缚感还是归属感。在她的小说中，她处处流露出对国家和民族的深切热爱，展现了加拿大人的理想与追求，并将妇女问题置于整个加拿大人寻求身份、人类认识自我和追求自我解放的进程中来考察①。《石头天使》中海格的复杂语用身份便是这一主题的鲜明例证。

艾丽丝·门罗的加拿大人身份、女性作家身份以及短篇小说家的身份，与加拿大国家的后殖民、后现代身份之间存在着重要的文化联系。《快乐影子之舞》等作品展现了艾丽丝·门罗早期小说的创作思想和特征，其中的 15 个短篇分别描绘了上世纪初期至中期加拿大人的日常生活状态，揭示了不同人物之间的对立与矛盾，从而反映了加拿大人因身份问题所面临的生存困境和精神世界的挣扎。

而这样的文化居间、多元民族特性萌芽在阿特伍德民族独立意识鲜明的小说中正悄然发生和影响着阿特伍德的民族国家意识，为其后期的跨国家、民族意识，乃至 20 世纪 90 年代的"后国家时代的意识"奠定了思想基础身份认同一直是加拿大文学无法避开的问题，就如同《浮现》的无名女主人公自我发现一样，加拿大文学也应当找寻自己的定位、自我的确定性。加拿大文学需要被倾听，以阿特伍德为代表的加拿大作家拥有强烈的觉醒意识，他们以文学作品的形式，向世界传递着加拿大民族的声音。

第四节　本章小结

本章主要探讨了当代加拿大英语小说语篇中的语用身份研究。首先，在概述中强调了语用身份在当代语言学和文学研究中的重要性。接着，通过界定语用身份的概念和范围，对其进行了更深入的解释和理解。在之后的部分中，探讨了语用身份研究的关键问题和主要研究路径，从话语分析到动态选择等方面进行了细致的探索。

在建立了语用身份研究的框架后，我们将焦点转向了当代加拿大英语小说语篇中的语用身份研究。分析了不同人物角色的语用身份表现，探讨了他们在故事中的语言使用和身份认同。另外，讨论了这些语用身份在小

---

① 王丽莉：《曼纳瓦卡的石头天使——论玛格利特·劳伦斯〈石头天使〉中海格的艺术形象》，《四川外语学院学报》2002 年第 2 期。

第四章 当代加拿大英语小说语篇中的语用身份

说中的动态性,即它们如何随着情节和人物关系的发展而变化和演进。

最后,探讨了如何通过语用身份来解读当代加拿大英语小说的语篇。从解读人物形象的语用身份、解读小说主题的语用身份以及解读作者身份的语用身份三个层面进行了深入分析和讨论。本章全面阐述了当代加拿大英语小说语篇中的语用身份研究,从理论探讨到实际应用,旨在为读者提供对当代文学作品中语用身份的深入理解和解读路径。

第五章

个案研究之一：艾丽丝·门罗的小说

艾丽丝·门罗，这位加拿大文学界的璀璨明星，以其独特的女性书写风格和对人性的深刻洞察，赢得了无数读者的喜爱和文学界的赞誉。她的作品不仅展现了女性生活的真实面貌，还通过对细节的精细描绘和情感的深入挖掘，揭示了人性的复杂性和多样性。因此，对门罗小说的研究，不仅有助于我们更深入地理解她的创作思想和艺术特色，也能为我们提供一个新的视角来审视和解读女性文学。

在本章中，我们将从多个维度对门罗的小说进行深入的探讨和研究。首先，我们将关注门罗小说中的女性书写特点，通过对其生平的简要介绍，探讨她如何以女性独特的视角和感受力，描绘出女性生活的真实场景和情感世界。其次，我们将从微观和宏观两个层面，对门罗小说中的元话语进行研究，分析她如何巧妙地运用语言与读者进行互动，引导读者按照作者的希望以及特定话语社区的理解和价值去解读语篇。另外，分析小说中人物之间的元话语使用可以帮助读者构建出丰富而复杂的故事世界。

此外，我们还将重点探讨门罗小说中女性人物的语用身份建构。语用身份是交际者在言语交际过程中根据具体语境动态选择和建构的，而门罗的小说正是通过女性人物的言语行为，展现了她们在特定语境下的身份选择和建构过程。我们将通过分析小说中的具体案例，揭示门罗如何运用语用身份理论，塑造出鲜活而立体的女性形象。

最后，我们将从作家身份的角度，探讨门罗作为女性作家的语用身份建构。门罗不仅是一位杰出的作家，更是一位具有深刻思想和敏锐洞察力的女性。她的作品不仅反映了女性的生活经验和情感世界,也体现了她对女性命运的深刻思考。我们将通过分析门罗的创作思想和艺术特色,探讨她如何作为一位女性作家,在文学领域中建构起自己独特的语用身份。

本章将通过对门罗小说的多维度研究,深入探讨其女性书写特点、元话语运用、女性人物语用身份建构以及作家语用身份建构等方面的问题。我们相信,这些研究将有助于我们更全面地理解门罗的创作思想和艺术特色,也将为我们在女性文学和语用学研究领域提供新的启示和思考。

第一节 门罗小说中的女性书写特点

20世纪60年代末至70年代初,加拿大文坛涌现出两种引人注目的现象:一是短篇小说的蓬勃兴起,二是女作家的集体闪耀。艾丽丝·门罗便是这两大现象的杰出代表。在短篇小说处于低谷之际,她出版了首部短篇小说集《快乐影子之舞》,这一年因此成为她个人及加拿大短篇小说发展史上的重要转折点。可以说,加拿大短篇小说的辉煌始于艾丽丝·门罗。她因在短篇小说领域的卓越成就而广受赞誉,专注于这一文学形式,与当今许多涉猎广泛的作家形成鲜明对比。至今,她已发表短篇小说百余篇,大多收录于九部小说集中。她的多数作品已被译成十几种语言,在全球范围内传播。如今,艾丽丝·门罗已是一位享有国际声誉的杰出作家①。

一 门罗的生平述略

艾丽丝·门罗于1931年出生于加拿大的一个贫穷家庭。她的父亲罗伯特·雷德劳是一位银狐养殖户,母亲安娜·钱梅尼是一位乡村小学老师。艾丽丝·门罗的童年是在加拿大安大略省温厄姆镇度过的。高中毕业后,她获得西安大略大学的奖学金,于1949年至1951年期间在该大学读新闻专业。为了补贴生活,读书期间,门罗做过餐厅服务员、烟草采摘工和图书馆管理员。其间,她结识了詹姆斯·门罗并相爱结婚,后为此退学,和

---

① 逄珍:《加拿大英语文学发展史》,上海外语教育出版社2010年版,第277页。

丈夫一块迁居不列颠哥伦比亚省生活。她们开始时住在温哥华，丈夫供职于伊顿公司，她在温哥华图书馆工作。1963年，门罗夫妻迁居维多利亚，在那里开办了一个小书店。门罗生了四个女儿，二儿女出生后便夭折。1972年，门罗夫妇离婚，门罗回到安大略省，成为西安大略大学的驻校作家。1976年，门罗与大学同学杰拉尔德·弗雷姆林重遇并再婚，夫妇二人搬至安省克林顿镇外的一个农场，后来又从农场搬到克林顿镇，以后一直定居在那里。

艾丽丝·门罗具有写作天分，她的母亲曾有意识地对她进行文学培养。门罗七岁时，母亲曾让她参加学校每周举行的朗诵班。天赋与后天的学习为门罗日后的写作道路奠定了很好的基础。门罗小时候就喜欢编故事，最早的作品是她对安徒生《海的女儿》的悲惨结尾进行的改编。大学期间，她的处女作《阴影的范围》发表在西安大略大学的一份学生刊物上，这部作品的影响不大，但显示了她在小说创作方面的潜力。婚后的艾丽丝·门罗是典型的家庭主妇，需操持家务，养育三个女儿。出于对写作的酷爱，她仍能够在百忙之中挤出时间勤奋创作，并从未间断。她早期发表在《加拿大论坛》《落叶松评论》《女主人》等刊物上的小说并没有引起广泛关注。1968年，她的第一部短篇小说集《快乐影子之舞》出版，但反响不大。1971年她的第二部短篇小说集《女孩和女人的生活》（*Lives of Girls and Women*）一出版就获得好评，荣获了加拿大图书奖，次年该书获得不列颠哥伦比亚文学会颁发的杰出小说家奖。此后，门罗的创作事业蒸蒸日上，名誉接踵而至。1974年她的又一部短篇小说集《我想对你说》（*Something I've to Been Meaning Tell You*）问世，1978年，另一部短篇小说集《你以为你是谁？》（*Who do You Think You Are?*）出版并获得总督文学奖。1982年她出版了《木星的卫星》（*Moons of Jupiter*），1986年出版了《爱的进程》（*Progress of Love*），此书使得门罗再次荣获总督文学奖。进入90年代以后，艾丽丝·门罗仍笔耕不辍，陆续出版了《青年时代的朋友》（*Friend of My Youth*）、《公开的秘密》（*Open Secrets*）、《故事选集》（*Selected Stories*）、《一个好女人的爱》（*Love of a Good Woman*）、《恨、友谊、追求、爱情、婚姻：短篇小说》（*Hateship, Friendship, Courtship, Loveship, Marriage: Stories*）、《幸福过了头》（*Too Much Happiness*）六部短篇小说

第五章　个案研究之一：艾丽丝·门罗的小说

集，可以说，艾丽丝·门罗是一位孜孜不倦的多产女作家。2013年，艾丽丝·门罗膺获诺贝尔文学奖。"当代短篇小说大师"，"以其精致的讲故事方式著称，清晰与心理现实主义是门罗的写作特色"，这是诺贝尔文学奖评审委员会对门罗创作成就的评价。艾丽丝·门罗的小说具有情节简单、语言朴质、洞悉人性复杂等特点。她的小说大多讲述的是乡镇普通女性隐含悲剧性的日常生活。她从自身的经历和母亲身上寻找灵感，塑造了不同年龄段的女性人物，记录她们从少女到为人妻、为人母，再到衰老老年的人生发展历程。门罗特别擅长刻画女性内心世界的波澜与隐情以及由此带来的身心焦虑。她们看似脆弱，实则坚韧顽强。她的早期创作对象，是一些困惑的女孩和刚进入家庭生活的女性，她们为爱情、性、背叛、孩子等苦恼。到后期，则是在中年危机和琐碎生活中挣扎的女性，但她们都有着隐秘的欲望和遗憾，有着强大和软弱之处。门罗叙事善于将现实和记忆打碎重新组合，呈现多视角的特色。这体现了她的创作理念：看世界，或许有新的角度，文学就可以帮助人们重新认识世界。她曾经在一篇散文中介绍读小说的方式："小说不像一条道路，它更像一座房子。你走进里面，待一小会儿，这边走走，那边转转，观察房间和走廊间的关联，然后再望向窗外，看看从这个角度看，外面的世界发生了什么变化。"艾丽丝·门罗的成就赢得了同行的钦佩和赞许。美国女作家、普利策奖得主简·斯迈利（Jane Smiley）曾称赞门罗的作品"既精妙又准确，几近完美"；英国很有影响的女作家A. S. 拜雅特（A. S. Byatt）亦赞誉她是"在世的最伟大的短篇小说作家"；批评家奥兰德·罗斯（Olander Ross）认为艾丽丝·门罗改变了文化经济。他接受琼·巴克斯特的采访时说："在加拿大文学商城中短篇小说卖得并不好，除非它们是由门罗写的"；艾丽丝·门罗曾获得三十多个文学大奖，其中包括两次加拿大总督奖、两次加拿大吉勒文学奖、一次布克文学奖和一次布克国际文学奖、三次英联邦作家奖和2013年获得的诺贝尔文学奖。艾丽丝·门罗在文学上所取得的成就大幅度提升了加拿大文学在世界文学的地位，艾丽丝·门罗的短篇小说的艺术成就给现处尴尬的短篇小说创作现状注入了一股新鲜的血液，为短篇小说创作的振兴树立了一个很好的榜样。瑞典文学院秘书彼得·恩隆德（Peter Englund）曾称赞道："短篇小说一直处于长篇小说的阴影中，门罗选择了这种艺术形式，她将它很好地开垦，接近完美。"她为世界文学的丰富和发展做出了突出贡献。①

  加拿大短篇小说的传统很悠久，早从文学发生时期就开始了。早期的短篇小说作家多是女性，那时女性作家写小说主要是为了赚稿费补贴家用，短篇小说可以在英美加各种报刊上发表，时间短，见效快。所以那时虽然不少人在写短篇小说，但无人把它当作专职工作来干，更谈不上精雕细琢地讲究文学艺术性了。直到发展期现实主义小说兴起后，短篇小说才有了起色，出现了卡拉汉、罗斯、休·加纳（Hugh Garner）等长篇小说家创作的优秀短篇小说。但仍没有专门从事短篇小说的作家，短篇小说在现代文学中仍然没有什么地位，只是长篇小说家兼做的事情。1928年尼斯特（Nist）精选过去40年中加拿大短篇小说精华，辑成《加拿大短篇小说选》，是第一部真正意义上的加拿大短篇小说选，标志着短篇小说发展的一个新时期。但这个新时期仍没有专门的短篇小说家。1960年罗伯特·维弗（Robert Weaver）选编短篇小说丛书第一辑收入了梅维斯·加兰特（Mavis Gallant）和门罗的作品，那时门罗还没有成名。从尼斯特的选本到维弗的选本，又近40年里没有专门的短篇小说家。是门罗改写了加拿大没有专门的短篇小说家的历史，并且以她60年代末至70年代末的最初四部短篇小说力作彻底改变了短篇小说长期落后的面貌。从门罗开始，加拿大写短篇小说的作家迅速多起来，出现了加兰特、胡德等以写短篇小说为主的小说家，年轻一代的长篇小说家大都兼写短篇小说，就连劳伦斯和阿特伍德两位长篇小说大师也有经典的短篇小说集问世。然而几十年一如既往只写短篇小说不写其他的仍然只有门罗一人，这就使她的文学地位和文学发展史意义更为突出。如今她不仅是代表加拿大文学持续繁荣的小说三大家之一，而且是继莫泊桑和契诃夫之后又一位世界级的短篇小说大师②。

二　女性生活的真实描绘和女性视角的探索

  当谈论艾丽丝·门罗作为女性主义作家的时候，读者和批评家们注意

---

① 鄢菁萍：《艾丽丝·门罗短篇小说女性形象研究》，硕士学位论文，南昌大学，2014年。
② 逢珍：《加拿大英语文学发展史》，上海外语教育出版社2010年版，第282页。

第五章 个案研究之一：艾丽丝·门罗的小说

到她的作品深受女性生活的影响。首先，门罗以其细腻入微的笔触，将普通女性的日常生活真实地呈现在读者面前。她关注女性在家庭、职场、社交中的角色和挑战，通过描写女性的情感、思想和经历，展现了女性生活的丰富多彩。其次，门罗的作品探索了女性视角。作为女性作家，她将自己独特的视角融入作品，关注女性内心世界的变化和情感经历，探索女性在家庭和社会中的身份认同、自我意识和权力关系。此外，门罗重视女性经历，她的作品中经常出现女性角色的成长过程，从少女到成年女性，再到中年和老年阶段，她们面对的挑战和成就都得到了详细的描绘。最后，门罗的作品探讨了女性权利和自主。她关注女性在家庭和社会中的权利、选择和自主权，呼吁女性在面对各种压力和困境时保持独立和坚强。综上所述，艾丽丝·门罗通过她的作品展示了对女性生活的深刻理解和关怀，她以女性视角审视世界，成为女性主义文学中的重要代表之一。

有些评论家认为艾丽丝·门罗是位女性主义作家。纵观她的短篇小说，门罗笔下所构建的的确是一个典型的女性世界。她喜欢将目光聚焦于女性的平凡生活，如实记录女性从少女到为人妻和为人母，再到中年和老年的过程，描绘她们对周围事物、男人和女伴关系的观察与自省，为读者勾画出一幅栩栩如生的加拿大乡镇的女性群像。如她创作的《女孩和女人的生活》的主题是青春少女的成长和爱情；在《木星的卫星》和《逃离》（*Runaway*）中，门罗关注的是中年女性的婚姻危机以及生活中的各种挣扎；在《恨、友谊、追求、爱情、婚姻：短篇小说》中，她笔下的主题开始转向各色老年女性的生活痛苦，大量涉及疾病和死亡等问题[①]。

艾丽丝·门罗深谙乡村小镇生活，积累了丰富的写作素材。其作品之所以富有力度，很大程度上源于其深厚的现实生活根基，展现出鲜明的地方特色和浓厚的生活气息。她的创作灵感多源自个人见闻与亲身经历，通过描绘平凡人物与日常事务，细腻地展现了诸如母女、夫妻、姐妹、朋友等多种人际关系，以及人生的各个阶段。门罗擅长刻画青少年的迷茫、困惑、矛盾和好奇心理，常以聪慧、敏感且精神世界丰富的女性作为主角，运用女作家独特的洞察力和女性视角来描绘生活中的种种冲突。其作品可

---

① 鄢菁萍：《艾丽丝·门罗短篇小说女性形象研究》，硕士学位论文，南昌大学，2014年。

根据故事背景大致分为两类：一类以安大略为背景，另一类则以不列颠哥伦比亚为背景。通常而言，以安大略为背景的故事更为引人入胜，因为这里是她度过少女时代、满怀人生好奇与幻想的地方。尽管她的每一部小说集都各具特色，难以简单判定高下，但《女孩和女人的生活》与《你以为你是谁？》无疑是最具代表性的两部作品。

《女孩和女人的生活》是一部运用断裂手法创作的"插曲式"小说，归类于成长小说或教育小说，与乔伊斯（Joyce）的《一个青年艺术家的画像》(*A Portrait of the Artist as a Young Man*) 有相似之处。然而，它并非传统意义上的长篇小说，而是由一系列短篇小说构成，这些小说拥有共同的主人公、背景，且彼此相互关联，宛如由众多小环串联而成的长链，每个环节既独立存在，又相互关联、相互作用。全书以女性视角细腻地描绘了小镇少女戴尔·乔丹（Del Jordan）的成长历程，可以说是门罗童年、青年时代的自我写照。但这部作品并非传统自传体小说，而是对现代人精神世界的深入探索，更多地触及女性的感受、意识、心态和心理的微妙变化，这些变化复杂而难以捉摸，只能意会，难以言传。因此，评论界常有"艾丽丝·门罗'难讨论'"之说。

小说的整体架构围绕着女主人公自我意识和性别意识的萌芽、成长、演变及至成熟的过程而精心构建。年幼的戴尔早早地便意识到了性别在人际关系和社会互动中的关键作用，她不愿成为受传统观念束缚的女性。然而，她也明确表示"从未有过成为男孩的念头"，因此，她注定会经历一系列的精神磨砺，方能走向成熟。这一过程与传统意义上的女性解放有所不同，它更多地聚焦于个人意识从幻想向现实的持续适应与调整。正如戴尔的母亲所言："我想女孩和女人的生活会起变化，是啊，但得靠我们自己促使它改变。"

戴尔作为新一代女性的代表，深刻体现了加拿大女性的独特风貌。她不拘泥于传统，自觉与众不同，与周遭世界难以完全契合，却也不刻意追求特殊地位。她一方面不断调整自我以适应环境，另一方面也注重培养自强自立的意识。这种新兴的女性意识如同一条红线，贯穿于门罗的作品之中，并在《你以为你是谁？》中得到了进一步的展现。该作品背景设定在不列颠哥伦比亚，叙述的焦点从一位成长中的少女转变为一位已婚女性，

第五章 个案研究之一：艾丽丝·门罗的小说

重点描绘她的婚姻、事业、离异、婚外恋等生活经历。女主人公露丝（Rose），性格正直、坦率，有骨气且有毅力，她走的是一条自强自立的新女性之路。她身上更深刻地体现了加拿大人的独特气质，不走极端，虽带有一定的反抗意识，却并非激进派。她是人生的成功者，但并非女中豪杰；在感情婚姻上遭遇挫折，却也不是受迫害的牺牲品。与戴尔相似，她的与众不同在于比大多数女性更深刻地了解自己。从女权主义角度看，她或许显得过于柔顺、脆弱；而从保守观念来看，她又显得太过任性、放纵。正因如此，她成为一个易于被现代人认同的女性形象，平凡却个性鲜明，其成长与经历仿佛每个人都能感同身受或预见。这也是艾丽丝·门罗艺术魅力的源泉所在。

《你以为你是谁?》与《女孩和女人的生活》可视为姊妹篇，共同描绘了女主人公露丝从童年到成年再到婚后的生活轨迹。自幼年起，露丝便深刻体会到男女之间的不平等，她发现弟弟享有更多自由，而自己即便聪明能干也无法与之相提并论。男孩无论能力如何，总能成为家庭的主宰，而女孩则受限颇多。因此，她发奋读书，决心依靠自己的智慧开创属于自己的生活。最终，她的努力得到了回报，成功获得了奖学金并进入大学深造。随后的篇章讲述了她如何离家远行，如何在事业上取得成就，以及如何嫁给了一位富有的丈夫。为了追求事业上的成功，证明自己的能力不输于男性，她有时不择手段，利用甚至伤害了他人。同时，她也时常遭遇他人的算计和伤害。尽管历经艰辛奋斗，她最终成为一位经济上独立、在社会上拥有一定地位的新女性，但其中的酸甜苦辣唯有她自己心知肚明。然而，在感情方面，她始终觉得不如意。她明知对丈夫帕特里克（Patrick）没有感情，却出于虚荣心与他结婚。婚后，她不甘心做一个传统的妻子，而是追求时尚，寻求婚外恋和性解放的刺激，最终导致婚姻破裂。事业上的成功并不能弥补感情上的缺失，她深感自己并未获得真正的幸福，这也影响了她的事业发展。最终，露丝对自己的事业也失去了信心。在《你以为你是谁?》中，露丝重返故乡，回忆起许多往事，特别是想起了一个白痴和一个曾是她学生时代的情人。这个人生活失意，而她虽然事业有成却未得到爱情与幸福，本质上与他们并无二致。这让她深刻体会到"强者不强"的道理，也引发了"你以为你是谁"的深刻反思。露丝对人生进行了深入的思考，对家乡、继母以及童年往事都有了新的看法和认识。与戴尔相比，露丝的声音离作者更远一些，这使得这个人物的塑造更加丰满和充实。

如果说露丝体现了"强者不强"的深刻反思，那么门罗笔下另一些女性人物则以柔弱取胜，展现了"弱者不弱"的可贵精神，同样值得一提。其中，有两位女性人物分别出自两个广受欢迎的短篇：《快乐影子之舞》和《我是怎样遇到我丈夫的》（*How I Met My Husband*）。

在《快乐影子之舞》中，女主人公马萨利斯小姐（Miss Marsalles）是一位年迈的老太太，她一生都致力于少儿音乐教育，安于清贫，乐于奉献。尽管家境日渐贫寒，但她仍坚持每年按照惯例举办一次钢琴演奏会，以此来检验自己的教学成果。故事从老太太的学生及其家长的视角展开，他们觉得老太太年事已高，演奏会的质量也逐年下滑，变得越来越没意思。然而，出于情面，他们每次都还是勉强出席。就在最后一次聚会上，突然出现了一群由老太太教导出的智障残疾儿童，他们演奏起钢琴，其中一位孩子以一曲《快乐影子之舞》深深地震撼了在场的每一个人。这一刻，人们对老太太的看法焕然一新。

[老太太]坐在钢琴旁，像往常一样对大伙儿微笑。看起来她并不像魔术师那样要时时观察每个人的脸，想知道某个别出心裁的魔术亮底时产生的效果。不，一点儿也不像。你也许会认为，既然她在风烛残年之时发现了一个钢琴演奏上的可教之才，定能教成她，那么她会因这一发现而欢欣鼓舞。然而看起来这位姑娘如此成功的演奏如同她意料之中的事儿一般，所以她觉得演奏得这么好本是自然的事情，没什么稀奇。相信奇迹的人在真的碰到奇迹时不会大惊小怪。她还好像把这个小姑娘和绿山学校那些爱她的孩子们一样看待，觉得没什么奇特之处，也同我们这些不爱她的孩子们一样看待，都平平常常而已。在马萨利斯小姐看来，没有意料之外的天赋，也没有料想不到的成功。

这位老太太已达到了心地空明的圣贤之境，而这种境界恰恰是通过世俗眼光中她既可怜又可笑的形象反衬出来的。这种以弱显强的构思显得尤为奇巧。她的自强精神不仅远远超越了女权意识的范畴，也高于一般意义上的女性意识，堪称人的精神之极品。若以白求恩医生作为参照，这或许在一定程度上反映了加拿大人民的精神风貌。

《我是怎样遇到我丈夫的》这篇作品塑造了一个充满加拿大性格的少女形象，其所反映的女性意识和精神独具特色。故事中的"我"扮演了一个小女佣的角色，偶然间与一位以载客上天为乐的飞行员相遇，两人由此萌生了爱慕之情。在飞行员离开之际，他承诺会写信保持联系。然而，痴情的小姑娘却日复一日地守候在邮箱旁，从夏日炎炎到冬日皑皑，却始终未能收到任何音讯。终于有一天，她恍然大悟，决定不再如此苦等下去，并接受了在漫长等待中结识的邮差小伙子的求婚。通常情况下，坚持等待，直至白头，被视为坚强的表现；而放弃等待，则被视为软弱。然而，在这个故事中，由强转弱的选择却同样具有掌握自身命运、避免人生悲剧的积极意义。

进入新世纪后，已享有"北美契诃夫"之盛誉的门罗于古稀之年又推出新作《仇恨、友谊、求婚、爱情、婚姻：短篇小说》，仍然是门罗得心应手的乡村小镇背景，有青梅竹马分离重逢后旧情复发的故事，也有老年人黄昏恋的故事，手法仍是她现实主义加女性视角的传统手法。2004年再出新作《逃离》，其中有些故事相互关联，女主人公都是一个叫朱丽叶（Juliet）的中产阶级女性。朱丽叶和母亲关系不好，直到母亲去世，而她的女儿也和她不亲，最后离家出走。这些新的女性形象仍然和门罗精心塑造的一系列女性形象一样，复杂多样，敏感多思，都有各自的追求，都有独立而强烈的个性，都有自己的生活方式，不会轻易改变，但多了一些反思和认识。"弱者不弱，强者不强"仍在女性人物的塑造上起着主导作用，比如朱丽叶以极强的个性不向母亲妥协，又以无可奈何的思索接受女儿离去的现实[1]。

三 现实主义实景描写与情感深挖的结合

作为诺贝尔文学奖历史上首位加拿大籍作家以及第十三位荣获此殊荣

---

[1] 逢珍：《加拿大英语文学发展史》，上海外语教育出版社2010年版，第278—281页。

的女性作家，门罗始终植根于加拿大社会现实，并对"女性艺术家成长小说"这一模式怀有深厚的情感。然而，值得注意的是，门罗从未将自己定位为激进的女权主义者。她与英国的伍尔夫以及本国的阿特伍德之间，存在着明显的差异。门罗并不以理论批评著称，而是凭借她细腻的女性视角，敏锐地感知着她所处时代中加拿大妇女的觉醒以及社会政治变革的细微涌动。正如拉斯博瑞克（Beverly Rasporich）在《两性之舞：艾丽丝·门罗虚构作品中的艺术与性别》的前言中所指出的：门罗是凭借"对于社会历史与社会心理学的敏感性，以精准无误的描绘栩栩如生地记录下北美（20世纪）四五十年代具有普遍性的小镇……其笔下主导的女性叙述视角，于众多女性读者而言，实为一部现实主义的社会心理编年史。它源自小镇历史，旨在反抗传统性别角色的禁锢，以求在一个现代的、城镇化的新环境中获得独立和成熟"[1]。

门罗是一位注重艺术风格的小说家，她倾向于使用第一人称叙事手法，以此拉近与读者的距离。她擅长运用口语化的语言，使得故事叙述起来娓娓动听。在文学流派上，她主要归属于现实主义，尤其擅长对场景进行具体而逼真的描绘，因此被誉为具有纪实现实主义（Documentary Realism）的特点。然而，门罗也突破了现实主义的传统框架，她深入探索人的意识和感觉等更为深层的领域。她能够在平凡的事物中捕捉到神奇之处，在无序中探寻理性。她的作品隐隐笼罩着一层神秘的面纱，同时又蕴含着深刻的真实性，因此也被赋予了"超现实主义"的称号[2]。

尽管都站在女性的立场和视角，但加拿大女作家在描绘父系社会中女性的命运、女性与命运的抗争和奋斗经历，以及加拿大的社会现实等方面却展现出显著的差异。例如，其中最多产且最著名的阿特伍德，是典型的学者和教授型作家，与英国的拜厄特相似。她在创作小说前会进行相关议题的深入研究，阅读大量资料。因此，她的小说中充满了文学、文化和历史知识，并有意识地运用后现代的各种叙事手法和理论，将女性的遭遇和生存斗争巧妙地交织在一起。另一类女作家，如劳伦斯和门罗，她们是受

---

[1] 周怡：《奖学金女孩、乞女与加拿大女性主义的第二次浪潮——门罗〈乞女〉中的性别政治与文化谱系》，《外国文学》2018年第1期。

[2] 逢珍：《加拿大英语文学发展史》，上海外语教育出版社2010年版，第281页。

过良好教育的知识女性,但并非学者型作家。她们的小说基于自身的经历和体验,紧紧围绕主人公的命运,生动地展现了加拿大社会的生活现实。劳伦斯的小说《石头天使》便是这种现实主义作品的典范。它以一位九十岁高龄妇女的一生经历为背景,深刻描绘了早期加拿大妇女在宗教束缚和男权社会传统压制下的艰难生活和悲剧命运。与劳伦斯相比,门罗的风格更为朴实无华。她巧妙地运用倒叙、反讽和象征等手法,将这些元素有机地融入叙事者、人物言行及心理活动之中,而并非刻意追求叙事上的新奇效应。门罗的作品更真实地反映了社会现实,更贴近一般读者。因此,她的作品不会像那些充斥性别政治和时髦技巧的小说那样一时喧嚣,而是像奥斯丁细致、安静地描绘英国一个时期的乡村士绅故事一样,更加生动和亲切。如果说阿特伍德那充满后现代弗洛伊德式心理学游戏、失忆、吃女人和肢解女人等聪明且诡谲的叙事让读者既叹服又生畏,那么门罗那保持一定距离、温暖又略带调侃的智慧,则在展现普通人缺陷的同时,也让我们更加热爱生活,因此更容易长期受到读者的喜爱[①]。

艾丽丝·门罗小说的人物深深地植根于现实生活,有浓厚的生活气息。她的作品绝大部分以女性为创作重心,以女性作家特有的细腻委婉的情感和敏锐深刻的观察挖掘女性意识和女性世界的种种问题,塑造了形形色色的个性鲜明而又真实可信的女性形象。纵览她所塑造的女性群像,女性读者如同在茫茫人海中找到知音,容易产生共鸣。如李文俊(门罗作品在中国的引路人)所言:"随着年龄的增长,门罗的作品倒似乎越来越醇厚有味了,反正到目前为止,仍然未显露出一些衰颓的迹象。"门罗使用了多种艺术手法来塑造她笔下的女性人物。其中,心理现实主义手法和二元对立法的应用显得尤为突出[②]。

门罗的创作风格无疑受到加拿大文学大环境的影响,也采用了现实主义精神观照她笔下女性世界。门罗在《什么是真实?》里曾阐述了她的写作观:"我采用现实并非要展示什么,我只是把这个故事放在我自己故事的中央,因为我需要它,它本来是我故事的一部分。"很多人说她的作品

---

① 刘意青、李洪辉:《超越性别壁垒的女性叙事:读芒罗的〈弗莱茨路〉》,《外国文学》2011年第4期。

② 鄢菁萍:《艾丽丝·门罗短篇小说女性形象研究》,硕士学位论文,南昌大学,2014年。

带有自传性，门罗曾说："我写的就是生活中的我。"比较来说，她早期的小说比较注意探微人物的心理，尤其是心理变化的细微触动；中晚期的小说则在尽力地探究人性的发展，结合现实以窥探命运。她的现实主义手法中尤其为人称道的是对女性人物的心理描写不带批评色彩，只有"不夹偏私，冷静理性的爱"。她那富于同情的细腻描写，使人物就像可触摸的邻家姐妹。因而她赢得了"心理现实主义"的美誉。门罗笔下的女性人物往往能触及女性读者的灵魂深处，具有于微深处震撼人心的艺术魅力。陆建德曾评论道："门罗的女性写作方式是非个人性的。她描写她熟悉的生活，但这些作品中的人物远是在国界以外的。"[①]

第二节 门罗小说中微观及宏观层面的元话语研究

关于本书中提到的微观层面以及宏观层面的元话语研究，我们基于的是元话语的界定与功能。微观层面的元话语作为一种语言资源主要用于分析语篇组织、作者态度和立场评价等，强调语篇自反性表征或是与读者的互动表征，例如，作者/叙述者与读者的互动交流层面上使用的元话语。宏观层面的元话语研究侧重的是其他交际方式和维度（如会话组织与互动、身份建构）的元语用表征，强调元话语所反映出的交际者元语用意识。[②] 小说人物间对话中使用到的元话语反映说话人不同维度自反意识元语用角度，因此我们将其称为宏观层面的元话语。

一 门罗小说中微观层面的元话语研究

在叙述者和读者之间的交流层面上，艾丽丝·门罗展现了叙述声音的转变，从仿佛是内部的知情者的第一人称，到仿佛是外部的观察者，扮演

[①] 刘意青、李洪辉：《超越性别壁垒的女性叙事：读芒罗的〈弗莱茨路〉》，《外国文学》2011 年第 4 期。

[②] 陈新仁：《基于元语用的元话语分类新拟》，《外语与外语教学》2020 年第 4 期；傅琼：《王熙凤的自我意识解读：基于元语用证据》，《外语与外语教学》2020 年第 4 期。

着故事的收集者角色的第三人称。门罗借鉴了表现女性少女天真可爱的感性话语,另一些角色则通过他们自己的叙述话语。不同于学术篇章或者演讲文本中作者借助某些指称语篇组织的一些语言特征,直接明确与读者进行互动,进而达到帮助读者连接、组织语篇材料,按照作者的希望以及特定话语社区的理解模式和价值体系去解读语篇[1]。小说家经常以更加微妙和隐晦的方式引导和与读者互动。门罗经常通过以长篇段落表现不可理解的言语,违背数量和方式的法则。这种表现方式要求读者理解言语的暗示,有助于传达角色的不成熟和与现实世界的疏离感。

元话语研究中存在一个重要问题,经常在实证研究中引起困惑。这个问题涉及元话语是一个句法类别还是功能类别。有一些分析家同时采用两种方法[2]。但是,大多数作家采用了功能方法,并试图根据文本中这些元话语标记的功能来对其进行分类[3]。陈新仁[4]也提出,学界对于元话语的共识主要包括以下方面:第一,元话语在一定程度上反映了交际的"交互实质";第二,元话语是"面向读者的内容"(Reader-oriented Material),与话语的"命题内容"(Propositional Material)密切关联;第三,元话语"依赖语境"(Context Dependent),在不同体裁和语言中会有差异。一个表达除非发挥元话语功能,否则就不是元话语。例如,用来回答 What is your profession? 问题的 I'm a teacher 中的 I 就不是元话语,原因是它只是常规的指称用法,而非用来凸显说话人的存在。

"功能这个词在应用语言学中有许多意义,但在元话语研究中,它指的是语言如何为用户实现某些交际目的。"[5] 因此,这关乎语言是否引导读者进行某种行动或回应,断言某种主张、提出问题、阐释含义等。根据海兰德的说法,功能分析是对任何涉及语言使用与其周围上下文以及作者在

---

[1] Hyland, K., *Metadiscourse*, London: Continuum, 2005; Hyland K., "Metadiscourse: What Is It and Where Is It Going?", *Journal of Pragmatics*, Vol. 113, 2017, p. 20.

[2] Cristmore, A. R., Markkanen and M. Steffensen, "Metadiscourse in Persuasive Writing: A Study of Texts Written by American and Finnish University Students", *Written Communication*, Vol. 10, No. 1, 1993, p. 40.

[3] Meyer B., *The Organization of Prose and Its Effects on Memory*, Amsterdam: North-Holland, 1975; Williams, J., *Style: Ten Lessons in Clarity and Grace*, Boston: Scott Foresman, 1981.

[4] 陈新仁:《基于元用用的元话语分类新拟》,《外语与外语教学》2020年第4期。

[5] Hyland, K., *Metadiscourse*, London: Continuum, 2005. p. 24.

创建整个文本时的目的之间关系的文本的实用描述。重点在于上下文中的含义,语言使用方式,而不是词典对其的定义①。

海兰德借鉴汤普森关于交互资源和互动资源的区分,提出了元话语分类的人际模式。

表 5-1　　　　　　　　　　海兰德元话语分类

元话语种类	功能	例子
文本交互型元话语 interactive metadiscourse	引导读者对语篇的理解	—
过渡标记 transitions	表达句与句之间的连接	and then/so, but, however, because, so…
框架标记 frame markers	标示语篇的结构	first…, second…, third…
内指标记 endophoric markers	标示语篇中的某一成分和本篇其他部分之间的关联照应	… is the following…
证源标记 evidentials	标记其他渊源的观点	in terms of, state, say…
解释标记 code glosses	重述、解释和详述已有的信息	in other words, for example…
人际互动型元话语 interactional metadiscourse	显示作者和读者的互动关系	—
模糊限制语 hedges	表示不确定性	might, perhaps, possible…
强调词语 boosters	强调肯定性	in fact, definitely, actually…
态度标记 attitude markers	表达作者对命题的态度、观点	surprisingly, important…
自我提及 self-mentions	指作者自身	I, …
参与标记 engagement markers	建立与读者的联系	you, we…

资料来源:引自 Hyland, K., *Metadiscourse*, London:Continuum, 2005, p.49.

上述模式显示,元话语包括两个方面,一是体现交际性质的语篇组织成分,另一是体现互动性质的评价成分。"人际模式基于我们经常一边说或写一边有意识地监控自己的表达的想法,提供了关于元话语的动态观、

---

① Ahangari S. and Kazemi M., "A Content Analysis of 'Alice in Wonderland' Regarding Metadiscourse Elements", *International Journal of Applied Linguistics and English Literature*, Vol.3, No.3, 2014, pp.10-18.

第五章 个案研究之一：艾丽丝·门罗的小说

综合观……一个完成的语篇是我们的读者意识的产物。"

本节将借助海兰德的人际模式元话语分类框架考察艾丽丝·门罗的小说中，作者是如何借助叙述者直接或间接与读者进行互动交流，引导读者按照其希望以及短篇小说的理解模式和价值体系去解读语篇。元话语涉及各种各样的语篇特征和资源，这些特征和资源帮助读者连接、组织语篇材料，体现写作者/说话人尝试与读者/听话人建立联系的努力。请看下例。在《快乐影子之舞》中，作者借助"我"——在马萨利斯小姐家学琴的小孩之一，描述了每次课程的流程，以便使得读者更加了解课程的详细内容以及参加课程的孩子及其家长为何对马萨利斯小姐的聚会不耐烦。

<u>After</u> the piano-playing <u>came</u> a little ceremony which always caused some embarrassment. <u>Before</u> the children were allowed to escape to the garden—very narrow, a town garden, <u>but</u> still a garden, with hedges, shade, a border of yellow lilies—where a long table was covered with crepe paper in infants' colours of pink and blue, <u>and</u> the woman from the kitchen set out plates of sandwiches, ice cream, prettily tinted and tasteless sherbet, they were compelled to accept, one by one, a year's-end gift, all wrapped and tied with ribbon, from Miss Marsalles. <u>Except</u> among the most naive new pupils this gift caused no excitement of anticipation. It was apt to be a book, and the question was, where did she find such books?[①]

在这段内容中，作者有意识地使用了诸多文本交互型元话语，如框架标记语 after，过渡标记语 but、and、except 等，帮助读者理解语篇内容，也即马萨利斯小姐的授课结束后的安排。虽然作者使用了诸多元话语，但是读者依旧能感受到马萨利斯小姐的安排之冗长，内容之无趣。这种长篇大论的陈述从某种程度上可以让读者亲身体会到小说中"我"和母亲在参加这些活动时的无奈和无聊，是作者尝试与读者建立联系的努力的例证。

除此之外，门罗也擅长用第一人称，以故事内部知情者的身份与读者

---

① Munro Alice, *Dance of the Happy Shades*, New York: Vintage Books, 1998.

互动，操纵读者以其期待的方式理解小说。如下例：

> But then driving home, driving out of the hot red - brick streets and out of the city and leaving Miss Marsalles and her no longer possible parties behind, quite certainly forever, <u>why is it that we are unable to say—as we must have expected to say—Poor Miss Marsalles? It is the Dance of the Happy Shades that prevents us, it is that one communiqué from the other country where she lives.</u>①

我们在听完了马萨利斯小姐的智障学生所弹奏的《快乐影子之舞》之后，离开了马萨利斯小姐家。在回家的路上，"我"不禁思考，为什么"我们"这些如此嫌弃马萨利斯的小姐没能说出"可怜的马萨利斯小姐"？这一内心思考不仅是故事的结尾，更是作者借着叙述者之口，在想读者展示故事的内核和作者的写作目的。we 作为一个人称代词具有双重指代性，既可以指故事中的参与者，即参加马萨利斯小姐举行的聚会的宾客们，又可以指此时此刻正在读这个故事的读者。门罗在此处使用了自我提及 we 的人际互动元话语，主动将读者卷入这场关于马萨利斯小姐是否是个可怜之人的议论之中，让读者在读完小说之后，依旧沉浸于作者的诘问之中。

当然，门罗有时也选择以更加明显和直接的方式显示她的作者身份，如在智障女孩弹完了惊讶所有人的《快乐影子之舞》后，门罗不再借助"我"的视角来与读者互动，而是采用第二人称叙述声音，主动向读者解释了为什么唯独马萨利斯小姐没有被女孩弹奏的曲子而震惊，却一副早已料到此情此景的淡定模样。

> <u>You would think</u>, now that at the very end of her life she has found someone whom she can teach—whom she must teach—to play the piano, she would light up with the importance of this discovery. But it seems that the girl's playing like this is something she always expected, and she finds it

---

① Munro Alice, *Dance of the Happy Shades*, New York: Vintage Books, 1998.

第五章 个案研究之一：艾丽丝·门罗的小说

natural and satisfying; people who believe in miracles do not make much fuss when they actually encounter one. Nor does it seem that she regards this girl with any more wonder than the other children from Greenhill School, who love her, or the rest of us, who do not. To her no gift is unexpected, no celebration will come as a surprise.①

此处介入标记语 you would think 不仅显性地建构与读者的关系，将读者内心的思考直接呈现在小说中，在引发了读者的情感共鸣的同时，也向读者点明了小说的主旨。

在第三人称叙述中，读者具有对每个角色的全知视角。在《一个好女人的爱》中，开篇部分包含了三个男孩偶然发现小镇上的验光师威伦斯（Willens）先生的尸体的情节。这三个男孩通过接触威伦斯夫人的方式来探查她是否意识到丈夫失踪。通过以下叙述，描绘了三个男孩离开威伦斯夫人时的内心状态，从全知视角呈现出对她不知道丈夫已死的消息，加剧了消息伪装的紧张氛围。

...otherwise, they would have to think about Mr. Willens and Mrs. Willens. How she could be busy in her yard and he could be drowned in his car. Did she know where he was or did she not? It seemed that she couldn't. Did she even know that he was gone? She had acted as if there was nothing wrong, nothing at all, and when they were standing in front of her this had seemed to be the truth.②

门罗此处采用一系列的参与标记语，如问句"她怎么会在院子里忙碌，而他可能被淹死在他的车里。她知道他在哪里吗，还是不知道？看起来她好像一点都不知道。她甚至知道他已经离开了吗？"一方面的目的在于证实威伦斯夫人没有被告知丈夫去世一事，另一目的在于通过使用这些语言资源明确地与读者交流，从而让读者参与到文本中来。

---

① Munro Alice, *Dance of the Happy Shades*, New York: Vintage Books, 1998.
② Munro Alice, *Love of a Good Woman*, Toronto: Mcclelland & Stewart Ltd., 1998.

二 门罗小说中宏观层面的元话语研究

门罗的细腻笔触体现在她精心设计的人物对话上。这些对话真实地反映出了人物在交际时的真实反应，这也是她的作品能够打动读者，引发读者共鸣的重要原因。陈新仁新拟的元话语分类可以清晰地展示小说人物作为交际者如何使用语言来谈论、监控、评价语言使用的方方面面。《乞女》（*The Beggar Maid*）是门罗的代表名篇之一，最初发表于1977年6月的《纽约客》上，1978年收入《加拿大最佳短篇小说》。同年短篇小说集《你以为你是谁？》出版，以相互独立的十个小故事讲述了20世纪50年代的南安大略小镇女孩露丝（Rose）离家求学，结婚生子，又出走家庭的故事。露丝最终经历了生活的历练与情感的洗礼，成为经济独立、事业有成的新女性，具有典型的女性主义文学色彩。这部短篇小说集为门罗赢得了第二个加拿大总督文学奖，在美国登上了畅销榜，在英国则进入了布克奖决选名单。其中，《乞女》为承上启下的第五个故事，在全书占据中心地位。《乞女》讲述了劳动阶级的露丝以奖学金女孩的身份进入大学，意外地与来自上层阶级的富家子帕崔克相爱①。但是二人之间无法跨越的鸿沟导致他们的交流十分不顺畅。请看以下例子。

"You know, if Hitchcock made a movie out of something like that, you could be a wild insatiable leg-grabber with one half of your personality, and the other half could be a timid scholar." He didn't like that either.

"Is that how I seem to you, a timid scholar?" It seemed to her he deepened his voice, introduced a few growling notes, drew in his chin, as if for a joke. But he seldom joked with her; he didn't think joking was suitable when you were in love.

"I didn't say you were a timid scholar or a leg-grabber. It was just an idea."

---

① 周怡：《奖学金女孩、乞女与加拿大女性主义的第二次浪潮——门罗〈乞女〉中的性别政治与文化谱系》，《外国文学》2018年第1期。

第五章　个案研究之一：艾丽丝·门罗的小说

After a while he said, "I suppose I don't seem very manly."①

在一次约会时，露丝和帕特里克聊起了图书馆被别人抓腿的事。露丝以这件事开起了玩笑，还提到了如果希区柯克拍了部这样的电影，你的性格可能一半是狂野无节制的抓腿人，另一半就是个胆怯的学者了。露丝只是想开玩笑，没想到帕特里克却认真起来了何意，你对我的看法就是一个胆怯的学者吗？露丝的回答中使用了 I didn't say 作为信息元话语表达她对他并无此看法，同时还使用了 It was just 对她的话进行解释。露丝使用相同的元话语实施不同的功能，不仅反映出她拥有关于当下交际事件的性质的自反意识，同时也可以看出她在元话语层面做出了维护帕特里克积极面子的努力。过了一会儿，帕特里克说起或许他看上去并不怎么有男子气概。这本是一句损害自己积极面子的言语，但是帕特里克有意地在命题话语前加上了 I suppose 这一模糊限制语，对命题内容进行弱化。承认自己并不怎么有男子气概并不是帕特里克的坦白，而是他使用元话语语言手段管理自我印象的途径，同时也是在对当下交际进行控制和筹划，以期露丝对他说一些安慰的话。

露丝在与帕特里克交往的同时渴望分享他所拥有的物质资本。她逐渐褪去"奖学金女孩"时期的谨小慎微，转而变得高调虚荣②。

"Will we have a house like your parents?" Rose said. She really thought it might be necessary to start off in that style.

"Well, maybe not at first. Not quite so —"③

在二人幻想着婚后的美好生活时，露丝提到了房子的事情。她对帕特里克说，我们之后的房子也会像你父母的那样吗？作为一个上层阶级的富家子，帕特里克在经济方面十分依赖他的父母。因此，当他回答时，他使

---

① Munro Alice, *Who Do You Think You Are*? Toronto: Pegune Group (Canada), 2006.
② 周怡：《奖学金女孩、乞女与加拿大女性主义的第二次浪潮——门罗〈乞女〉中的性别政治与文化谱系》，《外国文学》2018年第1期。
③ Munro Alice, *Who Do You Think You Are*? Toronto: Pegune Group (Canada), 2006.

用了 well、maybe、not quite so 等系列的模糊限制语阻止自己对命题内容做出全部承诺,以此来为自己挽尊,达到管理自我形象的目的。

而露丝在帕特里克面前也不十分自在。当帕特里克提到她父亲的遗产时,露丝不仅不大明白遗产的概念和所包含的内容,更是窘迫于父亲财产的"一清二白"。

"Well, your father must have appointed a guardian for you in his will. Who administers his estate?"

His estate. Rose thought an estate was land, such as people owned in England.

Patrick thought it was rather charming of her to think that. "No, his money and stocks and so on. What he left."

"I don't think he left any."

"Don't be silly," Patrick said.①

因此,在帕特里克解释了遗产有哪些之后,她也使用了信息元话语 I don't think 对命题内容——父亲什么也没留下进行模糊处理来缓解尴尬。但是,帕特里克作为一个富家公子无从想象竟然有人没有遗产,他的阶级身份导致他无法识别出露丝话中的元话语,也缺乏相应的元语用意识,因此他的回答在此处并不得体,甚至是一种不礼貌的冒犯他人之举。

以上的元话语生动地展现出了这种基于经济基础的文化上的居高临下是破坏了两人真诚的爱情,以及由经济水平差异、阶级差异、文化差异而导致二人沟通起来寸步难行。

艾丽丝·门罗的小说中不仅有像露丝和帕特里克那样真实可信的主角,配角也都展现出惊人的逼真度。她以细腻的笔触勾勒出每个人物的内心世界,使其栩栩如生,仿佛跃然纸上。无论是他们的情感起伏还是生活细节,都被刻画得淋漓尽致。这种逼真性不仅体现在人物的行为举止上,更深刻地表现在他们的情感纠葛和内心挣扎中。门罗巧妙地将现实主义情

---

① Munro Alice, *Who Do You Think You Are?* Toronto:Pegune Group (Canada), 2006.

第五章　个案研究之一：艾丽丝·门罗的小说

境与心理描写相结合，使得每个角色都成为读者心中无法忘怀的存在。请看《快乐影子之舞》中"我"的母亲和马萨利斯小姐的邻居克莱格太太的对话。

　　My mother, very pleasant but looking a little uncomfortable, asks about Miss Marsalles' sister; is she upstairs?

　　"Oh, yes, she's upstairs. She's not herself though, poor thing."

　　"That is too bad," my mother says.

　　"Yes it's a shame. I give her something to put her to sleep for the afternoon. She lost her powers of speech, you know. Her powers of control generally, she lost." My mother is warned by a certain luxurious lowering of the voice that more lengthy and intimate details may follow and she says quickly again that it is too bad.

　　"I come in and look after her when the other one goes out on her lessons."

　　"That's very kind of you. I'm sure she appreciates it."

　　"Oh well I feel kind of sorry for a couple of old ladies like them. They're a couple of babies, the pair."

　　My mother murmurs something in reply but she is not looking at Mrs. Clegg, at her brick – red healthy face or the—to me—amazing gaps in her teeth. She is staring past her into the dining room with fairly well – controlled dismay.

　　"I tried to tell her not to put it all out ahead of time," Mrs. Clegg whispers, smiling delightedly, as if she were talking about the whims and errors of some headstrong child. "You know she was up at five o'clock this morning making sandwiches. I don't know what things are going to taste like. Afraid she wouldn't be ready I guess. Afraid she'd forget something. They hate to forget."

　　"Food shouldn't be left out in the hot weather," my mother says.

　　"Oh, well I guess it won't poison us for once. I was only thinking what a shame to have the sandwiches dried. And when she put the ginger – ale in the punch at noon I had to laugh. But what a waste. "

My mother shifts and rearranges her voile skirt, as if she has suddenly become aware of the impropriety, the hideousness even, of discussing a hostess's arrangements in this way in her own living room. "Marg French isn't here," she says to me in a hardening voice. "She did say she was coming. "

"I am the oldest girl here," I say with disgust.

"Shh. That means you can play last. Well. It won't be a very long programme this year, will it?"[①]

体现关于交际双方或多方意识的元话语展现了"妈妈"精明、虚伪的性格特点和望女成凤的迫切期待。在这一会话片段中,妈妈主动和从未谋面的克莱格(Mrs. Cclegg)太太寒暄起来。她们破冰的话题是马萨利斯小姐的姐姐的身体状况。在听到马萨利斯姐姐的情况不大好之后,妈妈恰当地给予了对她的同情,说到 That is too bad。"这太糟了"并非妈妈真诚的同情和体谅马萨利斯姐姐的身体健康,因为她连教自己女儿的马萨利斯小姐都十分嫌弃,因此这句话是典型的关系元话语,突出了她对人际关系的维护,反映了她交际行为的得体性。如何在元语用层面实施人际关系的维护与调整、人际态度的传达与理解,反映说话人对自己和他人的交际行为得体性的判断以及使用语言手段管理自我印象、维持人际关系的能力[②]。在敏锐地发现克莱格太太故意压低嗓门,她意识到还会有更多、更隐秘的故事细节在后头,因此,妈妈再次重复说了一次 It is too bad。这句话更加反映出妈妈的对人际关系的元语用意识。考虑到妈妈的虚伪和八卦,It is too bad 决计不是表达对马萨利斯姐姐遭遇的同情,而是妈妈有意识地改变当前的谈话方向,引导克雷格太太继续说下去的语言手段。克莱格太太继续说着有关马萨利斯姐姐的事,妈妈回应道:That's very kind of you. I'm

---

① Munro Alice, *Dance of the Happy Shades*, New York: Vintage Books, 1998.
② 陈新仁:《基于元语用的元话语分类新拟》,《外语与外语教学》2020 年第 4 期。

sure she appreciates it. 直接评价"克雷格太太真好和我相信她会感激你的"依旧展现出克雷格太太维持人际关系的能力。

但是，随着妈妈注意力的转移，她的话语不再能够体现她意图维护关系的意识。妈妈的分心体现在她元语用能力的断崖式下降上和我对妈妈行为的评价。例如，接下来，她只用嘟囔来回应克雷格太太，甚至连看都不看克雷格太太。而当谈及马萨利斯小姐为聚会准备的食物时，她直接无礼地评价"食物不应该放在外边"，冒犯了宴会的主人马萨利斯小姐。我作为小说的叙述者在评价妈妈的行为不得体，让人生厌时，使用了提示不礼貌的 impropriety、hideousness 元话语。

终于确认玛吉·弗伦奇（Marg French）没有来参加宴会时，妈妈立马向我传达这个消息。我失望地说道，"那我就是最大的女孩了。"我的回答反映出我完全没有明白妈妈的意图，因此妈妈使用 That means…信息元话语对信息进行阐释，反映出妈妈拥有关于当下交际事件的性质、意图、目标、重要性、价值、难度、可信度等自反知识以及妈妈想要让我积极表现的欲望。

第三节 门罗小说女性人物的语用身份建构研究

语用身份与当下特定话语及其发生的语境、交际者的意图密不可分，从类型上看，既可以是交际者发出或理解当下话语而选择、建构的，具有社会属性或心理属性的身份（包括与特定话语相关的显性及隐性交互身份、主体身份、个人身份、关系身份），也可以是交际者相对于该话语的特定话语角色或话语身份。在文学作品中，特别是在艾丽丝·门罗的小说中，这种语用身份的建构变得尤为显著。门罗以其对人物内心世界的深刻描绘而闻名，她小说中的人物常常通过语言使用来表达自己的情感、欲望和思想。探究门罗小说中女性人物的语用身份建构不仅有助于理解她作品中的人物形象，还能揭示其对社会、性别和人类心理的深刻洞察。

一 门罗小说中语用身份的三种情形

根据语用身份的定义，语用身份具有三种情形：第一，说话人发出或听话人理解特定话语时所采取的身份，这种语用身份源于传统研究中对立场、角色等的理解。第二，说话人发出特定话语时给自己或对方所构建的身份，这种语用身份源于传统研究中对形象、自我特征、"身份声明"（Identity Claims）、"叙事性身份"（Narrative Identity）的理解。第三，说话人发出特定话语中所"提及""利用"的第三方身份。其中，前两类身份当然也可以称为互动身份（Interactive Identity/Identity-in-interaction），相当于"我在此时此地讲话时我是谁"，第三类身份则另当别论，是语用身份的一种特别情形，相当于"此时此地话语中该人是谁"。说话人或写作者还可以给第三方呈现或建构某些类似的语用身份①。在《男孩和女孩》（*Boys and Girls*）中，在"我"们一家人的交际过程中，这三种情形都有所彰显。

《男孩和女孩》中父亲以养殖银狐，做皮毛生意为主业，在家中拥有绝对的权威和话语权。故事讲述了我是如何从得到父亲的信任到因为把马放跑而被父亲无情"放逐"。在这个过程中，我们可以看到相同人士如何呈现不同的语用身份。首先来看我的语用身份是如何被说话人呈现给第三方的。

> One time a feed salesman came down into the pens to talk to him and my father said, "Like to have you meet my new hired man."
>
> I turned away and raked furiously, red in the face with pleasure.
>
> "Could have fooled me," said the salesman. "I thought it was only a girl."②

为了满足当前语境（尤其是交际情境）下发生的特定交际需求，交际

---

① 陈新仁：《语用身份论：如何用身份话语做事》，北京师范大学出版集团2018年版，第25页。

② Munro Alice, *Dance of the Happy Shades*, New York: Vintage Books, 1998.

第五章　个案研究之一：艾丽丝·门罗的小说

者会参照各种语境因素（尤其是与特定活动相关的百科知识）进行特定的语用身份选择。"我"想要成为父亲那样的人，并努力通过借助父亲的力量摆脱"女孩"这个称谓。在"我"协助父亲做事的期间，"我"得到了他的肯定和信任。因此，父亲作为说话人对售货员说，meet my new hired man 看我新雇的帮手。在父亲的肯定下，"我"的身份从一个孩子变成了可以创造经济价值的"帮手"，这让我倍感自豪。父亲作为发话人不仅给"我"这个第三方构建了"帮手"身份，也构建出他自己"帮我摆脱女性身份的"身份。

语用身份呈现并非一个随意的、任意的选择，而是受到相关语境因素等的影响。在当下特定话语及其发生的语境、交际者的意图发生改变后，我的"帮手"语用身份荡然无存。

> I wheeled the tank up to the barn, where it was kept, and I heard my mother saying, "Wait till Laird gets a little bigger, then you'll have a real help."
> "And then I can use her more in the house," I heard my mother say. She had a dead-quiet, regretful way of talking about me that always made me uneasy. "I just get my back turned and she runs off. It's not like I had a girl in the family at all."①

在妈妈需要我在家里做家务时，我将自己视为爸爸的"帮手"，违背了身份准则。身份选择通过与当前语境（尤其是彼此的社会距离或情感距离）相称的话语选择来加以建构。在母亲看来，"我"根本算不上什么真正的帮手，从 I can use her more in the house 可以看出，妈妈的交际意图是让我待在家里帮她做家务活，因此她不仅要否定我的"帮手"身份，还要为我构建"贤惠的女孩"这一语用身份。

我对"女孩"这一身份的厌恶体现在我对弟弟的全面控制上。家人因为性别而区别对待我们姐弟俩让我迫切地要在弟弟面前展示我的地位和强

---

① Munro Alice, *Dance of the Happy Shades*, New York: Vintage Books, 1998.

势。在我和弟弟的相处过程中，我作为发话人通过使用一系列象征上位者身份的问句、祈使句，实施了建议、命令和解释的言语行为，刻意地构建了"姐姐"的身份，以规训弟弟来消除内心的不平衡之感。

"Do you want to see them shoot Mack?"
"Be quiet or they'll hear us,"
I showed him a widened crack between two boards. "Be quiet and wait. If they hear you you'll get us in trouble."
"Now they just skin him and cut him up," I said. "Let's go." My legs were a little shaky and I jumped gratefully down into the hay. "Now you've seen how they shoot a horse," I said in a congratulatory way, as if I had seen it many times before. "Let's see if any barn cat's had kittens in the hay."①

不仅如此，我甚至通过故意让弟弟坐在房梁上 Laird's up on the top beam，并把这件事情报告给爸爸，给弟弟构建出"淘气包"的负面语用身份，以此美化我的形象和提升我在家中的地位。

但我在父亲心中的"帮手"身份因为有一次"我"没有听从他的命令，把即将被他射杀的马放跑之后再次被解除。父亲不再信任"我"，并把"我"永远隔离在了男性的世界之外。

"Anyway it was her fault. Flora got away."
"What?" my father said.
"She could of shut the gate and she didn't. She just opened it up and Flora run out."
"Is that right?" my father said.
Everybody at the table was looking at me. I nodded, swallowing food with great difficulty. To my shame, tears flooded my eyes.

---

① Munro Alice, *Dance of the Happy Shades*, New York: Vintage Books, 1998.

第五章 个案研究之一：艾丽丝·门罗的小说

　　My father made a curt sound of disgust. "What did you do that for?"

　　I did not answer. I put down my fork and waited to be sent from the table, still not looking up. But this did not happen. For some time nobody said anything, then Laird said matter-of-factly, "She's crying."

　　"<u>Never mind,</u>" my father said. He spoke with resignation, even good humour, the words which absolved and dismissed me for good.

　　"<u>She's only a girl,</u>" he said.①

　　因为我故意放走了马，父亲和弟弟 Laird 说话时，故意提及第三方我"女孩"的身份，出于惩罚我的目的，又一次取消了我的"帮手"身份，但也将他"强有力的帮手"身份变为了"强有力的阻碍者"身份，最终迫使"我"不得不接手母亲的工作，走上与母亲相同的道路。此处，从话论转换来看，虽然谈及的是关于我的事情，但是对话多发生在父亲和弟弟之间。掌握着"我"生杀大权的父亲多使用"疑问句"来体现自己"一家之主"的身份，"没关系"看似在表达原谅我的过失，实则是在这构建"宽宏大量的家长"身份②。身份选择的结果以及相应的话语选择结果会影响当前语境下交际的进行，表现为当前语境下特定的交际效果。在父亲以一种听天由命，甚至还有点幽默的语气说出这句话后，我和父亲的关系从此便走向了破裂。

　　语用身份的选择都是在具体的交际语境中发生的，其通过话语进行选择的过程往往离不开语境的制约。当我因为帮助父亲做工而得到他的赏识时，我的语用身份是"得力的助手"；当我因为成天在户外帮助父亲而怠慢了母亲的工作时，我被期待成为"贤惠的女孩"；当我因为放走了马，我又被父亲视作"永远无法进入男性世界的女性"。

二　门罗小说中女性人物语用身份建构策略

　　一般情况下，一个人的多重社会身份是其背景信息。进入交际后，这

---

① Munro Alice, *Dance of the Happy Shades*, New York: Vintage Books, 1998.
② 姚匀芳:《艾丽丝·门罗〈快乐影子之舞〉中的身份问题研究》，硕士学位论文，贵州师范大学，2021年。

些社会身份会被携带入交际情境,供交际者加以选择、调用。作为语言交际的一种默认情况,交际者不需要主动、刻意提及自己、对方或第三方的身份信息,除非交际双方是初次见面,或第三方与第二方彼此不熟悉。当然,也会有一些例外的情况,即交际者会在对方或其他在场者都(基本)了解自己身份的情况下提供身份信息①。例如,在《乞女》中,帕特里克和露丝的爱情一开始就涌动着危险的暗流,预示着两人的未来并不会一帆风顺。门第差异是现实存在的壁垒:一个是贫穷的来自西汉拉提镇的乡下女孩,另一个却是温哥华岛豪宅里长大的富家公子哥。敏感的露丝始终能感受到压力,一种说不清道不明的不安。

她试图向帕特里克解释或者说警告,他们之间真实存在的鸿沟:

"We come from two different worlds," she said to him, on another occasion. She felt like a character in a play, saying that. "My people are poor people. You would think the place I lived in was a dump."②

既然言语交际中一般默认不必提及自己、对方或第三方的身份,那么,一旦说话人或作者在话语中刻意提及身份信息,就可以看作一种凸显策略(Foregrounding Strategy),目的是强化从相关身份角度解读当前的话语③。这种策略最典型的表现是使用身份标记语 poor people 来显化二人之间的阶级差异。露丝假装要得到 Patrick 的怜悯,来避免他对她说出"哦,这样啊,如果你身边都是穷人,还来自垃圾堆,那我就收回我的请求好了",从而维护自己的积极面子。

结果帕特里克的回答大为出乎意料:

"But I'm glad," said Patrick. "I'm glad you're poor. You're so lovely.

---

① 陈新仁:《语用身份论:如何用身份话语做事》,北京师范大学出版集团2018年版,第121页。
② Munro Alice, *Who Do You Think You Are*? Toronto: Pegune Group (Canada), 2006.
③ 陈新仁:《语用身份论:如何用身份话语做事》,北京师范大学出版集团2018年版,第122页。

第五章 个案研究之一：艾丽丝·门罗的小说

You're like the Beggar Maid . "①

在言语交际过程中，交际的双方一般要对对方的认知观念、情感状态、社会文化属性、兴趣、语言能力、动机、语境资源、用心/意图、个性和习惯等进行识别、估量以确定自己与对方的交际需求。这就是我们所说的语用认知②。在这里，露丝期待帕特里克能根据自己的社会文化属性确定她的交际需求，但是，帕特里克不仅再次显化了对方的"穷人"身份，同时也提升了自己作为说话人并没有按照对方所期待的默认身份，即"体贴的男友"身份说话，而是无形中凸显并提升了自己"高贵的骑士"语用身份。他所构建出的语用身份不仅没有安慰到露丝，反而更拉大了二人在经济和文化上不可逾越的鸿沟，最终破坏了二人之间的亲密关系。因此，帕特里克的语用身份实际上是他语用失衡的体现。

所谓语用失衡，是指交际需求与语用力量之间不平衡。有两种情况，一种是交际需求大，而（由于语用努力不够）语用力量小，另一种是交际需求小，而（由于语用努力过剩）语用力量大。在交际需求方面，又有许多不同的情况，如说话人对听话人的交际需求考虑不当，对交际需求中的某一具体需要考虑不当，等等。例如，一些享有权势的一方为了表示亲和、平等会有意淡化、掩饰双方的权势关系，将交际双方的关系定位在平等的基础上，然而一旦需要，又会诉诸权势关系③。在这里，帕特里克作为有权势的一方被露丝期待去淡化和掩饰双方的权势关系，而他却无意地反其道而行之，显化和加剧了二人之间不平等的权势关系，最终影响到了两人之间的关系和感情的走向。

与身份凸显策略相反的是身份遮蔽策略（Shadowing Strategy）或背景化策略（Backgrounding Strategy），即通过模糊、笼统、泛化的语言表达方式（如"任何人"/"一般人"）消除、淡化甚至放弃个人在当前交际情

---

① Munro Alice, *Who Do You Think You Are?* Toronto: Pegune Group (Canada), 2006.
② 陈新仁：《语用身份论：如何用身份话语做事》，北京师范大学出版集团2018年版，第137页。
③ 陈新仁：《语用身份论：如何用身份话语做事》，北京师范大学出版集团2018年版，第138页。

境下的默认身份,避免个人介入(Personal Involvement),是一种"去身份化"的行为①。艾丽丝·门罗的短篇小说《活体的继承人》(*Heirs of the Living Body*)以克雷格(Craig)叔叔为主要人物,讲述了他的日常生活、工作以及家庭关系。小说后半部分重点描绘了两大事件:克雷格叔叔的葬礼以及他手稿的传递。

"Mad dog! Mad dogs bite like that! Your parents ought to have you locked up!"

"I'll have to get her to the doctor. She'll have to have stitches. I'll have to get shots for her. That child could be rabid. There is such a thing as a rabid child."

"My mistake, my mistake entirely," said the clear and dangerous voice of my mother. "I never should have brought that child here today. She's too highly strung. It's barbaric to subject a child like that to a funeral."②

在克雷格叔叔的葬礼上,因为玛丽·艾格尼丝(Mary Agnes)强迫我去看克雷格叔叔的尸体而被我咬了一口。在场的莫伊拉(Moira)发现此事后,对我进行辱骂和斥责。到那时,她并没有直接称呼"我"名字,甚至连"她"这个代词都没有使用,而是使用了极具疏远效果的 that child,看似遮蔽了"我"咬人者的身份,但实则是为了达到阴阳怪气斥责我的交际目的。而我的母亲,听到这话之后,并没有为我辩解和开脱,反而也使用了 that child 遮蔽了她的家庭成员身份,仿佛她是与我毫无关联一般的陌生成年人,而我只是某个人家中不听话的淘气包,达到了推脱自己教育不当的效果。

在日常交往中,说话人有时会主动寻求、建构与听话人在特定情境中浮现出来的某一语用身份相一致或相反的语用身份,我们不妨称这种策略

---

① 陈新仁:《语用身份论:如何用身份话语做事》,北京师范大学出版集团2018年版,第125页。

② Munro Alice, *Live of Girls and Woman*, Toronto: Pegune Group (Canada), 2006.

为认同策略（Identifying Strategy）。在一些文献中，前者称为"圈内人身份"（In-group Membership），后者称为"圈外人身份"（Out-group membership）①。例如：说"都是自己人"，直接明了地建构了彼此"圈内人"的身份，而补充的"谁能不遇困难呢！"则进一步强化了这一身份。

与上例中说话人（也可能是交际双方共同）积极寻求、建构圈内人身份不同，说话人（也可能是交际双方共同）有些时候也可能会寻求、建构圈外人身份，刻意强化彼此间的身份差异，这在双方发生分歧甚至争吵时最为明显。她使用"那孩子"这一称呼语不仅遮蔽了她与我的关系，还构建自己"陌生人"和"局外人"的语用身份，进而使她对我的责骂像是在与在场其他的人达成同盟关系一般，维护了她与葬礼参加者的人际关系。

第四种常见的语用身份操作策略可以称为偏离策略（Deviating Strategy），即说话人不按照自己相对于对方的默认身份说话，而是自贬尊人或借用对方或他人的身份说话。身份切换策略离不开身份的偏离，说话人在动态的话语中出于特定的动机而进行身份的切换同样体现了策略性②。《播弄》（Trick）讲述了一年前若冰（Robin）去看戏，弄丢钱包之后偶遇出来遛狗的外国男子丹尼尔（Daniel）并和他产生感情的故事。他俩约定一年后的同一天，若冰穿同样的裙子到同样的地方见面的故事。而在二人第一次见面和一年后见面，丹尼尔呈现出了完全不同的语用身份。

在二人第一个见面时，丹尼尔偏离了"陌生人"的身份，而是切换到了"熟友"身份，而正是这个"熟友身份"，让若冰在第一次见面后就对男子产生爱慕。请看下例：

"Juno. Juno," a man called. "Watch where you're going."

"She is just young and rude," he said to Robin. "She thinks she owns the sidewalk. She's not vicious. <u>Were you afraid</u>?"

---

① 陈新仁：《语用身份论：如何用身份话语做事》，北京师范大学出版集团2018年版，第129页。

② 陈新仁：《语用身份论：如何用身份话语做事》，北京师范大学出版集团2018年版，第130页。

"I let her loose down on the grass. Down below the theater. She likes that. But she ought to be on the leash up here. I was lazy. <u>Are you ill</u>?"

"Well, you can go on smiling," he said, "<u>because I will be happy to lend you some money for the train. What time does it go</u>?"

She told him, and he said, "<u>All right. But before that you should have some food. Or you will be hungry and not enjoy the train ride.</u>"①

与陌生人之间的疏离不同,丹尼尔在初见若冰时就摆出一副熟人的样子和她打招呼。特别是 Were you afraid, Are you ill, because I will be happy to lend you some money for the train, What time does it go, All right. But before that you should have some food. Or you will be hungry and not enjoy the train ride 等这样关切的话语一般都用在熟人、朋友的交往过程中。可以想象,这样的问话内容能够一下子拉近两人的距离。当然,丹尼尔如此明显地选择这样的语用身份,其用意不言自明。

一年后,若冰再次穿着那条绿裙子来到了那家钟表店。但是这次,丹尼尔像是变了一个人一样。此刻,他不再是那个风趣健谈的朋友,而是"冷酷无理的店员"。这种反差让若冰的心沉到了谷底。

So she called to him. Daniel. Being shy at the last moment of calling him Danilo, for fear she might pronounce the foreign syllables in a clumsy way.

He had not heard—or probably, because of what he was doing, he <u>delayed looking up</u>. Then <u>he did look up, but not at her</u>—he appeared to be searching for something he needed at the moment. But in raising his eyes he caught sight of her. He carefully moved something out of his way, pushed back from the worktable, stood up, came reluctantly towards he. He shook his head at her slightly. Her hand was ready to push the door open, but she did not do it. She waited for him to speak, but he did not. He shook his

---

① Munro Alice, *Runaway*, New York: Vintage Books, 2004, pp. 241–243.

head again. He was perturbed. <u>He stood still. He looked away from her, looked around the shop.</u>

...

Now he came towards her again, as if he had made up his mind what to do. Not looking at her anymore, but acting with determination and—so it seemed to her—revulsion, <u>he put a hand against the wooden door</u>, the shop door which stood open, and pushed it shut in her face.①

与身份建构相关的话语实践类型包括副语言特征,指提示身份的手势、距离、眼神等手段。在分析上述文本时,我们可以发现以下副语言内容:

文本中详细描述了"他"的一系列动作,如"他仔细地移开某样东西""从工作台后退""站起来""不情愿地朝她走来""摇头""把手放在木门上,并把它在她面前关上"。这些动作不仅展示了"他"的行为,还暗示了他的态度和情绪。

文本中还提供了"他"的神态和表情,如"不朝她看""他看起来在寻找他此刻需要的东西""他再次摇头""他感到不安""他仍然站着不动""他避开她的目光,环顾四周"。

若冰因为无法承受丹尼尔如此无情,也不能接受丹尼尔将二人的约定忘得一干二净而转身离开。双胞胎兄弟的两次出现都造成了故事情节的戏剧性突转,第一次让若冰错失姻缘,第二次让真相大白并引导着读者和若冰一起反思所有事情的反讽意义。黄擎很形象地将丹尼尔身份的突转对若冰的影响比喻为"希望中的盾牌变成了当胸刺来的长矛"②。

第四节 门罗作为女性作家的语用身份建构研究

运用语用身份理论研究门罗作为女性作家的语用身份建构,是一项富

---

① Munro Alice, *Runaway*, New York: Vintage Books, 2004, pp. 258 – 259.
② 陈芬:《宿命的反讽——解读门罗短篇小说"播弄"》,《鸭绿江》(下半月版) 2015 年。

有深度和启示性的工作。语用身份,简而言之,就是交际者在不同的语境中,根据特定的交际需求,动态地选择和建构起来的身份。这种身份并非一成不变,而是随着语境的变迁和交际目标的变化而不断调整和重塑。因此,语用身份理论为我们提供了一个全新的视角,用以观察和理解作家在创作过程中如何构建和呈现自己的身份。

当我们把目光投向门罗这位杰出的女性作家时,不难发现她在其作品中展现出了独特的语用身份。作为女性,她对女性题材的敏锐洞察和深刻体验使她的作品充满了细腻的情感和独特的视角。同时,作为一位作家,她又通过巧妙的叙事手法和话语策略,成功地构建了她的语用身份,使她的作品具有了鲜明的个人特色和艺术魅力。

本节旨在运用语用身份理论,对门罗作为女性作家的语用身份建构进行深入的分析和研究。我们将通过解读她的作品,探讨她是如何根据不同的语境和交际需求,选择合适的话语策略和叙事手法,来构建和呈现自己的语用身份的。同时,我们也将关注这种语用身份建构对她的创作风格和作品价值产生的影响。相信通过这样的研究,我们不仅能够更深入地理解门罗的创作思想和艺术特色,也能够为语用身份理论在文学研究中的应用提供有益的启示和借鉴。

门罗的语用身份体现在她对女性题材的敏锐洞察和深刻表达上。作为一位女性作家,门罗对女性内心世界和生存状态有着独特的理解和体验。她通过细腻的文字和独特的叙事手法,成功塑造了众多鲜活的女性形象,展现了她们在爱情、婚姻、家庭和社会中的挣扎与成长。这种对女性题材的深入探索和精准表达,是门罗作为女性作家语用身份的重要体现。以《逃离》中的卡拉(Carla)为例,她是一个渴望自由却又深受家庭束缚的女性。门罗通过卡拉的内心独白和日常行为,展示了她在家庭中的角色和身份困境。卡拉的话语中充满了矛盾和挣扎,她既想逃离家庭的束缚,又害怕未知的未来。门罗通过这种深入的描绘,成功地建构了卡拉作为一位普通女性所面临的复杂情感和心理状态,从而体现了她作为女性作家对女性题材的敏锐洞察和深刻表达。

门罗作为女性作家的语用身份还体现在她对话语策略的选择和运用上。在作品中,她巧妙地运用了各种话语实践类型,如人称指示、语音、言语行为、语类混合等,来构建和呈现女性角色的语用身份。例如,在《恨,友谊,追求,爱情,婚姻》中,她通过不同人称指示和叙述视角的转换,展示了女性角色在不同关系中的身份变化。例如,当女性角色在爱情关系中时,她们的话语往往充满柔情和依赖;而在家庭关系中,她们的话语则可能更加权威和果断。这种话语策略的选择和运用,使得女性角色的身份特征更加鲜明,也进一步体现了门罗作为女性作家对女性角色的深入理解和精准刻画,巩固和强化了她作为女性作家的语用身份。

门罗的女性作家语用身份建构是一个动态的过程,她随着时代的变化不断调整自己的创作风格和主题。在早期的作品中,她更多地关注女性在家庭和社会中的身份困境;而在后期的作品中,她则开始探索女性如何在困境中寻求自我救赎和成长。这种动态的身份建构过程使得门罗的作品始终保持着新鲜感和生命力,也进一步体现了她作为一位优秀作家对时代的敏锐感知和深刻思考。

通过结合门罗的作品进行具体分析,我们可以更加深入地理解她作为女性作家的语用身份建构过程。她通过对女性题材的敏锐洞察和深刻表达,以及对话语策略的巧妙运用,成功地建构了众多鲜活的女性形象,并赋予了她们独特的语用身份。同时,她也不断调整自己的创作风格和主题,以适应时代的变化和读者的需求,从而保持了自己作为女性作家的独特魅力和影响力。运用语用身份理论来研究门罗作为女性作家的语用身份建构,我们可以更加深入地理解她的创作风格和艺术特色,也可以更加全面地认识她在文学领域中的地位和影响。同时,这也为我们提供了一个新的视角来审视和评价女性作家的创作实践和成就。

第五节 本章小结

通过本章对艾丽丝·门罗小说的深入研究,我们得以一窥这位杰出女性作家的创作全貌。门罗以其敏锐的观察力和细腻的情感表达,为我们展现了一个真实而多彩的女性世界。她的作品不仅是对女性生活的真实描绘,更是对女性命运的深刻反思。

在探讨门罗小说中的女性书写特点时，我们发现了她独特的女性视角和感受力。她以女性的细腻和敏感，捕捉到了女性生活的点滴细节，并通过文字将其转化为生动的画面和深刻的情感。这种真实而深刻的描绘，使我们对女性生活有了更加全面和深入的了解。

同时，我们还对门罗小说中的元话语进行了微观和宏观层面的研究。她巧妙地运用语言，通过叙述者的视角、叙述声音的变换以及文本的互文性等特点，构建了一个丰富而复杂的故事世界。人物元话语的运用，不仅增强了作品的艺术表现力，也为我们提供了更多的解读空间。

此外，我们重点研究了门罗小说中女性人物的语用身份建构。通过分析小说中女性人物的言语行为、交际策略以及身份选择，我们揭示了她们在特定语境下的身份建构过程。这些女性人物不再是平面的形象，而是具有复杂性和动态性的个体。

最后，在探讨门罗作为女性作家的语用身份建构时，我们发现她不仅是一位优秀的作家，更是一位具有深刻思想和敏锐洞察力的女性。她的作品不仅反映了女性的生活经验和情感世界，也体现了她对女性命运的深刻思考。通过创作，她成功地建构了自己作为女性作家的独特语用身份。

综上所述，本章通过对门罗小说的多维度研究，不仅深入探讨了其女性书写特点、元话语运用以及女性人物和作家的语用身份建构等方面的问题，也为我们理解门罗的创作思想和艺术特色提供了新的视角和思路。这些研究不仅有助于我们更好地欣赏和理解门罗的作品，也为我们在女性文学和语用学研究领域提供了宝贵的启示和借鉴。

第六章

个案研究之二：
玛格丽特·劳伦斯的小说

在文学的广袤天地中，玛格丽特·劳伦斯以其深邃的洞察力和细腻的笔触，塑造了一个个鲜活的女性形象，为当代文坛留下了丰富的遗产。她的作品不仅展现了女性的内心世界与情感变化，更通过独特的叙事手法和象征性安排，深刻探讨了女性在社会中的地位与角色。本章将围绕劳伦斯小说中的女性书写特点、元话语研究以及语用身份研究展开深入探讨，以期揭示其作品的独特魅力和深刻内涵。

劳伦斯的作品中，女性人物往往成为故事的主体，她们的经历、感受和成长是作品的核心内容。这种以女性为中心的叙事视角，不仅让我们看到了女性的真实面貌，也让我们对女性在社会中的地位和角色有了更深刻的认识。同时，劳伦斯还善于运用第一人称叙事手法，通过女性的视角来观察世界，使得作品更具真实感和代入感。此外，她对镜子的象征性安排也颇具匠心，通过镜子这一意象，反映了女性内心的挣扎与成长。

除了对女性书写的关注外，劳伦斯的作品中还蕴含着丰富的元话语和语用身份研究价值。元话语的运用使得作品更具深度和层次感，而语用身份的选择则展现了作家对人物性格和情感的精准把握。通过对这些方面的研究，我们可以更好地理解劳伦斯的创作思想和艺术风格，也可以为当代文学创作提供有益的启示和借鉴。

第一节　劳伦斯作品中的女性书写特点

一　劳伦斯的生平述略

玛格丽特·劳伦斯，生于马尼托马省尼帕瓦镇，这地方也是她加拿大题材的"玛纳瓦卡"系列小说中草原小镇玛纳瓦卡（Manawaka）的原型。1950年丈夫去非洲索马里负责水坝建设工程，她随同前往。1957年全家回国，住在温哥华。在此期间，劳伦斯在加拿大杂志上发表非洲题材的短篇小说，并于1963年结集出版，取名为《驯服明天的人》（The Tomorrow Tamer），同时出版了非洲题材的长篇小说《约旦这一边》（This Side Jordan）。在写作出版非洲题材的作品同时，劳伦斯已经开始写她的第一部加拿大题材小说《石头天使》的初稿，后几经修改，直到1964年才正式出版，并成为劳伦斯的代表作。1962年劳伦斯与丈夫分居，只身携子女前往英国，在那里住了10年。这10年是劳伦斯创作丰收的10年，其重要作品都是这期间出版的。1963年出版《先知的驼铃》（The Drophet's Camel Bell），是她在索马里生活的回忆录。接下来是三部加拿大题材的"玛纳瓦卡"重头作品：《石头天使》、《上帝的玩笑》（A Jest of God）、《住在火里的人》（Fire Dwellers）。1970年出版短篇小说集《关在屋里的鸟》（A Bird in the House），由相互关联的八个短篇小说组成，背景仍在玛纳瓦卡镇。1974年劳伦斯定居安大略的莱克费尔德，同年出版了第四部玛纳瓦卡小说《占卜者》（The Diviners）。此后又写了三部儿童文学作品。劳伦斯的最后一部著作是个人回忆录，由她的女儿在她去世后续完并于1989年出版，书名为《大地上的舞蹈》（Dance on the Earth）。劳伦斯于1987年1月5日去世，这一年正好是加拿大著名文学评论家约翰·莫斯（John Morse）教授的评论名作《加拿大小说导读》第二版付梓。莫斯写道：玛格丽特·劳伦斯雄踞加拿大小说界20余年，其威望几乎登峰造极，却仍与时俱进，不断创新。在公众心目中，她是继麦克兰南、卡拉汉、格罗夫等大师后又一位领导加拿大文坛的小说家。老师和学者将他的作品列为必读之经典，评论界更是视其作品为探索小说艺术的不可多得之珍品。劳伦斯已成一代宗

第六章 个案研究之二：玛格丽特·劳伦斯的小说

师，代表着20世纪60年代席卷加拿大的文学革命之力度和质量，以青春活力宣告加拿大文学走向焕然一新的成就。

这番话可以说是对劳伦斯极其恰当的评价，随着时间的推移，劳伦斯的文学声望和深远影响还在不断提高。

劳伦斯的作品虽然分为非洲小说、儿童作品、玛纳瓦卡系列几类，但主要成就和崇高声望还是建立在其加拿大题材的玛纳瓦卡系列小说上，尤其是该系列的四部长篇小说。玛纳瓦卡虽以劳伦斯故乡小镇尼帕瓦为原型，但已不是一个简单的地点概念。它是对加拿大小镇小说和草原小说传统的继承与发展，从中可见罗斯、米切尔等草原小镇作家的影响。它是虚构的，却非常真切地代表了散布在大草原上所有的小镇，尤其是贯穿其间的苏格兰长老会移民的坚强孤傲精神，使之更具有加拿大个性。同时在它背景下的故事因挖掘普通人性极深而更具现代性，加之劳伦斯丰富多彩、不断创新的现代小说技巧，遂使玛纳瓦卡小镇及其系列小说成了加拿大文学的一个神话，常和美国小说大师福克纳笔下的约克纳帕塔法县及其系列小说相比。两者都以独特的个性和浓郁的乡土气息显示了各自国家文学的民族性，又同样以主题意义的普遍人类性和小说技巧的现代性、创新性形成国际影响，正应了我国常说的那句话：越是民族的，越是世界的。两个文学地点及其系列小说已和古往今来的经典一样，"在文学的殿堂中熠熠生辉，行人不由得驻足凝望"①。

劳伦斯对加拿大最大的贡献就是创造了玛纳瓦卡小镇这个极富加拿大特色的文学背景，围绕着它写出了富有加拿大文化传统感的五部玛纳瓦卡系列小说。她的文学发展史意义也都围绕着这个小镇和这五部系列作品，大致有以下几点：

第一，首创经典系列小说。在劳伦斯以前也有不少写系列作品的作家，如蒙哥马利的安妮系列和"艾米莉三部曲"、罗施的贾尔纳系列、戴维斯的三个三部曲等。但从前的这些系列小说要么写得太多，一部不如一部，要么写得太散，没有形成一个背景、一个主题中心。玛纳瓦卡系列则一部比一部好，一部比一部精，数量也比较适中，比三部曲多一点，比十

---

① ［加］玛格丽特·劳伦斯：《占卜者》，邱艺鸿译，译林出版社2004年版，第1页。

来部过多的系列又少一点。一个系列中数量太多就容易流于一般，更容易一部不如一部。劳伦斯系列的两个中心明显而又突出：小镇背景和女性成长主题，一切都围绕着这两个中心，保持着故事和主题的连贯性。再加上背景与主题的加拿大特色，便形成一种加拿大的传统感。

第二，小镇环境的集大成者。小镇是加拿大独具特色的文学背景，从邓肯（Duncan）的《帝制支持者》（The Imperialist）中的艾尔金小镇开始，中经利科克（Leacock）的艳阳镇、罗斯的地平线镇、戴维斯的索尔特顿镇和德普特福德镇，发展至劳伦斯的玛纳瓦卡镇，可谓源远流长，丰富多彩。但以前的小镇比较单一，或只体现地域色彩。比如邓肯的艾尔金镇是体现国家政治和经济的地方，利科克的艳阳镇是闹笑话的地方，戴维斯的小镇是联系故事的地方，只有罗斯的地平线镇多了一层困境心理的象征。到劳伦斯的玛纳瓦卡镇，在继承小镇一些固有的传统特色的基础上，突出并加强了小镇的文化内涵。这一点是劳伦斯的小镇与传统小镇的最大不同，也是创新所在。文化内涵是通过历史、宗教、习俗、观念等在女性成长中的影响和作用来体现的，尤其是通过人的心理成长。在这个过程中，小镇成了历史的缩影、社会的缩影、传统观念的缩影、加拿大文化的缩影。小镇环境对人物的影响由自然环境转向了文化传统，其间贯注的苏格兰长老会孤傲精神是环境文化内涵的代表因素[①]。

第三，女性人物是主体。玛格丽特·劳伦斯的作品中，女性人物成为其笔下的璀璨繁星，不仅数量众多，更以其深邃而丰富的内涵成为她文学创作的鲜明特色。她所塑造的女性形象，如同色彩斑斓的画卷，展现了女性在生活中的多样面貌。这些角色有的坚韧不拔，有的柔情似水，她们在家庭、社会、职场中穿梭，不断探寻自身的价值与意义。通过她们的视角和经历，劳伦斯让我们得以窥见女性在复杂世界中的真实生存状态。她笔下的女性角色，往往承受着来自社会和家庭的双重压迫，但她们并未因此屈服。相反，她们以坚定的信念和无尽的勇气，挑战着传统性别角色和社会期待，努力在生活的舞台上发出自己的声音。她细腻地描绘出女性在面

[①] 逢珍：《加拿大英语文学发展史》，上海外语教育出版社2010年版，第269—277页。

对爱情时的渴望与挣扎,在婚姻中的妥协与坚持,以及在性方面的困惑与探索。这些故事让我们更加深入地理解女性内心的复杂与丰富。

经过前文的深入探讨,我们已经领略了玛格丽特·劳伦斯作品中女性角色的丰富多样与深刻内涵。她们不仅是劳伦斯笔下的文学形象,更是她对于女性生存状态与心灵世界的独特诠释。接下来,本书作者将进一步细化分析劳伦斯的女性书写特点,揭示她是如何以细腻的笔触、独特的视角和深刻的洞察力,将女性角色塑造得如此鲜活而立体,从而为我们呈现出一个更加真实、多元的女性世界。

二 劳伦斯作品中的女性书写特点

玛格丽特·劳伦斯曾明确表示,她在作品中叙述的都是她认为众所周知的事物。然而,与其他作家不同的是,她采用了一种新颖的女性写作方式,以此挑战以男性视角为主导的文学传统。她关注的是一种独特的女性生命体验,这种体验源自灵魂深处,历经社会变迁而曲折幽微,却一脉相承地体现了女性的情感方式和文化心理。在她的作品中,读者既看不到男作家笔下常有的"天使"或"妖魔"化的女性形象,也听不到"弱女子"自怨自艾的叹息。相反,她所塑造的女性角色都仿佛生活在我们的周围,令人感到格外亲切。正是从这些平凡女主人公们坚定的精神追求中,读者能够感受到令人钦佩的勇气和韧性,甚至是一种另类"英雄主义"——一种即使历经生活磨难也不放弃追求的可贵精神。

在女性主义批评家的视角下,劳伦斯的作品实际上描绘了20世纪中后期北美中产阶级白人妇女的经历。在这个时代背景下,尽管父权制的价值观和权威正在逐渐减弱,但对于女性而言,为了"言说生命真相"而进行抗争仍然是一项艰巨的任务。关于"言说"的重要性,D. H. 劳伦斯(Lawrence)在《恋爱中的女人》(*Women in Love*)的序言中曾强调:"人总是为了自我需求和自我实现而与社会抗争……任何一个有个性的人都竭力想了解和理解周围所发生的一切。人为了言说生命而作出的抗争,在艺术中是不会被遗忘的。它是生命中至关重要的一部分……是一种为了获取有意识的存在而付出的热诚的努力。"劳伦斯在阐述女性为"言说"的抗争时,展现了以下特征①。

(一)女性人物为主体

劳伦斯女性书写的第一个特征是将女性人物作为主体。玛纳瓦卡系列小说的主人公都是女性,可以说主题都是围绕着女性的成长与奋斗展开的,但这些女性还不是一般意义上的女权主义人物。反抗是成长过程中的主旋律,但这些女性反抗的不仅仅是男权压迫,她们反抗的主要是由传统观念、家庭、社会、环境等各种因素形成的压力与束缚,更包括女性自身性格带来的困惑与烦恼。从这一点上讲,这些女性人物首先是"人",其次才是女人,所以她们的故事不仅仅是女人的故事,更是"人"自身的故事,玛纳瓦卡小说反映的普遍人性正在这里。五部作品中的女主人公要么出生在玛纳瓦卡镇,要么在那里度过童年,但她们都在成长和奋斗过程中离开或离开过这个小镇,为的是改变自己的处境和追求精神的独立自由。但她们没有一个能完全逃脱祖辈的特征和家庭与童年环境形成的影响。这样她们就成了极其复杂、极其矛盾、无时不具两面性的人物形象,有立体感,有纵深度,有多角度解读的可能性。传统与环境给了她们正面影响,也给了负面影响。她们有反抗,有逃避,也有妥协与回归。她们代表了人性的真实、女性的真实,也体现了加拿大民族精神的个性特点。这些女性人物中除个别的如《潜鸟》(*The Loons*)中的皮格特(Piquette)是悲剧外,其余的都不带悲剧色彩。这也是和以往的草原小说、小镇小说大不相同之处。以往的女性大多是在环境和生活的重压下,失败、无奈,甚至走向悲剧。到劳伦斯笔下女性才有了对自己的认识和感悟,她们经过苦恼和痛苦后,都能认识自己,避免悲剧。这是一个革命性的变化,由劳伦斯开始。在她的影响下,当代小说以女性人物为主体蔚然成风,门罗和阿特伍德小说中的中心人物基本上都是女性,而且女性认识自我,避免悲剧也成为当代小说中,尤其是女小说家笔下的主导题材②。

回顾劳伦斯的系列作品,不难发现其笔下的女主人公都经历了一个成长、变化和自我实现的过程,且无一例外。劳伦斯的作品中没有偏激与狂

---

① 李渝风:《声音 镜子 女人——玛格丽特·劳伦斯笔下的女性形象》,《海南大学学报》(人文社会科学版)2001年第2期。

② 逄珍:《加拿大英语文学发展史》,上海外语教育出版社2010年版,第277页。

第六章　个案研究之二：玛格丽特·劳伦斯的小说

怒，她只是沉稳地将普通妇女的声音找回，这使得她的读者更容易产生共鸣与亲切感。玛纳瓦卡系列中的女性形象所蕴含的人性光辉，无疑对传统文学作品中模式化的女性刻画提出了挑战。尽管劳伦斯笔下的妇女们都承受着来自生存环境的沉重束缚，但她们并未屈服。她们的坚韧与勇气将激励更多人去解放历史上被压抑的妇女声音，发掘被埋藏的妇女经历，关注被忽视的妇女问题，最终将女性从边缘推向显著的中心位置①。

（二）第一人称叙事手法

第二，劳伦斯女性书写的第二个特征是采用了第一人称的叙事手法，以此拉近人物与读者的距离。通过"我"的讲述，读者不由自主地跟随叙事者去寻找"我"的声音，并一同探究语言与沉默、语言与思想、语言与权力之间复杂的关系。根据性别批评的观点，社会权力和个人意识分析中的共同因素是语言。语言通过话语体现，而话语则代表着权力，是具体的、历史的语言实践。因此，在父权制社会中，尤其在经典文学作品中，女性往往被迫保持沉默，处于一种"缺席"或"失语"的状态。这从根本上反映了女性因缺乏与男性平等的话语权利而被剥夺言说权利的问题。从这一角度出发，不难理解为何劳伦斯作为提倡女性写作方式的作家，会将"妇女被排除于语言之外"作为其作品的一个重要主题。对此，劳伦斯本人给出了这样的解释：

> 我以前在书中所探讨的很多问题都是当今妇女解放运动给予热切关注的。但我当时写作的时候并不知道那些感受所具有的普遍性。那时曾有不少女性读者都在来信中说："继续这样写吧！……我们这一代的妇女都曾不约而同地产生过这样的想法：你本来不该把那些问题都说出来的，不该去质疑那种传统的、认为妇女的角色就是当家庭妇女的观念。"②

在某种程度上，劳伦斯对女性人物存在的困境及主体困惑的表述和质

---

① 李渝凤：《声音 镜子 女人——玛格丽特·劳伦斯笔下的女性形象》，《海南大学学报》（人文社会科学版）2001年第2期。

② Atwood Margaret, "Face to Face", in W H Now, ed., *Margaret Lauence*, Toronto: McGraw-Hill Ryerson, 1977, p.102.

疑；本身就是对传统父权话语的一种挑战。在玛纳瓦卡的世界里，所有发生的故事都在叙事者的脑海中回荡，但她们却很少谈及自己内心的想法。社会为她们设定的女性角色要求她们只能以特定的方式表达，更多地强调她们作为倾听者而非言说者的身份。她们的故事反映了她们受困于社会角色之中的境况，以及她们努力通过使用一种新的话语方式来表达自身身份的情况。这种新的话语方式是独属于她们的，能够贴切地表达出女性经验的女性话语。然而，由于长期以来一直受到父权话语占据主导地位的社会的束缚，她们痛苦地发现，自己竟然不懂自己的声音。例如，当莫拉格意识到自我存在的那一刻，她开始反驳布鲁克（Brook）所宣称的"生理决定论"，而他却恼怒地称她为神经质。作为回应，莫拉格只是沉默不语地站着，"我不懂自己的声音。不，还不懂"。只有在意识到这个缺憾之后，她才能开始艰难地寻找她所失去的"私人的、小说般的言语"。找回之后，她才能自如地表达自己。事实上，玛纳瓦卡世界中的所有女主人公都经历了类似的寻找自己声音的历程：哈格（Hagar）向莫雷·F. 里斯（Molly）讲述了自己的故事，并为马文（Marvin）祈福；雷切尔（Rachel）告诉母亲她们必须离开玛纳瓦卡，并给姐姐斯达茜（Stacey）写了信；斯达茜最终与麦克（Mike）进行了一次开诚布公的交谈；范尼莎（Vanessa）完成了《房中鸟》的写作；莫拉格也完成了《占卜者》的创作。对她们而言，找回自己的声音就意味着找到了与主流话语对抗的"武器"。

（三）对镜子的象征性安排

劳伦斯的第三个女性书写特征是对镜子的象征性运用。她巧妙地让每位女主人公都与"镜子"有着特殊的联系。就像童话《白雪公主》中那面不可或缺的"魔镜"一样，镜子在小说中成为人物反观自身的一个参照物。通过它，她们能够辨别社会角色和真实自我之间的差异，意识到她们希望别人看到的自己，以及她们内心渴望看到的自己。当内疚和反叛矛盾地并存时，镜子总是适时地出现——当她们在"我不能"和"我愿意"之间犹豫不决；当她们在谦卑地道歉和肯定自我之间徘徊，既想找借口为自己辩解，又想承担责任时，镜子会认同某一种身份，同时又否定其他各种身份。从功能上看，作品中的镜子既能映射出人物的外貌，又能映照其内心。但在大多数情况下，镜子还是与沉默联系在一起。它总是提示女主人

第六章 个案研究之二：玛格丽特·劳伦斯的小说

公作为客体的存在，使其远离用声音表达出的主体。

对于劳伦斯笔下的所有女主人公而言，她们对镜子怀有复杂的情感，既爱又恨。一方面，镜子中的影像证实了她们的现实存在；另一方面，那个影像并非她们理想中的自我形象。镜子让她们在肯定自我的同时，也产生了自我贬斥。哈格、莫拉格、雷切尔以及斯达茜都有相同的感受："我不是镜子中映射出的那个我"，也不是那个应该如何如何的"我"。关于当代文学作品中妇女形象的刻画，劳伦斯曾指出："我已经厌倦了当代小说中对我们这一代妇女形象的单一刻画——中年妇女要么被描绘成仙女般完美无缺、充满爱心且生活得异常满足；要么被刻画成十恶不赦的恶魔，仿佛她们会不择手段地毁灭身边的男人和孩子。"①

斯达茜也对这样的形象感到厌倦，但她却强迫自己去阅读这些作品，然后将自己与那两类女性形象进行比较，结果发现自己并不属于其中的任何一类。于是，她得出结论：一定是她自己出了什么问题。小说一开始就强调了镜子在斯达茜生活中的核心地位：一面巨大的镜子镶嵌在卧室门上。斯达茜注视着镜子中的形象，感觉隔着玻璃的人影就像在电视屏幕上活动一样，显得非常不真实。然而，由于那个影像被镜框框住，与周围的一切相疏离，所以又显得格外突出。镜子"告诉"她，她正在发胖、变老，但它却无法映照出她的欲望、回忆以及对未来的恐惧。它将她的形体都限定在镜框之中，仿佛这便是她全部的真实。但她却明白，无论是镜子中的影像，还是书上所描绘的像她这样的家庭妇女的形象，都无法反映她复杂的生命存在。

与斯达茜相似，哈格也需要她的镜子。对于自己所拥有的一切，她这样评价："如果我不是穿行在这些物件之中、不是行走在这栋房子里，如果不是这里的一切都没有改变的话，那我真不知道应该到哪里去寻找这个'我'了。"② 然而，她的回忆和意志却能穿越镜子中的影像，看见她童年时真实的自我，尽管这个自我被她很不情愿地抛在了身后。"当我凝视着镜中的自己，我看见了那个不断变化的躯壳，同时我也看见了哈格·卡利

---

① Atwood Margaret, "Face to Face", in W H Now, ed., *Margaret Lauence*, Toronto: Mc Graw – Hill Ryerson, 1977, p. 12.

② Laurence Margaret, *The Stone Angel*, Toronto: McClelland & Stewart, 1968, pp. 5 – 134.

的眼睛,那双在记忆中第一次发现自己时的黑色的眼睛。"① 这个自我超越了年龄的限制,并随着岁月的流逝而日渐明晰。在那次发现之后,哈格照镜子时自言自语:"那张脸——褐色的、像皮革般粗糙的脸,不是我的。只有那双眼睛是我的。它们不知瞪着什么地方,仿佛要穿透那层玻璃,望见一个更真实但却十分遥远的影像。"在书的最后一章,当哈格遇见莫雷·F.里斯之后,那个更真实的影像才显现出来。在那个场景中,具有象征意义的镜子再次出现:"那间舵手室肮脏的窗玻璃反射出了一束细微的光亮,闪烁着。"显然,这个场景对于映射出哈格的真实自我起到了不可或缺的作用。

在《上帝的玩笑》中,雷切尔的镜子反映了她对所有事物持有的强烈主观性。例如,"在大厅的镜子里,我看到了一个像长颈鹿一样的女人","当我转过身,镜子里的我……胳膊像鱼肚一样银白,躯体像鹤,像一只骨瘦如柴的鸟。"雷切尔镜子中的形象总是扭曲的。她觉得自己仿佛一直被镜子监视着,而在对尼克的杳无音信感到困惑时,她又想起了那些被歪曲的影像:"也许他还以为我会像一面破碎的镜子,制造出一场难堪的场景。我碎裂成尖尖的碎片,而他却只能尴尬地站着,不知所措。但我不会那样做。"② 对于莫拉格和范尼莎来说,实体的镜子并不是那么重要,因为她们能通过笔下的文字来创造属于她们的精神"镜子",而这面镜子比实体的镜子更能反映出超越形体和社会束缚的女性意识。劳伦斯笔下的女性大多抵制传统的父权话语,但她们并非都能如愿以偿地书写她们的故事。例如,斯达茜无法接受那位傲慢的教授的观点,他认为克利特内斯特拉是导致其夫阿伽门农被杀害的罪魁祸首。这种说法无疑剥夺了斯达茜认为至关重要的悲剧元素。事实上,是阿伽门农杀死了他和克利特内斯特拉的女儿以挑起战争。斯达茜作为女性读者的观点与那位教授作为男性读者的观点大相径庭,但他却拥有某种权力(或权威)来捍卫自己的观点。而斯达茜当时只能退让:"哦,好吧,我想您一定认识索恩博士吧。抱歉。"③ 莫拉格也曾遇到过类似的无法与男性权威争辩的情况。

---

① Laurence Margaret, *The Stone Angel*, Toronto: McClelland & Stewart, 1968, pp. 5–134.
② Laurence Margaret, *The Stone Angel*, Toronto: McClelland & Stewart, 1968, pp. 18–122.
③ Laurence Margaret, *The Stone Angel*, Toronto: McClelland & Stewart, 1968, pp. 18–122.

在与布鲁克结婚之时，莫拉格便意识到，从此她必须学会抑制自己表达自我的声音，学会沉默。因此，新婚之初，她便主动将发言权交给了她的丈夫。然而，她渐渐发现，这是一个她难以坚守的誓言。最终，她面临一个选择：是继续沉默还是勇敢发言？她选择了言说的自由，并决定用语言来反映她所观察和理解的现实社会。当布鲁克问她作品中的第一位女主角莉拉克是否"表达了以前我们不知道的东西"时，莫拉格回答说，"不，她没有。但她表达了自己的观点——这就是与众不同的地方。"莫拉格最终找到了自己的声音，打破了那些传统上限定女性只能扮演被动社会角色的"镜子"。在她的作品中，她大胆地映射出女性独特的生命体验和生存感悟，从而真正地将作品作为观照女性自身的镜子。

玛丽安·恩格尔深刻剖析，雷切尔、哈格、莫拉格及斯达茜等角色深受"女性为异于男性之存在"的观念影响，这种观念在她们心中根深蒂固。因此，当她们试图通过自我审视（即个人的镜子）来认知自我时，却遭遇了社会既定"女性形象"（即社会的镜子）的强烈反差。初期，她们均努力调整自我，以符合社会的期望与标准：斯达茜致力于瘦身；莫拉格模仿社区中的淑女典范；哈格则在学校规则的框架内自我约束；而雷切尔则选择逃避，避免直视那双可能泄露内心真实自我的眼睛，因为劳伦斯笔下，眼睛常被视为心灵之窗。然而，随着故事的发展，这些女性角色逐渐觉醒，她们开始正视并接纳自我与社会规范间的差异，认识到"应该"与"不应该"之间的界限并非不可逾越。最终，她们都勇敢地打破了那面束缚着女性身份的社会之镜，选择以真实的自我面貌示人，并尝试以自己的声音发声，尽管这最初可能只是谨慎而试探性的尝试。这一过程，不仅是个人成长的体现，也是对女性自我认知与解放的一次深刻探索[①]。

第二节 劳伦斯自传体小说中的元话语研究

一 劳伦斯小说中微观层面的元话语研究

我们已经注意到，没有简单的语言标准来识别元话语。事实上，元话

---

① 李渝凤：《声音 镜子 女人——玛格丽特·劳伦斯笔下的女性形象》，《海南大学学报》（人文社会科学版）2001 年第 2 期。

语可以被看作一个开放的类别，作者可以根据语境的需要添加新的内容。即使采用功能性的方法，也有多种方式能够在文本中揭示我们自己和我们的目的。在第五章，我们详细讨论了那些较为明显，具有句法特征的元话语。但是元话语的识别与判断并不单纯是一个句法问题，更多情况下，我们是根据其发挥的功能而判断某些语言资源是否是元话语。在海兰德看来，元话语不仅有语言形式的表达，也有非言语的表征方式。例如伴随口头信息的副语言线索，如语调和重音，以及手势、面部表情和距离。在书面文本中，各种形式的标点符号和排版标记，如下划线、大写字母、引号和感叹号，可以强调文本的某些方面或作者对文本的态度[①]。图6-1表示了元话语的这些非言语方面。

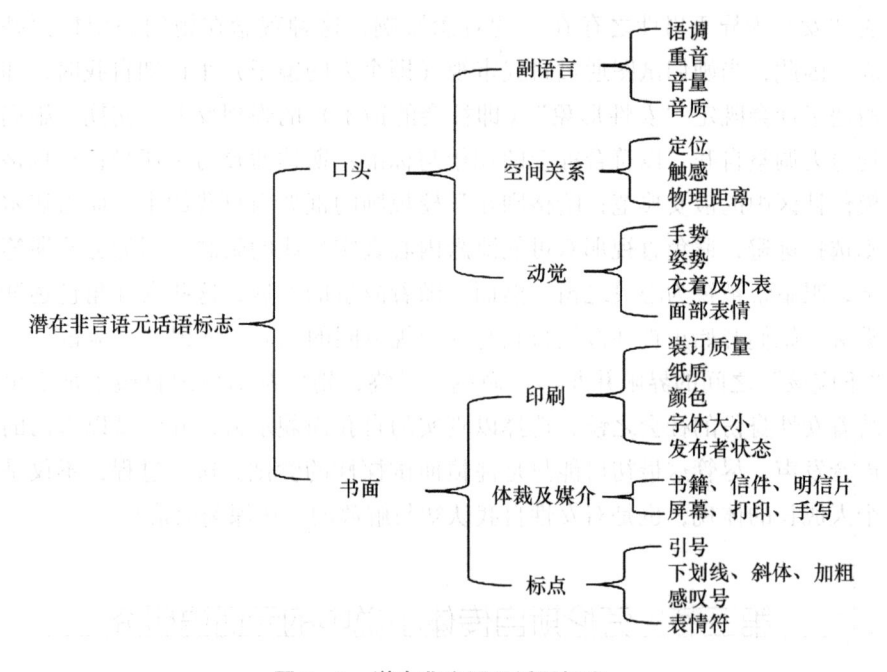

图6-1　潜在非言语元话语标志

资料来源：Hyland, K., *Metadiscourse*, London：Continuum, 2005, p.28。

《占卜者》主要讲述了女作家莫拉格·甘47年的坎坷经历。莫拉格幼

---

① Hyland, K., *Metadiscourse*, London：Continuum, 2005, p.28.

第六章　个案研究之二：玛格丽特·劳伦斯的小说

年时期曾被玛纳瓦卡小镇的垃圾工克里斯蒂收养，与丈夫布鲁克离异之后，独自抚养着她和梅蒂斯男友朱尔斯的女儿皮珂。小说主要反映了主人公莫拉格在从社会边缘走向成功的过程中，历经了觉醒与反抗，积极探索女性的自我属性和生命的意义，从束缚走向自由的成长历程。

《占卜者》细腻描绘了女作家莫拉格·甘跨越47载春秋的曲折人生。自幼年起，莫拉格便遭遇了命运的波折，被玛纳瓦卡小镇的垃圾工克里斯蒂所收养，这段经历为她日后的坚韧性格奠定了基础。面对婚姻的破裂，她毅然选择独立，独自承担起抚养与梅蒂斯男友朱尔斯所育女儿皮珂的重任。该作品深刻揭示了莫拉格在社会边缘徘徊至最终成就自我的心路历程。她不仅经历了从迷茫到觉醒的蜕变，更勇敢地对抗外界对女性的偏见与束缚，不懈探索着女性独有的身份认同与生命真谛。这一过程，是莫拉格从自我限制中挣脱，逐步迈向自由与独立的壮丽篇章，展现了女性力量的觉醒与成长。在《占卜者》一书中，作者将主人公莫拉格所有的独白都用斜体标出。例如：

在《占卜者》中，劳伦斯通过斜体突出莫拉格的内心独白，显著强化了第一人称叙事的分量，这不仅是叙述手法的运用，更是对女性声音崛起的深刻宣言。此举标志着莫拉格作为"我"的角色，能够在叙事中独立发声，阐述个人见解，从而将女性独特的视角与体验从传统的、男性主导的全知全能叙事中剥离出来。然而，小说"锡安的圣殿"章节中，这一模式发生了显著变化。劳伦斯转而采用纯粹的第三人称全知视角描绘莫拉格的婚姻生活，此时，斜体独白的缺席，象征着莫拉格作为女性主体的声音被暂时压制，她在与布鲁克构建的男权婚姻框架内，陷入了沉默与缺席的状态。这一转变深刻反映了女性在特定社会结构下的失语困境。直至莫拉格因愤怒挣脱束缚，通过写作重拾自我，那些久违的斜体文字重新回归文本，莫拉格的女性声音再度响起，她的自我认同与主体性得以恢复。这一过程不仅是个人成长的胜利，更是对性别角色固有框架的挑战与重构。小说中的斜体文本不仅是叙事技巧，更是劳伦斯对"女性言说"权利捍卫的鲜明立场。她巧妙地利用这一手法，挑战并颠覆了男性社会构建的性别叙事，使《占卜者》超越了传统成长小说的范畴，以一种新颖的形式展现了女主人公从失声到发声，最终实现自我成长的非凡旅程①。

小说中另一引人注意的是劳伦斯用"快照"(Snapshot)、"记忆库电影"(Memorybank Movie)等反传统的叙事技巧，通过时空交错的叙事方式使主人公在回忆与当下时空中穿梭。人物、场景及历史故事随着莫拉格的讲述如电影蒙太奇一样，不停地切换。例如：

Snapshot：

The child's black straight hair is now shoulder – length, and she is four years old. She is sitting primly on a piano stool in front of an old – fashioned high – backed upright piano. She is peering fixedly at the sheet music in front of her, which, from the dimly seen word "Roses" may be guessed to be "Roses of Picardy." Morag wears a pullover which appears to be decorated with wool embroidery, possibly flowers, and an obviously tartan skirt. Her hands rest lightly on the keys and her feet do not reach the pedals.

My concentration appears to indicate interest and even enthusiasm. I did not yet know that I was severely myopic and had to peer closely to see anything at all.

Memorybank Movie：Once Upon a Time There Was

Mrs. Pearl from the next farm has come to Morag's house. She is an old woman, really old old, short and with puckered – up skin on her face, but not stooped a bit. Her face is tanned, though, which makes her look clean. She makes dinner and swishes around the kitchen. The stove is great big black and giant – oh, but good and warm. Summer now, though, and it is too hot. Morag has to wash her hands. The pump brings the water to the sink, but you have to chonk – chonk – chonk it, and she is not big enough to get it going. Mrs. Pearl chonks the pump, and the water splurts out. Mor-

---

① 杨李：《言说生命的意义——评玛格丽特·劳伦斯〈占卜者〉中的叙述声音》，《甘肃联合大学学报》（社会科学版）2013年第2期。

第六章 个案研究之二：玛格丽特·劳伦斯的小说

ag takes the sliver of Fels – Naptha and washes her hands. For dinner. That is what you have to do.①

(*The Diviners*：Chapter 1)

从元话语理论的角度来看，"快照"（Snapshot）、"记忆库电影"（Memorybank Movie）介绍了自传的背景、时间线、重要事件等内容，可以被看作元话语。它超越了命题本身，关注话语的组织、呈现和理解方式。在自传中，背景、时间线和重要事件的介绍，实际上是在构建整个叙述的框架和脉络。这些语言内容不仅为读者提供了故事发生的环境和时序，还通过选择和强调特定的事件，来引导读者理解作者的意图和观点。一般来说，元话语在自传中起到了组织信息和引导读者理解的作用。通过清晰地介绍背景、时间线和重要事件，作者能够帮助读者建立对自传内容的整体把握，避免信息的混乱和误解。但在这部小说中，劳伦斯反其道而行之。尽管她使用了明确的元话语"快照"（Snapshot）、"记忆库电影"（Memorybank Movie）来引导读者，并向读者解释这些内容是她对过去的回忆，然而，因为这些回忆并没有明显的时间和逻辑关联，因此，反而给读者一种非线性、碎片化的感受。这些元话语再加上用斜体标识第一人称叙述，非斜体标识第三人称叙述，从而实现叙述声音的交替以及意识流技巧的应用使小说叙事呈现女性主义小说碎片化的、非线性的叙述特点。从叙述形式上解构了男权中心的语言和文化，构建出多元、发散、流动的女性主体文化。这种语言是对男性语言的挑战和突破②。

海兰德也指出，隐喻也符合语言中一些传达元话语意义的特征。例如，隐喻可以帮助集中读者注意力（例如，"雨林是地球的肺"）③。在小说中，出于多种因素考虑，作者通常使用隐喻来达到具体的文学效果。具体来说，隐喻作为一种修辞手法，能够帮助作者更生动、形象地表达抽象的概念或情感。通过将两个不同的事物或概念联系起来，隐喻可以创造出一种新颖、独特的表达方式，使读者在心理上产生共鸣和情感体验。这种

---

① Laurence Margaret, *The Diviners*, Toronto: McCelland & Stewart, 2007.
② 蔡炅、刘珊:《论〈占卜者〉中的女性书写》,《安徽文学》（下半月）2015 年第 11 期。
③ Hyland, K., *Metadiscourse*, London: Continuum, 2005, p.30.

共鸣和体验有助于深化读者对作品的理解和感受,使作品更具感染力和吸引力。其次,隐喻在小说中还可以用来揭示人物性格、内心世界以及描绘命运和结局。通过将人物或情节与特定的隐喻对象相联系,作者可以巧妙地展现出人物的性格特点、情感状态以及命运的波折。这种描绘方式不仅使人物更加立体、生动,也让故事更加引人入胜,增强了读者的阅读体验。此外,隐喻在小说中还可以起到象征和暗示的作用。通过隐喻的运用,作者可以含蓄地表达作品的深层含义和主题思想,引导读者进行深入的思考和探索。这种象征和暗示的方式有助于丰富作品的内涵和层次,使作品更具深度和广度。

请看以下例子:

在小说的开篇,莫拉格眺望着窗外熟悉的景致:

> The river flowed both ways. The current moved from north to south, but the wind usually came from the south, rippling the bronze – green water in the opposite direction. This apparently impossible contradiction, made apparent and possible, still fascinated Morag, even after the years of river watching.①
>
> (*The Diviners*: Chapter 1)

河水双向流淌。水的流向是自北向南,而风却通常打南面吹来,风过处,青铜色的水面朝北漾起层层的涟漪。这种矛盾现象看似绝无可能,此时却清晰地展现眼前。这条河莫拉格已经守望了多年,然而,此种景致依然叫她着迷。

小说的结尾,这个诗一般的意境再度出现,呼应着开篇的氛围:

> Morag walked out across the grass and looked at the river. The sun, now low, was catching the waves, sending out once more the flotilla of little lights skimming along the green – bronze surface. The waters flowed from north to south, and the current was visible, but now a south wind was blo-

---

① Laurence Margaret, *The Diviners*, Toronto: McCelland & Stewart, 2007.

第六章 个案研究之二：玛格丽特·劳伦斯的小说

wing, ruffling the water in the opposite direction, so that the river, as so often here, <u>seemed to be flowing both ways.</u> ①

(*The Diviners*: Chapter 11)

  莫拉格走出房子，穿过草地，到河边看风景。夕阳，已经坠得很低，照射着水波，青铜色的水面再度点燃一排排小小的灯火。河水从北向南流淌，水流清清楚楚，就在这时，刮来一阵南风，将水一层层地向北吹去，霎时间水面呈现常见的景象，河水似乎双向流淌着。

  隐喻作为一种特殊的语言表达形式，本质上是一种元话语。它超越了字面意义，通过暗示和象征的方式，为文本增添了丰富的层次和深度。在《占卜者》这部小说中，隐喻的运用不仅展示了作者高超的语言技巧，还深化了作品的主题和意义。

  全书由五个部分组成，结构对称且优雅，开头与结尾巧妙地采用了相似的意象隐喻，以此强调人的生活是一个连续不断的河流，其中包含了过去的痕迹和祖先的影响。这种隐喻的使用，通过元话语的方式，引导读者思考生活的连续性和完整性，从而领悟到人的过去在现时以及未来的人生之河中占据着不可磨灭的重要地位。

  在小说开篇，莫拉格眺望着窗外熟悉的景致，河水双向流淌的描写，既是对自然现象的描绘，又是一种隐喻的运用。它暗示着生活的复杂性和矛盾性，如同河水既流向南又向北一样，人的生活也是由多种力量和因素交织而成的。这种隐喻的使用，通过元话语的方式，为作品的主题定下了基调，引导读者进入到一个充满哲学思考的世界。

  同样，在小说结尾，这个诗一般的意境再度出现，呼应着开篇的氛围。莫拉格再次面对河水，夕阳下的波光粼粼，仿佛又唤起了她过去的记忆和感受。这里的隐喻不仅是对自然景观的描绘，更是对人生经历的一种回顾和总结。河流作为元话语，将作者的预期含义传达给读者，使读者能够深入理解作品的主题和意义。

  此外，作者还通过有意使用解释标记语和内指标记等元话语手段，尤

---

① Laurence Margaret, *The Diviners*, Toronto: McCelland & Stewart, 2007.

其在小说结尾有意地使用内指标记（Endophoric Markers）the river 等，其功能是指向文本的先前或随后部分，旨在支持读者理解文本，再次暗示人的过去在现时以及未来的人生之河中占据着不可磨灭的重要地位。解释标记语为读者提供了额外的信息，帮助他们理解隐喻背后的含义；而内指标记则通过指向文本的先前或随后部分，建立起文本内部的联系和呼应，进一步强调了隐喻在作品中的重要性和作用。

二 劳伦斯小说中宏观层面的元话语研究

自传体小说通过元话语的运用，既保留了传记的真实性，又赋予了小说的艺术性和想象性，使得作品既具有纪实性又具有文学性。元话语不仅具有帮助构建叙述结构，表达作者或叙述者观点与态度的功能，同时也有塑造人物形象的功能。在自传体小说中，人物塑造需要具有真实性。人物应该具有真实感，使读者能够与之产生共鸣。为了确保自传体小说中的人物栩栩如生，能够吸引读者并让他们沉浸在故事中，作者在编写人物对话时，应确保对话流畅自然，反映人物的个性和背景。宏观意义上的元话语关注交际的方方面面。元话语新拟研究基于元语用进行，对语境、交际目标、交际参与者等语用因素更为关注[1]。人际元语用研究关注的是如何在元语用层面实施人际关系的维护与调整、人际态度的传达与理解，反映说话人对自己和他人的交际行为得体性的判断以及使用语言手段管理自我印象、维持人际关系的能力。换句话说，人际元语用关注交际者如何使用上述元语用—语言资源实施话语信息、人际关系和语篇组织方面的管理，探究其背后的交际需求驱动和语境因素制约，凸显交际者"如何使用语言反映关于自己与他人进行互动和交际的意识"[2]。以下将从人际元语用的角度分析人物对话间使用的元话语，探讨自传体小说中人物元话语使用情况以及作者是否可以从人际元话语角度展现自传体小说的真实性。请看下例：

某天早晨，莫拉格接到了一通电话。打电话的是一个读者，向莫拉格索要出版方面的人脉并询问莫拉格关于她的创作过程。在二人的通话过程

---

[1] 陈新仁：《基于元语用的元话语分类新拟》，《外语与外语教学》2020 年第 4 期。
[2] 陈新仁、刘小红：《人际元语用：内容、框架与方法》，《外语与外语教学》2023 年第 4 期。

第六章　个案研究之二：玛格丽特·劳伦斯的小说

中，可以看出，人物在日常生活中对元话语的使用十分频繁，她们为了达到各自的交际目的也具有十分强的元语用意识。而从她们的元话语使用中，我们也得以窥见她们的性格特点。

"Hello?" Her voice anxious, tense.

"Hello? Is that <u>Mrs. – um – Miss Gunn</u> ?"

A woman's voice. Drawling a little. The welfare officer.

"Yes. Speaking."

"<u>Oh, well then</u>. You wouldn't remember me <u>Miss – er – Missus Gunn</u>, <u>but I was</u> in Dragett's Bookshop that day last October when you were there autographing your books, <u>you know</u>, and <u>actually</u> I bought Stick of Innocence."

"Spear of Innocence," Morag interjected irritably. What a rotten title. How had she ever dreamed that one up? But let's at least get it right, lady. Stick, ye gods. Freudian error. Same could be said of Spear, probably.

"Yes, that's the one," the voice went on. "<u>Well</u>, I do a lot of writing myself, <u>Miss – uh – Miss Gunn</u>, so <u>I just thought</u> I'll phone you up, <u>like</u>, and I'd be grateful if you would just tell me how you got started. <u>I mean</u>, I know once you're accepted, you don't need to worry. Anything you write now, <u>I mean</u>, will automatically get published – "

Oh, sure. Just bash out any old crap and rake in the millions. I get my plots from the telephone directory.

"<u>But, well, I mean, like</u>," the voice persisted, "did you know some person in the publishing field? How could I get to know someone?"

"I didn't know a soul," Morag said heavily, trying to force politeness and consideration into her voice. "I just kept sending stories out, that's all. When I wrote a novel, I submitted it. The second publisher took it. I was lucky."

"Yes. But how did you actually get a start? What did you do?"

"I worked like hell, if you really want to know. I've told you. There's

· 205 ·

no secret. Look, it's awfully early . I'm sorry. I'm afraid I really can't help you."

"Oh, is it early to you? I always rise at six, so as to work at my writing before I prepare the breakfast for my husband, but I guess a successful writer like you wouldn't have to worry about domestic chores – "

Certainly not. I have a butler, a cook and a houseparlour – maid. Black. From Jamaica. Underpaid. Loyal slaves.

"Look, I'm awfully sorry, but – "

"Oh well, in that case, I shouldn't have troubled you, I'm sure." Voice filled with rancour.①

(*The Diviners*: Chapter 2)

布朗和尤尔认为语言交际有两大基本目的：一是传递信息或施事；二是维护人际关系。他们指出，前者是准确、连贯地传递特定的涉事信息，如工作汇报、授课、讲座等，或以言施事，主要以任务为取向（Task – oriented）；后者以人际关系的有效管理为取向，如表达情谊或避免威胁，如问候、告别、拉家常等，让对方感觉舒适，主要以人际和谐为取向。话语要么是主要以事务性为主，要么是主要以互动性为主，而这两种主要话语类型的目标各不相同。然而，斯宾塞·欧娣坚持认为这两种功能是紧密相连的，语言使用的关系性方面在所有交流中都具有核心重要性②。斯宾塞·欧娣努力构建有关人际关系的和谐管理（Rapport Management）模式，涉及多方面的互动需求，既可实现信息传递，也可维护人际关系。前者以任务为中心，后者以人际关系管理为主要目的。但在很多语境中，信息传递及施事的成功与否，其过程本身伴随人际关系的维护，因此两大目的之间相互制约③。上面的片段中两个人物间使用的元话语就真实展现出了信息传递和人际关系之间相互制约的关系。

---

① Laurence Margaret, *The Diviners*, Toronto: McCelland & Stewart, 2007.
② Spencer – Oatey, H., *Culturally Speaking*: *Culture Communication and Politeness Theory*, London: Continuum, 2008, p. 2.
③ 冉永平：《人际交往中的和谐管理模式及其违反》，《外语教学》2012 年第 4 期。

第六章　个案研究之二：玛格丽特·劳伦斯的小说

　　这位莫拉格的读者打电话来是传递她想要知道莫拉格是否可以为她提供出版社相关的人脉资源。为了达到这个交际目的，她非常小心谨慎地使用了受话人元话语 Mrs. – um – Miss Gunn，以及十分多的模糊限制语 Oh、well then、But、well 等以及信息元话语 I mean、like 进行铺垫。她对该如何正确称呼对面的作家莫拉格的不知所措和犹豫体现在她三次都没有决定到底是叫莫拉格夫人还是小姐，这也是她对彼此关系的元语用意识的彰显。她为了实现交际目的，十分努力地用元话语等语言资源维护二人之间的人际关系。而她对二人之间的不平等读者—作者关系也十分敏感。在她的话语中，她巧妙地使用受话人元话语 You wouldn't remember me Miss – er – Missus Gunn 来提升莫拉格的地位，即她作为一个闪耀的作者，理所应当记不住成千上万的读者。但是她也想突出自己的独特之处，因此她刻意使用了发话人元话语 but I、I just thought，并用 actually 强化她的发话人身份。在得到莫拉格的否定回答后，这位读者并没有放弃，她转而改变了她所想要传递的信息内容，也即她改变了她的交际目的，这次，她想了解莫拉格的创作过程。对话已经开始，这次她不再继续使用大量的模糊限制语进行铺垫，直接将问题抛给莫拉格。但是莫拉格并不想就此与她展开讨论。因此，莫拉格用语篇元话语 look，试图转移话题，以及 it's awfully early 这一语境元话语暗示对方对于两个陌生人来说这并不是个通话的好时间，更不是讨论这些话题的场合。但这位读者并没有放弃，她通过受话人元话语 a successful writer like you 来凸显对方的身份，以期得到问题的答案。莫拉格持续用语篇元话语 look 来表达拒绝。该读者发现她的交际目的无法达到之后，也失去了维护二人之间人际关系的动力，甚至没说再见，不等莫拉格做出反应就挂了电话。

　　从莫拉格与读者的互动中我们可以看出一个作家在工作中的真实场景与无奈，而人物作为交际者在对话间使用的元话语则反映了劳伦斯在刻画细节和描绘事件上展现出自传体小说的真实性特点。

　　元话语也可以展现自传体小说人物的真实性与复杂性。请看以下例子：

　　"Och aye. Only showing them what they thought they would be expecting to see, then, do you see?"

…

"Look at it this way," Christie says. "All these houses along here, Morag. I don't say this is so of all of them, now, but with the most of them, you can see from what their kids say, what they're saying. Some of them, because I take off their muck for them, they think I'm muck. Well, I am muck, but so are they. Not a father's son, not a man born of woman who is not muck in some part of his immortal soul, girl. That's what they don't know, the poor sods. When I carry away their refuse, I'm carrying off part of them, do you see?"

…

"By their garbage shall ye know them," Christie yells, like a preacher, a downy preacher. "I swear, by the ridge of tears and by the valour of my ancestors, I say unto you, Morag Gunn, lass, that by their bloody goddamn fucking garbage shall ye christly well know them. The ones who eat only out of tins. The ones who have to wrap the rye bottles in old newspapers to try to hide the fact that there are so goddamn many of them. The ones who have fourteen thousand pill bottles the week, now. The ones who will be chucking out the family albums the moment the grandmother goes to her ancestors. The ones who're afraid to flush the safes down the john, them with flush johns, in case it plugs the plumbing and Melrose Maclaren has to come and get it unstuck and might see, as if Mel would give the hundredth part of a damn. I tell you, girl, they're close as clams and twice as brainless. I see what they throw out, and I don't care a shit, but they think I do, so that's why they cannot look at me. They think muck's dirty. It's no more dirty than what's in their heads. Or mine. It's christly clean compared to some things. All right. I'll please them. I'll wade in it up to my ass. I could wade in shit, if I had to, without it hurting me. I'd like to tell the buggers that."

…

"Now then, Morag," he says in his real voice, "what a bloody fool,

第六章　个案研究之二：玛格丽特·劳伦斯的小说

talking to you like that. I want my head looking at, that's God's truth. But I took this job, you know, because I fancied it. I could've worked for the CPR. Nothing elevated, I was not having had the full High School for various reasons. It was after I came back from the war. Lot of muck lying about there, in France, <u>I can tell you</u>, most of it being – "①

(*The Diviners*：Chapter 2)

莫拉格·甘5岁时就成了孤儿，被父亲的战友克里斯蒂·洛根抚养。克里斯蒂长相奇异，地位卑微，家境清寒。他自愿当镇上的垃圾清扫工，被镇里人称为"捡破烂的"。为此，童年的莫拉格受尽羞辱。以上场景是莫拉格和他养父在去垃圾场时，克里斯蒂装傻来逗弄孩子们。莫拉格对此感到不解和丢脸时，他对莫拉格倾诉内心的情节。在克里斯蒂的言谈中，充斥着元话语尤其是受众元话语的存在，体现其管理演讲受众对信息的理解进程、引导受众理解其语用行为意图、激活受众背景知识和共知建构、满足受众对演讲内容的认知期待、建立与受众互动和情感认同的元语用意识，意在实现知识和思想传递的交际意图，构建与受众之间的和谐结盟关系②。在这里，克里斯蒂使用了直接指称受众的 you 表达式如 you can see、I tell you、shall ye christly well know them、I say unto you 以及直接指称受众的名字 Morag 及身份 girl，隐性指称受众的祈使表达式 Look at it this way，修辞疑问表达式 then、do you see? 引导和强化克里斯蒂的看法和观点，引发莫拉格的介入并积极思考。从克里斯蒂的元话语使用情况来看，尽管他的职业、出身、长相都十分平凡，甚至被人鄙视，但却无法否认他是一个头脑清晰、逻辑缜密、表达能力突出的男性。他的侃侃而谈让莫拉格有一种听布道的感受，这也为克里斯蒂的宗教意味做下铺垫。克里斯蒂形象的真实与复杂让他的言辞与行动在每时每刻影响着莫拉格变得合理起来。

---

① Laurence Margaret, *The Diviners*, Toronto：McCelland & Stewart，2007.
② 姜晖：《TED 演讲中受众元话语的元语用分析》，《外语与外语教学》2020 年第 4 期。

第三节　劳伦斯自传体小说中的语用身份研究

自传体小说中人物是复杂和多维的。他们的性格有深度，不仅仅是表面的特征，还展示内心的冲突和成长。人物与不同的交际对象在不同语境中的对话不仅体现其不同的身份意识，包括强势身份、弱势身份、突显身份和情感身份，对身份的动态选择呈现了身份建构过程，体现了人物的成长与经历。

"身份工作是由参与者决定或做出的，而不是分析者。"① 交际者使用什么身份进行交际是一个动态选择的语用过程。本章旨在详细探究这一语用过程，以便更好地了解交际者发出和理解特定话语的机制，认识影响交际效果的深层因素。在言语交际过程中，语用身份的选择主体可以是说话人，也可以是听话人，甚至可以是旁观者。说话人不仅给自己选择语用身份，还会给听话人甚至第三方选择语用身份。下面，我们就上述语用身份的选择开展具体的探讨。

一　劳伦斯自传体小说中语用身份选择的共时动态性

语用身份是交际者或当事人若干社会身份中某个（些）身份语境化、语用化的产物，这一过程具有动态性。相关身份在语境中的形成和呈现过程是动态的，不是参照固定不变的规则机械进行的，而是需要考虑流动变化的语境需要，可能会随着语境的变化而发生变化。由于交际需求会随语境的变化而发生变化，语用身份的选择同样具有动态性。笼统地讲，语用身份选择的动态有共时的一面，也有历时的一面。后者指相同的交际者在不同时期更换语用身份②。

语用身份选择的共时动态性，指的是当前交际情境下同一交际者随着交际的展开而对自己或对方重建语用身份。

---

① 陈新仁：《语用身份论：如何用身份话语做事》，北京师范大学出版集团2018年版，第64页。
② 陈新仁：《语用身份论：如何用身份话语做事》，北京师范大学出版集团2018年版，第64页。

第六章 个案研究之二：玛格丽特·劳伦斯的小说

劳伦斯的第二部小说《上帝的玩笑》写的是34岁的未婚女教师雷切尔冲破自身感情压抑的故事，统领全书的是女主人公的恐惧、疑虑、缺乏自信，和《石头天使》中夏甲（Hagar）的自信与孤傲正好相反。故事仍然用第一人称叙述，但基本上是按时间顺序进展，不像《石头天使》那样现在与过去频繁交织。

书名《上帝的玩笑》取自故事发展的一个关键情节：雷切尔和回到小镇度假的中学老同学尼克短暂相爱，产生了做妻子、做母亲的强烈渴望，而尼克并没有这种打算，不辞而别。雷切尔怀疑自己怀孕，检查结果却是个良性肿瘤，这就是"上帝的玩笑"。上帝的玩笑让雷切尔虚惊一场，她可以安全地回到她以往的生活中去，但已经复苏的女性和母性本能激发她同过去决裂，她克服了恐惧与自卑，寻找到了新的自我。所以"上帝的玩笑"是雷切尔人生的转机，也具有普遍意义的象征性：人生何处没有上帝的玩笑？它和我国的"柳暗花明"是同样的哲理。

雷切尔在镇上学校教小学生14年，已是一个老处女，专制但爱说教的母亲和闲言碎语的小镇环境长期以来给她造成难以克服的压抑。她本已经准备上大学逃离小镇，但父亲的去世打破了她的大学梦，只能留在小镇照顾多病的母亲。小镇的一切都使她害怕，怕闲言碎语、怕母亲的病、怕母亲的霸道与说教、怕校长、怕学生、怕自己、怕生活。尼克的到来犹如一阵春风吹进窒息着雷切尔的环境中，几次约会后她便坠入爱河，企盼通过爱情和结婚生子来改变自己的状况。结果出现了"上帝的玩笑"。雷切尔躺在冰冷的手术台上，平静下来，彻底放弃了靠尼克得救的幻想。出院后，犹如囚徒获得自由，决心靠自己改变自己的状况。雷切尔决定离开玛纳瓦卡，带上老迈的母亲搬到姐姐斯泰茜居住的沿海城市温哥华。此去前景如何，她尚不清楚，但有一点她非常清楚：上帝的玩笑给了她新生的力量，她已不像从前那样惧怕生活，她开始学习恰当的生存之道[①]。

由于语用身份具有情境敏感性，相对于特定的情境而言，自然就会存在默认语用身份和非默认语用身份。说话人（包括作者）作为言语交际的

---

① 逄珍：《加拿大英语文学发展史》，上海外语教育出版社2010年版，第271—272页。

一端,在发起特定话语时面临一些基本的事实。

　　对于说话人来说,无论愿意与否,喜欢不喜欢,只要在当前语境下说话,就必然要做出语用身份的选择。进入社会互动情境中的交际者往往拥有多种社会身份,是集各种社会身份于一身的"聚合体"。然而,对于任何特定时刻的互动尤其是发出某个特定的话语而言,说话人往往只能选择一种身份(尽管偶尔不止一种)与当前的交际目标发生关联。这时,其他的社会身份依然存在,但处于"屏蔽"状态,只有被选中的那个身份才会转化为语用身份①。

　　在《上帝的玩笑》一书中,女主人公雷切尔是以老师的身份出现在读者面前的。因此,很自然地,读者对她在当前语境中的身份定位是老师,而不是其他的身份。事实上,雷切尔的老师身份也贯穿了小说的始终。例如:

"Come along, Grade Twos. Line up quietly now."
"Come along, now. We haven't got all day. James, for goodness' sake, stop dawdling."②

(*A Jest of God*: Chapter 1)

　　显然雷切尔说的这些话是与教师的身份相符的。不过,如我们在第四章中提及的那样,语用身份的选择具有情境敏感性。俗话说,"到什么山唱什么歌"。在语用学界和修辞学界,人们常用这句话说明语境的作用。其实,除了时间、地点等语境因素外,更重要的是人这一语境因素,即谁跟谁说话,这就涉及交际者双方的身份问题。在日常生活中,情境对于身份选择的影响是随处可见的。比如,张强在办公室与同事聊天时主要是以同事的身份说话,而进入教室与学生交谈时则主要是以教师的身份说话③。

---

① 陈新仁:《语用身份论:如何用身份话语做事》,北京师范大学出版集团2018年版,第64页。
② Laurence Margaret, *A Jest of God*, Toronto: McCelland & Stewart, 2009.
③ 陈新仁:《语用身份论:如何用身份话语做事》,北京师范大学出版集团2018年版,第69页。

第六章 个案研究之二：玛格丽特·劳伦斯的小说

在下文中，当雷切尔和学校的教导主任威利尔谈话时，雷切尔的身份就受到情境的影响，不再是教师，而是同事。对话内容——威利尔邀请雷切尔来家里吃饭这样运用在熟人之间的对话可以看出这种身份。

"What is it?" An hour seems to have passed since he spoke, but it's only a second. I can't keep this stupid edge of anxiety out of my voice. "Anything the matter?"

"Oh no," Willard says, looking surprised. "Angela and I wondered if you'd come over for dinner tonight, that's all."

That's all he had to say. An invitation for dinner. Angela, his petulant do – gooding wife, forever preferring kindness to the single teachers. I don't want to go. I can't, I really can't anyway.

"Oh – thanks – that's awfully nice of you, but I'm afraid I can't. Tonight is Mother's bridge night. I always do the coffee and sandwiches. She gets too fussed if she has to do everything herself."①

(*A Jest of God*: Chapter 1)

交际，尤其是面对面的二人交际，是一个互动行为。说话人会根据自己的认识，判断选择自己的语用身份并相应地设定对方的身份，而听话人也不总是消极地接受说话人给自己设定的身份，而是根据情况选择自己的语用身份②。在这里，雷切尔并没有消极地接受威利尔给自己设定的身份，而是根据自己的交际目的而故意打破语境的制约，选择用不符合当前情境要求的身份说话。她主动选择了不符合当下谈话的女儿身份来达到拒绝威利尔的目的。

此外，语用身份的建构具有交互磋商性。听话人不仅不是消极地接受说话人给自己设定的身份，而且，听话人在理解特定话语时会选择自己的语用身份，听话人可以对说话人帮助自己选择的身份表示认同、加以拒

---

① Laurence Margaret, *A Jest of God*, Toronto: McCelland & Stewart, 2009.
② 陈新仁:《语用身份论：如何用身份话语做事》，北京师范大学出版社集团2018年版，第69页。

绝、做出修正等。说话人选择的身份会带来对方身份（重新）定位，而对方未必认可或认同，这时语用身份需要经过双方协商来确定①。

"Hallo, child."
Calla. I wish she wouldn't call me child. It sounds ridiculous. I've asked her not to, but she doesn't stop. She's carrying, I see now, a potted plant. A hyacinth, bulbously in bud and just about to give birth to the blue – purple blossom.
"Here you are. For your desk. So you'll be convinced spring is upon us."
"Calla – it's lovely. How kind of you." It really is, and I'm not thanking her surciently. She may guess how awkward I feel about her generosity. "Thanks ever so much. You shouldn't have."②

(*A Jest of God*: Chapter 1)

在上例中，凯拉与雷切尔交往甚密，凯拉视雷切尔为己出。所以，凯拉喜欢称雷切尔为 child、kid。但凯拉使用"孩子"称呼雷切尔时，她并没有表示出任何赞同。当听话人不满意说话人对自己的语用身份定位时则会明确加以质疑或否认。雷切尔的内心独白说明了她是多么厌恶这一称谓。交际双方不仅可以通过协商选择合适的语用身份，而且还可以使用相关的语言资源加以建构或重新界定。当说话人故意、公开地没有按照当前交际双方常规社会关系指定的默认身份进行交际而违背身份准则时一定有其特别的用意，往往会实施不寻常的语用功能（如建立平等关系、亲近关系、敌对关系等），会对交际双方的社会关系产生积极或消极的影响③。首先，雷切尔使用 Calla 直接称呼对方，而没有使用凯拉

---

① 陈新仁：《语用身份论：如何用身份话语做事》，北京师范大学出版集团 2018 年版，第 69—71 页。
② Laurence Margaret, *A Jest of God*, Toronto: McCelland & Stewart, 2009.
③ 陈新仁：《语用身份论：如何用身份话语做事》，北京师范大学出版集团 2018 年版，第 67 页。

第六章 个案研究之二：玛格丽特·劳伦斯的小说

所期待的任何尊称或者拉近二人距离的亲密称呼语。相反地，雷切尔的回答充斥着非常多的礼貌语。一般来说，当两人的关系越疏远，陌生时，人们更倾向于使用礼貌用语。而雷切尔和凯拉作为熟人，过于礼貌会带来相反的交际效果。雷切尔使用过量的礼貌用语对"孩子"这一语用身份加以否认，并构建出"普通朋友"的身份。

有时，语用身份的频繁变换可以带来意想不到的效果。请看下例：

语用身份的选择可以是一个具有高度意识性的过程，也可能是一个几乎毫无意识性的过程。语用身份选择多数时候是一种默认的行为，没有凸显性（Salience），因而说话人对其身份的选择的意识程度很低。说话人通过语用身份标记语刻意突出发话的语用身份时，则表明了很高的意识程度①。在雷切尔和儿时的同学尼克相遇并相恋后，她产生了做妻子、做母亲的强烈渴望，而尼克并没有这种打算，不辞而别。雷切尔怀疑自己怀孕，因此去检查。在这里，雷切尔对自己的身份定位为"准妈妈"，这体现在她和凯拉的对话有意提及"怀孕"以及她对医生描述病情时的话语内容"这个月没有来月经"可以看出她有很高的意识程度。

"What if I was pregnant, Calla?"

"What's the trouble? Not the bronchitis again, I hope?"

"No. I – I've missed my period this month."②

(*A Jest of God*：Chapter 10)

但是医生瑞文对其身份的选择意识却很低。这种低语用身份意识导致了他无法正确理解雷切尔的焦虑与担心。医生瑞文作为说话人在给自己选择语用身份——"医生"的同时也会给雷切尔选择理解其话语的语用身份，即"患者"，尤其是肿瘤患者，从其相关话语内容选择可以了解说话人当下试图建构的身份关系。

---

① 陈新仁：《语用身份论：如何用身份话语做事》，北京师范大学出版集团2018年版，第65页。

② Laurence Margaret, *A Jest of God*, Toronto：McCelland & Stewart, 2009.

"Don't worry," Doctor Raven says. "I know what you're worried about."

I strain to meet his eyes. "You do?"

"Of course. Look, Rachel, you're an intelligent woman. I can say this to you. Half the people who come into my once are worried about a malignancy, and with most of them it's been absolutely unnecessary, all that worry. This could be due to any number of causes. But for heaven's sake don't jump to the worst possible conclusion. Wait until we've seen. I may as well examine you internally now."①

(*A Jest of God*: Chapter 10)

瑞文医生的话语内容是"医生"安慰"患者",劝慰雷切尔患肿瘤的可能很小,并且结果应该不会太差。医生凭借自己的默认身份判定雷切尔是担心自己患了肿瘤,但却完全没有考虑过雷切尔是害怕自己怀孕的可能。他语用身份意识的低下导致了他的安慰对雷切尔没有产生任何效果。但也加剧了小说的艺术效果。

在护士告知雷切尔检查结果前,雷切尔已经认定了自己"母亲"的身份。

"I am the mother now."

但是,她的这一语用身份立马被检查结果所推翻。良性肿瘤这一诊断将雷切尔从母亲的身份又拉回到患者身份。

"You are a lucky young woman,"

"You are out of danger,"

但显然,雷切尔并没有准备好接受她的新身份

---

① Laurence Margaret, *A Jest of God*, Toronto: McCelland & Stewart, 2009.

第六章　个案研究之二：玛格丽特·劳伦斯的小说

"How can I be – I don't feel dead yet."①

(*A Jest of God*：Chapter 11)

从雷切尔认定自己是"准妈妈",到医生认定雷切尔是患者,再到护士确认雷切尔"肿瘤患者"的身份,雷切尔对身份转变无所适从。在这一系列的身份转换中,作者巧妙地点明这是上帝和雷切尔开的一个玩笑。

二　劳伦斯自传体小说中语用身份选择的历时动态性

《上帝的玩笑》展示了当前交际情境下同一交际者随着交际的展开而对自己或对方重建语用身份,揭示了语用身份选择的共时动态性。此外,相同的交互主体在不同时段与相同的交际客体互动时选择的语用身份可能会发生变化。交际主题的身份变换有时甚至跨越更长的时间。语用身份选择的历时动态性在成长小说和自传文学等文学题材上表现得更加明显。先来看雷切尔和尼克在不同时段互动时选择的语用身份是如何发生变化的。

"Hello, Rachel."

Has someone spoken to me? A man's voice, familiar. Who is it?

"It is Rachel, isn't it ?" he says, stopping, smiling enquiringly.

He is about the same height as myself. Not thickly built, really, but with the solidity of heavy bones. Straight hair, black. Eyes rather Slavic, slightly slanted, seemingly only friendly now, but I remember the mockery in them from years ago.

"Nick Kazlik. You haven't been back in Manawaka for a long time."

"No, that's right, I haven't."

"What are you doing now ?"

"Teaching," he says, "in a High School."

"In the city?"

"Yes," he says, with a quirk of a smile.

---

① Laurence Margaret, *A Jest of God*, Toronto：McCelland & Stewart, 2009.

"What're you doing back here?" I have to rush to fill the empty spaces with words, and then I realize there is only one thing he could be doing here.

"I came back to be with my parents for the summer. They're getting on."

"Yes, of course. I – well, of course."

"What are you doing here, Rachel?"

"I – oh, I live here."

What a moronic thing to say. As though that explained my presence.

"Oh? You're married, then?" "No. No – I'm living with my – I keep house for my mother since my father – he's dead, you know. And I teach, of course."

"I mean – " but I'm fumbling this amendment, "I'm a teacher – also ."

"Are you? Whereabouts?"

"Grade Two." I'm laughing – tittering, maybe – yes, for Christ's sake, that. "I wouldn't want to cope with High School."

"Trample their egosfirmly," Nick says. "It's the only way."

"Oh – I wouldn't have thought so – "

He laughs. "No?"

"Been here long, Rachel?" he asks.

"A while. My father died – "

"Yes. You said."

"I'm sorry," Nick is saying, still speaking about my father, whom momentarily I had forgotten.

"Well – it was some time ago." So no condolence is required, and I've pushed away his well – intended words? I must say something.

"Anyway, that's when I came back. I didn't finish college."

"I didn't know that."

第六章　个案研究之二：玛格丽特·劳伦斯的小说

"No, of course. I mean, of course you wouldn't know."①

(*A Jest of God*：Chapter 4)

在雷切尔和尼克多年后重逢时，他们二人的身份是彼此学生时代的旧相识。我们可以看到在这个场景中，二人都有意地使用了身份凸显策略。言语交际中一般默认不必提及自己、对方或第三方的身份，那么，一旦说话人或作者在话语中刻意提及身份信息，就可以看作一种凸显策略，目的是强化从相关身份角度解读当前的话语②。这种策略最典型的表现是使用身份标记语 teacher 等来说明彼此的近况。此外，二人使用了一系列的问句来了解对方目前和过去的生活。但是，当尼克约雷切尔出去，并且雷切尔也答应了的时候，二人的语用身份便发生变化。

"What is there to do here in the summer?" Nick asks.
"I don't – well, not a great deal, I guess."
"Would you come to a movie on Friday night, Rachel?"
"Oh. Well – I guess – well, thanks. I – yes, I'd like to."
"Good. Fine. Eight?"
"Yes. That's – fine."
"See you, then. Oh, wait, Rachel. I don't know where you live."③

尼克用邀请的言语行为在短时间内拉近并改变了二人的语用身份。他们不再是多年不见的旧相识，而是关系更加亲密的约会对象。

随着二人约会次数的增多，两人的身份从约会对象变为了恋人。

"I like the way you do that, Rachel."
"Do what?"

---

① Laurence Margaret, *A Jest of God*, Toronto：McCelland & Stewart, 2009.
② 陈新仁：《语用身份论：如何用身份话语做事》，北京师范大学出版集团 2018 年版，第 122 页。
③ Laurence Margaret, *A Jest of God*, Toronto：McCelland & Stewart, 2009.

"Oh – run your fingers along my ribs."

"It's because they're amazing."

"Are they? Why?"

"I don't know. I can't say. Just to feel you living there under your skin."

"<u>Darling – be careful, eh?</u>"①

(*A Jest of God*: Chapter 8)

在这一片段中，我们可以看到，尼克称呼雷切尔为"亲爱的"，这一称呼语和二人的谈话内容之亲密共同建构了"恋人"身份。

值得一提的是，说话人有时选择的语用身份未必是自己真正具有的社会身份。随后，当雷切尔提出她想结婚和做母亲的想法后，尼克给自己构建了虚假的"已婚男人""父亲"身份。

"Don't make a major production of it, eh?" he says, defensively.

"I've said more than enough, about everything. <u>Look – did I ever show you this</u>?"

He pulls out his wallet and extracts a photograph. It has been in there for some while, and the edges of the paper are softened with handling. It is a picture of a boy about six years old, not set against any background, just a boy standing there. A boy whose face and eyes speak entirely of Nick.

Why is it that it should never have occurred to me, that he was married and had children?

"Yours?"

My voice is steady. When it actually comes to it, I can manage at least this much. Your son? What a nice photograph.

---

① Laurence Margaret, *A Jest of God*, Toronto: McCelland & Stewart, 2009.

第六章　个案研究之二：玛格丽特·劳伦斯的小说

"Yes," he says, taking the picture away from me. "Mine."[①]

(*A Jest of God*: Chapter 8)

　　身份的选择与建构会影响交际效果的取得,促进或阻碍交际目的的实现。选择不同的语用身份会产生不同的交际价值,进而会带来不同的交际效果。尼克通过给雷切尔看一个男孩的照片构建出父亲的身份。但事实上,尼克并没有结婚,也没有孩子。尼克用虚假语用身份结束了二人的关系。至此,雷切尔又成了单身女性。

　　我们再来看《上帝的玩笑》中另一对更为重要的交际者的语用身份历时变化情况。一般而言,语用能力正常的人都具有足够强烈的身份意识,即根据具体交际语境选择合适的身份进行交际的意识。在开篇,劳伦斯为我们展示了在学校这个语境下雷切尔的教师身份。当情境发生变化,雷切尔需要采用与当前交际情境相适应的语用身份进行交际。在家庭中,她不再是教师,而是女儿的身份。请看下例:

"I'm sorry. I didn't mean to be so long."

"It's quite all right, dear. I did begin to wonder a little, that's all, what could possibly have kept you so long, or if you'd had some kind of accident – "

"Oh Mother. For heaven's sake. It's only half past twelve. I was talking to someone. Nick Kazlik, actually. He's back for the summer."

"Who dear? I don't believe I know him."

"Nick Kazlik. You know."

"Oh – you mean old Nestor's son?"

"Yes. He's a High School teacher. In the city."

"Really? How did he manage that?"

"I couldn't say. Some miracle, I suppose. Divine intervention, maybe."

"Really, Rachel," she says, exceedingly perturbed. "There's no

---

[①] Laurence Margaret, *A Jest of God*, Toronto: McCelland & Stewart, 2009.

need for you to speak to me like that. If you please."

"I'm sorry. I'm sorry."①

(*A Jest of God*: Chapter 4)

与尼克偶遇之后,雷切尔回到家中。在与母亲的谈论中,雷切尔是女儿身份特征:她和母亲聊天时不断用称呼语 mother 凸显对方身份。此外,雷切尔也多次使用弱势群体倾向于使用的道歉话语。卡梅隆的回答构建出了一个宽宏大量不计较的母亲身份。当询问售奶人的儿子尼克是怎样设法成为高中教师的,雷切尔开了个玩笑说"我想是某一奇迹。可能是上帝的干预"。卡梅隆却无法容忍女儿不"节制"的样子。可以看出,此时,二者的权力关系和身份是非常不对等的。卡梅隆是专横、保守的母亲;雷切尔是压抑、谨慎的女儿。

经过与尼克的短暂恋爱,雷切尔发现自己怀了孕,而更出乎意料的是,她发现她怀的是一个良性肿瘤。但已经复苏的女性和母性本能激发雷切尔同过去决裂,她克服了恐惧与自卑,寻找到了新的自我。小说结尾,雷切尔义无反顾地和母亲离开了玛纳瓦卡。不仅如此,二人的身份也完全调转了。

"Now please don't be silly, Rachel. It's out of the question, dear, I'm afraid."

"No. It's what we're going to do."

…

"Oh, indeed? And I suppose you don't think it was a strain for me, bringing you and Stacey up, with your father about as much use as a sick headache, and –"

"Hush. Hush, now. I know. It wasn't easy for you. Why should you think mine must be any easier for me?"

"Rachel, you're not yourself. You're not talking a bit sensibly, dear. I

---

① Laurence Margaret, *A Jest of God*, Toronto: McCelland & Stewart, 2009.

第六章 个案研究之二：玛格丽特·劳伦斯的小说

can hardly follow you. I just don't see what you're getting at. You're talking so disjointedly."

"I'm sorry – I mean, try. Try to listen."①

(*A Jest of God*：Chapter 12)

雷切尔下定决心要离开玛纳瓦卡并将母亲一起带离。母亲不愿意离开玛纳瓦卡，她想借由微观话语层面上的称呼语 dear 和表示礼貌与请求的 please 拉近和雷切尔的人际距离，以期劝服她不要离开玛纳瓦卡。而在此刻，雷切尔已经不再是那个恐惧、退缩、自卑的女儿身份。从宏观话语层面来看，雷切尔思想表达十分直接，她也使用了拒绝的言语行为。同时，她拒绝使用道歉话语，而是建议类言语行为。这些都构建出她强势的决策者身份。

"Don't be. Oh, listen, I mean it. It's going to be all right. Look, you may even like things, once we get there."

"All my friends are here, Rachel. I can't leave. I wouldn't know a single solitary soul. No one. Think of it. I've lived here all my – "

"Yes. That part of it is too bad. I know. But there's Stacey, don't forget, at the coast."

…

"Rummage sale? My things? I won't. I simply will not."

"Yes. We'll have to ."

"Oh Rachel – it's mean of you. You've turned really nasty and mean, and I can't see what I've ever done to merit it. It's not fair. It's not fair!"

"Hush, hush now. Sh, Sh. I know. It's not fair. You're quite right. Try not to cry. Here – here's your handkerchief. Blow your nose. Then you'll feel better. I'll get your sleeping pill now. It'll calm you."

"I don't want to move, Rachel. Please."

---

① Laurence Margaret, *A Jest of God*, Toronto: McCelland & Stewart, 2009.

"I know. But we have to."①

(*A Jest of God*：Chapter 12)

另外，雷切尔的另一语用身份就是"母亲"身份。作为家里的掌权者，她可以拒绝卡梅隆要待在小镇的请求。同时，面对卡梅隆崩溃的情绪。她采用哄孩子的 Hush，hush now. Sh，Sh 语气词以及安慰性话语来构建母亲身份。

"I very much doubt," she says, "that my silly old heart would stand the move."

"I have considered that. I've considered it quite a lot. But – I think we will just have to take the risk."

…

"Rachel, you're talking so peculiarly. Doctor Raven has been my doctor for goodness knows how long. If he doesn't know what's what, dear, who does, may I ask?"

"I don't know. I've no idea. God, for all I know." Is it some partial triumph, that I can bring myself finally to say this, or is it only the last defeat?

"I'm sorry."

I am the mother now. ②

(*A Jest of God*：Chapter 12)

卡梅隆发现雷切尔态度坚决后，又构建了病人的身份，以期得到雷切尔的同情。但是雷切尔并没有做出退步。雷切尔态度之坚决以及卡梅隆的被动又进一步构建出雷切尔的监护人和赡养者身份。至此，雷切尔和卡梅隆的身份以及权势关系完全倒转。

---

① Laurence Margaret, *A Jest of God*, Toronto：McCelland & Stewart, 2009.
② Laurence Margaret, *A Jest of God*, Toronto：McCelland & Stewart, 2009.

从消极的忍受到断然离开，这种变化的发生不是由于性的吸引力，而是由于情愿自己受到责难和努力使自己活下去。她的离去不是逃跑，而是一种肯定[①]。雷切尔身份建构过程体现了身份意识的转变：从丧失身份意识的被压迫者形象，成长为找寻自我价值的反抗者形象，最终成为实现人格独立的解放者形象。

第四节 本章小结

通过对玛格丽特·劳伦斯小说的深入研究，我们不难发现其作品中独特的女性书写特点、元话语运用及语用身份选择的精妙之处。劳伦斯以其敏锐的观察力和细腻的笔触，成功塑造了一系列鲜活的女性形象，她们或坚韧不拔，或柔情似水，或智慧超群，都成为文学史上不可或缺的经典角色。

在女性书写方面，劳伦斯突破了传统文学的束缚，以女性视角出发，深入探索女性的内心世界与情感变化。她笔下的女性人物不再是简单的附属品或工具人，而是有着独立思想、情感和追求的个体。这种以女性为中心的叙事视角，不仅增强了作品的真实感和代入感，也让我们对女性在社会中的地位和角色有了更为深刻的认识。

此外，劳伦斯的作品中还蕴含着丰富的元话语和语用身份研究价值。她巧妙地运用元话语手法，使得作品呈现出多层次的内涵和意义，引导读者进行深入思考和解读。同时，她通过对语用身份的选择和塑造，精准地展现了人物性格和情感变化，使得作品更加生动和真实。

综上所述，玛格丽特·劳伦斯的小说以其独特的女性书写特点、元话语运用及语用身份选择，为我们展现了一个个鲜活的女性世界。她的作品不仅具有深厚的文学价值，也为当代文学创作提供了宝贵的启示和借鉴。相信在未来的文学研究中，劳伦斯的作品将继续受到更多关注和探讨。

[①] 潘绍玺：《论玛格丽特·劳伦斯作品中的妇女形象》，《求是学刊》1997年第3期。

第七章

个案研究之三：
玛格丽特·阿特伍德的小说

玛格丽特·阿特伍德，作为当代加拿大文学的重要声音，以其独特的女性书写元素和深刻的主题探索，吸引了全球读者的目光。她的作品不仅描绘了复杂多变的女性人物，还深入探讨了女性在社会、文化和心理层面的困境与挑战。本章首先总结阿特伍德的小说中女性书写元素，接着以元话语和语用身份构建，进一步理解其作品的艺术魅力和社会意义。

阿特伍德的小说创作始终贯穿着对女性命运的关注。她笔下的女性人物不再是传统文学中被动、柔弱的形象，而是拥有独立思想、复杂情感和强烈自我意识的现代女性。这些女性角色在面对困境时，展现出了坚韧不拔、勇敢抗争的精神，成为阿特伍德小说中不可或缺的一部分。同时，阿特伍德还善于运用不可靠的叙述者这一叙事技巧，通过打破传统叙事结构的束缚，为读者呈现了一个更加真实、复杂的世界。这种叙事手法不仅增加了小说的艺术表现力，也深化了作品的主题内涵。此外，阿特伍德还是女性主义科幻小说的重要代表。她将科幻元素与女性主义思想相结合，创造了一个既充满想象力又富有深刻社会意义的文学世界。在这个世界中，女性不再是配角或附庸，而是成为推动故事发展的关键力量。

在之前的章节中，我们详细探讨了元话语在多种情境下的作用。基于海兰德的元话语分析模式，我们分析了作者在创作过程中如何利用元话语来精心构建文本结构，引导读者深入理解，并加强文本的连贯性和说服力。此外，利用陈新仁的元话语理论，我们还探讨了小说中人物在交际中运用元话语的方式，如何影响对话走向，展现个性特点，并塑造人际关系的动态发展。值得进一步讨论的是，元话语与语用身份之间存在着密切的互动关系。身份元话语，作为语用身份意识的元话语表征，在小说中通过人物的语言使用，展现了他们对自身、他人或群体身份的认知和定位。这种使用不仅反映了人物的语用身份意识，还揭示了他们如何有意识地凸显、质疑、否认或解构各种身份。

在深入探索玛格丽特·阿特伍德的小说世界时，语用身份理论为我们提供了一扇独特的窗口，让我们得以窥见小说中人物作为交际者如何巧妙地运用身份进行施事，并评估其交际得体性。这些角色不仅通过言语和行为传递信息，更在交际过程中构建和展示其身份，以此影响他人的态度和行为。本章将借助这一理论框架，探讨小说中人物的身份运用，并进而解读小说所蕴含的主题。

第一节 阿特伍德小说创作中的女性书写元素

一 阿特伍德的生平述略

玛格丽特·阿特伍德是继劳伦斯以及门罗之后又一位领导加拿大文坛的女作家，有"加拿大文学女王"之誉。阿特伍德创作领域很广，在小说、诗歌、评论等方面都有极高建树。她成名很早，近半个世纪笔耕不辍，文学声望扶摇直上，成为享誉世界的文学大师。21 世纪以来她成为诺贝尔文学奖众所注目的人选之一，虽还没有获此殊荣，她的声望与影响却早已超过了不少已经获过此奖的文学家。

阿特伍德出生于渥太华，和许多文学家的成长一样，自小读着文学经典故事长大，父亲丰富的藏书是她青少年时代的最好伙伴。1957 年进入多伦多大学维多利亚学院攻读哲学和英语文学，早有成为作家志向的阿特伍德刻苦用功，生活俭朴，受到学院教授的赏识，其中一位是著名女诗人杰伊·麦克弗森，另一位就是弗莱。这两位教授对阿特伍德的创作和理论研究有过很大的影响，尤其是弗莱，阿特伍德的理论专著《幸存：加拿大文学主题指南》(*Survival—A Thematic Guide to Canadian Literature*) 基本上就是弗莱文学理论的具体运用。1961年秋，阿特伍德赴美国麻省拉德克利夫学院攻读文学硕士学位，1962年取得硕士学位后，进入哈佛攻读博士学位。1967年1月通过博士学位论文资格考试，同年3月传来《圆圈游戏》(*The Circle Game*)获总督文学奖的消息，紧接着便是多家出版社的约稿，她放弃了博士学位论文。1969年她的第一部小说《可以吃的女人》出版，从而开始了她小说家的生涯。

阿特伍德不到10年便在文坛迅速崛起，20世纪70年代后逐渐成为加国文坛主帅。1977年《玛拉巴特评论》出了一期评论阿特伍德及其作品的专辑，将她视为文学天才。作为名人的阿特伍德在繁忙的应酬之余仍坚持写作，并努力有所新的突破，《肉体伤害》(*Bodily Harm*)和《使女的故事》两部小说以独特的背景实现了她的突破。1981年阿特伍德获得加拿大勋章，并出任加拿大作家协会主席。此后阿特伍德公众活动更多，各种荣誉也接踵而来。1984年至1986年间，她担任国际笔会加拿大分会主席，为提升加拿大文学的国际地位做出了贡献。1988年又一部重要小说《猫眼》(*Cat's Eye*)问世，1989年《使女的故事》搬上银幕，在柏林电影节首映后使阿特伍德的小说再一次在全球范围内畅销。1991年出版的《玛格丽特·阿特伍德诗选》使她的诗名再次大振。1996年第九部小说《别名格雷斯》(*Alias Grace*)出版，根据19世纪的一桩真实历史事件题材写成，又一次显示了阿特伍德不断求变的创新精神。至世纪之交，年逾花甲的阿特伍德又有多部力作问世，其中《盲刺客》(*The Blind Assassin*)获布克奖。布克奖是除美国外的英联邦小说权威性大奖，1969年创立。每年从120部初选作品中选出六部入围，再从六部中选一部获奖。阿特伍德于1986年、1989年和1996年分别以《使女的故事》《猫眼》《别名格雷斯》入围，但都未能获奖，2000年以《盲刺客》问鼎实属众望所归。2003年又推出《羚羊与秧鸡》(*Oryx and Crake*)，故事和《使女的故事》一样发生在未来。《使女的故事》是政治灾难，《羚羊和秧鸡》是生态灾难，恐怖加科幻，却仍是一部警世佳作，同时显示出这位文学巨匠与时俱进的新关注。

阿特伍德的11部长篇小说作品，以其非凡的创新精神为核心特征，每部作品均展现出独特的主题与风格，无一雷同，持续挑战并超越自我界

第七章　个案研究之三：玛格丽特·阿特伍德的小说

限。从开篇之作《可以吃的女人》中创意十足的人形蛋糕设定，到后续作品的多样尝试，如《浮现》(*Surfacing*)中从都市到乡村的自然回归，《预言夫人》(*Lady Oracle*)的异国逃亡之旅，她不断变换叙事场景与情节构建，即便同是聚焦于女性议题，也能赋予每部作品截然不同的生命。阿特伍德的作品跨越时空，从封闭博物馆的《人类以前的故事》(*Life Before Man*)到异国他乡的《肉体的伤害》，再到未来世界的《使女的故事》及历史回溯的《别名格雷斯》，每一次转变都是对文学边界的勇敢探索。《盲刺客》更是集古今传说与现代元素于一体，实现了创作上的全面升华。《羚羊与秧鸡》紧跟时代脉搏，聚焦于生物灾难的严峻议题，虽与《使女的故事》有共通之处，却以更强烈的震撼力触动人心。即便是在看似未进行大规模创新的作品中，阿特伍德也总能巧妙融入新的元素，如《人类以前的故事》中女性主角的多元化，以及《强盗新娘》中女性角色从受害者到加害者的复杂转变，这些都让读者感受到前所未有的突破感。阿特伍德的作品不仅叙事风格现代且多变，更难以简单地归类于某一文学流派，她以无尽的创造力与独特的艺术视角，在文坛上独树一帜，展现出非凡的文学魅力。

阿特伍德在文学发展史上的核心贡献在于其不懈的自主创新精神。她拒绝受限于任何既有的文学流派或风格框架，同时有意识地与各种文学传统保持距离，包括背景、主题及传承上的传统束缚。她并不追求构建固定的主题或风格模式，而是坚持每部作品都要在内容或形式上与前作有所区别，以此展现持续的变化与超越。阿特伍德的作品中，故事背景和人物形象的构建超越了地域局限，展现出更为普遍的共鸣，相较于劳伦斯、门罗等作家作品中浓厚的加拿大特色与文化传统感，她的作品更为国际化。这一特点使她在加拿大文学界独树一帜，引领了加拿大文学在既有传统基础上寻求突破与创新的发展方向。阿特伍德不仅丰富了加拿大文学的内涵，也为其在国际文坛上赢得了更高的地位。

当然任何突破与创新都不可能脱离传统与传承，阿特伍德的小说也有传承传统而相对恒定的一面。比如小说的主题，尽管部部不同，但对普遍人性的探索和强烈的人文关怀是贯注她所有小说之中的一根红线，尤其是《使女的故事》《别名格雷斯》《盲刺客》《羚羊与秧鸡》等几部，关注的都是比较重大的或非常前沿的人类问题,如集权与生态灾难。对人性和人类的未来,阿特伍德给予深刻的揭示,提出鲜明的预警,但并不悲观失望,而是满怀着同情与信心。这样就将她的创新置入西方文学从古至今的人文主义传统之中,使她显示了类似于莎士比亚、狄更斯等大师巨匠那样的传承力和创造力。再比如她的小说风格既不靠向任何一种流行一时的新潮流派,也不追求自创一种"阿特伍德"风格,而是比较稳定的一种现代现实主义风格。现代现实主义是加拿大小说发展成熟后形成的当代小说基本风格,其特点是以现实题材、现实主题、现实表现手法为主,适当的意识流、神话联想、角色叙事等现代手法为辅[①]。

二 复杂多变的女性人物

阿特伍德的 11 部长篇小说中,超过九成作品聚焦于女性角色,自然触及了女权主义的议题。然而,她并非女权主义的理论家或活动家,其作品虽蕴含女权意识,却非单纯的女权主义宣言。阿特伍德笔下的女性形象,虽展现了反抗与自强的精神,但这些并非故事的核心,她更多地聚焦于女性所经历的伤痛、心理挣扎与内在矛盾,以及这些复杂情感的演变过程。在这些叙述中,女权意识虽有所体现,但阿特伍德更倾向于通过开放的结局或不确定性的设置,削弱女权主义的直接表达,转而强调女性生活与心理的多维度与复杂性,甚至其中的矛盾性。这一手法不仅符合女性角色本身的丰富性,也映射了女权意识随历史演进与现代社会变迁所展现出的多样性与深度。现代女性在地位、权益、独立性等方面与往昔相比已取得根本性的改善,所受伤害与痛苦已超出衣食住行的物质层面,更多地集中在感情与心理层面上。直接来自社会的伤害已是历史,如《别名格雷斯》;或在未来的畸形政权,如《使女的故事》,其他作品中社会已不是女性受伤害和痛苦的主要根源,最多只反映出一种压力。性别与权力结合的男权压迫,反映在《使女的故事》中,其他作品中多为在感情、婚姻、心理等方面受到男性伤害,社会与男权逐渐淡化。就是在感情婚姻方面女性也反客为主,伤害与痛苦往往来自女性感情的需要和对婚姻状况的不满。更为

---

① 逢珍:《加拿大英语文学发展史》,上海外语教育出版社 2010 年版,第 282—284 页。

第七章 个案研究之三：玛格丽特·阿特伍德的小说

进步的是，阿特伍德笔下的现代女性自由独立的意识很强，在男权社会中说走就走，想逃就逃。相比之下，男性倒处于被女性选择的地位，所有的男性都是女性的陪衬，或软弱，或外强中干，形成一种男权嵌失倾向。就女性形象本身而言，除了当艺术家和逃跑与许多经典女性形象有相似之处外，其余各个不同，都有不同程度的创新。比如女性不但同男权、男性斗争，还会与同性斗。《猫眼》极其细致深入地描写了女主人公从儿时到中学受一位女性同伴欺负落下终生心理阴影的故事，《盲刺客》中则有姐姐出于嫉妒间接置妹妹于死地的悲剧。自强女性也各有自己的弱点，甚至阴暗心理，《猫眼》中的女主人公见她的昔日女性对头处境悲惨后同情之余也有点幸灾乐祸，《强盗新娘》（The Robber Bride）中的詹妮亚则专以夺人所爱伤害同性，成了无往不胜的女强盗。《盲刺客》中的艾丽丝是更为复杂的女性。同性，成了无往不胜的女强盗。《盲刺客》中的艾丽丝是更为复杂的女性，有包办婚姻的不幸，又有为家族利益接受包办婚姻的责任心，从小又嫉妒妹妹劳拉（Laure），最后公布自己与劳拉心爱之人的私情并告知他阵亡之讯，致使劳拉希望破灭自杀。后又以劳拉之名发表小说，让和劳拉有染的丈夫理查德（Richard）从中推测出她的婚外情，郁郁而终。她成了书名影射的"盲刺客"，爱情使她盲目，古希腊神话中的爱神厄洛斯（Eros）就是盲目的。这些女性形象的特点既反映了现代女性的真实状况，也扩展了女权主义的视野，深化了女性意识的内涵，更从另一方面体现了阿特伍德创作上不断突破、不断超越的创新精神[①]。

回顾她的第一部出版小说《可以吃的女人》，阿特伍德认为这本书是"原始女权主义而不是女权主义"，因为"1965年我创作这本书时看不到女权主义运动……尽管像当时的许多人一样我读过贝蒂·弗里丹和西蒙娜·德·波伏娃的著作"，阿特伍德考虑了她小说主人公的两种选择：一份没有出路的职业或者结婚。她暗示十年后，加拿大的女性并没有太多改变："女权主义运动的目标尚未实现，那些声称我们生活在后女权主义时代的人要么是大错特错，要么是厌倦了思考整个话题。"这种悲观的评估需要在加拿大进一步三十年的女权主义行动和出版中加以

---

① 逢珍：《加拿大英语文学发展史》，上海外语教育出版社2010年版，第290—291页。

缓和：在20世纪80年代，许多作家经常接受了阿特伍德在介绍中如此谨慎的女权主义理论，而阿特伍德自己持续的文学产出又反过来参与了整个社会和科学领域关于新的和/或替代主体性的理论的全方位讨论，涉及各种各样的流派。然而，《可以吃的女人》设定在一个更加静态的社会中，在小说的早期，主人公玛丽安（Marian）工作的公司的象征性"组织结构"中描述了这一点。

  公司就像是一个冰淇淋三明治，有三层：上层、下层和我们的部门，也就是中间的黏糊糊的一层。楼上的是管理层和心理学家——被称为楼上的男士们，因为他们都是男性——他们负责与客户打交道；我曾瞥见过他们的办公室，铺着地毯，摆放着昂贵的家具，墙上挂着七人画派作品的丝网印刷复制品。在我们下面的是机器……我们的部门是两者之间的纽带：我们应该照顾人的因素，也就是访谈者本身。由于市场调研是一种家庭作坊式产业，就像一家手工编织袜子公司，这些人都是家庭主妇，利用业余时间工作，按件计酬。她们挣得不多，但喜欢外出。因为我们部门主要与家庭主妇打交道，所以除了不幸的勤杂工外，其他都是女性。

  这一社会景象中的讽刺是多方面的：七人画派的艺术家全都是男性，他们的画作很快就装饰了以男性为中心的加拿大企业堡垒的墙壁；玛丽安则占据了一种"软中心"的地位，女性被排除在治理机构和生产机构之外（她下面的会计和印刷店）。在这里，市场研究被描绘成"女人的工作"，这意味着兼职、报酬低或根本没有报酬，处于真正的职业（从父权制的角度来看）的边缘，也就是当家庭主妇。在这部小说中，玛丽安逐渐与这个父权制社会疏离，从产品的消费者变成了感觉自己像是一个被消费的对象；她因此患上厌食症，并拒绝未婚夫对她的性别歧视态度，她用一个由蛋糕制成的象征性替代女性来解决问题，他拒绝吃下这个蛋糕，这让她从这段关系和失去食欲中解脱出来。

  在《加拿大后现代》一书中，琳达·哈钦（Linda Hutcheon）指出，《浮现》的叙述者是一个"艺术家形象"："正如迈克尔·翁达杰的《穿过屠宰场的人》、奥黛丽·托马斯的《潮间生活》、蒂莫西·芬德利的《最后的话》以及许多其他加拿大后现代小说的主人公一样。"艺术家形象是20

世纪60年代和20世纪70年代女性主义小说的核心，因为她允许探索可以阻碍或促进其他交流和表达方式的美学和政治框架。正如哈钦所指出的，在《预言夫人》中，"阿特伍德进一步更明确地探讨了艺术家既是创造过程的发起者，又是她自己艺术的产物"①。

三　不可靠的叙述者

《后现代情境》这本书起源于魁北克政府大学委员会的一份关于知识的报告要求。让·弗朗索瓦·李奥塔（Jean-Francois Lyotard）在其中提出了著名的观点，即后现代主义可以被定义为对"宏大叙事"的怀疑。也就是说，对真理和理性的宏大叙事不再被相信或被视为普遍真理，而是被取代为地方性表达、小故事或叙事，这些故事不试图归纳一切或压迫他人。

加拿大媒体专家和评论家马歇尔·麦克卢汉（Marshall Mcluhan）在《媒介是信息》中认识到，从大叙事到小故事的转变在一定程度上是技术性的，是由从印刷文化向"电子化"文化的转变所引发的。后现代主义的反等级屏幕或电视世界——表面而不是深度，民主的水平性而不是垂直的等级制度——也批判了理论家们所谓的"男性逻各斯中心主义"：这是一个由父亲法则、象征性男性和基督教"逻各斯"或"话语"主导的世界观。在加拿大的后现代主义中，尼采的上帝之死被译为父亲之死，从玛格丽特·阿特伍德的《浮现》、罗伯特·克罗奇的《荒原》到威廉·吉布森的《模式识别》，解构性的父亲探索深入探讨了神话和传统叙事结构，揭示了新的非父权主义存在方式。

流行文化的语言现在取代或交织在几个世纪以来的"伟大作品"和《圣经》互文中，同时增加了一种感觉，即新媒体将永远生成更多信息，这些信息基于无限的时尚变化、采样、剪切和粘贴、排列逻辑和随机生成的叙事单元，仅举几种信息处理方式。正如麦克卢汉所说："信息如注地源源不断地涌向我们。一旦获得信息，它就会迅速被更新的信息所

---

① Richard J. Lane, *The Routledge concise history of Canadian literature*, London; New York: Routledge, 2012, pp. 125-127.

替代。我们电子化的世界迫使我们从数据分类的习惯转向模式识别的方式。"

在叙事学层面上,玛格丽特·阿特伍德的《浮现》中的"不可靠叙述者"是后现代主义新世界的早期代表之一,她关于自己身份的多个版本或故事不断削弱任何一个稳定的叙述观点。这位未命名的主人公叙述者不断寻找模式,她在魁北克寻找失踪的父亲;她的朋友们与她一同进行这段旅程,制作了一部名为《随机样本》(*Random Sample*)的电影,将一种新的视觉逻辑应用到景观中,这种逻辑源自电影、电视和旅游的话语(加拿大国家电影局的纪录片风格的电影在小说中被更流行和媒体精明的方式所取代,就像加拿大在1967年创建了加拿大电影发展公司来补贴和推广新的特色电影一样)。然而,阿特伍德对这种新的视觉逻辑持有矛盾的态度,因为《浮现》中的电影凝视被描绘为父权化的,安娜这个角色被迫为镜头脱衣,而未命名的女主人公叙述者最终毁坏了胶片。父亲最终被找到,在这个过程中,主人公叙述者解散了她旧的多重自我,开始着手塑造一种新的女性主义生存模式。环境在《浮现》中与人物一样大声地说话,其破坏和污染提出了有关加拿大和美国身份的问题:尽管魁北克和英语加拿大的"两个孤立"在许多方面仍然存在,但英语加拿大和美国文化之间的模糊在小说中呈现为对"入侵"潜在原始空间的高度问题化的自我反思批评。

琳达·哈钦指出,玛格丽特·阿特伍德的这种"女性主义和反消费主义"视角可以从她的第一部小说《可食用的女人》中找到,甚至爱情的概念也通过小说中的"占有"主题受到质疑。在《可以吃的女人》中,父权二元论被解构,特别是那些关于浪漫的观念:"婚姻被呈现为占有、囚禁,甚至消费:玛丽安'慢慢地走过通道,跟着柔和的音乐节奏'……但通道不是教堂那种预期的通道,而是超市的通道。"阿特伍德发展了一种后现代的自我反思:换句话说,她的小说是使用流行文化的话语来写的——例如科幻小说,比如她的反乌托邦小说《使女的故事》《羚羊与秧鸡》和《洪水之年》(*The Year of th Flood*)——并且它们突出了对美学对象的人为性的评论,就像它正在被制造一样。换句话说,阿特伍德像流行文化理论家让·博德里亚(Jean Baudrillard)一样,对流行文化的发展方向持深刻

第七章　个案研究之三：玛格丽特·阿特伍德的小说

怀疑态度。阿特伍德的写作随后是颠覆性的，愉快地动摇了现实主义和流行文学类型（比如浪漫小说）的确定性，但与许多其他后现代小说一样，她的写作也动摇了更传统的主体性观念，这些观念在传记、自传或历史叙述中被发现。换句话说，后现代的自我反思从个体文本延伸到更广泛的自我和历史写作观念，在那里怀疑是否能够产生客观、事实的过去描述，并且随之理解到我们所拥有的只是虚构过去的叙事版本或解释。哈钦将这称为"历史元小说"：

　　在哈钦的术语中，重点的转变是将历史表现为过程而不是产物；历史元小说将"言说行为、文本生产与接受、写作与阅读的互动"进行了主题化或寓言化。这种转变意味着当代小说家在写作历史时有许多关切：对客观地表现过去的怀疑，对历史学和虚构话语中过去的中介性的认识，以及在处理历史和历史学问题时努力找到适当形式的挣扎。在当代加拿大小说中解决这些关切的关键策略包括突出研究和书写历史的行为和/或提供读者的替代品，并强调在过去表现背后的选择、解释和建构行为。

　　在阿特伍德的《苏珊娜·穆迪日志》(*The Journals of Susanna Moodie*)和《别名格雷斯》中，两位人物的历史账目通过不同的后现代历史元小说技巧被解构和重新配置：在前者中，通过对苏珊娜·穆迪与加拿大景观相遇的诗意和艺术的拼贴式重新想象；在后者中，通过将涉及一位名叫格雷斯·马克斯的被定罪谋杀案犯的多个话语拼凑在一起。事实上，苏珊娜·穆迪也评论了格雷斯·马克斯，这在两个后现代叙事之间构建了一个引人入胜的桥梁。里格尼（Rigney）指出，在《别名格雷斯》中，"阿特伍德在法庭记录、被告的素描、围绕谋杀事件编写的民谣以及报纸报道之间编织了虚构的内容，其中许多也是虚构的，因为格雷斯在整个故事中都坚持如此，阿特伍德也认为是这样"。在阿特伍德的几乎所有诗歌和小说中，她通过后现代的"记忆叙事"探索了过去的版本，这些版本塑造了身份但没有统一它，比如《猫眼》中的美学版本，以及《强盗新娘》中将讲述故事作为创伤幸存活动的策略，或者在阿特伍德的《好骨头》(*Good Bones*)中对约翰·麦克雷（John McCrae）战争经历的互文回收。阿特伍德对轶事、纪念和传记/历史材料的"回收"本身就是一种后现代美学，其中拼贴成为一种认识，即不再有"原始"的文本，而是所有文本完全由其他文本的片段组成，法国理论家罗兰·巴特（Roland Barthes）称之为引语的组织①。

四 女性主义科幻小说

在《预言夫人》中，通过主人公采用哥特式手法并借助超现实主义自动写作创造更具揭示性的诗歌来颠覆这种手法，从而重新构想性别角色。事实上，体裁和性别是阿特伍德探索艺术家形象的两个共同因素，这可能是对阿特伍德女性主义体裁转换项目的模仿重演。例如，她在《人类以前的故事》中运用了"问题小说"，其中主人公即将离婚的情况与魁北克人党的分裂主义以及他们试图"离婚"英语和法语加拿大的做法相平行；《肉体伤害》在其描述一位记者逐渐变得政治化的过程中解构了惊悚小说；而《使女的故事》则采用了反乌托邦体裁，探索了一个法西斯未来社会，在这个社会中，妇女的生育权利被剥夺并受到令人不安的新宗教种姓制度的控制。

即使在早期阶段，阿特伍德就已经创作了大量有力的作品，质询那些控制或试图控制女性表征和生殖现实的系统和社会。她自己的艺术作品因其对流行小说体裁的解构性采纳和改编而拒绝系统封闭。因此，她对科幻小说的运用继承了女性主义科幻小说作者的传统，并在她后来的小说《盲刺客》中再次体现，这部作品构成了最内层的嵌入式故事；在阿特伍德的所有作品中，浪漫体裁被反复戏仿、拆解和重构，在《盲刺客》中，各种科幻未来被作为反复被拒绝的浪漫可能性提出，并与第二个嵌入式故事——劳拉和她情人之间的浪漫故事相互关联。视角的转变——如文本内跨越嵌入式故事的运动——是阿特伍德运用得如此有效的叙事工具，以至于最终她对元叙事的后现代怀疑（即看待世界的普遍或超验方式）主导了她的文本。随着压迫性的元叙事被怀疑或完全放弃，一个更加动态的文本主观性和可能性空间被创造出来。但这也涉及重新审视女性之间的关系，如在《猫眼》《强盗新娘》和《别名格雷斯》中所见，以及体裁和话语的

---

① Richard J. Lane, *The Routledge concise history of Canadian literature*, London; New York: Routledge, 2012, pp. 180-182.

第七章 个案研究之三：玛格丽特·阿特伍德的小说

交集/审问：《猫眼》中的传统与科学话语，《强盗新娘》中的新时代理论和历史话语，以及《别名格雷斯》中的精神分析话语①。

五 女性生存与创伤

这三部小说也都涉及创伤以及创伤的恢复和/或驱除：《猫眼》的女主角伊莱恩·里斯利重温了她童年时被欺凌的经历，尤其是被她的朋友和"被排斥的双胞胎"科迪莉亚欺负的经历；而《强盗新娘》的三个主角托尼（Toni）、查丽斯（Charles）和罗兹（Lots）必须克服第四个人物齐妮娅（Zenia）的影响和创伤性参与，她们每个人都觉得齐妮娅毁了她们的生活；在《别名格雷斯》中，格雷斯本人是心理性创伤的不确定主体或地点，作为一个潜在的"杀人犯"，在一个因她的明显行为而感到兴奋和震惊的社会中。阿特伍德将格雷斯带入了一系列关于她的行为和身份的相互竞争的观点和幻想中，很明显，格雷斯的"罪行"是过度决定和强加的。

在阿特伍德最近的几部小说中，这种视角主义跨越了两部相互关联的反乌托邦小说（预计三部曲的前两部）：《羚羊与秧鸡》和《洪水之年》。在当代媒体和色情作品中，商品化的身体是《羚羊与秧鸡》主人公痴迷的中心，也是他们头脑麻木的根源。这部小说属于"最后一个人"的体裁，描绘了主人公"雪人"的世界，这是一个基因工程失控的世界，他的同伴是基因改造的"秧鸡"，以及他对一个反乌托邦世界的迅速消逝的记忆，在这个世界里，真正的人类情感和文化被贬低和鄙视。在《洪水之年》中，同样的反乌托邦世界从"平民之地"的视角被描绘出来，主人公托比反思她在"上帝园丁"这一生态教派中的角色，该教派试图用有机花园恢复早已在城市废墟中被破坏的土地。

阿特伍德在她的反乌托邦三部曲的前两部作品中取得的成就是揭示了女性身体的商品化并不是一个孤立的过程：在一个全球化的世界中，所有自然物体（和主体）都可以转化为商品，这些商品有可能在基因或信息层面被操纵，女权主义抵抗因此变得更加重要，而不是不那么重要。然而，

---

① Richard J. Lane, *The Routledge concise history of Canadian literature*, London; New York: Routledge, 2012, pp. 127-128.

加拿大女权主义的根源恰恰在于全球文化，无论是响应政府的多元文化政策，还是对加拿大内外少数民族群体所遭受的不公不义的共同经历的感受，还是与世界各地土著或原住民所遭受的殖民不公不义的同情关系①。

第二节 阿特伍德小说后现代女性元话语研究

在之前的章节中，我们深入探讨了元话语在多个应用场景下的作用，从海兰德的元话语分析模式出发，我们分析了作者在叙事过程中如何巧妙地运用元话语来构建文本框架、引导读者理解，以及强化文本的连贯性和说服力。此外，借助陈新仁的元话语理论，我们进一步剖析了小说中人物在交际时所使用的各种元话语，如何影响对话的进程、展现人物的性格特征以及塑造人际关系的动态变化。

然而，元话语与语用身份之间的互动关系，以及身份元话语如何作为语用身份意识的元话语表征来展现人物角色的身份意识，这一话题同样值得我们专门展开讨论。元话语不仅是语言的装饰或修辞，它更承载着交际者对自身身份的认知和定位。在小说中，人物通过使用身份元话语，有意识地凸显、质疑、否认或解构自身、对方或他人的身份，这种元话语的使用深刻反映了人物的语用身份意识。

在元话语的广阔领域中，身份元话语占据着独特且重要的位置。它综合了多种类型的元话语，不仅涵盖了显性元话语的直接性和明确性，也融入了隐性元话语的微妙和含蓄，以及半显性元话语的过渡性质。身份元话语的存在，为我们提供了一个深入理解说话者、作者以及文本中人物如何构建、维护以及调整其社会身份和人际关系的窗口。

身份元话语作为语用身份意识的元话语表征，它不仅是人物角色身份意识的直接体现，更是人物之间身份认同和建构的重要工具。通过身份元话语的使用，人物不仅能够明确自己的身份定位，还能够与他人进行身份

---

① Richard J. Lane, *The Routledge concise history of Canadian literature*, London; New York: Routledge, 2012, pp. 125–128.

第七章 个案研究之三：玛格丽特·阿特伍德的小说

协商，构建和维护人际关系。同时，身份元话语也为读者提供了深入理解人物内心世界和人际关系的窗口，使小说文本更加丰富和立体。

因此，元话语与语用身份之间的互动关系，以及身份元话语如何展现人物角色的身份意识，是小说分析中不可或缺的一环。通过深入研究和探讨这一话题，我们能够更好地理解小说中人物角色的塑造和人际关系的构建，从而更加全面地把握小说的艺术魅力和思想内涵。

玛格丽特·阿特伍德，作为当代加拿大文学的重要声音，以其独特的叙事风格和深刻的主题探索，赢得了全球读者的广泛赞誉。在她的作品中，人物的身份问题往往成为推动情节发展、揭示社会现象和探讨人性深度的核心。而陈新仁的身份元话语理论，为我们提供了一个全新的视角来审视和分析阿特伍德小说中的人物身份构建。在接下来的分析中，笔者将以《别名格雷斯》和《使女的故事》为例，具体探讨身份元话语在阿特伍德小说中的运用和作用。

一 语用身份主体角度下的身份元话语类型

陈新仁对身份元话语的类型进行了分类。从语用身份的主体角度看，身份元话语可以区分为下列类型：

发话人身份元话语：作为发话人元话语（凸显发话人自身的元话语）的一个子类，发话人身份元话语凸显发话人身份，如"作为南大的一名教师"。

听话人身份元话语：作为受话人元话语（凸显对方或他人的元话语）的一个子类，听话人身份元话语凸显听话人身份，如"（你）作为一个母亲"。

交际者关系身份元话语：作为交际者关系元话语（凸显交际双方或多方关系的元话语），凸显交际双方或多方关系身份的元话语，如"作为朋友"。

第三方身份元话语：作为第三方元话语（凸显第三方的元话语）的一个子类，第三方身份元话语凸显第三方身份，如"XX作为一名作家"。

从语用身份涉及的维度角度看，身份元话语可以区分为下列类型：

属性元话语：涉及交际者的社会属性，如国籍、民族、年龄、性别、职业等，如"作为一个中国人"。

归属元话语：涉及交际者隶属某一群体、组织或社区等的成员身份，如"作为一名语用学会会员"。

角色元话语：涉及交际者在社会结构或社会关系里的定位，如"作为一个母亲"。

认同元话语：涉及交际者的归属感或认同感，如"咱们都是医生"。

行动者元话语：涉及交际者在特定活动或任务中的身份特征或角色，如"作为今天活动的主持人"。

地位元话语：涉及交际者在社会等级中的位置，如"作为一个有头有脸的人"。

立场元话语：涉及交际者在特定话题上所表现出来的态度或者倾向，如"作为你的对手"。

形象元话语：涉及交际者在交际互动中呈现出来的符合或违背他人所期望的身份特征，如"作为一个文明人"。

个性元话语：涉及交际者的独特性，如性格、特长等，如"就你这种人"。

先从语用身份的主体角度看阿特伍德小说中的身份元话语类型。

《别名格雷斯》深植于加拿大 19 世纪 40 年代轰动一时的金尼尔（Kinnear）–蒙哥马利谋杀案，该案因涉及性丑闻、暴力冲突及阶级对立，在当时美、加、英三地媒体间引发广泛热议。小说围绕女仆格雷斯·马克斯展开，她因被控谋杀雇主托马斯·金尼尔及其女管家南希·蒙哥马利（Mancy），而遭终身监禁于金斯顿监狱。此案引发了公众舆论的两极分化：一方认为年仅 16 岁的格雷斯无辜受害；另一方则坚信她罪有应得，甚至质疑其精神健康。

西蒙·乔丹医生，一位精神病学界的青年才俊，受革新派人士与招魂术信徒之托，前往金斯顿监狱，试图通过对话帮助格雷斯恢复那段模糊的记忆。在狱长宅邸的几次会面中，乔丹逐渐揭开了格雷斯从 12 岁起作为仆人的艰辛历程，包括她与好友玛丽·惠特尼的深厚情谊，以及金尼尔家族内部的紧张关系，特别是金尼尔先生与南希之间的不和。此外，还提及了另一名涉案者——行为怪异的仆人麦克德莫特，他最终因被控谋杀而遭处决。

第七章 个案研究之三：玛格丽特·阿特伍德的小说

正当故事逼近真相的关键时刻，乔丹医生因个人私生活的纠葛及自我怀疑，匆匆逃离了金斯顿，错失了深入探究案件真相与格雷斯内心世界的机会。不过，小说以一丝希望收尾，1872 年，格雷斯终获大赦，并找到了归属，这份迟来的安宁对她而言，或许已是最好的结局①。

> After breakfast I am brought over to the Governor's mansion as usual, by two of the keepers who are men and not above making a joke amongst themselves when out of hearing of the higher authorities. Well Grace says the one, I see <u>you have a new sweetheart, a doctor no less</u>, has he gone down on his knees yet or have you lifted your own up for him, he'd better keep a sharp eye out or <u>you'll have him flat on his back</u>. Yes says the other, <u>flat on his back in the cellar with his boots off and a bullet through his heart</u>. Then they laugh; they consider this very comical.②
>
> （*Alias Grace*：Chapter 8——Margret Atwood）

陈新仁③指出，身份元话语是相对于身份信息话语而言的。所谓身份信息话语，是指说话人采用显性方式（如身份陈述）自述或回复有关自身特定身份信息或者询问对方或第三方身份信息的话语，相关身份信息不是交际双方此前共享的信息。身份元话语是指说话人刻意凸显、质疑、否认或解构自身、对方或他人个人或群体身份抑或双方或多方关系身份的话语，相关身份信息往往是交际双方共享的信息，这种元话语的使用反映了交际者语用身份意识，即关于身份的元语用意识。

从上述内容中，我们可以观察到两个看守 keepers 之间的对话，他们利用身份元话语来调侃和嘲笑主角格雷斯。守卫的元话语构建了格雷斯的几个关键的语用身份。

守卫并没有直接陈述或询问格雷斯的身份信息，如她的出生地、职业

---

① 郭英剑：《追问女性的生存状态——论玛格丽特·阿特伍德的新作〈别名格雷斯〉》，《国外文学》2000 年第 1 期。
② Atwood Margret, *Alias Grace*, London：Vintage, 1997.
③ 陈新仁：《身份元话语：语用身份意识的元话语表征》，《语言学研究》2021 年第 1 期。

等。相反，他们通过调侃和猜测的方式，凸显了格雷斯与医生之间的可能关系，以及他们对这种关系的看法。这种话语并没有直接传递格雷斯的身份信息，而是对她的身份进行了间接的解读和评论。

守卫的对话直接指向格雷斯。尽管对话中没有直接提及第三方的名字，但通过对第三方身份的提及和猜测，提及她的"新情人"new sweetheart 和"医生"a doctor no less，看守们凸显了格雷斯"医生情人"的身份。这种身份元话语的使用，实际上是在贬低格雷斯的人格和尊严，将她视为一个可以被随意讨论和取笑的对象，进一步体现了看守们对格雷斯私生活的无礼干涉和恶意揣测。守卫通过调侃和猜测格雷斯与医生的关系，凸显了她的私人生活，并质疑她的道德和行为。他们通过话语构建了一个可能的、不真实的格雷斯形象，这个形象是基于他们的偏见和无知。此外，守卫的对话并没有基于事实或证据，而是基于无根据的猜测和恶意的调侃。这种元话语的使用实际上是在解构格雷斯的真实身份，将她描绘成一个轻浮、易受诱惑的女性。

然而，守卫们并没有结束对格雷斯的调侃。在两个守卫的对话过程中，他们没有直接提及格雷斯是杀人犯的信息话语，但他们的元话语使用间接地凸显了她的这一身份。守卫说的 you'll have him flat on his back 并非表达如何医生不多加注意格雷斯会产生什么可怕的后果，而是作为典型的听话元话语突出了格雷斯的危险和她的"杀人犯"身份。而格雷斯的"杀人犯"身份这一点对于这两个守卫来说是共有信息。他们凸显格雷斯的"杀人犯"不是为了警示这个医生，而是在间接取笑和侮辱格雷斯，从而表现自己心里的优越感。

以上的身份元话语反映了守卫的语用身份意识，即他们通过调侃和猜测的方式，凸显、虚构和解构了格雷斯的身份，同时也展示了他们自己的社会角色和态度。这种元话语的使用不仅揭示了守卫对格雷斯身份的主观解读，也体现了当时社会对女性地位和角色的刻板印象和歧视。

When I went back downstairs I said to Nancy, Mr. Kinnear wants an egg for his breakfast. And she said, I will take one also. He will have his fried, with bacon, but I cannot eat a fried egg, mine should be boiled. We

第七章 个案研究之三：玛格丽特·阿特伍德的小说

will have breakfast together, in the dining room, as he requires me to keep him company, he does not like to eat alone.

I found this a little curious, although not unheard of. Then I said, Is Mr. Kinnear ill at all?

Nancy laughed a little, and said, Sometimes he fancies he is. But it's all just in his head. He wants to be fussed over.

I wonder why he never married, I said, a fine man like him. I was getting out the frying pan, for the eggs, and it was just an idle question, I did not mean anything by it; but she replied in an angry tone, or it sounded angry to me. Some gentlemen do not have an inclination for the married state, she said. They are very pleased with themselves the way they are, and think they can get along well enough without it. I suppose they can at that, I said.

Certainly they can, if rich enough, she said. If they want a thing, all they have to do is pay for it. It's all one to them.①

(*Alias Grace*: Chapter 25)

此处的对话情境中，发话人元话语提及了南希·蒙哥马利与金尼尔先生的地位等级关系。作为管家的南希，在其 We will have breakfast together 的对话中使用了元话语，不同于非元话语的陈述用餐安排等含义，而是通过表达自己能够与主人金尼尔先生一起吃饭放低身份，来向格雷斯尤显示自己不仅是这个家的管家，更与金尼尔先生有着亲密的关系。

另一方面，在格雷斯谈及主人金尼尔的婚姻状态时，南希作为金尼尔的管家身份在其第三方身份元话语中也得到了充分的刻画和书写。在接下来的对话中，格雷斯与南希闲聊起金尼尔先生为什么还没结婚这一事件。发话人格雷斯在话语中提及金尼尔先生时使用第三方身份元话语的 a fine man like him 本质上是对金尼尔先生的恭维，但是南希认为作为仆人的格雷斯并不应该谈论主人的私人生活，因此南希回答"有些绅士就不愿结婚"。

---

① Atwood Margret, *Alias Grace*, London: Vintage, 1997.

这里的身份元话语用来凸显身份,实现质疑对方提问的合适性。具体来说,这句话中的"有些绅士"对于格雷斯和南希来说都不是新信息,而是事先共享的信息。可见,南希是有意要凸显金尼尔的主人身份,显示金尼尔的尊贵身份以及能够自由决定自己婚姻的权利,将主人的权威身份表达得十分到位。

交际者不仅会刻意凸显自身、对方或他人个人,或群体身份,抑或双方,或多方关系身份的话语,也会对他们的身份进行质疑甚至否认。以下以《使女的故事》为例进行说明。

该小说以美国马萨诸塞州为背景,讲述了发生在未来基列国的故事。在这个被美国宗教极端分子所控制的世界里,一方面是宗教极权主义分子眼中无比美好的理想国度;另一方面,却是在这种政权下广大女性群体所遭受的悲惨命运,尤其是以主人公为代表,充当"大主教"们生育机器的"使女"们的梦魇般的经历①。

> I know you aren't stupid, she went on. She inhaled, blew out the smoke. I've read your file. As far as I'm concerned, this is like a business transaction. But if I get trouble, I'll give trouble back. You understand?
> Yes, Ma'am, I said.
> Don't call me Ma'am, she said irritably. <u>You're not a Martha.</u>②
> (*The Handmaid's Tale*:Chapter 3)

上述情节是关于奥弗雷德第一次见到大主教的妻子——赛琳娜·乔伊(Serena Joy)时,二人之间发生的对话。此处,赛琳娜在给奥弗雷德下马威,对她进行警示。在赛琳娜警告完奥弗雷德后,奥弗雷德顺从地回答赛琳娜"好的,夫人。"但赛琳娜拒绝奥弗雷德称呼她为夫人,并用听话人元话语"你不是……",来否认奥弗雷德具有马大的身份 Martha。这句话本质上是身份元话语,因为奥弗雷德不是马大是不言自明的,是交际双方

---

① 辛媛媛:《论〈使女的故事〉的空间叙事》,《赤峰学院学报》(汉文哲学社会科学版)2012 年第 4 期。

② Atwood Margret, *The Itondmaid's Tale*, London:Vintage, 2017.

第七章 个案研究之三：玛格丽特·阿特伍德的小说

都已经知道的信息。交际者选择、构建的（语用）身份可以视为一种评价资源，用来"考察特定交际情境中的话语是否具有适切性、得体性、正当性等"。赛琳娜对自己以及他人的身份保持很高的元语用意识，与小说中高度等级化的国家秩序有关。阿特伍德描绘了基列国的分类图景：由于核泄漏和化学污染，人口出生率急速下降。因此人口的再生产是基列国的头等大事。在权力的基础上，按照人口的再生产"能力"，人们被分成三六九等。这种分类是呈对称的金字塔形状。如男人被分为大主教、天使卫兵、医生、园丁等等级；女人被分为夫人、嬷嬷、使女、马大等等级。人们按等级进行分配。"按等级分配具有两个作用：一是标示出差距，划分出品质、技巧和能力的等级；二是惩罚和奖励。"对违反纪律的人，基列也有惩罚，就是剥夺性别，划入另一类别：男同性恋者被冠之"非男人"Unman，女人则被称为"非女人"Unwoman，送到殖民地摘棉花和核废料场去清除核废料①。就此处而言，尽管马大这一身份只比使女稍高一些，从根本上来说对于那些基列共和国中地位尊贵的女性——大主教夫人并无区别，但赛琳娜严格地遵守基列共和国的等级秩序，目的是要维护自己的等级地位和利益。因此，她通过否定奥弗雷德的身份，区别彼此，进而形成明显的权力等级关系。

二 语用身份涉及维度的身份元话语类型

以上，我们从语用身份的主体角度考察了《别名格雷斯》和《使女的故事》中的身份元话语类型，如发话人身份元话语、听话人身份元话语、交际者关系身份元话语和第三方身份元话语。接下来，我们将从语用身份涉及的维度角度看阿特伍德小说中的身份元话语类型。

《可以吃的女人》是一部探讨女性自我觉醒与独立的长篇小说。故事以玛丽安为主角，她即将与彼得步入婚姻殿堂，但内心却感到焦虑和困惑。在筹备婚礼的过程中，玛丽安逐渐意识到自己在未婚夫面前如同被"吃掉"的猎物，这种意识导致她出现厌食症状。经历内心挣扎后，玛丽安在婚礼前夕决定烤一个女人形状的蛋糕作为自己的替代品，以此向未婚

---

① 王苹、张建颖：《〈使女的故事〉中的权力和抵抗》，《外国语》2005 年第 1 期。

夫表达她不愿被"吃掉"的决心。最终,她摆脱了婚姻的束缚,找回了自我,并决定继续追求自由和独立的生活。玛丽安在书中有着多样而复杂的身份,我们将从相关身份元话语中得以窥见。

"Ah, Marian," she said, "you're just in time. I need another pre-test taster for the canned rice pudding study, and none of the ladies seem very hungry this morning."

…

"You work on questionnaires, Marian, maybe you can help us. We can't decide whether to have them taste all three ȷavours at the same meal, or each ȷavour separately at subsequent meals. Or perhaps we could have them taste in pairs – say, Vanilla and Orange at one meal, and Vanilla and Caramel at another. Of course we want to get as unbiased a sampling as possible, and so much depends on what else has been served – the colours of the vegetables for instance, and the tablecloth."①

(*The Edible Woman*: Chapter 2)

玛丽安是一个受过高等教育的女性,在一家市场调研公司工作。一天,她刚有气无力地坐在工位上开始工作,负责食品配制的维哲斯太太(Mrs. Grot)就从后门走进来,让玛丽安品尝罐头米饭布丁的质量。you work on questionnaires 被维哲斯太太用来强调玛丽安的调查员身份,而这一身份是作为同事的她已知的身份信息。她的这一元话语涉及了玛丽安的社会属性,即她的职业,因此,是一种属性元话语。维哲斯太太采用这一元话语的目的是找人替她品尝布丁,以此完成自己的工作,因此,她有意地凸显了玛丽安的职业身份,不仅让听话人有一种专家权威,同时又让听话人无从拒绝她的要求。

当玛丽安刚完成上面交代给她修改钢丝清洁球的问卷,就看到会计格罗特太太走进门来,接着发生了以下对话:

---

① Atwood Margret, *The Edible Woman*, Toronto: McClelland & Steuart Ltd., 2010.

第七章 个案研究之三:玛格丽特·阿特伍德的小说

"Well, Miss MacAlpin," she grated, "<u>you've been with us four months now</u>, and that means you're eligible for the Pension Plan."

"Pension Plan?" I had been told about the Pension Plan when I joined the company but I had forgotten about it. "Isn't it too soon for me to join the Pension Plan? I mean – <u>don't you think I'm too young?</u>"

"Well, it's just as well to start early, isn't it," Mrs. Grot said. Her eyes behind their rimless spectacles were glittering: she would relish the chance of making yet another deduction from my pay cheque.

"I don't think I'd like to join the Pension Plan," I said. "Thank you anyway."

"Yes, well, but it's obligatory, you see," she said in a matter–of–fact voice.

"Obligatory? You mean even if I don't want it?"

"Yes, you see if nobody paid into it, nobody would be able to get anything out of it, would they? Now I've brought the necessary documents; all you have to do is sign here."①

(*The Edible Woman*: Chapter 2)

格罗特太太开门见山就提及养老金计划的事情。她说玛丽安已经来公司四个月了。这一话语中,玛丽安的工作年限对于公司所有人来说都是已知的信息,但是格罗特太太凸显了玛丽安的职员身份,因此,此处 you've been with us four months now 可以看作涉及交际者隶属某一群体、组织或社区等的成员身份的归属元话语。格罗特太太凸显玛丽安的职员身份,目的是说服玛丽安参加养老金。但玛丽安并无此意,因此她回应,"我参加养老金计划是不是还太小了?"并补充道,I mean – don't you think I'm too young? "您瞧,我是不是年纪太轻了?"玛丽安在此处使用属性元话语强调自己的年龄,为拒绝对方特定的要求提供评价依据,质疑特定言语行为的合适性,拒绝做不符合身份的事。在面对会计这一不合理的要求时,玛丽安

---

① Atwood Margret, *The Edible Woman*, Toronto: McClelland & Steuart Ltd., 2010.

· 247 ·

没有凸显自己的职员身份，而是通过陈述她的年龄，来强调自己不想要参加养老金计划这一愿望，对于双方而言，玛丽安的年龄也是共享的信息。

第三节 阿特伍德小说后现代女性的语用身份构建研究

在深入探索玛格丽特·阿特伍德的小说世界时，语用身份理论为我们提供了一扇独特的窗口，让我们得以窥见小说中人物作为交际者如何巧妙地运用身份进行施事，并评估其交际得体性。这些角色不仅通过言语和行为传递信息，更在交际过程中构建和展示其身份，以此影响他人的态度和行为。本节将借助这一理论框架，探讨小说中人物的身份运用，并进而解读小说所蕴含的主题。

在这些精心编织的故事中，阿特伍德笔下的角色在复杂的人际往来中，以其独特的身份作为交际策略，以达成各自的交际目的。她们或借助母亲、妻子的身份，以柔和而坚定的方式表达自己的观点；或利用社会地位和权威，以更加直接和有力的方式影响他人。这些角色在保持身份特征的同时，也灵活适应不同的交际语境，展现出高度的交际得体性。通过语用身份理论的视角，我们不仅能够更加深入地理解这些角色的内心世界和交际策略，还能进一步解读小说所探讨的主题。身份与权力、个体与社会之间的关系，以及人们在追求自我认同和社会地位的过程中所面临的挑战和困境，都在这些角色的身份运用和交际行为中得到了深刻的体现。

一 解读人物形象的语用身份研究

语用身份的施为资源性根植于与之相对应的社会身份所固有的行为规范、权利与义务、行为影响或行为效果等。不同的社会身份对应不同的行为规范、权利与义务、行为影响或行为效果等[①]。在《使女的故事》中，

[①] 陈新仁：《语用身份论：如何用身份话语做事》，北京师范大学出版集团2018年版，第118页。

第七章　个案研究之三：玛格丽特·阿特伍德的小说

玛格丽特·阿特伍德通过精心构建的语境，展现了不同角色如何在特定的社会背景下选择和建构自己的身份，这些身份不仅体现了他们在社会中的地位和权力，也深刻影响了他们的言语行为和交际方式。

使女作为故事中的核心角色，其身份标签直接反映了她们在社会中的低微地位。使女们被剥夺了自由、权利甚至基本的个人意志，她们的职责就是为主人（指挥官）生育孩子。在这样的语境下，使女们的言语行为往往显得谦卑、顺从，她们的话语选择往往是为了迎合主人的期望和需求。例如：

> "The war is going well, I hear," she says.
> "Praise be," I reply.
> "We've been sent good weather."
> "Which I receive with joy."
> "They've defeated more of the rebels, since yesterday."
> "Praise be," I say. I don't ask her how she knows. "What were they?"
> "Baptists. They had a stronghold in the Blue Hills. They smoked them out."
> "Praise be."①
>
> (*The Handmaid's Tale*：Chapter 4)

在玛格丽特·阿特伍德的《使女的故事》中，使女们生活在一个极权主义的社会中，其中宗教和权力被紧密结合，用以控制人民的思想和行为。在这个社会里，特定的言语和表达方式被严格规定，以维持统治阶层的权威和人民的顺从。

在这段对话中，当听到有关战争的正面消息或军队的胜利时，使女和与她对话的人反复使用 Praise be（赞美吧）这一表达。这种言语行为不仅仅是对好消息的回应，它实际上是一种强制性的社会习惯，旨在显示对权

---

① Atwood Margret, *The Handmaid's Tale*, London：Vintage, 2017.

力机构、战争目的和宗教信仰的绝对服从。此外，这种言语行为不仅体现了她们的服从，也强化了她们作为使女的身份标签。通过反复说 Praise be，使女们不仅是在表达一种表面的喜悦或感激，她们还在无意识地强化这个社会的价值观和规则。这种言语行为可以被视为一种"仪式化"的沟通方式，它超越了简单的信息传递或情感表达，而成为一种强化社会秩序和维持社会控制的工具。在这个社会中，即使个人可能并不真正感到喜悦或感激，也必须按照规定的方式表达这些情感，以符合社会的期望和规范。

其次，指挥官的夫人作为使女的主人，她们的身份标签则代表了社会中的高层权力。在这种语境下，指挥官夫人们的言语行为往往显得强势、霸道，她们的话语选择常常是为了维护自己的权力和地位。但此外，例如，在小说中，指挥官们经常使用命令式的语气对使女发号施令，如"去做饭"或"给我倒水"等，这种言语行为不仅体现了他们的权力，也巩固了他们作为指挥官的身份标签。

  She gave what might have been a laugh, then coughed. Tough luck on him, she said. This is your second, isn't it?

  Third, Ma'am, I said.

  Not so good for you either, she said. There was another coughing laugh.

  You can sit down. I don't make a practice of it, but just this time.

  …

  I want to see as little of you as possible, she said. I expect you feel the same way about me.

  I didn't answer, as a yes would have been insulting, a no contradictory.

  I know you aren't stupid, she went on. She inhaled, blew out the smoke. I've read your file. As far as I'm concerned, this is like a business transaction. But if I get trouble, I'll give trouble back. You understand?

  Yes, Ma'am, I said.

  Don't call me Ma'am, she said irritably. You're not a Martha.

第七章　个案研究之三：玛格丽特·阿特伍德的小说

...
　　As for my husband, she said, he's just that. My husband. I want that to be perfectly clear. Till death do us part. It's final.
　　Yes, Ma'am. ①

(*The Handmaid's Tale*：Chapter 3)

　　这个对话片段通过赛琳娜·乔伊和奥弗雷德的交际行为，展现了她们在特定语境中的身份构建和维持。赛琳娜·乔伊以权威和冷漠的态度构建了她的指挥官夫人身份，而奥弗雷德则通过顺从和尊重的态度展现了她的使女身份。这两个身份在交际中相互影响，共同塑造了这段对话的氛围和结果。

　　赛琳娜·乔伊在对话中通过她的言语行为构建了她的身份。她以权威和冷漠的语调与奥弗雷德交流，强调她的地位高于奥弗雷德，并且她对奥弗雷德持有一种疏离和专业的态度。她的话语中透露出她对奥弗雷德的命运漠不关心，并暗示她只关心维护自己的权力和地位。她使用 Tough luck on him 和 Not so good for you either 这样的表达，既体现了她的无情，也显示了她对奥弗雷德处境的漠视。

　　另一方面，奥弗雷德在对话中则采取了较为谨慎和顺从的态度。她回应赛琳娜·乔伊的问题时使用了礼貌的称呼 Ma'am，并尽量不表达任何可能冒犯她的观点。当赛琳娜·乔伊纠正不要称她为 Ma'am 时，奥弗雷德立即遵守了她的要求，这体现了奥弗雷德对赛琳娜的尊重和服从。她的这种态度反映了他作为使女的身份和地位，必须遵守指挥官夫人的规则和期望。

　　赛琳娜·乔伊不仅是奥弗雷德的主人，还是指挥官的夫人，她还明确表达了她对丈夫的忠诚和坚定。她强调 he's just that. My husband. I want that to be perfectly clear. Till death do us part. It's final. 这些话语不仅表达了她对婚姻的承诺和坚持，也进一步巩固了她在社会中的地位和角色。她作为一个忠诚的妻子和指挥官夫人的身份，在这个社会中具有重要的象征意义。

---

① Atwood Margret, *The Handmaid's Tale*, London：Vintage, 2017.

将交际者选择、构建的身份视为一种施为资源或行事资源，考察交际者如何通过构建特定的身份达到具体交际目标。在基列共和国这样一个强调身份等级的国家，大部分人都具有用身份行事的语用能力。即使是地位卑微的马大，也会借助主人的尊贵地位来打压比她们地位更为低贱的群体或者借助主人的高贵身份达到具体的交际目的。请看下例：

"Tell them fresh, for the eggs," she says. "Not like last time. And a chicken, tell them, not a hen. Tell them who it's for and then they won't mess around."

"All right," I say. I don't smile. Why tempt her to friendship?①

(*The Handmaid's Tale*: Chapter 2)

马大在这个对话中扮演着一个指导者和命令者的角色。她要求使女去传达关于鸡蛋和鸡肉的具体指示，包括要新鲜的鸡蛋，以及不要母鸡。她的语气和用词体现了她的地位和职责，即确保厨房提供的食物符合特定的标准和要求。她的指示也显示了她对食物的来源和质量有一定的了解和关注。使女奥弗雷德在对话中则显得比较顺从和谨慎。她回应了马大的指示，并且没有表现出任何不满或质疑。她的态度体现了她作为使女的身份和地位，即她必须服从那些地位高于她的人，包括马大和其他权力阶层的人。

此外，我们也无法忽略马大如何巧妙地利用主人的身份来确保卖食物的人不会糊弄使女。

在马大的指示中，她不仅详细说明了食物的要求，还特别提到了主人的身份 Tell them who it's for and then they won't mess around 这句话中的 who it's for，实际上是在强调主人的尊贵身份。指挥官作为基列共和国中地位显赫的人物，他们的身份和地位足以让普通人敬畏并遵从他们的要求。马大通过提及主人的身份，实际上是在利用这种社会等级和权力差异来确保使女能够得到她所要求的食物。她明白，如果使女只是以一个普通使女的

---

① Atwood Margret, *The Handmaid's Tale*, London: Vintage, 2017.

身份去购买食物，可能会受到商家的糊弄或轻视。但是，如果使女能够传达出这些食物是为了某位尊贵的主人准备的，那么商家就会更加谨慎和认真地对待这次交易，因为他们知道得罪主人可能会带来严重的后果。因此，马大的话语不仅展示了她对食物的细致要求，还巧妙地利用了主人的身份来实现她的交际目的。这种策略不仅确保了使女能够得到新鲜、符合要求的食物，还展示了马大在交际中的智慧和策略。她通过借助他人身份来增强自己的话语力量，从而达到了更好的交际效果。

二 解读小说主题的语用身份研究

分析语用身份的构建与变化有助于揭示作家探索的主题和议题。例如，通过分析人物的语言使用，可以探讨种族、性别、文化认同等主题在小说中的体现和探讨，从而拓展对文本主题的理解。语用身份的研究还可以揭示小说中的社会现实和文化背景，以及作家对这些现实和背景的态度和观点。这有助于读者更加深入地理解作品所反映的社会和文化议题。

《浮现》作为阿特伍德20世纪70年代的力作，其叙事脉络紧密围绕主人公踏上归乡之旅，旨在揭开父亲失踪之谜，并在此过程中踏上了一场深入探索自我本质的内心旅程。阿特伍德笔下常见的核心议题——文明与自然的对立与融合，在这部小说中得到了深刻体现。主人公从现代都市的喧嚣与浮华抽身，转而踏入儿时记忆中那片静谧的魁北克小岛，这一转变不仅是地理上的迁徙，更是心灵从人工雕琢回归自然本真的跨越。在这段旅程中，主人公必须直面并克服来自两个世界间的巨大张力与内心挣扎，方能实现自我净化，重拾生命的本真与纯粹。

在故事的开头，作者就构建出了"回归者"和"外来者"这两个既互相联系又互相矛盾的语用身份。女主人公的表现诚如陈新仁[①]所言，随着交际的推进，交际者可能会随着交际目的、需求、情景的变化而调整语用身份。而在小说语篇中，作者也会随着情节的展开会调整为了揭示作品主题等目的而调整人物的语用身份。女主人公的表现以及其他人物的言谈举止，展现了外来探索者和回归者的矛盾状态，象征着加拿大人寻求和确认

---

① 陈新仁：《语用身份：动态选择与话语建构》，《外语研究》2013年第4期。

自身身份时所面临的内心挣扎①。而作为作者，阿特伍德通过小说中的人物形象和主题的呈现，将自己的加拿大人身份融入其中，表达了对文化和土地的复杂情感。这种文化异化和身份困惑的描绘，以及对加拿大土地矛盾认同的探索，进一步凸显了阿特伍德作为加拿大作家的独特身份和对加拿大文化的深刻理解。

《浮现》中，主人公的家乡设定巧妙地模糊了单一文化的界限，坐落于北方魁北克，一个法语与英语文化交织的多元地带。沿途的标识牌以双语欢迎，直观展现了该区域文化身份的复杂性与包容性。阿特伍德通过对自然环境的细腻描绘，如荒野的辽阔与原始，与小镇上双语并存的小店形成鲜明对比，既突出了土著居民生活的质朴与孤寂，又微妙地反映了加拿大社会内部法语文化与英语文化并存的独特景观，以及后殖民时期遗留下的文化多元与含混。

主人公在这一特殊文化"居间"位置上的探索，不仅是个人身份的追寻，也隐喻了阿特伍德对加拿大民族真我的深刻反思。小说中，女性角色在两性关系中的从属地位，象征着加拿大在国际舞台上，特别是与美国之间的不对等关系，后者作为隐喻中的"男性"主导者，对加拿大施加着全方位的影响与控制。这种影响不仅体现在经济资源的掠夺上，更深层次地触及了思想与行为的束缚，使得加拿大在某种程度上失去了自我认同的独立性。

通过女主人公在职业选择中构建的"婚姻弱者"身份，阿特伍德揭示了个人与社会结构之间深刻的互动关系，以及这种关系如何映射出国家间权力动态的不平等。小说因此成为一面镜子，既映照出主人公个人的成长与觉醒，也映射出加拿大民族在寻求自我身份认同过程中的艰难与挣扎。

《猫眼》一书中，阿特伍德试图探讨女性之间的复杂而幽深的关系对于女性，相互之间这种关系或者本来就是如此。它不是单一的，而是"复杂的、重要的，它包括了痛苦、愤怒、被背叛感、嫉妒和恨，还有爱"。

---

① 丁林棚：《玛格丽特·阿特伍德的〈浮现〉中的本土性构建》，《淮阴师范学院学报》（哲学社会科学版），2020年第3期。

第七章 个案研究之三：玛格丽特·阿特伍德的小说

这种交织、纠缠在一起的情感剪不断，理还乱，然而对于女性却有着天然的特殊意义①。阿特伍德试图打破第二次女权主义运动的局限性，她试图打破人们姐妹情谊这样的思维惯式，打破贴标签式的看问题方法，认为应当将女性当作一个复杂的独立的真正的人来看待，使人们意识到女性之间的问题②。而她表达这种看法的方式，就是构建人物复杂，甚至矛盾的语用身份，通过描绘邪恶的女孩和女性，例如科迪莉亚、史密斯夫人等，《猫眼》颠覆了女性在道德上更优越的形象。在故事的开篇，玛格丽特首先为读者展示了人女主人公伊莱恩多样的社会身份：

I have a husband, not my first, whose name is Ben. He is not any sort of an artist, for which I am thankful. He runs a travel agency, specializing in Mexico. Among his other sterling qualities are cheap tickets to the Yucatán. The travel agency is why he hasn't come with me on this trip: the months before Christmas are a hectic time in the travel business.

I also have two daughters, by now grown up. Their names are Sarah and Anne, good sensible names. One of them is almost a doctor, the other an accountant. These are sensible choices. I am a believer in sensible choices, so different from many of my own. Also in sensible names for children, because look what happened to Cordelia.

Alongside my real life I have a career, which may not qualify as exactly real. I am a painter. I even put that on my passport, in a moment of bravado, since the other choice would have been housewife. It's an unlikely thing for me to have become; on some days it still makes me cringe. Respectable people do not become painters: only overblown, pretentious, theatrical people. The word artist embarrasses me; I prefer painter, because it's more

---

① 杨昊成：《剪不断，理还乱——评玛格丽特·阿特伍德的小说〈猫眼〉》，《当代外国文学》2004 年第 1 期。
② 杨昊成：《剪不断，理还乱——评玛格丽特·阿特伍德的小说〈猫眼〉》，《当代外国文学》2004 年第 1 期。孙金琳：《阿特伍德〈猫眼〉中女性之间破坏性的权力关系》，《合肥学院学报》（社会科学版）2015 年第 3 期。

like a valid job. An artist is a tawdry, lazy sort of thing to be, as most people in this country will tell you. If you say you are a painter, you will be looked at strangely. Unless you paint wildlife, or make a lot of money at it, of course. But I only make enough to generate envy, among other painters, not enough so I can tell everyone else to stuff it. ①

(*Cat's Eye*: Chapter 3)

伊莱恩（Elaine）叙述者首先提及了她的丈夫本（Ben），强调了他是她的第二任丈夫。这一信息不仅揭示了她的婚姻状况，还凸显了她的家庭身份。

接着，伊莱恩提及了她的两个女儿萨拉（Sarah）和安妮（Anne），并称赞她们的名字是"好的、合理的名字"。她提到她们的职业选择（一个是医生，一个是会计师），并强调这是"合理的选择"。这些描述体现了伊莱恩作为母亲的身份，以及她对于子女教育的看法和期望。

职业身份：伊莱恩还提到自己有一个"可能不算完全真实"的职业——画家。她甚至在护照上大胆地写下了这一职业，而不是传统的"家庭主妇"。这一描述展示了叙述者对于画家这一职业的认同感和自豪感，尽管她也承认这个职业"不太可能"且"仍然让她感到尴尬"。

此外，叙述者还提到自己画画挣的钱"只够在画家中引发嫉妒"，凸显她在艺术领域有一定的成就和地位，但并未达到能够引起广泛关注和尊重的程度。伊莱恩的默认身份暗示读者她拥有着美满人生。而这种看似无害的社会身份背后，却又蕴藏着难以磨灭的童年阴影。

"You coming out to play?" says Cordelia, on our way home from school.

"I have to help my mother," I say.

"Again?" says Grace. "How come she does that so much? She never used to do it." Grace has begun talking about me in the third person, like

---

① Atwood Margret, *Cat's Eye*, Now York: Anchor Books, 1998, pp. 15 – 16.

第七章 个案研究之三：玛格丽特·阿特伍德的小说

one grownup to another, when Cordelia is there.

I think of saying my mother is sick, but my mother is so obviously healthy I know I won't get away with this.

"She thinks she's too good for us," says Cordelia. Then, to me: "Do you think you're too good for us?"

"No," I say. Thinking you are too good is bad.

"We'll come and ask your mother if you can play," says Cordelia, switching back to her concerned, friendly voice. "She won't make you work all the time. It isn't fair."①

(*Cat's Eye*: Chapter 23)

在这一片段中，通过她们的话语内容 You coming out to play 可以看出，伊莱恩和科迪莉亚（Cordelia）的语用身份是彼此的玩伴。但是，她们并不是平等的玩伴关系，也不是友善的玩伴关系。为了拒绝出去玩，伊莱恩对科迪莉亚的害怕体现在明知道凸显自己"女儿"的身份是不符合时宜的，但依旧用这种方式来婉拒科迪莉亚。但是科迪莉亚作为关系中较为强势的一方，并不在乎二人之间的人际关系，也无意去维护她们的朋友关系，反而直接采用质问伊莱恩的言语行为来恐吓伊莱恩。

紧接着，科迪莉亚开始变本加厉。这时，二人的语用身份不再是玩伴，而是变成了凌辱者科迪莉亚和被害者伊莱恩。

"Pork and beans the musical fruit, the more you eat, the more you toot," says Mr. Smeath, grinning round the table. Mrs. Smeath and Aunt Mildred do not think this is funny. The little girls regard him solemnly. They both have glasses and white freckled skin and Sunday bows on the ends of their brown wiry braids, like Grace.

"Lloyd," says Mrs. Smeath.

"Come on, it's harmless," Mr. Smeath says. He looks me in the eye.

---

① Atwood Margret, *Cat's Eye*, Now York: Anchor Books, 1998, p.135.

"Elaine thinks it's funny. Don't you, Elaine?"

I am trapped. What can I say? If I say no, it could be rudeness. If I say yes, I have sided with him, against Mrs. Smeath and Aunt Mildred and all three of the Smeath girls, including Grace. I feel myself turn hot, then cold.

Mr. Smeath is grinning at me, a conspirator's grin.

"I don't know," I say. The real answer is no, because I don't in fact know what this joke means. But I can't abandon Mr. Smeath, not entirely. He is a squat, balding, flabby man, but still a man. He does not judge me.

Grace repeats this incident to Cordelia, next morning, in the school bus, her voice a near whisper. <u>"She said she didn't know."</u> "What sort of an answer was that?" Cordelia asks me sharply. <u>"Either you think it's funny or you don't. Why did you say 'I don't know'?"</u>

I tell the truth. <u>"I don't know what it means."</u>

"You don't know what what means?"

"Musical fruit," I say. "The more you toot." I am now deeply embarrassed, because I don't know. Not knowing is the worst thing I could have done.

Cordelia gives a hoot of contemptuous laughter. "You don't know what that means?" she says. <u>"What a stupe! It means fart. Beans make you fart. Everyone knows that."</u>①

(*Cat's Eye*: Chapter 23)

伊莱恩因为不知道笑话的梗是什么,因此就诚实地说了不知道。但是这一回答被科迪莉亚看来是一种偷奸耍滑的行为,因此她非常地不满。她公开羞辱了伊莱恩,不仅采用质问的语气和言语行为,更是使用一些贬低人的话语来辱骂伊莱恩。而伊莱恩在与科迪莉亚的对话中,她的话论次数

---

① Atwood Margret, *Cat's Eye*, Now York: Anchor Books, 1998, pp. 138 – 139.

第七章　个案研究之三：玛格丽特·阿特伍德的小说

可以清晰地展示出她是弱者，更准确来说是被欺凌者的语用身份。

科迪莉亚并没有就此停止欺凌伊莱恩。相反，她的行为比以往更甚。这次，她采用了"教育者"这个身份来教训不懂事儿的伊莱恩。

> Cordelia and Grace and Carol are beside me. "How's the little baby today?" asks Cordelia.
>
> "He's fine," I say guardedly.
>
> "I didn't mean him, I meant you," says Cordelia.
>
> "Can I have a turn?" asks Carol.
>
> "I can't," I tell her. If she does it wrong, if she upsets Brian Finestein into a snowbank, it will be my fault.
>
> "Who wants an old Jew – baby anyway," she says.
>
> "The Jews killed Christ," says Grace primly. "It's in the Bible."
>
> But Jews don't interest Cordelia much. She has other things on her mind.
>
> "If a man who catches fish is a fisher, what's a man who catches bugs?" she says.
>
> "I don't know," I say.
>
> "You are so stupid," says Cordelia. "That's what your father is, right? Go on. Figure it out. It's really simple."
>
> "A bugger," I say. "Is that what you think of your own father?" Cordelia says. "He's an entomologist, stupid. You should be ashamed. You should have your mouth washed out with soap."①
>
> (*Cat's Eye*: Chapter 25)

在见面时，科迪莉亚看似友好地和伊莱恩进行寒暄，并对她表示关心。她问起小宝贝近况。伊莱恩以为是在问家里的弟弟。老实回答后，科迪莉亚说她问的小宝贝是伊莱恩。

---

① Atwood Margret, *Cat's Eye*, Now York: Anchor Books, 1998, p. 149.

接着，科迪莉亚再次以猜谜的方式开始了她们今天的活动。她问："如何抓鱼的人父亲是渔夫，那么抓虫子的人父亲叫什么？"，伊莱恩一开始回答不知道。科迪莉亚开始展现她循循善诱的样子，引导伊莱恩说出她想要的答案 bugger（捉虫人/蠢货）。得到满意的回答后，科迪莉亚装作一副震惊的样子，并开始以教育者的身份和立场责骂起伊莱恩对她父亲的冒犯。

随着二人渐渐长大，关系不再像之前那样密切，两人相处时的身份也随之发生改变。伊莱恩开始渐渐疏远科迪莉亚，她甚至不想再继续表演和科迪莉亚亲密。

"But here I've been going on and on about me. What's doing with you?" and I smile and say "Nothing much." Sometimes she makes a joke of it and says, "But that's enough about me. What do you think of me?" and I add to the joke by saying, "Nothing much."①

（*Cat's Eye*：Chapter 46）

科迪莉亚问起伊莱恩的近况并让伊莱恩对她进行评价时，伊莱恩只重复回答了"没什么好说的"。这一回答建构了伊莱恩疏离的朋友身份。此后，二人的接触开始变少，关系也渐渐疏远。

"Is the tutor nice?"

"I guess so," says Cordelia. "Her name is Miss Dingle. It really is. She blinks all the time, she has watery eyes. She lives in this squalid apartment. She has salmon – coloured lingerie, I see it hanging over the shower – curtain rod in her squalid bathroom. I can always get her off the subject by asking about her health."

"Off what subject?" I ask.

"Oh, any subject," says Cordelia. "Physics, Latin. Any of it." She

---

① Atwood Margret, *Cat's Eye*, New York：Anchor Books, 1998, p. 279.

第七章　个案研究之三：玛格丽特·阿特伍德的小说

sounds a little ashamed of herself, but proud and excited too. It's like the time when she used to pinch things. This is her accomplishment these days: deluding the tutor. "I don't know why they all think I spend the days studying," she says. "I sleep a lot. Or else I drink coffee and smoke and listen to records. Sometimes I have a little nip out of Daddy's whisky decanter. I fill it up with water. He hasn't found out!"

"But Cordelia," I say. "You have to do something!"

"Why?" she says, with a little of her old belligerence. She isn't only joking.

So I say, "You'll get bored."

Cordelia laughs, too loudly. "So what if I study?" she says. "I pass my exams. I go to university. I learn it all. I turn into Miss Dingle. No thanks."

"Don't be a cretin," I say. "Who says you have to be Miss Dingle?"

"Maybe I am a cretin," she says. "I can't concentrate on that stuff, I can hardly look at the page, it all turns into little black dots."

"Maybe you could go to secretarial school," I say. I feel like a traitor as soon as I've said it. She knows what we both think of girls who would go to secretarial school, with their spidery plucked eyebrows and pink nylon blouses. ①

(*Cat's Eye*: Chapter 46)

科迪莉亚说话时，不那么夹枪带棒，伊莱恩也不再是一副逆来顺受的样子了。当谈起未来和学校的功课时，科迪莉亚变成那个时常犯蠢的人，而伊莱恩则是一个"好心的"劝诱者身份，她关心科迪莉亚的功课，鼓励她，甚至为她指明未来的"出路"。面对伊莱恩的"无心"的冒犯，科迪莉亚并没有纠缠。

《猫眼》讲述主人公伊莱恩从童年到中年的成长经历，着重讲述其童

---

① Atwood Margret, *Cat's Eye*, Now York: Anchor Books, 1998, pp. 282–283.

年、少年和青年时期经历。她对女性的恐惧、对女性价值的否定和对女性形象的刻板化很大程度上是因为她童年时与科迪莉亚的过往经历所导致的。阿特伍德通过展示二人的语用身份的不断变化论证女性之间破坏性的权力关系是主人公异化和厌女症产生的主要原因，批判造成女性之间破坏性权力关系的二元对立思维，提倡人与人之间无等级的差异共存和相互依赖的和谐关系①。

第四节　本章小结

本章对玛格丽特·阿特伍德的小说进行了深入的探讨，首先总结了其作品中的女性书写元素，进而分析了元话语和语用身份构建在阿特伍德小说中的具体表现。

阿特伍德的作品以其对女性命运的关注而独树一帜，她成功塑造了拥有独立思想、复杂情感和强烈自我意识的现代女性形象。这些女性角色在困境中展现出坚韧不拔的精神，成为小说中的核心力量。同时，阿特伍德运用不可靠的叙述者这一叙事技巧，打破了传统叙事结构，为读者呈现了一个真实且复杂的文学世界。她作为女性主义科幻小说的重要代表，将科幻元素与女性主义思想巧妙结合，使女性成为推动故事发展的关键，进一步丰富了文学作品的内涵。

在元话语和语用身份构建方面，本章基于陈新仁的身份元话语分析框架，深入分析了阿特伍德小说中的身份元话语使用类型。元话语不仅作为文本的装饰或修辞，更承载着交际者对自身身份的认知和定位。身份元话语作为语用身份意识的元话语表征，在小说中通过人物的语言使用展现了他们对自身、他人或群体身份的认知和定位。这种使用方式不仅反映了人物的语用身份意识，还揭示了他们如何有意识地凸显、质疑、否认或解构各种身份。

---

① 孙金琳：《阿特伍德〈猫眼〉中女性的异化和厌女症》，《湖南工程学院学报》2019年第2期。

第七章 个案研究之三：玛格丽特·阿特伍德的小说

借助语用身份理论，本章进一步探讨了小说中人物如何运用身份进行施事，并评估其交际得体性。这些角色通过言语和行为传递信息，同时在交际过程中构建和展示其身份，从而影响他人的态度和行为。这一理论框架为我们理解小说中人物的身份运用和小说所蕴含的主题提供了新的视角。

综上所述，本章通过探讨阿特伍德小说中的女性书写元素、元话语和语用身份构建，揭示了其作品的艺术魅力和社会意义。同时，通过语用身份理论的引入，我们对小说中人物的身份运用和小说主题有了更深入的理解。这些分析不仅丰富了对阿特伍德作品的研究，也为理解当代文学作品提供了新的思路和方法。

第八章

结　论

作为全书的"收官"之篇，旨在对前面章节所探讨的丰富内容进行一个全面的总结，并着重强调本成果在创建小说语用文体分析框架方面的理论意义。在此基础上，我们将对该分析框架的应用前景进行展望，以期为未来相关领域的研究提供新的思路和方向。我们期待未来能够有更多研究者加入这一领域的研究中，共同推动文学批评和文学研究的繁荣发展。

第一节　研究总结

在文学的长河中，女性书写始终占据着不可或缺的地位。它不仅是对女性经验的真实记录，更是对女性情感、思想和价值观的深刻表达。随着社会的进步和女性地位的提升，女性书写的重要性日益凸显，其必要性也不断被强调。女性书写不仅为我们提供了一个了解女性世界的窗口，更为我们反思传统性别观念、推动性别平等提供了重要的思想资源。

然而，要深入理解女性书写的内涵和价值，仅凭传统的文学分析方法显得力不从心。在这里，语用学的视角为我们提供了一个全新的分析框架。语用学作为语言学的一个分支，研究的是人们在实际语言使用中的意义产生与理解。它关注语言使用的具体情境、说话人与听话人之间的互动以及语言的社会文化功能，这些正是女性书写中不可或缺的元素。

在女性书写中使用语用学的理论分析具有可行性和创新性。首先，语

第八章 结论

用学关注语言使用的具体情境，这有助于我们理解女性书写中特定语境下的语言选择及其背后的社会文化含义。例如，在探讨女性角色的对话时，语用学可以帮助我们分析这些对话是如何在特定的社会关系中展开的，以及这些对话如何反映了女性的社会地位和身份认同。其次，语用学强调说话人与听话人之间的互动，这为我们理解女性书写中的叙事策略提供了有力的工具。在小说中，女性作者通过叙事视角、叙述声音等手段与读者进行互动，传达自己的思想和情感。语用学的视角可以帮助我们分析这些叙事策略是如何影响读者的理解和感受的，以及它们是如何在读者心中塑造女性形象的。最后，语用学的社会文化功能观为我们理解女性书写在推动性别平等方面的作用提供了新的视角。女性书写通过语言的力量，挑战传统的性别观念，表达女性的声音和诉求。语用学的社会文化功能观可以帮助我们分析这些语言力量是如何在社会文化层面上产生影响的，以及它们是如何推动性别平等和女性解放的进程的。从语用学的视角分析女性书写，不仅有助于我们更深入地理解女性书写的内涵和价值，也为文学研究和性别研究提供了新的思路和方法。正是基于以上原因，本书作者在第一章中对女性书写进行了简单的梳理，确立了从语用学视角开展小说研究的理据，试图从元话语及身份建构两个视角出发，深入探讨了女性书写在加拿大英语小说中的语用现象。通过对小说文本的细致分析，结合对元话语功能和语用身份建构的理论探讨，本研究揭示了女性书写在加拿大英语小说中的独特表现及其背后的语用机制，勾勒出适用性强的小说分析框架，重点突出了元话语和语用身份的资源实质。

在第二章中，本书作者概述了当代加拿大英语小说的发展脉络，并分析了女性书写在其中的表现。我们发现，女性书写在加拿大英语小说中占据了重要地位，不仅体现在女性人物的形象塑造上，也体现在女性作家的创作实践中。女性作家通过细腻的笔触和独特的视角，展现了女性在社会、家庭和个人层面的复杂经历和内心世界。具体来说，第二章首先介绍了当代加拿大英语小说的发展历程，包括发展期和繁荣期。随后，探讨了当代加拿大英语小说的特点，为后续对女性书写进行分析提供了基础。接着，通过探讨女性作家的女性书写，介绍了一些经典的女性作家。其中，经典之声部分介绍了梅维斯·加兰特、埃塞尔·威尔逊和卡罗尔·希尔兹这三位女性作家的作品和对女性书写的贡献。随后，着眼于当代之光部分，分析了伊丽莎白·斯马特、阿丽莎·范·赫克、乔伊·小川和玛丽安·恩格尔这四位当代女性作家的作品和文学风格。最后，通过比较两代加拿大女性作家的文学表达，以时代之镜为主题，探讨了女性书写在不同时期的差异和变化。接着，本章还分析了女性书写中的女性人物形象。首先介绍了平凡女性的多重身份，着重讨论了这些女性如何在不同的角色和身份中寻求自身的发展和价值。然后，探讨了越轨女性，分析了她们常常面临的挑战和冲突，以及她们对女性角色固有框架的挑战。最后，分析了少数族裔移民女性在加拿大英语小说中的表现，关注她们所面临的独特经历和文化冲突。

在第三章和第四章中，我们分别探讨了元话语和语用身份在当代加拿大英语小说中的功能和应用。在语言学研究中，元话语作为一个重要的研究领域逐渐受到学者们的关注。它不仅关乎语言的表面现象，更深入到言语背后的逻辑、意图和语境。作为一种反映语言使用和社会互动复杂性的现象，元话语涉及多重理论和实践，对于我们理解语言交际的机制和规律具有重要意义。第三章系统地探讨元话语的定义、特点、语用研究，融合海兰德的人际元话语分析模式和陈新仁的元话语新拟探讨元话语在文学创作中的实际应用，挖掘元话语在当代加拿大英语文学语境中的功能，包括打破传统的自传书写方式、深化读者对隐喻的理解、促进读者理解故事情节与作者产生情感共鸣，以及塑造生动立体的人物形象。通过本章的研究，本书作者将为读者提供一个全面而深入的视角，以便更好地理解和解读这一复杂而富有挑战性的语言现象，同时理解元话语在当代加拿大英语语境中的重要性和作用。而语用身份则通过小说人物的言谈举止、交际方式等语言行为得以展现，是小说人物性格和形象的重要组成部分。第四章聚焦于探讨语用身份在当代加拿大英语小说中的体现及其动态性，并分析其对文本解读的重要性。语用身份作为一种语言使用者在交际过程中构建和表达自我认同的方式，对于理解文本中人物角色的行为、言论以及情感状态至关重要。对语用身份研究的关键问题和主要研究路径，包括话语分析框架和语用身份的动态选择概括将为本研究提供分析框架。通过分析语言使用者在不同情境下的身份认同和言语行为，可以揭示出文本中人物之

第八章 结论

间的关系、情感变化以及故事情节的发展。本书将重点关注当代加拿大英语小说中语用身份的具体表现，探讨不同人物角色如何通过语言和行为来构建自己的身份认同，并讨论这些身份在小说情节中的动态性。探讨如何通过对语用身份的解读来理解和解释当代加拿大英语小说的语篇。解读人物形象的语用身份、小说主题的语用身份以及作者身份的语用身份，有助于读者更全面地理解当代加拿大英语小说的内涵和意义。

在第五、六、七章中，我们通过具体的个案研究，分别分析了艾丽丝·门罗、玛格丽特·劳伦斯和玛格丽特·阿特伍德三位女性作家的小说。我们发现，这三位作家在女性书写方面各具特色，但都通过元话语和语用身份的构建，成功地展现了女性在社会和个人层面的复杂性和多样性。

第五章借助海兰德的人际模式元话语分类框架考察艾丽丝·门罗的小说中，作者是如何借助叙述者直接或间接与读者进行互动交流，引导读者按照其希望以及短篇小说的理解模式和价值体系去解读语篇。门罗的细腻笔触体现在她精心设计的人物对话上。这些对话真实地反映出了人物在交际时的真实状态，这也是她的作品能够打动读者，引发读者共鸣的重要原因。而陈新仁新拟的元话语分类可以清晰地展示小说人物作为交际者如何使用语言来谈论、监控、评价语言使用的方方面面。人物元话语的运用，不仅增强了作品的艺术表现力，也为我们提供了更多的解读空间。在语用身份研究方面，本书作者首先考察了门罗作品中人物如何展现语用身份的三种情形，对小说中的语用身份类型进行识别和对比，并考察了小说人物作为交际者使用了哪些语用策略来构建不同的语用身份。在探讨门罗作为女性作家的语用身份建构时，我们发现她不仅是一位优秀的作家，更是一位具有深刻思想和敏锐洞察力的女性。她的作品不仅反映了女性的生活经验和情感世界，也体现了她对女性命运的深刻思考。通过创作，她成功地建构了自己作为女性作家的独特语用身份。

考虑到玛格丽特·劳伦斯以书写自传体小说而著名，以及她对隐喻的偏爱，在第六章，本书作者依托海兰德的人际模式元话语分类框架详尽考察了劳伦斯如何巧妙借助元话语打破传统的自传小说中的叙事方式。此外，本书作者还讨论了隐喻作为一种元话语资源如何影响读者的阅读体验和加深作品的深度与广度。自传体小说中人物是复杂和多维的。他们的性格有深度，不仅仅是表面的特征，还展示内心的冲突和成长。因此，借助语用身份理论考察小说中小说人物对身份的动态选择不仅可以窥见自传体小说中人物的复杂与多面，还能够呈现了身份建构过程，体现了人物的成长与经历。

在以上章节中，本书作者详细探讨了元话语在多种情境下的作用。基于海兰德的元话语分析模式，本书作者分析了作者在创作过程中如何利用元话语来精心构建文本结构，引导读者深入理解，并加强文本的连贯性和说服力。此外，利用陈新仁的元话语理论，我们还探讨了小说中人物在交际中运用元话语的方式，如何影响对话走向，展现个性特点，并塑造人际关系的动态发展。值得进一步讨论的是，元话语与语用身份之间存在着密切的互动关系。身份元话语，作为语用身份意识的元话语表征，在小说中通过人物的语言使用，展现了他们对自身、他人或群体身份的认知和定位。这种使用不仅反映了人物的语用身份意识，还揭示了他们如何有意识地凸显、质疑、否认或解构各种身份。因此，第七章基于陈新仁的身份元话语分析框架关注阿特伍德后现代小说，深入分析了阿特伍德小说中的身份元话语使用类型。借助语用身份理论，第七章进一步探讨了小说中人物如何运用身份进行施事，并评估其交际得体性。这些角色通过言语和行为传递信息，同时在交际过程中构建和展示其身份，从而影响他人的态度和行为。这一理论框架为我们理解小说中人物的身份运用和小说所蕴含的主题提供了新的视角。

本研究聚焦于将语用学理论的精髓应用于剖析当代加拿大英语文学作品中女性书写主题的深度挖掘。研究创新性地整合了语用学与交际结构，在人物对话、叙述者与读者互动以及作者与读者交流三个维度上，构建了多层次的语用文体学分析框架。此框架的核心在于贯穿始终的元话语分析及语用身份理论，旨在深刻揭示作品中女性书写的独特风貌与主题内涵。

分析过程紧密围绕这三个交际层面展开，每一层面均成为洞察女性书写主题的窗口。研究不仅关注女性角色间的对话如何反映其身份构建与情感交流，还深入分析叙述策略如何引导读者视角，探讨作者如何通过独特的叙述手法传递女性声音与立场。

最终，研究成果在女性人物塑造的多样性、女性自我探索的历程，以及作者作为女性书写者的身份表达与策略三方面进行了详尽阐述，展现了当代加拿大英语小说中女性书写的丰富面貌与深刻意义。这一过程不仅丰富了语用学在文学分析中的应用，也为理解加拿大文学中的女性书写提供了新的视角与洞见。

第二节　研究启示

本研究对于理解当代加拿大英语小说中的女性书写提供了重要的语用视角，对于丰富和完善文学语用研究具有一定的理论价值和实践意义。首先，本研究揭示了女性书写在加拿大英语小说中的独特地位和作用，为女性文学研究提供了新的思路和方向。其次，本研究通过元话语和语用身份两个视角的探讨，深化了我们对小说文本的理解和解读，有助于我们更好地把握小说的深层含义和艺术价值。最后，本研究也为文学作品的创作和批评提供了新的语用分析工具和方法，有助于推动文学创作的创新和发展。具体表述如下：

一　理论意义

本研究在文学语用学领域做出了重要贡献，通过融合元话语、身份建构理论与女性书写研究，不仅验证了这些理论在文学语境下的适用性，还显著拓宽了其应用边界，促进了文学语用学的深化发展。本研究独辟蹊径，将戏剧会话分析的成果创造性地延伸至小说交际语篇，结合语用学理论与文学文体结构，构建了一个针对性强、适用性广的小说分析框架。这一框架超越了传统单一语用学理论（如会话含义、言语行为理论）在戏剧对话分析中的局限，首次全面探索了小说交际中的多维度语用特征，为文学主题的语言表达提供了深入剖析的范例。

尤为值得一提的是，本研究在女性书写主题的语言特征分析上，采用了"模式—范例—应用"的递进式分析模式，相较于非文学语篇中常见的"理论—范例"模式，更加贴合文学语篇的复杂性与多样性，确保了分析的有效性和实用性。这一创新方法不仅丰富了文学研究的工具箱，也为后续学者在探索文学主题、解读文学语言时提供了宝贵的参考和启示。

本研究在深化女性书写现象理解方面迈出了重要一步，通过引入语用文体分析这一新视角，为文学研究开辟了崭新路径。与以往聚焦于合作原则、关联理论或礼貌原则的语用分析不同，本研究独树一帜，首次将语用学理论全面融入小说语篇的三个关键层面——人物对话、叙述者与读者交流、作者与读者沟通，深入剖析了加拿大英语小说中女性书写的语言学特征。这一创新性尝试不仅填补了学术空白，更通过具体案例展示了女性在文学作品中如何利用语言精妙地构建自我身份、阐述独到见解以及与读者建立深刻联系的过程。这一发现不仅丰富了我们对女性书写复杂性的认识，还揭示了其在文学表达中的独特魅力和多元面貌，为女性文学研究构筑了坚实的理论基础，推动了该领域研究的进一步深入与拓展。

最后，本研究不仅在女性书写现象上得出了深入的见解，更进一步推动了跨学科研究的融合与创新。通过综合语言学、文学理论、文化学等多个学科的理论和方法，本研究为女性书写现象提供了全面而多维度的分析。这种跨学科的研究方法不仅打破了学科之间的传统界限，更促进了不同学科之间的深度对话与交流。在这一过程中，不同学科的视角相互交融，为研究提供了多元化的思考方式和方法论基础。语言学为我们揭示了女性作家在文本中使用的语言策略及其背后的语用机制；文学理论帮助我们理解了女性书写在文学传统中的地位和影响；而文化学则为我们揭示了女性书写背后的社会文化背景和意识形态。这种综合性的分析不仅丰富了我们对于女性书写现象的理解，也为未来的文学研究提供了新的思路和方法。随着跨学科研究的不断深入，我们期待看到更多具有创新性和实践意义的文学研究成果涌现，进一步推动文学研究的繁荣与发展。

基于本书作者的博士学位论文，本书突破了此前研究的局限性并对其进行进一步的深入探索。第一，本书进一步改进了关于虚构作品的实用风格研究的分析框架，对其进行修改和丰富，使框架更科学、更可行。例如，进一步考虑到人际语用学的相关理论，证实了元话语理论和语用身份结合的必要性和可能性。第二，本书进一步增加短篇小说文本的数量，以增加分析的可信度。在此前研究中的艾丽丝·门罗的14个作品集中，本书作者已经检验了她完整的创作生涯其中的 9 个。本书将视角放宽到当代加拿大英语小说中的所有女性书写文本，增加更多样本文本，更充分且更具说服力地展示分析结果。第三，本书作者此前借博士学位论文对单一作家作品的案例研究所使用的分析框架不能代表所有短篇小说。因此，本书对同一文学文本体裁内的更多案例进行研究，对之前研究结果做出全面和自信的验证。

二　实践启示

首先，研究为文学作品的创作提供了宝贵的启示。通过对加拿大英语小说中女性书写的语用研究，我们得以窥见女性作家如何巧妙地运用语言技巧来塑造鲜活的人物形象、构建引人入胜的情节以及深刻表达作品的主题。这些发现不仅为作家在创作过程中提供了新的思路和方法，更激发了他们在表达方式和艺术风格上的创新潜能。女性作家在塑造人物时，通过细腻的笔触和独特的语言选择，赋予了角色丰富的内心世界和独特的个性特征。作家们可以借鉴这种技巧，在创作中更加深入地挖掘角色的内心世界，使人物形象更加立体、生动。在构建情节方面，女性作家善于运用语言来营造紧张的氛围、推动故事的发展。她们通过巧妙的叙述和对话，将读者带入一个充满悬念和惊喜的文学世界。作家们可以学习这种叙事技巧，使作品情节更加紧凑、引人入胜。在表达主题方面，女性作家通过独特的语言风格和深刻的主题探讨，传达了她们对女性命运、社会现实和人类情感的关注。这种对主题的深刻挖掘和表达，为作家们提供了宝贵的启示。作家们可以借鉴这种主题探讨的方式，将更多的社会现实和人文关怀融入自己的作品中，使作品具有更高的艺术价值和社会意义。本研究为文学作品的创作提供了新的思路和方法，有助于推动文学作品在表达方式和艺术风格上的创新。通过学习和借鉴女性作家的语言技巧，作家们可以创作出更多具有深度和广度的优秀文学作品。

其次，本研究为文学批评领域注入了新的活力，通过语用学的独特视角对女性书写现象进行了详尽而深入的分析，为文学批评提供了新的视角和工具，使得批评家能够更全面地理解文学作品中的女性形象、主题和风格等要素，提高文学批评的准确性和深度。这种跨学科的研究方法为文学批评提供了新的可能性和方向，有助于推动文学批评领域的创新和发展。为文学批评开辟了新的维度。语用学不仅关注文本中的语言使用，还研究语言在特定语境下的功能和效果，这为文学批评提供了新的分析工具和方法。在女性书写的语用研究中，笔者揭示了女性作家如何通过特定的语言策略来塑造女性形象、表达女性视角以及构建与读者之间的情感联系。这种分析让批评家能够更准确地把握文本中女性形象的复杂性、主题的多维度以及风格的独特性。通过关注文本中的语言细节，如词汇选择、句式结构、修辞手法等，批评家可以进一步揭示女性书写在文本中的具体体现和深层含义。此外，语用学的分析还能够帮助批评家更全面地理解文学作品中的社会文化背景和意识形态。通过探讨女性书写与性别、种族、阶级等社会问题的关联，批评家可以揭示文学作品中所反映的社会现实和人类经验，进一步拓宽文学批评的视野和深度。

最后，本研究对文学教育和普及的积极意义不仅在于揭示女性书写在加拿大英语小说中的独特现象和语用机制，更在于其深远的教育影响和普及效果。其一，本研究通过语用学的视角，对女性书写现象进行深入分析，使读者能够更加细致地观察到文学作品中的语言运用，特别是女性作家如何通过语言技巧塑造女性形象、表达主题等。这种细致入微的解读有助于读者更深入地理解文学作品中的女性角色，认识到她们在故事中的复杂性和多维性，从而增强对文学作品的感知和理解。其二，本研究对女性书写的探讨有助于读者更全面地认识文学作品的多元性和丰富性。文学作品中的女性形象往往承载着特定的社会、文化和历史背景，通过本研究，读者可以更加清晰地看到这些形象背后的深层次含义，从而更全面地理解文学作品的主题和内涵。这种全面性的认识有助于提高读者的文学素养和审美能力。本研究还有助于激发读者对文学作品的兴趣和热情。通过对女性书写的深入解读，读者可以更加深入地感受到文学作品的魅力，对文学作品产生更浓厚的兴趣。这种兴趣将推动读者更加积极地阅读文学作品，参与文学讨论，从而进一步促进文学教育和普及的发展。本研究对文学教育和普及的积极意义还体现在其推动跨学科学习的作用上。本研究结合了语言学、文学理论、文化学等多个学科的理论和方法，为读者提供了一个跨学科的学习视角。通过这种跨学科的学习，读者可以更加全面地了解文学作品背后的语言、文化和社会背景，从而更深入地理解文学作品的意义和价值。这种跨学科的学习方法将有助于提高读者的综合素质和创新能力。

第三节 研究不足与未来展望

毫无疑问，本成果只是对小说分析语用文体框架的初步建构，不成熟之处也许比比皆是。不仅如此，本成果呈现的理论体系也许只能代表一种取向，未来的研究也许会发掘出更合理、更完整、更专业的理论框架。就研究内容而言，本研究触及的小说选择与作家选择未必全面、典型。挂一漏万在所难免。在本成果的现有研究基础上，未来研究也许可以在语用学的不同分支学科或研究领域着力探讨本理论的潜在价值。

尽管本研究在探讨当代加拿大英语小说中女性书写的语用现象方面取得了显著的成果，但确实存在一些可以进一步细化和深化的不足之处。

首先，本研究主要聚焦于小说文本中的女性书写现象，比如通过对话、叙述视角和情节构建等方式展现女性角色的内心世界和经历。然而，这种聚焦限制了我们对于女性书写在其他文学形式，如诗歌和戏剧中独特表现的理解。例如，在诗歌中，女性作家可能利用音韵、节奏和意象等独特的语言元素来表达对女性命运的思考或批判，这种表达方式在小说中可能并不常见。在戏剧中，女性作家则可能通过角色间的互动、舞台布景和灯光等视觉元素来增强女性角色的表现力。因此，未来的研究可以进一步探讨女性书写在诗歌和戏剧中的语用现象，如艾米莉·狄金森（Emily Dickinson）的诗歌作品，以更全面地理解女性书写的多样性。

其次，在个案研究方面，本研究主要选取了三位具有代表性的女性作家进行深入分析，如艾丽丝·门罗、玛格丽特·劳伦斯和玛格丽特·阿特伍德。这些作家的作品确实为我们提供了丰富的案例，但加拿大英语文学中还有许多其他优秀的女性作家值得我们关注。例如，卡罗尔·安·达菲（Carol Ann Duffy）以其独特的诗歌风格和对女性议题的关注而闻名；阿丽莎·范·赫克作为一位备受瞩目的加拿大女作家，以其独特的文学风格和深刻的主题探讨而著称。她的代表作《远离埃尔斯米尔之地》不仅展现了她的文学才华，也体现了她对女性书写和地理文学的独特贡献。未来的研究可以进一步拓展个案研究的范围，深入探索这些作家的作品，以更全面地了解女性书写在加拿大英语文学中的多样性和复杂性。

最后，在理论框架和方法论方面，本研究虽然采用了语用学的理论框架和文本分析方法，但仍有进一步完善的空间。例如，可以引入更多的语言学理论，如认知语言学、功能语言学等，以更深入地探讨女性书写中的语言策略、交际意图和文本功能。此外，还可以利用语料库语言学的方法，对大量文本进行量化分析，以揭示女性书写中的语言规律和趋势。例如，通过构建包含不同女性作家作品的语料库，可以比较和分析她们在词汇选择、句式结构和修辞手法等方面的异同，从而更准确地把握女性书写的语用特点。

综上所述，未来的研究可以从多个方面入手，进一步拓展研究范围、深化个案研究、完善理论框架和方法论，以更全面地了解当代加拿大英语小说中女性书写的语用现象。这将有助于我们更深入地理解女性作家如何通过语言来塑造女性形象、表达女性议题，并为文学研究和教育贡献更多有价值的成果。尽管本研究在探讨当代加拿大英语小说中女性书写的语用现象方面取得了显著的成果，但必须承认，本研究仍存在一些不足之处，这为未来的研究指明了方向。

参考文献

蔡氽、刘珊:《论〈占卜者〉中的女性书写》,《安徽文学》(下半月) 2015 年第 11 期。

陈婵:《爱丽丝·门罗小说中的词簇特征及其功能分析——一项基于语料库的文体学研究》,《解放军外国语学院学报》2014 年第 3 期。

陈芬:《宿命的反讽——解读门罗短篇小说"播弄"》,《鸭绿江》(下半月版) 2015 年。

陈晶、孔英:《〈斯通家史札记〉——一部非写实性的自传文学》,《学术交流》2008 年第 7 期。

陈倩、冉永平:《网络冒犯的人际不礼貌及其负面语用取效》,《外语与外语教学》2019 年第 6 期。

陈倩、冉永平:《网络语境下冒犯的语用研究:现状与趋势》,《语言学研究》2018 年第 1 期。

陈倩、冉永平:《有意不礼貌环境下身份构建的和谐—挑战语用取向》,《外语与外语教学》2013 年第 6 期。

陈秋华:《阿特伍德小说的生态主义解读:表现、原因和出路》,《外国文学研究》2004 年第 2 期。

陈湘凝:《(不)礼貌理论视阈下小说〈紫色〉中主人公茜莉的身份建构研究》,硕士学位论文,云南师范大学,2021 年。

陈新仁:《基于元语用的元话语分类新拟》,《外语与外语教学》2020 年第 4 期。

陈新仁、刘小红：《人际元语用：内容、框架与方法》，《外语与外语教学》2023年第4期。

陈新仁：《身份元话语：语用身份意识的元话语表征》，《语言学研究》2021年第1期。

陈新仁：《语用身份：动态选择与话语建构》，《外语研究》2013年第4期。

陈新仁：《语用身份论：如何用身份话语做事》，北京师范大学出版集团2018年版，第159—160页。

陈新仁：《语用学视角下的身份研究：关键问题与主要路径》，《现代外语》2014年第5期。

陈新仁：《语用学视角下的身份与交际研究》，高等教育出版社2013年版，第29页。

成晓光、姜晖：《Metadiscourse：亚言语、元话语，还是元语篇?》，《外语与外语教学》2008年第5期。

成晓光：《语言哲学视域中主体性和主体间性的建构》，《外语学刊》2009年第1期。

丁林棚：《加拿大地域主义文学研究》，北京大学出版社2008年版。

丁林棚：《玛格丽特·阿特伍德的〈浮现〉中的本土性构建》，《淮阴师范学院学报》（哲学社会科学版）2020年第3期。

房雪磊、姜礼福：《压迫与反抗——玛丽安·恩格尔〈熊〉的女性主义解读》，《江苏第二师范学院学报》2017年第1期。

逄珍：《加拿大英语文学发展史》，上海外语教育出版社2010年版，第110—113页。

凤群：《基于语料库的意识流小说〈达罗卫夫人〉文体学分析》，《山东外语教学》2014年第1期。

付晓丽、徐赳赳：《国际元话语研究新进展》，《当代语言学》2012年第3期。

傅琼：《王熙凤的自我意识解读：基于元语用证据》，《外语与外语教学》2020年第4期。

耿力平：《从〈沼泽天使〉看女性的自然属性——埃塞尔·威尔逊小说中的女性主义命题研究》，《解放军艺术学院学报》2010 年第 2 期。

宫军：《元话语研究：反思与批判》，《外语学刊》2010 年第 5 期。

郭英剑：《追问女性的生存状态——论玛格丽特·阿特伍德的新作〈别名格雷斯〉》，《国外文学》2000 年第 1 期。

何荷、陈新仁：《网店店主关系身份建构的语用研究》，《现代外语》2015 年第 3 期。

胡开宝、杨枫：《基于语料库的文学研究：内涵与意义》，《浙江大学学报》（人文社会科学版）2019 年第 5 期。

黄川、王岚：《〈我在大中央车站坐下哭泣〉——一部被忽略的加拿大先锋小说》，《外语与外语教学》2022 年第 3 期。

黄菁菁、李可胜：《文旅新媒体宣传中身份建构的人际语用研究》，《现代外语》2023 年第 3 期。

黄菁菁：《中外城市政务外宣中的元话语使用和语用身份建构》，《沈阳建筑大学学报》（社会科学版）2022 年第 3 期。

黄勤、刘晓玉：《元话语研究：回顾与思考》，《江苏大学学报》（社会科学版）2013 年版。

黄莹：《元话语标记语的分布特征及聚类模式对比分析——以银行英文年报总裁信为例》，《外国语文》2012 年第 4 期。

姜晖：《TED 演讲中受众元话语的元语用分析》，《外语与外语教学》2020 年第 4 期。

蒋瑛：《〈新女郎〉中的"去族裔化"书写与加拿大华裔文学新面向》，《外国语文研究》2024 年第 1 期。

金颖哲：《发话人元话语的形象管理功能——学术场景中专家自我表述的元语用分析》，《语言学研究》2021 年第 1 期。

鞠玉梅：《二语报纸专栏评论写作互动元话语使用考察》，《外语研究》2018 年第 4 期。

李宏亮：《莫言小说〈天堂蒜薹之歌〉元话语运用分析》，《语文建设》2013 年第 35 期。

李渝凤:《声音　镜子　女人——玛格丽特·劳伦斯笔下的女性形象》,《海南大学学报》(人文社会科学版)2001年第2期。

林树明:《身/心二元对立的诗意超越——埃莱娜·西苏"女性书写"论辨析》,《外国文学评论》2001年第2期。

刘风光、石文瑞:《小说语篇可读性建构与不礼貌策略研究》,《外语与外语教学》2019年第6期。

刘平、冉永平:《投诉回应:元语用话语与协商意识》,《外语与外语教学》2020年第4期。

刘思谦:《女性文学:女性·妇女·女性主义·女性文学批评》,《南方文坛》1998年第2期。

刘思谦:《女性文学这个概念》,《南开学报》(哲学社会科学版)2005年第2期。

刘小梅:《爱丽丝·门罗作品的南安大略哥特风格》,硕士学位论文,华中师范大学,2014年。

刘岩、马建军、张欣等编著:《女性书写与书写女性:20世纪英美女性文学研究》,上海外语教育出版社2012年版。

刘岩:《女性书写》,《外国文学》2012年第6期。

刘意青、李洪辉:《超越性别壁垒的女性叙事:读芒罗的〈弗莱茨路〉》,《外国文学》2011年第4期。

卢红芳、胡全生:《〈斯通家史札记〉的文类属性和叙述策略》,《解放军外国语学院学报》2011年第4期。

卢红芳、胡全生:《〈斯通家史札记〉的文类属性和叙述策略》,《解放军外国语学院学报》2011年第4期。

潘绍玺:《论玛格丽特·劳伦斯作品中的妇女形象》,《求是学刊》1997年第3期。

冉永平:《论语用元语言现象及其语用指向》,《外语学刊》2005年第6期。

冉永平:《人际交往中的和谐管理模式及其违反》,《外语教学》2012年第4期。

冉志晗、冉永平：《语篇分析视域下的元话语研究：问题与突破》，《外语与外语教学》2015 年第 2 期。

时贵仁、付筱娜：《从后结构主义解读〈斯通家史札记〉中女性身份的变化与建构》，《复旦外国语言文学论丛》2017 年第 2 期。

宋杰：《关联理论视角下〈欲望号街车〉中的语用模糊研究》，《鸡西大学学报》2016 年第 10 期。

宋杰、郭纯洁：《〈欲望号街车〉中模糊限制语的顺应性研究》，《合肥工业大学学报》（社会科学版）2017 年第 6 期。

宋杰：《〈欲望号街车〉中模糊限制语的顺应性研究》，博士学位论文，南京航空航天大学，2018 年。

孙金琳：《阿特伍德〈猫眼〉中女性的异化和厌女症》，《湖南工程学院学报》（社会科学版）2019 年第 2 期。

孙金琳：《阿特伍德〈猫眼〉中女性之间破坏性的权力关系》，《合肥学院学报》（社会科学版）2015 年第 3 期。

孙莉：《语用身份论视角下的元话语使用研究——以应用语言学国际期刊论文为例》，《解放军外国语学院学报》2021 年第 1 期。

孙莉：《语用学视角下的元话语研究述论》，《江淮论坛》2017 年第 6 期。

唐建萍：《元话语研究述评》，《山东外语教学》2010 年第 1 期。

王佳琦：《元话语视角下的外交部发言人语用身份建构研究》，硕士学位论文，河北大学，2022 年。

王侃：《"女性文学"的内涵和视野》，《文学评论》1998 年第 6 期。

王丽莉：《曼纳瓦卡的石头天使——论玛格利特·劳伦斯〈石头天使〉中海格的艺术形象》，《四川外语学院学报》2002 年第 2 期。

王苹、张建颖：《〈使女的故事〉中的权力和抵抗》，《外国语》2005 年第 1 期。

王强、成晓光：《元话语理论研究范式述评》，《外语与外语教学》2016 年第 2 期。

王琼、周凌：《国外不礼貌研究的流变与展望》，《外国语文研究》（辑刊）2018 年第 2 期。

王晓婧：《电视调解节目主持人语境元话语的顺应性分析》，《外语与外语教学》2020年第4期。

王雪玉：《广告劝说中的元话语资源和身份建构》，《天津外国语大学学报》2012年第3期。

夏丹、廖美珍：《民事审判话语中人称指示语的变异与身份建构》，《华中师范大学学报》（人文社会科学版）2012年第2期。

肖伟、申亚琳：《元语用视角下薛宝钗话语的受话人意识》，《黑河学院学报》2022年第10期。

辛媛媛：《论〈使女的故事〉的空间叙事》，《赤峰学院学报》（汉文哲学社会科学版）2012年第4期。

邢晓宇、段满福：《从模糊语言学角度看〈欲望号街车〉中的人物对话》，《内蒙古民族大学学报》（社会科学版）2008年第4期。

徐昉：《中国学生英语学术写作中身份语块的语料库研究》，《外语研究》2011年第3期。

许慧敏：《芥川龙之介的〈罗生门〉和元话语的关系研究》，《语文建设》2015年第18期。

鄢菁萍：《艾丽丝·门罗短篇小说女性形象研究》，硕士学位论文，南昌大学，2014年。

杨昊成：《剪不断，理还乱——评玛格丽特·阿特伍德的小说〈猫眼〉》，《当代外国文学》2004年第1期。

杨李：《言说生命的意义——评玛格丽特·劳伦斯《占卜者》中的叙述声音》，《甘肃联合大学学报》（社会科学版）2013年第2期。

杨仙菊：《家庭教育话语中父母话语实践与语用身份建构研究》，《外语研究》2021年第2期。

姚匀芳：《艾丽丝·门罗〈快乐影子之舞〉中的身份问题研究》，硕士学位论文，贵州师范大学，2021年。

袁周敏、陈新仁：《语言顺应论视角下的语用身份建构研究》，《外语教学与研究》2013年第4期。

张京媛主编：《当代女性主义文学批评》，北京大学出版社1992年版，第

188页。

张仁霞、戴桂玉:《语料库检索分析在文学批评领域中的应用——以海明威〈永别了,武器〉为例》,《广东外语外贸大学学报》2010年第2期。

周怡:《荒城、鬼屋、疯女人和继承人们——从门罗的〈乌特勒克停战协议〉探加拿大文学的哥特主义暗流》,《外国文学》2019年第2期。

周怡:《奖学金女孩、乞女与加拿大女性主义的第二次浪潮——门罗〈乞女〉中的性别政治与文化谱系》,《外国文学》2018年第1期。

左进:《二十世纪美国女剧作家自我书写的语用文体分析》,博士学位论文,上海外国语大学,2010年。

[法] 西苏:《美杜莎的笑声》,黄晓红译,载张京媛主编《当代女性主义文学批评》,北京大学出版社1992年版,第188页。

[加] 玛格丽特·劳伦斯:《占卜者》,邱艺鸿译,译林出版社2004年版,第1页。

[加] 威·约·基思:《加拿大英语文学史》,耿力平等译,北京大学出版社2009年版,第212—213页。

Ahangari S. and Kazemi M., "A Content Analysis of 'Alice in Wonderland' Regarding Metadiscourse Elements", *International Journal of Applied Linguistics and English Literature*, Vol. 3, No. 3, 2014, pp. 10–18.

AlJazrawi D. A. and AlJazrawi Z. A., "The Use of Meta–discourse an Analysis of Interactive and Interactional Markers in English Short Stories as a Type of Literary Genre", *International Journal of Applied Linguistics and English Literature*, Vol. 8, No. 3, 2019, pp. 66–77.

Anna Mauranen, *Cultural Differences in Academic Rhetoric: A Text–linguistic Study*, Frankfurtam Mein: Peter Lang, 1993.

Anna Mauranen, "Talking Academic: A Corpus Approach to Academic Speech," in Ken Aijmer, ed., *Dialogue Analysis VIII: Understanding and Misunderstanding in Dialogue*, Tübingen: Max Niemeyer, 2004.

Annelie Ädel, "Just to Give You a Map of Where We are Going: A Taxonomy of Metadiscourse in Spoken and Written Academic English" *Nordic Journal of*

English Studies, Vol. 9, No. 2, 2010, p. 75.

Annelie Ädel, *Metadiscourse in L1 and L2*, Amsterdam: John Benjamins Publishing Company, 2006.

Aritha Van Herk, "Women Writers and the Prairie: Spies in an Indifferent Landscape" *Kunapipi*, Vol. 6, No. 2, 1984, pp. 4.

Atwood Margaret, "Face to Face", in W H New. ed., *Margaret Laurence*, Toronto: McGraw – Hill Ryerson, 1977, p. 102.

Atwood Margret, *Alias Grace*, London: Vintage, 1997.

Atwood Margret, Cat's Eye, New York: Anchor Books, 1998, p. 135.

Atwood Margret, *Oryx and Crake*, London: Vintage, 2004.

Atwood Margret, *Surfacing*, Toronto: McClelland & Stewart Ltd., 2010.

Atwood Margret, *The Edible Woman*, Toronto: McClelland & Stewart Ltd., 2010.

Atwood Margret, *The Handmaid's Tale*, London: Vintage, 2017.

Avon Crismore, *Talking with Readers: Metadiscourse as Rhetorical Act*, New York: Peter Lang, 1989, p. 80.

Barret, Michele, ed., *Virginia Woolf: Women and Writing*, NewYork: Harcourt Brace Jovanovich, 1980.

Benwell, B. and E. Stokoe, *Discourse and Identity*, Edinburgh: Edinburgh University Press, 2006.

Beverly Rasporich, *Dance of the Sexes: Art and Gender in the Fiction of Alice Munro*, Edminton: The University of Alberta Press, 1990.

Bu Jiemin, "Towards a Pragmatic Analysis of Metadiscourse in Academic Lectures: From Relevance to Adaptation" *Discourse Studies*, Vol. 16, No. 4, 2014, pp. 449 – 472.

Carol Shields, *The Stone Diaries*, London: Pengune Books, 2008.

Charles Peirce, *Collected Papers of Charles Sanders Peirce*, Cambridge: Harvard University Press, 1966.

Charles Rabin, "The Discourse Status of Commentary" in Charles Cooper and

Sidney Greenbaum, eds., *Studying Writing: Linguistic Approaches*, Beverly Hills, CA: Sage, 1986, pp. 215–225.

CHEN X, *Metapragmatics and the Chinese Language*, Cambridge: Cambridge Scholars Publishing, 2022.

Cixous Hélène, *"Coming To Writing" and Other Essays*, Cambrige: Harvard University Press, 1992.

Cristmore, A. R., Markkanen and M. Steffensen, "Metadiscourse in Persuasive Writing: A Study of Texts Written by American and Finnish University Students", *Written Communication*, Vol. 10, No. 1, 1993, pp. 40.

Culpeper J. and Haugh M., *Pragmatics and the English Language*, London: Bloomsbury Publishing, 2014.

Dale Spender, *Man Made Language*, London: Routledge and Kegan Paul, 1985.

Deborah Cameroned, *The Feminist Critique of Language: A Reader*, London: Routledge, 1990.

Deborah Cameron, *Feminism and Linguistic Theory*, London: Routledge, 1985/1992.

Deborah Cameron, "Gender, Language and Discourse: A Review Essay", *Signs*, Vol. 23, No. 4, 1998, pp. 945–973.

Deborah James and Janice Drakich, "Understanding Gender Differences in Amount of Talk: A Critical Review of Research" in D. Tannen, ed., *Gender and conversational interaction*, Oxford: Oxford University Press, 1993, pp. 281–312.

Deborah Tannen, ed., *Gender and Conversational Interaction*, Oxford: Oxford University Press, 1993.

Deborah Tannen, *That's no What I Meant*! New York: Ballantine Books, 1986.

Deborah Tannen, *You Just Don't Understand*! *Women and Men in Conversation*, London: Virago, 1990.

Elaine Showalter, *A Literature of Their Own*, Beijing: Foreign Language Teaching and Research Press, 2004.

Elizabeth. H. Stokoe, "Towards a Conversation Analytic Approach to Gender and Discourse" *Feminism and Psychology*, Vol. 10, No. 4, 2000,: pp. 590 – 601.

Emma Dafouz – Milne, "The Pragmatic Role of Textual and Interpersonal Metadiscourse Markers in the Construction and Attainment of Persuasion: A Cross – linguistic Study of Newspaper Discourse" *Journal of pragmatics*, Vol. 40, No. 1, 2008, pp. 95 – 113.

Esbensen, J., "The Use of Fuck as a Rapport Management Strategy in British and American English ", *Griffith Working Papers in Pragmatics and Intercultural Communication*, Vol. 2, No. 2, 2009, pp. 104 – 119.

Graham, S, "Disagreeing to Agree: Conflict, (im) Politeness and Identity in a Computer – mediated Community", *Journal of Pragmatics*, Vol. 39, No. 4, 2007, pp. 742 – 759.

Gregory Bateson, *Steps to an Ecology of Mind*, Chicago: The University of Chicago Press, 1972.

Hasan, Eatidal, and Alsout Ergaya, "A Pragmatic Approach to the Rhetorical Analysis and the Metadiscourse Markers of Research Article Abstracts in the Field of Applied Linguistics" *Discourse and Interaction*, Vol. 16, No. 2, 2023, pp. 51 –74.

Hyland K., *Metadiscourse: Exploring Interaction in Writing*, Cambridge: Cambridge University Press, 2008.

Hyland K., *Metadiscourse*, London: Continuum, 2005.

Hyland K., "Metadiscourse: What is It and Where is It Going?" *Journal of Pragmatics*, 2017, Vol. 113.

Hyland K, "Persuasion and Context: The Pragmatics of Academic Metadiscourse" *Journal of. pragmatics*, Vol. 30, No. 4, 1998, pp. 437 – 455.

Ifantidou E, "The Semantics and Pragmatics of Metadiscourse", *Journal of*

Pragmatics, Vol. 37, No. 9, 2005, pp. 1325 – 1353.

Jacqueline O'Rourke, "Private Acts of Revolution": Feminism and Postmodernism in the Fictions of Aritha van Herk, Ph. D. dissertation, Memorial University of Newfoundland, 1989.

Jennifer Coates and Deborah Cameron, ed., *Women in Their Speech Communities: New Perspectives on Language and Sex*, London and New York: Longman, 2014.

Jennifer Coates, "Competing Discourses of Femininity" in H. Kotthoff and R. Wodakeds. *Communicating Gender in Context*, Amsterdam: John Benjamins, 1997.

Jennifer Coates, *Women, Men and Language*, London: Longman, 1986/1993.

Jiang Hui, "Conceptualizing Metaptragmatics" in Chen X., ed., *Metapragmatics and the Chinese Language*, Cambridge: Cambridge Scholars Publishing, 2022, pp. 61 – 62.

Joy Kogawa, *Obasan*, Totonto: Lester & Orpen Dennys Ltd., 1981.

Karen Tracy and Jessica S. Robles, *Everyday Talk: Building and Reflecting Identities*, New York: Guilford Press, 2002.

Keller, E., "Gambits: Conversational strategy signals", *Journal of Pragmatics*, 1979.

Laurence Margaret, *A Jest of God*, Toronto: McClelland & Stewart, 2009.

Laurence Margaret, *A Jest of God*, Toronto: McClelland & Stewart, 1966, pp. 18 – 122.

Laurence Margaret, *The Diviners*, Toronto: McClelland & Stewart, 2007.

Laurence Margaret, *The Stone Angel*, Toronto: McClelland & Stewart, 1968, pp. 5 – 134.

Laurence Margret, *The Stone Angel*, Toronto: McClelland & Stewart Ltd., 1988.

Lautamatti, L, "Observations on the Development of the Topic in Simplified

Discourse" in V. Kohonen & N. Enkvist, eds., *Text Linguistics*, *Cognitive Learning and Language Teaching*, Turku: University of Turku. 1978.

Lessing Dorris, *The Golden Notebook*, London: Paladin, 1962, p. 9.

Linda A. M. Perry, Lynn H. Turner, and Helen M. Sterk, eds., *Constructing and Reconstructing Gender: The Links among Communication, Language, and Gender*, Albany: State University of New York Press, 1992.

Liu, Ke-dong and Huan-huan Hu, "Feminist Analysis of As for Me and My House", *Journal of Literature and Art Studies*, 2012, pp. 520 – 525.

Luming Robert Mao, " 'I Conclude Not': Toward a Pragmatic Account of—Metadiscourse" *Rhetoric Review*, Vol. 11, No. 2, 1993.

Majumdar Nivedita, "Can the Woman Speak? —A Reading of Ross, Kroetsch and Atwood.", *The Indian Review of World Literature in English*, Vol. 5, No. 2, 2009, p. 1.

McKinlay, A. and C. McVitte, *Identities in Context: Individuals and Discourse in Action*, New Jersey: Wiley – Blackwell, 2011.

Methias, N, "Impoliteness or Underpoliteness: An Analysis of a Christmas Dinner Scene from Dickens's Great Expectations" *Journal of King Saud University—Languages and Translation*, Vol. 23, No. 1, 2011, pp. 11 – 18.

Meyer B, *The Organization of Prose and Its Effects on Memory*, Amsterdam: North – Holland, 1975.

Miina – Riita Luukka, "Metadiscourse in Academic Texts" in Britt – Louise Gunnarsson, Per Linell, and Bengt Nordberg, eds., *Text and Talk in Professional Contexts*, August Uppsala: ASLA, The Swedish Association of Applied Linguistics, 1994.

Munro Alice, *Dance of the Happy Shades*, New York: Vintage Books, 1998.

Munro Alice, *Lives of Girls and Women*, Toronto: Pegune Group (Canada), 2009.

Munro Alice, *Love of a Good Woman*, Toronto: McClelland & Stewart Ltd., 1998.

Munro Alice, *Runaway*, New York: Vintage Books, 2004.

Munro Alice, *Who Do You Think You Are?* Toronto: Pegune Group (Canada), 2006.

Pamela M. Fishman, "Interaction: The Work Women Do", *Feminist Research Methods*, Routledge, 2019.

Paul Jude Beauvais, "A Speech Act Theory of Metadiscourse" *Written Communication*, Vol. 6, No. 1, 1989.

Richard J. Lane, *The Routledge Concise History of Canadian Literature*, London; New York: Routledge, 2012, p. 125.

Robin Lakoff, *Language and Woman's Place: Text and Commentaries*, Oxford: Oxford University Press, 1975, p. 94.

Ross Sinclair, *As for Me and My House*, Toronto: McCelland and Steward Inc., 1991, p. 14.

Schiffrin, D. "Metatalk: Organizational and Evaluative Brackets in Discourse" *Sociological Inquiry: Language and Social Interaction*, 1980.

Sheldon Stryker, "Identity Theory: Developments and Extensions" in K. Yardley & T. Hones, eds., *Self and Identity: Psychosocial Perspectives*, New York: Wiley, 1987, pp. 89 – 103.

Shirley A Staske, "Talking Feelings: The Collaborative Construction of Emotion in Talk between Close Relational Partners" *Symbolic Interaction*, Vol. 19, No. 2, 1996, pp. 111 – 135.

Spencer – Oatey, H., *Culturally Speaking: Culture Communication and Politeness Theory*, London: Continuum, 2008.

Thorne, B. and Henley, N., eds., *Language and Sex: Difference and Dominance*. Rowley, MA: Newbury House, 1975.

Tracy, K., *Everyday Talk: Building and Reflecting Identities*, New York: Guilford Press, 2002, p. 22.

Vande – Kopple, W. "Some Exploratory Discourse on Metadiscourse" *College Composition and Communication*, Vol. 36, No. 1, 1985, pp. 82 – 93.

Verschueren, J., "Context and Structure in a Theory of Pragmatics", *Studies in Pragmatics*, Vol. 10, No. 1983, 2008.

Verschueren, J., *Pragmatics as a Theory of Linguistic Adaptation*, Antwerp: International Pragmatics Association, 1987.

Verschueren, J., *Understanding Pragmatics*, London: Edward Arnold, 1999.

Williams, J., *Style: Ten Lessons in Clarity and Grace*, Boston: Scott Foresman, 1981.

Wilson Ethel, *Love and Salt Water*, Macmillan Company of Canada, 1956.

Zimmerman, D. H. and West, C., "Sex Roles, Interruptions and Silences in Conversation" in Thorne, B. and Henley, N., eds., *Language and Sex: Difference and Dominance*, Rowley, MA: Newbury House, 1975.

后 记

2016年初夏，我以《艾丽丝·门罗短篇小说中女性书写的语用文体研究》为题获得上海外国语大学的博士学位。在完成论文的过程中，女性书写在以门罗为代表的加拿大女作家的作品和创作历程中呈现出非常典型的表达，玛格丽特·阿特伍德及玛格丽特·劳伦斯的女性书写元素和细腻的女性作家风格让我有了继续聚焦当代加拿大英语小说中女性书写的计划。

2020年，虽然疫情肆虐，居家工作的时日却又一次让我有了静心思考女性书写研究的理论框架。得益于陈新仁老师的《基于元语用的元话语分类新拟》（2020，外语与外语教学）的重要理论框架，我尝试着以中国古典名著《红楼梦》为研究语料，从元语用视角对作品中女性人物王熙凤进行了分析，并发表论文《王熙凤的自我意识解读：基于元语用证据》（2020，外语与外语教学）。这些研究发现让我更加坚定了撰写《当代加拿大英语小说中女性书写的语用研究》一书。

经过多年的计划、准备、初稿、修改，在各位师友的无私指导和耐心帮助下，书稿即将付梓之际，我要感谢的人太多太多。感谢陈新仁老师对书稿结构、理论框架以及书稿的内容细节的诸多指导；感谢刘风光老师在语用学理论、文学语篇分析等方面给予的宝贵意见；感谢我的研究生赵乐、颜泽苓在书稿的文献整理工作中的细心校对。最后感谢我的家人在书稿撰写过程中的贴心支持，让我能够专注于所有的内容，能够坚定的完成多年的愿望。

本人在整个书稿的写作过程中也不断发现了很多学术短板和不足，因此书中一定存在很多不当之处，还请各方师友和读者不吝赐教和指正。

傅琼

2024 年 8 月